LA CHIMÈRE D'OR DES BORGIA

DU MÊME AUTEUR
CHEZ POCKET

SUITE ITALIENNE
DANS LE LIT DES ROIS ET DES REINES
LA CHIMÈRE D'OR DES BORGIA

Séries :

LES ENQUÊTES D'ALDO MOROSINI

LA PERLE DE L'EMPEREUR
LES JOYAUX DE LA SORCIÈRE
LES LARMES DE MARIE-ANTOINETTE
LE COLLIER SACRÉ DE MONTEZUMA
L'ANNEAU D'ATLANTIDE

SECRET D'ÉTAT

LA CHAMBRE DE LA REINE
LE ROI DES HALLES
LE PRISONNIER MASQUÉ

MARIE

MARIE DES INTRIGUES
MARIE DES PASSIONS

LE SANG DES KŒNIGSMARK

AURORE
FILS DE L'AURORE

LE TEMPS DES POISONS

ON A TUÉ LA REINE
LA CHAMBRE DU ROI

LE BAL DES POIGNARDS

LA DAGUE AU LYS ROUGE
LE COUTEAU DE RAVAILLAC

LA FLORENTINE

FIORA ET LA VENGEANCE
FIORA ET L'AMOUR

JULIETTE BENZONI

LA CHIMÈRE D'OR DES BORGIA

PLON

ISBN : 978-2-266-22378-2

Juliette Benzoni

Juliette Benzoni est née à Paris. Fervente lectrice d'Alexandre Dumas, elle nourrit dès l'enfance une passion pour l'histoire. Elle commence en 1964 sa carrière de romancière avec la série des *Catherine*, traduite en plus de 20 langues, série qui la lance sur la voie d'un succès jamais démenti jusqu'à ce jour. Elle a écrit depuis une soixantaine de romans, recueillis notamment dans les séries intitulées *La Florentine*, *Les Treize Vents*, *Le boiteux de Varsovie* et *Secret d'État*. Outre la série des *Catherine* et *La Florentine*, *Le Gerfaut* et *Marianne* ont fait l'objet d'une adaptation télévisuelle. Du Moyen Âge aux années 1930, les reconstitutions historiques de Juliette Benzoni s'appuient sur une documentation minutieuse. Vue à travers les yeux de ses héroïnes, l'histoire, ressuscitée par leurs palpitantes aventures, bat au rythme de la passion. Figurant au palmarès des écrivains les plus lus des Français, elle a su conquérir 50 millions de lecteurs dans plus de 20 pays.

Aux « Filles des Grands Chemins »
Frédérique AZNAG
Linda COMPAGNONI-WALTHER
Claudia COMPAGNONI-GIBB
et Hélène ROUILLE
qui me sont si chères !

Prologue

Atlantique Nord – dimanche 14 avril 1912, ciel clair, mer calme, minuit. Depuis quelques minutes, et quelques heures avant son arrivée à New York, le *Titanic*, le splendide paquebot de la White Star Line, est frappé à mort et va terminer là une traversée inaugurale qui s'annonçait triomphale. Mais il ne le sait pas encore.

Il y a tout juste vingt minutes que la vigie, Frederick Fleet, a signalé à la passerelle :

– Iceberg, droit devant !

Puis il s'est cramponné pour amortir le choc de la montagne de glace surgie soudain de l'obscurité comme un fantôme mais, juste avant la collision, le marin a vu, avec soulagement, la proue du navire dévier sur bâbord et l'iceberg défiler le long du flanc tribord. Et il a exhalé un énorme soupir…

A l'intérieur, on n'avait ressenti qu'une secousse légère. Si anodine que, dans les cuisines, elle n'avait provoqué que la chute des petits pains que l'on préparait pour le breakfast du lendemain. Dans le fumoir, on ne ressentit rien du tout. On jouait aux cartes et l'un des participants, apercevant la masse blanche à travers les grandes vitres, demanda en plaisantant que l'on aille sur le pont lui chercher un peu de glace pour son whisky. Et de rire ! On constata simplement que le navire avait stoppé. Sans doute pour une manœuvre…

En fait le *Titanic* porte sur le flanc une blessure inguérissable : l'iceberg a déchiré sur 90 mètres la – double ! – coque renforcée qui, comprenant de nombreux compartiments étanches, devait le rendre insubmersible. L'eau s'est engouffrée dans la salle de squash, celle du courrier et d'autres encore sans que l'on ait eu le temps de faire jouer les cloisons. En outre, si les passagers des ponts supérieurs n'ont rien senti, tous les occupants des profondeurs du navire ont subi un choc violent. Bien que le commandant Edward Smith et Thomas Andrews, le constructeur du *Titanic,* se soient précipités pour effectuer une visite complète du bâtiment, la réalité leur est vite apparue aveuglante : le plus beau bateau du monde est perdu irrémédiablement.

– Combien de temps nous donnez-vous ? demande le commandant.

– Une heure… une heure et demie peut-être. Pas plus…

– Alors il faut évacuer !

Or là se pose un problème. Si le *Titanic* transporte 2 206 personnes, il ne dispose que de 16 canots en bois et 4 en toile pliable : soit 1 178 places. Il faut du secours. Plusieurs navires sont sur l'Atlantique cette nuit-là, à des distances variées. Le plus proche est le *Carpathia* de la Cunard Line. C'est à lui que le radio Philipps envoie l'appel suivant : « CQD. CQD. SOS. SOS CQD. SOS. Venez immédiatement à notre secours. Avons heurté iceberg. Position 41° 46 latitude N, 50° 14 longitude O. »

La réponse parvient aussitôt. Le *Carpathia* croise à 58 milles et arrive « à toute vitesse ». En espérant qu'il nous rejoindra à temps, on va déjà charger les canots.

Mais si les passagers de l'entrepont et de troisième classe qui, eux, ont compris, se précipitent sur le pont E, c'est toute une histoire de faire sortir les classes supérieures de leurs lits bien chauds ou de leurs parties de cartes. En effet, le bateau ne bouge plus et donne l'impression d'être aussi solide qu'un rocher. Croyant à une sorte d'exercice d'alerte, ils se sont rassemblés sans hâte excessive sur le pont des embarcations. Dans le grand salon, l'orchestre jouait « Alexander ragtime band ». L'affolement survint quand, à cette foule engoncée dans ses gilets de sauvetage, le commandant annonça que, faute de places suffisantes, on embarquerait les femmes et les enfants en priorité, les hommes ensuite, ce qui en condamnait un bon nombre si le *Carpathia* ne rejoignait pas à temps. Il y en eut pourtant pour oser forcer le passage comme… lord Ismay, président de la White Star Line ! Mais il y eut aussi des exemples touchants, tel celui de ce vieux couple des plus fortunés, refusant de se séparer et allant tranquillement s'asseoir, la main dans la main, dans des transats… tandis que l'ordre était donné de lancer les fusées de détresse…

Quelqu'un les a vues. Il y avait, en effet, non loin de là, à 19 milles, le paquebot *Californian*, mais à cause des icebergs, il avait stoppé ses machines et le radio était parti se coucher. Quant à l'officier de quart, il remarqua que le ciel s'illuminait au-dessus de ce navire qui semblait immobile et lui aussi se demanda pourquoi il s'amusait à envoyer des fusées alors qu'il n'avait pas l'air en danger…

Pendant ce temps, une jeune femme de chambre, Helen Adler, parcourait les coursives du pont C desservant les cabines de luxe afin de s'assurer que personne n'y était à la traîne. Quelques personnes âgées pouvaient avoir besoin de secours. Helen, solide

Anglaise de vingt ans née dans le Kent, aimait un métier où elle excellait parce qu'elle y voyait autre chose que l'art de veiller sur des garde-robes somptueuses, de réussir une coiffure ou de mettre en valeur les femmes qu'elle était appelée à servir. Sa dernière patronne, lady Boscover, venant de mourir sans descendants, elle s'était présentée à l'embauche du *Titanic* afin d'élargir un peu son horizon et de voir du pays.

Sur le bateau elle avait en charge deux suites. L'une occupée par le couple dont tout le monde parlait à bord : celui formé par le richissime John Astor IV, âgé de quarante-huit ans, et sa toute jeune femme, Madeleine, qui n'en comptait que dix-huit, épousée sur un coup de foudre réciproque après un divorce retentissant d'avec celle qui était sans doute la plus belle et la plus insupportable des filles de la haute société américaine, Ava Lowle-Willing, dont il avait trois enfants. Les nouveaux mariés revenaient de leur voyage de noces en Europe et Madeleine était enceinte.

L'autre passagère était une dame seule et d'un certain âge : la marquise d'Anguisola, née Belmont. Elle avait perdu son mari quelques années auparavant et, sans enfants, partageait son temps entre son hôtel new-yorkais et sa villa des environs de Rome. Au demeurant, une femme de caractère encore que tout à fait charmante.

Au milieu du tohu-bohu qui régnait sur le navire, Helen avait vu Astor emmener sa femme. Restait la marquise. Helen aperçut alors une jeune femme qu'elle ne connaissait pas. Très belle et enveloppée de vison, elle sortait de la cabine de Mme d'Anguisola dont elle referma la porte à clef avant de se perdre dans la foule du pont.

Prise d'un bizarre pressentiment – la vieille dame possédait de fort beaux bijoux ! –, Helen voulut ouvrir la porte mais la clef avait disparu. Elle prit alors son passe, traversa le salon et entra dans la chambre : la marquise, habillée pour sortir, gisait en travers du lit, les yeux grands ouverts, un poignard planté dans le cœur. Le coffre privé, dissimulé normalement derrière un tableau, était posé à côté d'elle, béant et vide…

Helen n'était pas fille à perdre la tête, même dans une telle situation. Elle se contenta de fermer les paupières de la morte et, oubliant totalement qu'elle se trouvait sur un navire en train de sombrer, partit à la recherche du commandant, ou tout au moins du commissaire de bord, afin de signaler le meurtre, mais elle se trouva propulsée par le flot humain vers les embarcations, où John Jacob Astor la saisit au vol :

– Helen, je veux que vous partiez avec mon épouse. Vous avez si merveilleusement su vous en occuper !

Et, sans attendre de réponse, il la poussa vers Madeleine qui sanglotait en appelant son époux, tandis que deux matelots s'efforçaient de la faire embarquer.

– Accepte pour me faire plaisir, ma chérie ! Nous nous retrouverons à New York demain ! affirma-t-il gentiment à sa femme.

– Mais… Monsieur, protesta Helen, il faut que je voie le commandant ! Quelqu'un a été assassiné ! Mme d'Anguisola…

– Vous croyez que cela a de l'importance… maintenant ? fit-il avec l'ébauche d'un sourire en lui fourrant dans la main une poignée de billets de banque. Occupez-vous de ma femme ! Sans moi, elle est perdue ! Bon voyage !

Force fut à la femme de chambre de se laisser transborder et installer auprès de Madeleine en larmes, qu'elle prit dans ses bras où celle-ci se blottit d'instinct. Déjà, la chaloupe remplie au maximum descendait le long de la coque noire du navire. John Jacob Astor alluma une cigarette et se dégagea de la bousculade…

La panique régnait à présent : officiers et matelots avaient bien des difficultés à empêcher certains hommes d'embarquer malgré l'interdiction et devaient les menacer de leurs armes. Sans grand effet d'ailleurs ! Ce fut seulement le canot 8 qui amorça le chargement des femmes et des enfants de l'entrepont. Le bâtiment commençait à piquer légèrement du nez. Il fallut deux heures pour emplir toutes les embarcations. Les éloigner fut presque aussi difficile. Des hommes se jetaient à l'eau (à – 2° !) et tentaient de s'y accrocher. Tous n'étaient pas pleins. Le canot 1 était parti avec cinq passagers, six soutiers et une vigie qui l'avaient pris d'assaut. Résultat : les canots n'emportèrent que 700 personnes alors que leur capacité totale était d'environ 1 200 ! Quand le dernier s'éloigna, il en restait 1 500 à bord. Le commandant Smith rejoignit sa passerelle. Thomas Andrews, l'architecte, s'était retiré dans le fumoir. Il avait jeté son gilet de sauvetage et, immobile devant un tableau représentant *L'Avènement du Nouveau Monde* qu'il contemplait les bras croisés, il n'entendit même pas le steward qui le pressait de fuir… John Jacob Astor allumait une nouvelle cigarette… et l'orchestre jouait toujours. Mais cette fois c'était « Autumn », un cantique…

Soudain, le *Titanic* se souleva à la verticale, y resta immobile pendant une minute environ, les lumières s'éteignirent, un bruit violent se fit entendre quand les machines éclatèrent et enfin le beau navire plongea… sans faire de vagues.

Quand, vers 4 heures, le *Carpathia* arriva sur les lieux du drame, il trouva l'océan lisse, moucheté de petits icebergs et d'embarcations qui semblaient à la dérive…

Une fois à bord, Helen, confiant un moment Madeleine à une passagère, entreprit de faire le tour des rescapés, cherchant sa meurtrière – en vain.

Pensant qu'elle faisait peut-être partie des victimes, elle fit un signe de croix et rejoignit celle qui avait besoin d'elle…

PREMIÈRE PARTIE

UN JOYAU FUGUEUR

1

Un client peu ordinaire…

L'Américain regardait autour de lui et Aldo Morosini regardait l'Américain. De toute évidence aucun d'eux ne s'attendait à ce qu'ils voyaient. Pour l'un, c'était la somptuosité – mesurée mais d'autant plus imposante ! – du décor : le haut plafond aux poutres enluminées, la fresque de Tiepolo, le bureau Mazarin de bois précieux, d'écaille et de cuivre avec d'admirables bronzes dorés, les sièges et les longs rideaux de velours d'un jaune doux, le portrait d'un doge entre deux fanaux de navires, l'immense tapis de la Savonnerie aux nuances assorties et quelques rares mais très beaux objets comme ce vase Kien-Long empli de feuillage roux et d'une poignée de chrysanthèmes jaunes. Seul le personnage assis derrière le bureau ne l'étonnait pas : il avait déjà vu sa photographie dans un journal…

Pour Morosini, ce fils des Etats-Unis ne ressemblait en rien à ceux qu'il avait rencontrés, et il y en avait beaucoup. En fait, Cornelius B. Wishbone avait l'air d'un ange farceur un peu âgé habillé par un tailleur connaissant son métier…

Sous des moustaches grises, légères et frisottantes, et une courte barbe en éventail se séparant par le milieu, il avait un visage ouvert, une bouche aux coins retroussés, des yeux d'un bleu candide regardant bien droit, un front à moitié dégarni et, brochant sur le tout, un chapeau de feutre noir à larges bords qu'il portait en arrière comme une auréole et dont il semblait avoir le plus grand mal à se séparer : il ne l'avait ôté qu'un instant, pour saluer, avant de le remettre en place. Maintenant qu'il était assis, on ne remarquait plus ses jambes légèrement arquées annonçant un cavalier. En fait il venait du Texas, où il possédait un ranch gigantesque.

Patiemment, le prince-antiquaire et expert en joyaux rares attendit que le regard de son visiteur, son examen de la pièce terminé, revînt se poser sur lui et sourit :

– Cela vous plaît ?

– Faudrait être difficile ! Un vrai palais !

Morosini faillit lui dire qu'on l'appelait comme ça à Venise mais se contenta de répondre :

– Un petit, alors ! Ce n'est pas Versailles !

– Ver… sailles ? Connais pas !

Aldo pensa qu'il tenait là une rareté. Les Américains qui débarquaient en Europe inscrivaient toujours la demeure du Roi-Soleil dans les premiers rangs des sites qu'il fallait à tout prix visiter. Peut-être pour s'assurer que les dollars investis par leur compatriote Rockefeller dans la réfection du monument ne l'étaient pas à fonds perdus !

– C'est sans importance, concéda-t-il. A présent, si vous m'appreniez ce que vous attendez de moi ?

Pour l'encourager, il présenta un coffret à cigares que l'on refusa :

– Merci grandement mais je préfère ma pipe !

Et, joignant le geste à la parole, Mr Wishbone sortit l'objet qu'il entreprit de bourrer avec un tabac très noir qu'Aldo regarda avec inquiétude. Si jamais c'était du tabac français, Lisa – sa femme – allait encore insister pour que l'on envoie les rideaux chez le teinturier ! Les premières bouffées le renseignèrent : c'était exactement ça ! Mais, après tout, si le client en valait la peine… A titre de consolation, il eut droit à un rayonnant sourire, après quoi Wishbone se carra dans son fauteuil, croisa les jambes et commença :

– Voilà ! Il faut vous dire d'abord que je suis très très riche ! Des prairies à perte de vue avec dessus des vaches, des chevaux … et du pétrole en dessous !

– En effet ! apprécia Aldo. Ce n'est guère courant…

– N'est-ce pas ? J'ajoute que je suis célibataire mais très, très, très amoureux de la plus merveilleuse des femmes ! Mais peut-être la connaissez-vous ? Elle chante l'opéra et s'appelle Lucrezia Torelli.

Aldo ne put s'empêcher de rire. La Torelli ! Rien que ça ! Une voix sublime, une silhouette de rêve, un visage de madone… et très probablement une redoutable… emmerdeuse ! Deux ans plus tôt, elle était venue chanter *Tosca* à la Fenice avec un art si bouleversant qu'elle avait mis toute la ville à ses pieds, à l'exception du personnel du Danieli, que ses caprices et ses exigences avaient mis sur les genoux, et de tous ceux qui avaient eu à la servir. Il y avait même une légende à son sujet : se disant descendante des Borgia, elle exigeait de ses soupirants, avant de leur accorder quelque faveur, de lui offrir des objets provenant de leur époque et, si possible, leur ayant appartenu. Des bijoux, de préférence !

A Venise, elle avait « convoqué » Morosini afin qu'il lui apporte à son hôtel un « choix » de ce qu'il avait de mieux dans le genre, faisant preuve d'une désinvolture qui l'avait mis hors de lui. Patraque, d'ailleurs, il avait répondu qu'il la recevrait volontiers mais ne se dérangerait pas. Sur ce, nouveau message de la « diva » : des rois se déplaçaient pour elle et il n'y avait aucune raison pour qu'un « prétendu » prince – commerçant, de surcroît ! – se prenne pour ce qu'il n'était pas ! Furieux, il n'avait pas répliqué et avait même interdit à Guy, qui lui avait proposé ses bons offices, de le remplacer. Leurs relations s'étaient arrêtées là.

– Vous trouvez ça drôle ? s'offusqua l'Américain.

– Oui et non. C'est en effet une admirable artiste et une très belle femme. Mais je sais ce que vous venez chercher ici... Un objet – de préférence un bijou – ayant appartenu aux Borgia ?

– Oui. Mais pas n'importe lequel ! Je veux… Il s'interrompit tira d'une poche un calepin, le feuilleta et lut : « La Chimère de César ». Quel qu'en soit le prix ! Elle a promis de m'épouser si je la lui apporte ! C'est pour elle d'une importance majeure : encore petite fille, elle s'était déjà juré de ne donner sa main qu'à celui qui la lui offriïrait !

Cette fois, Morosini n'avait plus envie de rire. Cet homme lui était sympathique et il aurait aimé lui faire plaisir. Quant à la Torelli, elle dépassait les bornes. Peut-être pour avoir trop joué *Turandot,* la princesse chinoise qui exigeait de ses soupirants qu'ils résolvent trois énigmes et qui les faisait mettre à mort dès qu'ils avaient échoué ! Si, en ce qui le concernait, il adorait l'air du prince Calaf et surtout celui de Liu, la petite esclave, il n'aimait pas beaucoup l'héroïne… et pas davantage celle qui se prenait pour elle. Quant à Cornelius B. Wishbone, mieux valait lui ôter ses illusions sans plus tarder.

– Je suis navré, dit-il, mais elle vous a demandé l'impossible !

– Et pourquoi ? Elle n'invente rien, je suppose, et ce joyau existe bien !

– Il a existé !

– Ce qui veut dire ?

– Qu'il a disparu depuis… vingt ans ! Il fait désormais partie des trésors de Neptune !

– Ce qui signifie ?

Morosini retint un soupir. La culture de ce sympathique bonhomme ne semblait pas l'encombrer.

– Le *Titanic*, vous connaissez ?

– Comme tout le monde ! Une sacrée catastrophe !

– Eh bien, votre Chimère y est toujours. Elle était depuis longtemps la propriété de la famille d'Anguisola, désormais éteinte. La dernière marquise, une Américaine, ne pouvant plus supporter de vivre en Italie sans son époux, avait décidé de rentrer chez elle. Le voyage inaugural d'une aussi magnifique entité l'a tentée. Elle est partie avec… et n'en est jamais ressortie…

– Je croyais qu'on avait sauvé les enfants et les femmes ?

– Pas toutes ! Il faut comprendre : la catastrophe a dû causer une effroyable pagaille ! Votre belle amie va devoir se trouver une autre preuve d'amour !

Les sourcils, le front et l'auréole de feutre noir remontèrent avec ensemble mais Cornelius ne broncha pas :

– Impossible ! C'est celui-là qu'elle veut !

– Peut-être ne sait-elle pas quel sort a été le sien ? Quand vous lui aurez dit que la Chimère a péri dans le naufrage le plus célèbre de l'Histoire, elle ne pourra que vous demander autre chose !

– Non, parce que je ne le lui dirai pas ! Elle veut ce bijou, elle l'aura !

– Voulez-vous m'expliquer comment répliqua Aldo qui sentait la moutarde lui monter au nez.

Si sympathique que fût le bonhomme, il y avait des limites.

– Vous n'avez pas la prétention d'endosser un scaphandrier ? De toute façon, l'épave est inaccessible, elle gît à une profondeur abyssale. Il n'existe aucun moyen de l'atteindre !

– Oh, j'avais compris. Seulement – je crois vous l'avoir dit ! – je suis vraiment très riche ! A quoi elle ressemble, votre Chimère ?

Aldo aussi avait compris et ne cacha pas sa stupeur :

– Vous n'auriez pas dans l'idée de la faire copier par hasard ?

– Tout juste ! fit l'autre avec un large sourire. Ce n'est jamais qu'un bijou, finalement !

– Oui, mais pas n'importe lequel. Veuillez m'attendre un instant !

Il alla ouvrir une précieuse bibliothèque Boulle dans laquelle il conservait les livres, parfois fort anciens, ayant trait aux pierres, perles et joyaux de toutes les époques, en choisit un, le feuilleta jusqu'à ce qu'il trouve la page qui l'intéressait puis revint la mettre sous le nez de son incroyable client.

– Voilà ! triompha-t-il. En couleurs et en taille réelle !

Cornelius B. Wishbone parut un peu surpris.

– Ah… hum… oui ! fit-il.

– Si vous en convenez, vous m'en voyez ravi ! Ce n'est pas un colifichet ! En admettant qu'on les déniche, chacune des deux pierres principales représente une fortune.

Ciselé dans l'or avec un art délicat, l'animal mythique – tête de lion rugissant, corps de bouc et queue de dragon – était long d'une dizaine de centimètres, et non seulement le corps était taillé dans une seule émeraude de la même nuance que celles des yeux et de la flèche de la queue, mais l'une des pattes griffues s'appuyait sur une grosse perle baroque figurant un rocher. Rien que la reproduction était impressionnante. Qu'en serait-il de la réalité !

La tête penchée, Wishbone considéra un moment la gravure, eut un discret reniflement puis émit d'un ton rêveur :

– Ça devrait pouvoir se faire !

– En y mettant du temps, de la patience et énormément d'argent, je suis d'accord avec vous, mais ce n'est plus de mon ressort ! Seul un joaillier – et pas des moindres ! – pourrait reproduire cette pièce. Et encore ! A condition d'avoir les pierres nécessaires.

– Oh, moi, j'ai tout mon temps ! émit le Texan, placide. Vous savez qui pourrait exécuter ce machin ?

– Ils sont plusieurs, rue de la Paix ou place Vendôme, à Paris, qui en sont entièrement capables. Certains réalisent pour les maharadjahs des bijoux fabuleux. Je citerais : Boucheron… ou Cartier, ou Chaumet, ou Mellerio ! Et parmi eux je pense plutôt au deuxième. La directrice artistique de la maison, Jeanne Toussaint, est une femme exceptionnelle qui, sans avoir jamais tenu un crayon de sa vie, peut créer des pièces extraordinaires. Cela pourrait l'amuser… mais je n'en suis pas sûr ! Elle préfère sans doute innover !

– Vous pouvez me donner une lettre d'introduction pour elle ? Ou pour les autres, si cela ne l'intéressait pas ?

– Avec joie !… Oh, je vais même faire mieux : je pars ce soir pour Paris afin d'assister à une vente de joyaux. Si vous n'avez rien en perspective à Venise, je vous emmène !

Les moustaches et les coins de la bouche remontèrent de quelques centimètres.

– Une fameuse bonne idée que vous avez là ! D'autant que je pourrais vous accompagner aussi à la vente… au cas où il y aurait une babiole… un peu amusante pour inciter Miss Torelli à la patience !

– Je vous préviens qu'il n'y aura que des bijoux fort coûteux, si ce n'est ruineux. C'est une importante collection qui sera mise aux enchères. Sinon, je ne me dérangerais pas.

– C'est bien ce que j'espère ! Je me vois mal lui rapporter un briquet, même en platine, ou un collier d'ambre !

Morosini ne put s'empêcher de rire ! C'était vraiment une sorte de nabab, ce bonhomme !

– Savez-vous que vous êtes incroyable ? dit-il en lui tendant l'un des deux verres de whisky qu'il venait de servir. On a l'impression que rien ne peut vous arrêter quand vous voulez quelque chose.

– Dès l'instant où cela ne porte tort à personne, je ne vois pas pourquoi je me gênerais !

Entre leurs paupières plissées, les yeux bleu azur pétillaient de malice. Wishbone était trop sympathique pour que l'on n'essaie pas de l'aider. Aldo, tout à coup, se sentait l'envie de parcourir un bout de route avec lui.

– Je vais prier mon secrétaire de vous retenir un single pour ce soir sur l'Orient-Express. On se retrouvera à la gare ! Où descendez-vous à Paris ?

– Nulle part… enfin, je veux dire : je n'en sais rien ! En venant, je n'ai fait que changer de train !

– Alors ne vous en souciez pas ! Nous irons ensemble là où j'ai l'habitude de séjourner !

L'idée lui en était venue tout naturellement. Cet Américain hors norme allait faire le bonheur de Tante Amélie et de « Plan-Crépin » ! Ce serait trop dommage de les en priver !

Il l'aurait volontiers gardé à déjeuner mais Lisa hébergeait déjà à la maison son cousin Friedrich von Apfelgrüne, personnage original s'il en fut, accompagné de son épouse Hilda et de ses deux enfants, Frantz et Elisabeth, dont l'entente avec les jumeaux, Antonio et Amalia, avait été immédiate. Un peu trop, même ! Et depuis leur venue, le palazzio Morosini retentissait de leurs exploits et d'une joie de vivre particulièrement inventive ! Aldo les aimait bien mais n'était pas fâché d'avoir une excuse pour un séjour reposant à Paris ! D'autant qu'aux deux paires de gamins s'ajoutait le jeune Marco, le dernier arrivé des Morosini et l'enfant chéri de Lisa, solide petit rouquin de trois ans plus jeune que les jumeaux qui, s'il ne participait pas encore aux galopades et autres grandes aventures des autres, se contentait de jouer les voix *off* mais s'en tirait de façon remarquable en faisant preuve d'une rare vigueur de gosier qui agaçait Aldo. Celui-ci prétendait qu'on devait l'entendre jusqu'au palais des Doges ! Ce qui amusait beaucoup Lisa.

– On voit que tu étais fils unique !

– Toi aussi !

– Oui, mais moi, j'avais tellement de cousins qu'on ne s'en apercevait pas…

Aldo, pour sa part, aurait préféré des frères, les cousins en question ayant tous été – ou étaient peut-être encore ! – amoureux de Lisa. Même Apfelgrüne qui, au début de leurs relations, avait fait son possible pour l'écarter de sa belle cousine, avant de se transformer, il est vrai, en assistant plein de bonne volonté quand son ami Adalbert et lui traquaient l'opale manquant au Pectoral du Grand Prêtre de Jérusalem. Depuis, évidemment, il avait rencontré son Hilda à un bal chez les Kinski, s'était retiré de la compétition et transformé en un excellent ami. Ce qui n'était pas le cas de certains autres, comme le cousin Gaspard, Suisse comme Lisa mais installé à Paris, qui ne se décourageait pas mais avait au moins la pudeur de ne pas se montrer à Venise…

Après avoir raccompagné Cornelius à la gondole du Danieli qui l'attendait, Aldo se rendit dans le bureau de Guy Buteau, son fondé de pouvoir qui avait été, jadis, son précepteur, et le trouva en compagnie de Lisa, venue demander qu'il sorte du coffre la parure d'aigues-marines et de diamants qu'elle porterait le soir même au bal chez les Foscari où, puisque Aldo partait pour Paris, elle comptait emmener Friedrich et Hilda.

Comme chaque fois qu'il les voyait ensemble, Aldo admira le contraste formé entre la somptueuse chevelure rousse de sa femme et les cheveux neigeux de son vieil ami. Ils se connaissaient depuis des années, du temps où Lisa, fille d'un richissime banquier zurichois, officiait auprès d'Aldo en tant que secrétaire – ô combien compétente ! – sous le nom et l'aspect ahurissant de Mina Van Zelden, Hollandaise à lunettes et chignon serré, engoncée dans d'incroyables tailleurs en forme de cornet de frites [1]. Une véritable affection les unissait mais, à l'entrée de son mari, Lisa tourna vers lui son beau regard couleur de violettes.

– Alors, ton Américain ? Il ne ressemble pas beaucoup à ceux que l'on voit d'habitude !

– Ça, tu peux le dire ! Tu ne devineras jamais ce qu'il est venu me demander ?

– L'émeraude de Néron ?... Les perles de Cléopâtre – celles qui n'ont pas fondu !... La pierre philosophale ?

– C'est presque ça : la Chimère des Borgia !

– Cela aurait pu se faire il y a des années mais depuis vingt ans qu'elle repose au fond de l'océan, cela me paraît plus difficile ! dit Guy.

– Curieux ! fit Lisa. C'est même de la folie pure. Il devrait se trouver un rêve plus accessible.

1. Voir *Le Boiteux de Varsovie,* tome I.

– Aussi n'est-ce pas pour lui mais pour la dame de ses pensées.

– Qui est ?… Si toutefois il te l'a confié ?

– Lucrezia Torelli, la cantatrice !

– Ta bête noire ? Celle qui se prend pour Turandot ? Le pauvre ! Il a l'air si gentil ! Tu lui as dit qu'il perdait son temps ?

– Bien sûr ! Ça ne l'a pas découragé pour autant !

– Comment cela ? s'étonna Guy. On ne possède aucun moyen de fouiller l'épave du *Titanic*.

– Oh, c'est beaucoup plus simple : il veut qu'on la lui copie… en vrai !

Satisfait de l'effet produit, il s'accorda le loisir de contempler les deux visages sidérés qui lui faisaient face.

– En admettant qu'on trouve des pierres semblables, cette bagatelle va lui coûter sa fortune !

– Ça ne semble pas l'inquiéter. Apparemment, elle peut supporter la dépense !

M. Buteau ôta ses lunettes, prit son mouchoir et les essuya avant d'en rechausser son nez.

– Ce n'est pas un bijou de femme. D'après les reproductions, je lui trouve même un côté menaçant !

– C'est un bijou Borgia. Le pape Alexandre VI l'avait commandé pour son fils César dont cette femme se prétend la descendante. En outre, elle jure qu'elle épousera celui qui la lui rapportera !

– Elle est futée ! commenta Lisa, amusée. Comme elle ne doit rien ignorer du naufrage, c'est une façon comme une autre d'avoir la paix, mais je ne suis pas certaine que l'idée de ton Américain soit si géniale ! Au fait, il s'appelle comment ?

– Cornelius B. Wishbone !

– En admettant qu'il réussisse à la faire copier, elle saura tout de suite que ce n'est pas la vraie…

– Les pierres seront pourtant authentiques !

– Il se peut alors qu'elle la conserve mais refuse le mariage ! Il se sera ruiné pour rien !

– Ruiné ? Cela m'étonnerait, mon cœur ! Comme je lui proposai de l'emmener chez Cartier voir ce que Mme Toussaint penserait de son projet en précisant que je devais aller à Paris pour la vente, à Drouot, de la collection Van Tilden, il m'a rétorqué qu'il avait l'intention de m'y accompagner – tenez-vous bien, mes enfants ! – pour voir s'il ne trouverait un « petit quelque chose » à acheter pour faire prendre patience à son idole !

– Mais, fit Guy Buteau d'une voix plaintive, c'est la plus belle collection privée de joyaux de la Renaissance ! Tiens, j'y pense : il y aura même trois des quelque 3 780 bijoux que Lucrèce Borgia, duchesse de Ferrare, a laissés à sa mort !

– Com… bien ? hoqueta Lisa, suffoquée.

– 3 780… à deux ou trois près ! La moindre bricole va coûter cher.

– Je le lui ai dit, reprit Aldo. Ça n'a pas l'air de le troubler !

– Et il le sort d'où, son argent, ton milliardaire ?

– Texas ! Des terres à perte de vue avec dessus des milliers de vaches… et quelques puits de pétrole !

– Tu m'en diras tant ! S'il est aussi riche, il doit être imbuvable !

– Lui ? C'est un amour ! Je vais l'emmener chez Tante Amélie. Il va la distraire énormément et j'ai hâte de savoir ce que Plan-Crépin en pensera.

– Et moi, je n'y serai pas ! gémit Lisa. Pendant ce temps-là, je vais continuer à promener la famille Apfelgrüne à travers Venise ! C'est trop injuste !

– C'est toi qui les as invités, mon cœur ! Et ce soir, chez les Foscari, tu feras encore des ravages avec cette parure qui te rend si irrésistible ! Ce pauvre Apfelgrüne va se demander pour quelle raison obscure il a épousé Hilda !

– Parce qu'elle est charmante ! Quant à toi, je me méfie toujours quand tu te lances dans les compliments ! Tu comptes rester combien de temps à Paris ?

– Trois ou quatre jours !

– Oui... mais après ? Tu iras où ?

– Quelle question ! Je rentrerai, bien sûr ! Où veux-tu que j'aille ?

– Je ne sais pas moi !... Le Tibet ?... L'Alaska ?

– Fait trop froid !

– Alors le Mexique, la Colombie aux émeraudes... les îles Sous-le-Vent.

– N'importe quoi ! Tiens, si tu es bien sage, j'essaierai de te ramener Cornelius ! Il est distrayant au possible !

– A moins que ce ne soit lui qui t'emmène au bout du monde !

Aldo fronça les sourcils. C'est qu'elle avait l'air d'y croire ! Quittant le ton de la plaisanterie, il emprisonna les épaules de sa femme dans ses mains tandis que Guy Buteau s'esquivait discrètement :

– Qu'est-ce que tu as, Lisa ? On dirait que ce voyage à Paris te tourmente vraiment ?

– N'exagérons rien ! Souviens-toi seulement que, la dernière fois, tu devais rester en Egypte cinq ou six jours et tu y es resté quatre mois !

– Encore heureux que je n'y sois pas resté définitivement ! fit-il un peu sèchement. Que veux-tu, il faut bien que je fasse mon métier et il m'oblige à voyager ! Je ne te propose pas d'envoyer Guy à ma place pour cette vente ! Elle est importante... et je ne devrais pas être obligé de te l'expliquer. Mina Van Zelden aurait compris sans qu'on soit obligé de lui faire un dessin !

– Mais j'ai compris, rassure-toi ! Et puis tu pourras toujours revenir en compagnie d'Adalbert qui sera sûrement à Paris !

– Pas sûr : il a un appartement à Londres !

– Il m'étonnerait fort qu'il ne soit pas là ! Puisque tu vas chez Tante Amélie il s'arrangera pour que le « gang » soit au complet !

Et, posant un baiser rapide sur le bout du nez de son époux, Lisa ramassa ses écrins et remonta dans sa chambre. Elle s'en voulait d'avoir donné libre cours à la vague inquiétude qui lui était venue en apprenant qu'il allait s'occuper de cet Américain, si sympathique soit-il.

Elle n'avait rien contre l'Amérique en général et même elle y comptait des amis, mais ayant vécu auprès d'Aldo quelques années, d'abord sous un camouflage de secrétaire insipide puis comme épouse après la parenthèse du désastreux mariage polonais [1], elle avait appris à le connaître à fond et savait que, tout en lui gardant son amour intact, il était sujet à des coups de cœur dont certains pouvaient être dangereux. Elle l'avait compris quand, au moment de l'affaire de Versailles, elle avait reçu une lettre de Mme de Sommières (Tante Amélie), au style humoristique, d'ailleurs, lui rappelant que, s'il était louable d'être une bonne mère, il n'était pas mauvais non plus que l'on sût qu'il existait une princesse Morosini avec qui Aldo formait un couple parfait. Il est vrai qu'à ce moment Lisa, qui venait de mettre au monde son petit Marco, ne s'occupait plus que de lui, allant même jusqu'à faire chambre à part afin de ne pas risquer de tarir son lait. Il serait bon, par exemple, écrivait la marquise, qu'elle fît une entrée fracassante au vernissage de l'exposition de

1. Voir *Le Boiteux de Varsovie*, tomes III et IV.

sculptures d'une Américaine, Pauline Belmont, dans la galerie d'antiquités de leur ami Gilles Vauxbrun dont elle était la dernière passion...

Lisa était trop fine pour ne pas deviner une mise en garde sous le ton d'affectueuse plaisanterie. Au beau milieu de la soirée, elle avait effectué l'entrée « sensationnelle » qu'on lui conseillait. Comme César, elle était venue, elle avait vu... qu'en effet Vauxbrun était très amoureux de l'artiste – elle l'était véritablement, il fallait l'avouer ! – mais qu'il n'était pas payé de retour. En revanche, il y avait plus d'une chance que Pauline aime Aldo. Et c'était une femme remarquable : belle, intelligente, sensible, incroyablement sympathique, cultivée, bien sûr, pourvue enfin d'un corps de statue grecque et d'un magnifique regard gris que Lisa avait bien cru voir s'adoucir en se posant sur son époux. Mais lui semblait si heureux de son arrivée fortuite qu'elle n'avait pas douté un instant d'un amour qu'on lui avait prouvé surabondamment trois heures après dans une chambre du Ritz.

– Ne me prive plus jamais de toi, Lisa ! avait-il supplié avant de lui permettre de s'endormir. J'en souffre trop !... Et ce ne sont pas les nourrices qui manquent dans ton Helvétie natale ! Sans compter les vaches !

Tout était donc rentré dans l'ordre. N'empêche que Lisa ne pouvait se défendre d'une vague prévention envers tout ce qui émanait des Etats-Unis. Même s'il y avait un fameux bout de chemin entre le Texas et la 5e Avenue !

De son côté, Aldo s'interrogeait. C'était la première fois que sa femme émettait une quelconque objection à l'un de ses voyages, et d'autant plus surprenante qu'elle n'ignorait pas l'importance des joyaux qui allaient se vendre le surlendemain à l'hôtel des ventes de la rue Drouot. Habitué de la maison, il avait reçu une invitation en bonne et due forme ainsi que le catalogue… Et il n'aimait pas cela.

Pas plus qu'il n'avait aimé son attitude lorsqu'il était revenu d'Egypte. L'habituelle magie qui les jetait dans les bras l'un de l'autre à chaque retour d'Aldo n'avait pas fonctionné aussi bien même si, retirés dans leur chambre, elle s'était abandonnée sans retenue à leur ardeur amoureuse. Et il avait béni intérieurement la présence d'Adalbert qui, sans paraître se livrer à la moindre plaidoirie, avait raconté ce qu'avait été leur commune aventure sur le Nil sans rien cacher de ses propres sentiments pour une jeune Salima qui n'appartenait pas vraiment à ce monde. Son talent oratoire avait joué à plein et il avait conclu en disant à quel point ce séjour chez ses amis lui était paru nécessaire avant de retrouver le train-train… et la relative solitude de la rue Jouffroy.

– J'aurais aimé être là ! s'était-elle contentée de soupirer, ce qui avait fait bondir Aldo.

– Qu'est-ce qui t'en empêchait dès l'instant où tu étais rassurée sur le sort de Grand-Mère ? avait riposté Aldo.

– Rien, évidemment, si ce n'est que je n'étais pas certaine que ma présence soit tellement utile !

– Avec Tante Amélie et Plan-Crépin ? C'est de la mauvaise foi, mon cœur… et tu le sais parfaitement !

Cela n'était pas allé plus loin mais, à présent, et au moment de boucler ses valises pour Paris, le mince incident revenait à la mémoire d'Aldo, l'incitant à prendre quelques précautions. Aussi s'empressa-t-il de rejoindre Lisa dans sa chambre.

– Ils sont encore là pour combien de temps, les cousins ?

– Deux ou trois jours, pas plus…

– Puisque tu as si peur de me voir filer au bout du monde, viens donc me rejoindre à Paris. L'atmosphère de la rue Alfred-de-Vigny te décontractera et il ne tient qu'à toi de prendre place dans mon « gang » comme tu dis ! Sans parler de moi, Tante Amélie et son fidèle bedeau en seraient ravis ! Pour ne pas mentionner ton couturier préféré !

– Mais… les enfants ?

– Ah, non ! Ne recommence pas ! J'estime qu'entourés de Trudi, Mademoiselle – une nouvelle acquisition pour commencer l'éducation des jumeaux ! –, de Guy, d'Angelo, de Zaccharia, de Livia, de Fulvie, de Zian et des autres on ne pourrait nous accuser de les abandonner en plein désert !

Lisa n'avait pu s'empêcher de rire et était venue d'elle-même se blottir dans les bras de son mari.

– On verra ça !… C'est toi qui as raison, bien sûr ! Mais comme un fait exprès, depuis que nous sommes mariés, nous avons été moins souvent ensemble que quand j'étais ta secrétaire ! Par ma faute autant que par la tienne d'ailleurs !

– Peut-être mais les retrouvailles sont tellement délicieuses, non ? fit-il en l'embrassant dans le cou.

Après quoi, il y eut un assez long silence peuplé de soupirs qu'Aldo jugea bon de préserver en allant fermer la porte à clef…

Quand Lisa se leva pour aller se recoiffer, elle considéra d'un œil sévère les joyaux disposés devant le grand miroir.

– Je déteste l'idée de me rendre à ce bal sans toi !

– Menteuse ! Mon absence va faire le bonheur de tes nombreux admirateurs qui vont s'agglutiner autour de toi comme des frelons autour d'une fleur ! Ce que, moi, je déteste ! Cela t'évitera une scène de ménage au retour !

Lisa se mit à rire.

– Je ne sais pas toi, mais moi, je les aime assez, nos scènes de ménage. Elles finissent plutôt bien !

– Tu n'as que trop raison ! grogna Aldo. Je pourrais peut-être envisager de te flanquer une raclée la prochaine fois ?... Ou alors te faire un enfant de plus ?

L'écho de hurlements partis du rez-de-chaussée évita à la jeune femme de se lancer dans une controverse.

– Pour l'instant, tu vois, je crois qu'on a fait le plein ! Va prendre ton train et embrasse la famille pour moi ! J'irai peut-être te rejoindre après tout... Ne fût-ce que pour voir ce que Marie-Angéline va faire de ton Américain.

– Voilà comme j'aime t'entendre parler !... Femme, je suis fier de toi !

Ce qu'on allait faire de l'Américain d'Aldo, c'était exactement la question qu'au même moment ladite Marie-Angéline du Plan-Crépin, noble famille remontant aux croisades, ce que la dernière descendante ne laissait jamais oublier, posait à la marquise de Sommières – Tante Amélie pour la tribu Morosini – avec laquelle elle cousinait et remplissait brillamment les fonctions multiples de lectrice, demoiselle de compagnie, garde du corps, âme damnée et service de renseignements, la provenance de ceux-ci trouvant le plus souvent leur source à la messe de 6 heures à l'église Saint-Augustin où Plan-Crépin s'était constitué une sorte d'agence occulte lui permettant de se tenir au courant de ce qui se passait non seulement dans le quartier Monceau, mais dans une bonne partie du Paris aristocratique ou simplement fortuné... Pourvue de cheveux jaunes frisottés et d'un long nez sensible, cette curieuse vieille fille possédait une vaste culture et des talents aussi multiples qu'inattendus. Elle avait souvent donné un sérieux coup de main au tandem Morosini-Vidal Pellicorne – celui-ci, égyptologue de son état – dans les diverses aventures qui s'étaient succédé à la suite de la recherche des pierres précieuses volées sur le Pectoral du Grand Prêtre du temple de Jérusalem, grâce à laquelle les deux hommes avaient lié une solide amitié. Parlant d'Adalbert, Lisa disait : « le plus que frère », et elle n'avait pas tort, même si quelques frictions se produisaient par-ci par-là. Quoi qu'il en soit, Marie-Angéline adorait les deux compères grâce à qui elle avait vécu des moments intenses… et espérait bien en vivre encore ! Aussi l'arrivée annoncée d'Aldo était-elle une fête pour elle mais, cette fois, elle ne parvenait pas à démêler si le supplément made in USA lui faisait plaisir ou non.

Son goût de la nouveauté, sa curiosité toujours en éveil répondaient « oui », mais depuis l'affaire Marie-Antoinette, un rien de méfiance et d'inquiétude s'attachait à cette nation depuis qu'à la fête nocturne de Trianon poursuivie chez lady Mendl, elle avait vu pour la première fois Pauline Belmont, grande dame s'il en fut, artiste, intelligente et parée d'une beauté brune singulièrement émouvante et à laquelle la cousine était certaine qu'Aldo n'était pas insensible, ne serait-ce qu'à sa façon de la regarder et de lui baiser la main. Quant à Pauline elle-même, Plan-Crépin aurait juré qu'elle aimait Morosini de toute son âme, même si elle savait s'abriter sous une ironie légère et un réel sens de l'humour…

– Plan-Crépin ! dit soudain Mme de Sommières qui l'observait. Vous devriez laisser une chance de vie à cette rose ! Que vous a-t-elle fait ? C'est la troisième fois que vous la raccourcissez ! Si vous lui en voulez, coupez-lui la tête un bon coup et n'en parlons plus !

L'interpellée, qui était en effet en train d'arranger dans un vase le grand bouquet que Lachaume venait de livrer, tressaillit, faillit se couper un doigt, lâcha tout et se tourna vers la marquise. Assise dans son fauteuil de rotin blanc au milieu de la végétation luxuriante du jardin d'hiver où elle se tenait de préférence lorsqu'elle était à la maison, celle-ci la détaillait à travers son ravissant face-à-main d'or serti de petites émeraudes. Marie-Angéline devint ponceau.

– Je ne sais pas ce que j'ai ce matin mais je n'arrive pas à me concentrer !

– Moi, je le sais… ou plutôt je m'en doute ! C'est l'invité d'Aldo qui vous perturbe… et cela tout bêtement parce qu'il est américain. Ce qui est idiot !

– Pourquoi ?

– Allez donc chercher un Atlas dans la bibliothèque, ouvrez-le à la page des Etats-Unis et dites-moi quelle est à votre avis la distance qui sépare New York du Texas ?

– Ce n'est pas la porte à côté !

– Heureuse de vous l'entendre dire ! Alors voulez-vous m'expliquer par quelle alchimie le brave éleveur de bestiaux que nous attendons devrait se retrouver membre d'une des plus puissantes familles new-yorkaises ?

– Mais je…

– Allons, Plan-Crépin, pas à moi ! Je vous connais trop bien ! Pour un peu, vous imagineriez que même la statue de la Liberté a le visage de Pauline Belmont ! Vous faites une fixation, ma parole !

– Nous avons peut-être raison, reconnut Marie-Angéline qui ne s'adressait jamais à sa cousine qu'en empruntant le pluriel de majesté. Mais c'est plus fort que moi, je me demande si l'affection soudaine d'Aldo pour cet inconnu milliardaire ne relèverait pas un peu du même processus ?

– Parce que vous ne trouvez pas assez original un homme – pittoresque, d'après Aldo ! – amoureux d'une femme pour laquelle il est prêt à faire copier en vrai un fabuleux joyau historique qu'on ne retrouvera jamais car il repose au fond de l'Atlantique Nord ? J'avoue que ce genre de phénomène m'amuserait plutôt… et c'est la raison pour laquelle on nous l'amène ! A ce propos, vous feriez bien d'ailleurs d'aller vous assurer qu'il ne manque rien dans sa chambre.

– C'est fait.

– Et vous n'avez pas oublié d'inviter Adalbert à dîner ?

Marie-Angéline rougit jusqu'à la racine de ses cheveux, jaunes à l'origine mais auxquels, au moyen d'une brillantine achetée au vu d'une réclame dans le *Jardin des Modes*, elle réussissait depuis quelque temps à conférer un vague reflet d'or pâle qui n'était pas si vilain après tout ! Cela depuis qu'à la suite du don d'un joli vase Kien-Long, elle s'était découvert un penchant pour l'archéologue qui l'avait conduite à ajouter l'étude des hiéroglyphes et la langue arabe à une somme de connaissances déjà faramineuses dont elle était assez fière. Et elle n'éprouvait jamais bonheur plus ineffable qu'entendre Aldo la comparer à l'universel Pic de la Mirandole.

– Evidemment non ! Il viendrait même avec quarante de fièvre ! La dernière trouvaille d'Aldo le fait griller de curiosité… C'est tellement peu dans la manière d'Aldo d'inviter un étranger… surtout dans cette maison !

Un quart d'heure plus tard, les voyageurs étaient là, précédés de quelques minutes par une gigantesque corbeille d'orchidées livrée sur les chapeaux de roue par la camionnette de la maison Lachaume, et Morosini pouvait jouir de l'effet de sa surprise. Encore qu'il y eût droit, lui aussi, en voyant Cornelius, privé de son auréole de feutre noir par Cyprien, se casser à angle droit sur la main endiamantée de Tante Amélie en se déclarant dans un français inattendu « fantastiquement heureux d'être hospitalisé dans les salons d'une dame si hautement aristocratique ».

– Vous ne m'aviez pas dit que vous parliez français ? fit Aldo qui jusque-là avait utilisé l'anglais et qui maîtrisait de son mieux une forte envie de rire en évitant surtout de regarder les autres.

– C'est la politesse, non ? Et puis Madame la marquise être merveilleusement imposante et belle.

Ce qui lui valut un sourire radieux et une gracieuse bienvenue de la part de son hôtesse.

– Mais elle va l'adorer, cet homme-là, chuchota Plan-Crépin à Adalbert. Il va avoir son couvert mis à demeure et son fauteuil dans le jardin d'hiver.

– Il faut avouer qu'il exagère à peine : elle est superbe ! souffla celui-ci en considérant la haute et mince silhouette vêtue d'une robe « princesse » en chantilly gris clair – la marquise restait fidèle à la mode implantée à la fin du siècle dernier par la reine Alexandra d'Angleterre –, cinq rangs de perles serrant son cou de cygne, d'autres encore à ses oreilles découvertes par la masse argentée de ses cheveux coiffés en hauteur.

Plus de quatre-vingts ans et droite comme un I. Sans compter des yeux verts étonnamment jeunes.

On but un verre de champagne en parlant de choses et d'autres. Quand Cyprien eut annoncé que Madame la marquise était servie, Cornelius arrondit gracieusement son bras pour l'offrir à la marquise et l'on passa à table.

Pour consoler Plan-Crépin de n'avoir pas soulevé le même enthousiasme – elle avait, certes, eu droit au même salut mais le regard émerveillé s'était changé en un large sourire et un « très, très, très heureux de faire la connaissance de vous ! » –, Aldo joua le jeu en lui présentant son bras. Adalbert ferma la marche tout seul. Tandis qu'on s'attablait et bien qu'elle eût chuchoté, Aldo l'entendit nettement commenter :

– On va voir comment il se débrouillera avec les couverts ! J'ai demandé des asperges et des cailles farcies au foie gras ! Ça ne doit pas courir les rues au Texas !

– Vous pourriez être surprise ! J'ai pris deux repas avec lui dans le train et, par exemple, il ne « sauce » pas avec un quignon de pain ! Vous vous attendiez à quoi ? Qu'il amène son cheval ?

– Pourquoi pas ? Vous avez vu ses chaussures ? Il n'y manque que les éperons !

C'était en effet le seul exotisme de sa tenue avec le feutre rond (resté au vestiaire, bien sûr) et le ruban de soie noir remplaçant la cravate sous le col à coins cassés de la chemise blanche : des bottes texanes noires, cirées à glace, mais à bouts pointus et talons taillés en biseau un peu plus haut que la normale. Comprenant qu'elle tenait à avoir le dernier mot, Aldo se contenta de sourire en la déposant à sa place, sachant que la suite se chargerait du démenti.

Cornelius n'empoigna pas ses asperges pour les tremper dans la sauce mousseline et n'hésita pas sur le choix pour désosser ses cailles. Il avait peut-être fréquenté plus de cow-boys que de diplomates mais il avait été bien élevé. En revanche, il ne jugea pas utile de dissimuler le vif plaisir qu'il éprouvait à se trouver assis à cette table élégante… et stable !

Depuis qu'il avait quitté au Havre le bateau qui l'avait amené depuis New York – et qui avait essuyé une vigoureuse tempête ! –, il avait sauté, sans respirer, du Calais-Paris puis pris un train pour Venise avant d'en revenir en compagnie d'Aldo, n'ayant passé qu'une nuit au Danieli. Ce qu'Aldo fit remarquer à l'assemblée.

– Eh bien, fit Mme de Sommières, on peut dire que vous étiez pressé !

– Très, très pressé !

– Mais ce n'était pas la première fois que vous veniez en Europe ?

– Une fois en Angleterre… il y a longtemps, mais c'est tout ! Il faut comprendre ! Toujours beaucoup de labeur ! Mais j'aime ! Surtout au ranch ! Le pétrole sent mauvais ! Pas les chevaux, ni même les vaches et surtout pas l'immense campagne ! J'aime tant galoper dedans !

A cette évocation, ses yeux se mirent à briller d'une joie quasi enfantine qui laissa ses auditeurs pantois.

– Mais alors, émit Adalbert, comment en êtes-vous venu à courir d'un bateau à divers trains sans prendre le temps de souffler ?

Avec cette simplicité ingénue qui faisait son charme, Cornelius ne vit aucun inconvénient à le renseigner.

– L'amour ! Je suis devenu épris d'une femme tellement merveilleuse ! Elle veut quelque chose, alors je cherche le quelque chose ! C'est tout simple !

– Oui, c'est tout simple, soupira son hôtesse avec un rien d'admiration. Mais nous direz-vous comment vous l'avez rencontrée ? Une grande artiste, une célèbre cantatrice ne fréquente pas, habituellement, les plaines sans fin de votre Texas ? Cela ne va guère ensemble, non ?

– Pas encore mais, si je réussis, cela ira peut-être un jour !

– Ça, ça m'étonnerait ! chuchota Marie-Angéline pour le seul bénéfice d'Adalbert.

Puis, plus haut :

– Vous allez nous raconter comment vous avez fait sa connaissance ?

Wishbone lui adressa un sourire rayonnant :

– Un si beau jour !… J'étais allé à New York pour des achats, des contrats et voir des amis. Je n'ai pas de famille sauf un neveu qui est avocat, mais beaucoup d'amis… Le plus cher, c'est Charles Foster. Il y a deux mois, en disant qu'il fallait que je vive autrement que comme un sauvage, il m'a emmené au Metropolitan Opera entendre *Tosca*. J'étais dans l'émerveillement ! Ensuite j'ai été conduit dans la loge de Miss Torelli. Elle m'a regardé. Elle m'a souri… et j'ai fondu de bonheur quand elle m'a permis de revenir la voir !

– Combien de fois avez-vous entendu *Tosca* ? fit Mme de Sommières, mi-amusée mi-apitoyée par tant de candeur.

– Six ! Et aussi *Madame Butterfly*, et aussi *La Traviata* ! Il faut dire qu'elle avait bien voulu que je la suive à Chicago et à San Francisco. C'est en rentrant à New York – elle a une maison à Long Island – que je lui ai demandé de m'épouser. Elle n'a pas dit non…

– Oh, que c'est bien ! flûta Marie-Angéline qui trompait un début d'agacement en roulant des boulettes de pain.

– Mais c'était déjà beaucoup ! répondit Cornelius, cramponné à son nuage rose. C'est un peu après qu'elle m'a dit qu'elle avait juré de n'épouser que celui qui lui rapporterait la…

Il s'interrompit pour palper sa veste à la recherche sans doute de son calepin. Aldo souffla :

– La Chimère des Borgia !

– Merci ! Je ne sais pas pourquoi mais je n'arrive jamais à me rappeler ! Elle a expliqué que le bijou appartenait à un de ses ancêtres qu'on a assassiné pour lui voler. C'est pourquoi il faut que je lui rapporte !

– Et si vous y parvenez, elle a promis de vous épouser ? fit Adalbert.

– Elle a juré… sur la Madone !

– Ensuite elle ira vivre au Texas avec vous ?

– Pas tout de suite… à cause du bel canto ! Mais après…

– Quand elle ne chantera plus ? apprécia Aldo Au fait quel âge a-t-elle ? J'admets qu'elle est magnifique mais elle doit totaliser quand même un bon nombre d'années de présence sur les scènes mondiales !

– Les sirènes n'ont pas d'âge, tout le monde sait cela ! coupa la marquise. Mais si vous me permettez encore une question : qui vous a conseillé d'aller à Venise voir mon neveu ? Un de vos amis new-yorkais ?

Le Texan ouvrit de grands yeux surpris.

– Mais… Miss Torelli ! Je croyais avoir dit…

– Non, le détrompa Aldo. Je crois bien que j'ai oublié de vous le demander ou alors je pensais à autre chose ! Ainsi c'est votre… belle amie elle-même qui vous a envoyé chez moi ? Elle me connaît ? ajouta-t-il hypocritement au souvenir de leur brève relation.

– Ne fais pas le modeste ! intervint Adalbert. Des deux côtés de l'Atlantique tous les fondus de joyaux anciens ou modernes, célèbres ou pas, te connaissent !

– C'est ça tout juste, approuva Cornelius. Elle m'a dit : « Il a retrouvé des bijoux perdus depuis des siècles… Donc il peut retrouver la… Chimère ! »

– C’est de la folie ! Je vous répète ce qu’il en est : elle fait trempette par quelque deux mille mètres de fond et je n’ai pas le moindre pêcheur de perles ni à ma disposition ni parmi mes ancêtres ! Vous non plus, Marie-Angéline, je suppose ?

– Eh bien, si ! avoua-t-elle en rougissant furieusement. Une de mes aïeules aurait eu, au XVIIIe siècle, une brève… aventure avec un pêcheur d’éponges de l’île de France ! Et…

– … et elle est morte dans le naufrage du vaisseau qui la ramenait au pays ? C’est Paul et Virginie que vous nous racontez là, ma chère !

– Il se peut parfaitement que nous ayons inspiré Bernardin de Saint-Pierre.

Le dîner s’achevait. On quitta la salle à manger pour rejoindre le jardin d’hiver où le café allait être servi. Wishbone avala le sien d’un trait et demanda la permission de se retirer.

– Je demande pardon, s’excusa-t-il, mais je sens beaucoup de fatigue parce que je ne peux pas dormir dans un train.

– Et vous en avez votre compte, approuva Mme de Sommières. Allez vite vous reposer ! Nous vous souhaitons une bonne nuit !

– Merci… Merci beaucoup ! émit-il, visiblement ému. Je suis heureux d’être ici !

Tandis qu’Aldo accompagnait l’invité à l’escalier, le silence retomba, mais dès qu’il reparut, la marquise lui tomba dessus.

– Tu ne vas pas le laisser s’embarquer dans cette folie ?

– Laquelle ?

– Une copie de cette bestiole ruineuse. C’est quelqu’un de trop gentil ! Il est probable que la dame lui fera la grâce de l’accepter mais n’ira pas ensuite partager son nom, son lit et sa passion pour les immenses étendues désertes du Texas ! Et cela pour une excellente raison : le premier bijoutier venu lui dira que non seulement son joyau n'a jamais connu César Borgia mais qu'il est dans sa toute fraîche nouveauté ! Je n'ai vu qu'une fois la Torelli, mais je jurerais qu'en dépit de sa voix envoûtante, c'est une garce admirablement conditionnée !

– C'est mot pour mot ce que je pense ! appuya Plan-Crépin.

– Moi, itou ! fit, en écho, Adalbert qui réchauffait entre ses mains le « ballon » de fine Napoléon qu'il venait de se servir.

L'œil ironique de Morosini se posa sur chacun d'eux tour à tour.

– Vous me prenez pour qui, tous les trois ? Je sais qui est cette femme ! Il ne vous est pas venu à l'esprit que si j'ai choisi de l'emmener chez Cartier, et singulièrement à Mme Toussaint, c'est que de deux choses l'une : ou bien elle lui démontrera preuves à l'appui qu'il demande l'impossible, ou bien, si elle accepte le défi – car c'en est un et de taille ! –, il sera réalisé avec une telle perfection que l'expert le plus pointilleux n'arrivera jamais à démontrer qu'il n'est pas d'époque ! C'est une sorte de magicienne ! Demain, en attendant, je le véhicule à Drouot.

– Pour qu'il s'y ruine un peu plus rapidement pour les beaux yeux de cette chipie ? lâcha Marie-Angéline, acerbe.

– On pourrait penser qu'il vous a séduite ! remarqua la marquise.

– Non, nous faisons erreur ! C'est qu'en dépit de sa fortune, il aurait plutôt tendance à éveiller mes craintes ! Nous n'avons donc pas remarqué que c'est un enfant ? Sans sa barbe il devrait avoir l'air d'un chérubin un peu mûr ! La Torelli va le plumer comme un poulet jusqu'à ce qu'il en vienne là où elle a mené certains autres : au suicide !

– D'où savez-vous ça, Plan-Crépin ? Ce n'est tout de même pas à la messe de 6 heures de Saint-Augustin ?

– Non. Sur les affichettes de la presse à sensation devant les kiosques à journaux. J'ai parfois la faiblesse d'en acheter…

– Mais vous vous gardez vertueusement de me les lire ! Pourquoi ? reprocha-t-elle d'une voix plaintive.

– Parce que ce n'est pas digne de nous ! Passe encore en ce qui me concerne mais…

– Digne de nous ! Digne de nous ! Cela signifie quoi ? J'aime autant qu'une autre un cadavre réussi agrémenté d'une histoire passionnante autour ! D'ailleurs vous le savez pertinemment puisqu'il n'est pas rare que je me fasse lire sir Arthur Conan Doyle et son génial Sherlock Holmes ! Et vous oubliez que nous avons rencontré Agatha Christie en Egypte [1] !

– Mesdames, Mesdames ! apaisa Aldo. Renons-en à Cornelius B. Wishbone ! A l'unanimité nous pensons que c'est un brave type qui risque de laisser dans l'aventure sa fortune et son cœur ! On va essayer de l'aider. C'est la raison pour laquelle, venant assister à la vente de demain, j'ai eu soudain envie de l'emmener avec moi !… Et maintenant, si on allait dormir ?

1. Voir *L'Anneau d'Atlantide* ; Pocket n° 14390.

2

La collection Van Tilden

Jamais Morosini n'avait vu autant de policiers aux abords de l'hôtel Drouot. La célèbre salle des ventes semblait en état de siège. Il est vrai qu'il y avait de quoi, puisqu'on allait disperser la plus importante collection de joyaux Renaissance qui soit – peut-être ! – au monde, et bien peu de privilégiés pouvaient se vanter de l'avoir vue.

Depuis plusieurs années elle avait grandi dans la maîtresse tour transformée en coffre-fort d'un beau château du Val-de-Loire où le milliardaire américain Lars Van Tilden avait décidé de vivre pour elle seule quand il avait à peine trente ans, à son retour de la guerre. Pas de femme, pas d'enfants, il avait fait de sa vie un long tête-à-tête avec ces scintillants témoins d'un âge qu'il avait découvert à dix-huit ans lorsqu'il avait effectué le traditionnel tour d'Europe dont se couronnait obligatoirement l'éducation d'un garçon bien né. Il en était revenu ébloui et décidé à consacrer une existence où il n'avait pas grand-chose à faire, étant l'unique héritier d'un empire – qu'il ne perdait jamais de vue d'ailleurs ! – que gérait pour lui une escouade de gens hautement qualifiés. Tout comme les deux ou trois rabatteurs qui écumaient à son profit antiquaires, ventes privées ou publiques. Voire peut-être receleurs… Et comme il était aussi très généreux, il était plutôt bien servi.

Il ne recevait personne – ou si peu ! – en dehors des gens du village dont il se voulait le seigneur attentif. Il n'avait rien d'un sauvage pourtant et ceux qui le connaissaient vantaient sa courtoisie, son absence totale de méchanceté, sa main toujours prête à s'ouvrir en cas de détresse. Alors qu'il atteignait tout juste la quarantaine, il avait assuré, par testament, la vie de ses serviteurs, fait des legs conséquents à ses rares amis, remis son empire financier au gouvernement des Etats-Unis, son château à la commune dont il dépendait, accompagné d'une rente pour l'entretenir et quelques précisions, dont la principale était son désir de reposer dans « sa » chapelle, ordonné la vente de sa précieuse collection aux enchères publiques, le produit devant être partagé entre deux œuvres charitables… puis par une belle nuit étoilée qui était celle de la Saint-Barthélemy, il s'était enfermé dans sa bibliothèque, revêtu de son costume Renaissance, et il s'était empoisonné afin de couper court aux souffrances d'un cancer en son début.

Cette fin tragique, jointe au fait que l'on ne savait pratiquement rien sur lui, faisait le bonheur d'une presse qui s'en donnait à cœur joie. C'était à qui ferait preuve de la plus délirante imagination. Autant dire que l'on écrivait n'importe quoi, le défunt étant comparé – par exemple ! – au marquis de Carabas, ce qui donnait à penser que le Chat Botté n'était pas loin…

Ce fut ce que Morosini reprocha à Berthier en arrivant à Drouot, le reporter du *Figaro* qu'il connaissait depuis l'affaire des « Larmes de Marie-Antoinette ». Celui-ci protesta aussitôt.

— Cela signifie que vous ne m'avez pas lu, prince, sinon vous sauriez que je n'ai jamais rien écrit dont je ne fusse pas sûr. Et je suis l'un des rares à m'être approché de Van Tilden. C'était peut-être un original mais aussi le meilleur garçon de la terre. Son village, où il ne comptait que des amis comme le médecin, l'instituteur, le curé et le notaire, le pleure autant et plus que s'il était l'un des leurs. Ils sont heureux d'ailleurs qu'il ait choisi d'être enterré dans la chapelle de son château, ainsi ils ne le perdront pas tout à fait. Cela posé, il vivait plutôt simplement entre son jardin – il avait une passion pour les roses ! –, sa bibliothèque, ses chiens et, bien entendu, sa collection.

— Vous l'avez vue, vous ?

— Sa collection ? Non. Tout ce que je sais à ce sujet c'est qu'elle est impressionnante et, lorsqu'il la visitait dans son donjon coffre-fort, c'était de nuit et il s'habillait à la mode du roi Henri III auquel il parvenait à ressembler grâce à sa barbiche et sa moustache en pointe, sans oublier pourpoint, chausses, toquet de velours noir, fraise blanche et collier de l'ordre du Saint-Esprit sur la poitrine.

— Pourquoi pas, après tout ? Mais je ne vous ai pas demandé des nouvelles de la famille ! Comment vont Caroline et le bébé ?

— A merveille ! J'espère qu'il en est de même pour Mme la marquise de Sommières et Mlle du Plan-Crépin ?

— Absolument. Je leur dirai que je vous ai vu… mais je crois que, maintenant, il faut entrer !

Récupérant Wishbone dont il prit le bras, il se dirigea vers la porte où un piquet de « Savoyards [1] » en vestes bleues à cols rouges filtraient les invitations non sans déployer quelque vigueur, car on avait un peu tendance à se marcher sur les pieds. Deux

1. Traditionnellement, les employés de la salle des ventes viennent de Savoie.

d'entre eux saluèrent Morosini qu'ils connaissaient bien.

— Vous devez être au deuxième ou troisième rang, Excellence ! Vous vouliez deux places et on n'a pas pu faire mieux !

— Ça ira très bien ainsi ! Qui occupe le front ?

— L'Aga Khan, tous les Rothschild, de Londres, de Paris et de Vienne…

— Ah, le baron Louis est là ? J'en suis ravi !

Le chef de la branche autrichienne était en effet, pour lui, un excellent ami qu'il se réjouissait de retrouver. C'était même sur son yacht qu'il avait fait son voyage de noces avec Lisa [1]. Il fut d'ailleurs reçu joyeusement par le « clan » et, pendant un instant, l'homme du Texas flotta quelque peu au milieu de ces barons portant tous le même nom. Seul l'Anglais, lord Rothschild, se différenciait sensiblement. Enfin on s'installa et Wishbone se plongea dans le luxueux catalogue que son hôte venait de lui offrir, tandis que celui-ci repartait saluer le commissaire-priseur, Maître Lair-Dubreuil, qui officierait, assisté comme souvent par MM. Falkenberg et Linzener.

Il fut accueilli en vieille connaissance. Ce n'était pas la première fois, il s'en fallait de loin, que l'on se retrouvait, mais la vente était sur le point de commencer et on eut tout juste le temps d'échanger quelques mots. Aldo eut cependant celui de présenter Wishbone en ajoutant qu'il cherchait la Chimère des Borgia, ce qui fit rire.

— Ah, ce joyau est passé définitivement à l'état de chimère dans toute l'acception du terme ! Les profondeurs océanes l'ont fait entrer dans la légende, et je ne suis pas certain que ce soit une mauvaise chose !

1. Voir *Le Boiteux de Varsovie*, tome 3 et *Le Collier sacré de Montezuma* ; *Le Collier sacré de Montezuma*, Pocket n° 13705.

— Superstitieux, vous ? ironisa Aldo. Allons donc !

— Pas vraiment, mais c'était le joyau préféré du sulfureux César. Cela dit tout ! En revanche, nous avons ici des merveilles et nous nous attendons à réaliser une vente superbe !

— Pas beaucoup de femmes, on dirait ?

— Non, et c'est normal. Ce sont pour la plupart des bijoux importables. Celles qui sont présentes le sont par curiosité. Veuillez m'excuser, mon cher prince, mais nous allons commencer !

La salle, en effet, étant comble, Morosini et son protégé se hâtèrent de regagner leurs places. Et le silence se fit.

Justifiant l'optimisme du commissaire-priseur, les premières pièces partirent à des prix dépassant les prévisions du catalogue. Une bague au chaton composé d'un saphir dont les entrelacs d'or cachaient un réceptacle à poison atteignit un prix inespéré. Puis vinrent une paire de bracelets d'or ornés de perles et de petits rubis, et de ces devises d'amour comme on aimait tant à en échanger à l'époque. Ceux-là avaient appartenu à Lucrèce Borgia, alors duchesse de Ferrare, et le tendre message en latin provenait sans doute du poète vénitien Pietro Bembo, qui avait été peut-être son plus grand amour… Et là, Aldo assista, médusé, à une joute telle qu'il ne l'aurait jamais imaginée : son phénomène texan, le chapeau en bataille, affronté au baron Edmond de Rothschild en personne, enchérissant sur lui avec une sorte d'automatisme confondant et une volonté affichée de l'emporter.

Il tenta de le calmer :

— Vous êtes fou ! Vous allez payer ces bracelets plus cher qu'ils ne valent !

— Certes, mais Miss Torelli sera contente ! Ça permettra d'attendre la… la…

— Chimère ! souffla Aldo, agacé. Mais vous êtes en train de casser les prix ! Qu'est-ce que ce sera quand on arrivera au collier de la reine d'Espagne, Elisabeth de Valois ?

— Ça non ! Je n'achète pas ! Sans intérêt ! Lucrezia Borgia, oui !

Et il renchérit jusqu'à ce que le baron, découragé, baisse les bras, et que Maître Lair-Dubreuil, après avoir laissé retomber son marteau, proclame :

— Adjugé à Monsieur…

— Wishbone, Texas ! claironna le vainqueur avec un radieux sourire. Je suis très content !

— A Monsieur Wishbone… un aimable visiteur américain… pour la somme de cinquante mille dollars… soit deux cent mille francs !

Et la salle d'applaudir ! Même le baron Edmond, beau joueur, qui se réservait pour autre chose. Les enchères se poursuivirent. Aldo pour sa part acheta une « enseigne [1] » d'or émaillée de perles représentant Apollon et les chevaux du soleil, et un très beau pendentif composé de rubis carrés, de deux émeraudes et d'une perle en poire… Non sans peine : échauffés par l'emplette de Wishbone, le clan Rothschild et l'Aga Khan se livraient à une lutte acharnée et raflaient presque tout ce que montrait Lair-Dubreuil.

Cependant les pièces les plus importantes, colliers de buste, ceintures et couronnes, n'avaient pas encore été présentées, alors que la salle bouillait déjà comme un chaudron sur le feu, quand on apporta, dans un imposant écrin en maroquin rouge frappé aux armes d'Espagne et de France, une parure composée d'un grand collier assemblé de médaillons ciselés et sertis de perles, de diamants et de rubis,

1. Ornement de chapeau.

soutenant un pendentif terminé par trois perles en poire et de pendants d'oreilles assortis. Un murmure admiratif parcourut la foule comme un frisson. Certains se levèrent pour mieux voir.

— Voici, Mesdames et Messieurs, la première des pièces importantes de la collection Van Tilden, parure ayant appartenu à…

Une voix tonitruante lui coupa la parole et fit tourner toutes les têtes vers la porte :

— Arrêtez ! Ce joyau doit être retiré de la vente !

Cette voix était celle de l'un des trois hommes qui venaient de surgir et traversaient la salle en courant.

Avec stupeur, Aldo reconnut, derrière un huissier de justice, le commissaire principal Langlois – déjà un vieil ami pour lui ! –, et en particulier quelqu'un qu'il n'aurait jamais pensé voir là : le chef de famille du clan Belmont, de New York, John-Augustus, dont le domaine avait servi de cadre à un séjour mémorable, pour Adalbert et surtout pour lui-même, durant la « Season » de Newport… Le retrouver en costume de voyage, un attaché-case de cuir à la main, lui fit l'effet d'une anomalie : dans ses souvenirs, il était en maillot de bain rayé ou en tenue de marin-pêcheur décontracté, rarement de yachtman. Il avait une façon bien à lui de donner son opinion en commençant ses phrases par « Nous autres, les Belmont ». Doué d'un solide sens de l'humour, c'était l'un des rares hommes à qui Aldo vouait une véritable amitié… et il se sentit tout à coup incroyablement heureux de le revoir. Et se hâta de rejoindre le bureau du commissaire-priseur tandis que la salle commençait à s'agiter.

Quand il arriva, le policier et l'huissier, Maître Danglumé, s'efforçaient d'expliquer que le collier et une autre pièce de la vente devaient en être retirés sur demande de la justice de l'Etat de New York :

jusqu'à sa disparition dans la catastrophe du *Titanic*, ces joyaux appartenaient à la comtesse d'Anguisola, tante de M. Belmont ici présent, tout frais débarqué des Etats-Unis pour s'opposer aux transactions.

— C'est impossible, Messieurs ! protesta Maître Lair-Dubreuil. Il s'agit sans doute d'un bijou semblable. Vous venez de le dire vous-même, Mme d'Anguisola a disparu corps et biens avec toutes les victimes que l'on n'a pu sauver.

— Elle a disparu en effet mais pas engloutie dans l'océan : assassinée afin de lui voler les bijoux dont elle ne se séparait jamais et que, d'ailleurs, se sentant vieillir, elle avait l'intention de remettre à sa nièce et filleule la baronne von Etzenberg, sœur de M. Belmont !

Cependant Lair-Dubreuil n'était pas convaincu.

— Loin de moi l'intention de mettre en doute sa parole, mais je crains fort que ses allégations ne soient irrecevables ici : nous sommes chargés de vendre la collection Van Tilden après décès et nous ne pouvons pas prendre en considération l'origine de chaque objet ! L'honorabilité du défunt ne saurait être contestée...

— Aussi n'en est-il pas question, concéda l'huissier, mais s'agissant de bijoux volés à la suite d'un meurtre, ils doivent être mis sous séquestre et...

— Encore faudrait-il la preuve qu'il s'agit bien des mêmes parures, or sur quoi vous appuyez-vous pour l'affirmer ?

— Ceci !

Belmont avait extrait un dossier de sa serviette et l'ouvrait aux pages marquées d'avance : c'étaient des reproductions des pièces litigieuses, dessinées à la plume et coloriées, et également photographiées.

— Le doute ne me paraît pas possible, émit Aldo qui, grâce à sa haute taille, regardait par-dessus l'épaule de Lair-Dubreuil. Il y a sur l'un des médaillons une écorchure que l'on voit nettement sur les deux documents.

Son entrée en scène fut diversement appréciée. Langlois fronça légèrement le sourcil, mais lui tendit la main.

— Tiens, vous êtes là ? Je me demande s'il faut vraiment s'en féliciter, fit-il, mi-figue mi-raisin. Votre compétence est indiscutable mais, quand je vous vois, je me demande toujours quelle affaire bizarre vous amène !

— Mon métier, simplement ! Je suis venu acheter, mon cher ami.

La figure de John-Augustus, elle, s'était illuminée. Et il lui tomba dans les bras.

— Morosini ! Ça, c'est un morceau de chance ! J'avais bien dans l'idée, puisque je suis en Europe, de pousser jusqu'à Venise… et vous voilà !

— L'un n'empêche pas l'autre !…

— Je vous en prie, Messieurs ! coupa Lair-Dubreuil. Remettez à plus tard retrouvailles et mondanités ! Nous sommes confrontés à un cas épineux. Il semblerait en effet que ces pièces aient survécu au naufrage. Et vous avez, Monsieur Belmont, évoqué un assassinat ? Vous comprendrez aisément…

— Il vous fallait une preuve : la voici, mais si vous désirez aussi un témoin oculaire, j'ai ça aussi ! Nous autres, Belmont, ne nous embarquons jamais sans biscuits !

— Un témoin ? s'étonna Langlois. Sur un navire en perdition ?

— Une des femmes de chambre du *Titanic*, qui avait en charge la suite de ma tante et celle de John Jacob Astor. Elle a vu une jeune fille inconnue sortir de chez notre parente et fermer la porte en emportant la clef. Elle emportait un sac de cuir apparemment lourd. Intriguée, inquiète aussi, Helen – c'est son nom – s'est servie de son passe pour entrer : elle a découvert ma tante Diane poignardée devant le coffre ouvert. Elle a voulu appeler au secours, dénoncer la meurtrière, mais le bateau était pris de folie. On évacuait les femmes et les enfants – du moins on essayait ! Elle est alors tombée sur Astor, qui avait pu apprécier ses services et qui lui a confié sa toute jeune épouse – enceinte par-dessus le marché –, puis Helen n'a pas revu sa meurtrière. Elle est restée longtemps au service de Madeleine Astor, même après son remariage, mais les choses se sont gâtées par la suite et voici peu, apprenant que ma sœur Pauline avait perdu sa femme de chambre, elle s'est présentée et, bien sûr, elle a été engagée aussitôt. Elle connaît admirablement son métier. Or, chez Pauline, elle a remarqué une photographie de notre tante d'Anguisola. C'est alors qu'elle a révélé ce dont elle avait été témoin la nuit du naufrage : la tante assassinée, les bijoux enfuis… Naturellement j'ai été prévenu et je suis allé demander l'avis de Phil Anderson, le chef de la police métropolitaine qui est un ami. Mais après tant d'années, où aller dénicher la meurtrière ?

— Pourquoi la femme de chambre n'a-t-elle pas parlé immédiatement après le drame ? demanda Aldo.

— Elle a essayé, mais vous n'imaginez pas la surexcitation qui régnait alors à New York ! Chacun y allait de sa version plus ou moins crédible. Et puis Madeleine Astor a voulu s'installer immédiatement et à l'écart pour avoir son bébé en paix. Elle a emmené Helen dans le Connecticut et le temps a passé ! Helen a fini par n'y plus penser jusqu'à ce qu'elle tombe sur la photo de notre tante. Je me suis consacré à des recherches pour en savoir davantage, mais après toutes ces années ! Jusqu'à ce qu'un ami m'entende parler de la vente de la collection Van Tilden et ne me montre le catalogue qu'il s'était procuré parce que ça l'intéressait, lui aussi. On a juste eu le temps de sauter dans un paquebot et me voilà !

— Vous n'imaginez pas à quel point cela m'enchante ! le conforta Aldo.

Cependant, la salle, d'agitée, devenait houleuse. En rang serré, les Rothschild venaient aux renseignements. Mis au fait, le baron Edmond proposa :

— Ce n'est pas mon intérêt immédiat puisque je comptais acheter cette parure, mais je pense que le mieux serait de retirer les deux pièces… je dirais, suspectes, de les mettre sous séquestre jusqu'à nouvel ordre et de continuer la vente.

— Qu'en dites-vous, Monsieur Belmont ? s'enquit le commissaire-priseur.

— Je n'ai rien contre. Désolé seulement de n'être pas arrivé plus tôt, mais nous avons essuyé un grain au large de l'Irlande.

Tandis que Maître Lair-Dubreuil improvisait une annonce destinée à calmer le tumulte grandissant, et que le policier se retirait en faisant part à Morosini et à Belmont qu'il suivait l'affaire et les reverrait plus tard, chacun regagna sa place. Aldo réussit à caser le nouvel arrivant entre Wishbone et lui après avoir, comme il se doit, présenté les deux Américains l'un à l'autre. Les enchères repartirent. C'est alors que Cornelius chuchota, désignant la serviette que Belmont avait posée sur ses genoux :

— Si les bijoux n'ont pas fait naufrage, est-ce qu'il n'y aurait pas une chance pour que le… la Chimère soit parmi eux ?

Ce fut John-Augustus qui lui répondit :

— La Chimère des Borgia ? Evidemment qu'elle y était !

Puis ressortant le dossier qu'il feuilleta rapidement :

— Tenez, la voilà ! triompha-t-il en montrant dessin et photographie. Elle vous intéresse ?

— Oh, oui !

Et, revenant à Aldo, soudain rayonnant :

— Il faut la retrouver, tout bêtement !

— Tout bêtement ? Et où voulez-vous chercher ?

— Moi, je ne sais pas mais, vous, si ! Vous faites ça tout le temps !

— Ce que c'est que la renommée ! apprécia Belmont, ironique. On vous connaît jusqu'au fin fond du Texas !

— Maintenant oui, grogna Aldo. Jusqu'à présent, ma réputation n'allait pas beaucoup plus loin que New York ! Mais, sacrebleu, je ne suis pas un chien de chasse !... Et j'ai autre chose à faire !

Son indignation était feinte, tout comme son ton manquait de justesse parce que, déjà, son vieux démon de l'aventure montrait le bout de l'oreille. Peut-être aussi parce que l'apparition inopinée de John-Augustus l'enchantait vraiment... et que la femme de chambre accusatrice était celle de Pauline. Pauline ! Son si doux... et si torturant secret ! Avec laquelle il avait partagé deux moments inoubliables : une rapide étreinte à la suite d'un bal masqué dans la bibliothèque des Belmont à Newport et, surtout, un an plus tard, une nuit passionnée dans une chambre du Ritz ! Pauline, fantasque et ardente ! Pauline, ses yeux couleur de nuage, ses longs cheveux de laque noire dénoués sur son corps envoûtant ! Pauline, dont il savait qu'elle l'aimait !...

Chaque fois, ils s'étaient promis de ne pas recommencer, et de ne s'accorder que les joies sages de l'amitié afin qu'en se croisant leurs regards restent clairs ! Sans s'inquiéter de ce qu'il en serait en réalité si leurs chemins se rencontraient à nouveau ! Oh, certes, ils étaient sincères à ce moment-là… une fois apaisée la faim qu'ils avaient l'un de l'autre !

D'une voix qui lui parut curieusement impersonnelle, il demanda :

— Comment se portent votre femme et la baronne ?

— Bien, je pense ! Du moins en ce qui concerne Cynthia, qui est allée faire je ne sais quoi à San Francisco. Pour Pauline, je suis affirmatif : elle est venue avec moi et doit faire le tour des couturiers ! Et sera ravie de vous revoir !

Et lui donc ! Il y avait bien, tout au fond de lui-même, son ange gardien – un peu enroué à force de s'être trop souvent égosillé dans ce désert ! – qui lui soufflait que la seule solution intelligente à ce dilemme serait de « secouer les mains » de son Texan, de filer embrasser Tante Amélie et Plan-Crépin, et de prendre dare-dare le premier train pour Venise, mais comme il ne l'écoutait jamais, ce brave type si mal partagé par le sort, il savait pertinemment qu'il n'en ferait rien ! Et puis il y avait Wishbone qui n'abandonnait pas la partie.

— Vous n'allez pas avoir la cruelty… euh… cruauté de me laisser tomber ? gémit-il avec un regard de cocker inquiet. Qu'est-ce que je deviendrais sans vous ?

— Et moi ? Où pensez-vous que je vais pouvoir orienter mes recherches ? Il faudrait savoir d'abord à qui Van Tilden a acheté ces bijoux et j'irais volontiers voir un receleur difficile à faire parler – et ils le sont tous, en particulier à ce niveau-là ! A quel endroit ? La femme de chambre de la baronne von Etzenberg pourrait me donner un signalement, mais je vous avoue qu'une traversée de l'Atlantique en ce moment ne me tente guère !

— Helen ? intervint Belmont. Mais elle est au Ritz ! C'est moins loin et vous la verrez quand vous voudrez !

Rien à faire, décidément ! Aldo était battu et le savait. Et le plus dramatique était qu'il n'en était pas mécontent ! Dégoûté, l'ange gardien retourna se coucher en le traitant d'hypocrite ! Quant à l'intéressé, il rendit les armes…

— Entendu ! soupira-t-il. Je vais essayer… faire mon possible, mais ne vous attendez pas que j'y consacre des années.

— Je suis persuadé que vous réussirez ! exulta Cornelius. Vous avez carte blanche… Je paierai ce qu'il faudra !

— Je n'en doute pas, mais sachez auparavant que je ne vois vraiment pas par quel bout attraper cette affaire. Van Tilden est mort et j'ignore qui pourrait me dire qui lui a vendu les joyaux de la Reine !

Tout en parlant, son regard accrocha la tête blonde de Michel Berthier occupé à prendre des notes. Celui-là pourrait peut-être l'aider ? Il avait rencontré le milliardaire et il était possible qu'il puisse lui fournir un indice. Avec lui, aucun risque d'embrouille ! C'était un garçon sérieux bien que non dépourvu d'humour, et il connaissait son métier. Il était aussi plus que probable que le lièvre soulevé par l'intervention de Langlois, de l'huissier et de Belmont présentât pour lui un vif intérêt.

A cet instant, Berthier releva la tête et leurs regards se croisèrent. Un bref échange de signes conforta l'impression d'Aldo : on se verrait après la séance.

La vente achevée et les achats réglés, Aldo, flanqué de ses deux Américains, trouva le journaliste qui faisait les cent pas dans la rue. Ils le rejoignirent.

— Si vous n'avez rien d'autre en perspective, lui proposa-t-il, allons prendre un verre ! Il faut qu'on parle !

— Vous, fit-il en riant, j'ai dans l'idée que vous aimeriez en savoir plus sur les bijoux mis sous séquestre ! Moi aussi, entre parenthèses, mais si vous le permettez, remettons le verre à demain. Il faut que je rentre à Versailles chercher Caroline : nous allons à l'Opéra ! C'est notre anniversaire de mariage.

— Bravo ! Demain alors ? Venez vers 5 ou 6 heures chez ma tante de Sommières ! Vous connaissez l'adresse ?

— Aucune chance que je l'oublie. A demain…

Un moment plus tard, un taxi emportait Morosini et Wishbone vers la rue Alfred-de-Vigny. Le premier avait refusé l'invitation à dîner de John-Augustus sous le prétexte qu'il n'était pas libre. Il avait besoin de prendre du recul et d'essayer d'y voir plus clair en lui-même. Si l'arrivée théâtrale de Belmont flanqué de Langlois lui avait valu une bouffée de joie, il s'avouait honnêtement qu'il n'était pas prêt à rencontrer Pauline. C'était inévitable puisqu'il allait devoir interroger sa femme de chambre, mais il avait besoin de s'y préparer. Naturellement, il ne dit pas un mot durant le trajet et Cornelius eut le bon goût de respecter son silence et de garder pour lui la sensation de béatitude qui s'était emparée de lui en apprenant que la Chimère ne reposait pas au milieu des débris du *Titanic*. Il nageait en pleine euphorie et se sentait tout disposé à se délester de millions de billets verts, à faire trois fois le tour du monde ou davantage si nécessaire pour acquérir la merveille qui lui ouvrirait la porte du bonheur ! Parce qu'il n'imaginait pas un instant que l'on pût échouer et, assis bien droit dans la voiture, il posait un sourire ravi sur les rues et les gens alentour.

Il souriait encore quand on fut à destination, ce qui plongea Cyprien dans un abîme de réflexions et, après avoir annoncé qu'il montait faire un brin de toilette en vue du dîner, il grimpa l'escalier en sifflotant.

— Ce monsieur semble vraiment content, remarqua le vieux majordome en débarrassant Aldo de ses vêtements de sortie. Cela fait plaisir à voir.

— Ça en fait au moins un ! Notre marquise a fini son champagne ?

Détestant le thé qu'elle traitait de tisane infâme, elle le remplaçait à partir de 5 heures par une bouteille millésimée qu'elle partageait volontiers avec sa lectrice et quiconque se présentait.

— Pas encore, il n'est que…

— Aucune importance ! Apportez-moi une fine à l'eau… sans eau et bien tassée ! J'en ai besoin !

Assise telle une reine dans son grand fauteuil de rotin blanc dont le haut dossier en éventail évoquait un trône, Tante Amélie buvait son champagne tandis que Marie-Angéline, installée à une petite table, se consacrait à une réussite. Avec ensemble, elles saluèrent l'entrée d'Aldo de la même interrogation :

— Alors ?

— Alors quoi ? répondit celui-ci en embrassant la vieille dame.

— Cette vente s'est bien passée ? Tu as eu ce que tu voulais ?

— Moi, oui. Je vous les montrerai tout à l'heure. Quant à la vente, on ne peut pas dire qu'elle se soit mal passée, mais elle a été plus mouvementée que prévu. Nous avons eu droit à une intervention de la justice – en l'occurrence, le cher Langlois en personne relayant Phil Anderson, le patron de la police new-yorkaise, accompagnant un huissier en charge de l'affaire. Ils ont fait retirer de la vente des joyaux ayant appartenu à la marquise d'Anguisola et que l'on croyait au fond de l'océan.

— Comment est-ce possible ?

— Durant la pagaille causée par le naufrage du *Titanic*, la marquise a été assassinée et on lui a volé ses joyaux. Il y a eu un témoin !

— Il en aura mis du temps à se manifester, le témoin ! remarqua Plan-Crépin. Une vingtaine d'années !

— C'était une jeune femme de chambre qui s'occupait à la fois de la marquise et du ménage Astor. Quand elle s'est précipitée sur le pont pour avertir le commandant, on allait embarquer la jeune Mme Astor, et son époux a supplié cette fille de prendre soin de sa femme terrifiée et enceinte. Un instant plus tard, elles étaient toutes deux dans la chaloupe et, à New York, il ne lui a pas été possible de se faire entendre dans l'espèce de folie qui régnait. Elle était d'ailleurs épuisée et a suivi Madeleine Astor dans le Connecticut. Elle ne l'a quittée que depuis six mois pour entrer au service d'une autre dame chez qui elle a vu une photo de Mme d'Anguisola et c'est là qu'elle a tout révélé ! Du coup, les joyaux en question ont été retirés de la vente… à la grande joie de notre Texan !

— Pourquoi ?

— Mais parce que la Chimère n'est pas restée plus que les autres au fond de l'Atlantique Nord…

Il s'interrompit pour prendre le verre que Cyprien lui présentait sur un plateau d'argent et en avala un bon tiers, sous l'œil surpris de Mme de Sommières dont il avait refusé le champagne.

— Bigre ! On dirait que tu avais besoin d'un remontant !

— Un peu, oui… en plus il faisait un froid de canard à Drouot !

— Ils ont l'habitude de chauffer pourtant ! Et avec une salle sans doute bondée..., remarqua Plan-Crépin toujours occupée de ses cartes.

Voyant le regard de son neveu virer au vert, ce qui était en général mauvais signe, la marquise se hâta d'intervenir :

— Vous oubliez qu'il a les bronches fragiles, Plan-Crépin ! Et c'est bourré de courants d'air, là-bas ! A propos, qu'as-tu fait du cher Cornelius ?

— Il est monté se faire une beauté ! Le voilà, d'ailleurs !

Le parquet précédant le jardin d'hiver grinçait en effet sous ses pas et il effectua une apparition quasi rayonnante.

— Vous semblez avoir appris une bonne nouvelle aujourd'hui, Monsieur Wishbone ? dit aimablement son hôtesse. Un peu de champagne ?

Louchant visiblement sur le verre d'Aldo, il émit en s'empourprant :

— C'est que…

— Vous aussi aimeriez mieux quelque chose de plus énergique ? fit-elle en riant. N'ayez pas peur de demander… nous avons même du whisky ! Cyprien !

Son sourire s'épanouit.

— Oh oui !… Et c'est vrai que je suis très, très, très content ! Monsieur Morosini… euh, Monsieur le prince…

— Laissez tomber ! coupa Aldo.

— Merci !… Enfin, je crois qu'il va chercher la Chimère pour moi !

— Hé là, doucement ! protesta l'intéressé. Je vais essayer de savoir s'il est possible de relever une piste mais vous devez comprendre, cher ami, que je n'ai pas beaucoup de temps libre… C'est le travail de la police et le commissaire divisionnaire Langlois déteste laisser une affaire importante sans solution.

— J'en suis très, très persuadé mais je pense qu'en dehors de ma modeste personne, vous devez désirer venir en aide à votre ami, ce M. Belmont que je…

Les cartes échappèrent définitivement des mains qu'elles occupaient tandis que le visage de leur propriétaire devenait d'un dangereux rouge écarlate.

— Monsieur quoi ?

Sentant le vent du boulet, Mme de Sommières ne perdit pas un instant pour monter en première ligne. Sèchement elle asséna :

— Bel… mont ! Cette charmante famille américaine chez qui Aldo et Adalbert ont fait un séjour si pittoresque il y a deux ans dans leur château de Newport quand ils traquaient les joyaux de Bianca Capello ! Vous n'avez pas oublié au moins ?

Impérieux, ses yeux vert clair interdisaient toute considération hors de saison et Marie-Angéline ramassa ses cartes, piqua du nez et se contentant d'un :

— Ooh ! Je me souviens !

— Ainsi il était là ? reprit la marquise souriant à son invité, mais ce fut Aldo qui répondit :

— C'est lui qui porte plainte. Mme d'Anguisola était sa tante ! En annonçant son retour, elle leur avait écrit qu'elle rapportait ses bijoux pour en faire don à… à la famille !

Mais il était particulièrement difficile de stopper Plan-Crépin dans son élan lorsqu'une idée se logeait dans sa tête. Tout en étalant à nouveau ses cartes, elle ouvrait la bouche pour une nouvelle question quand Wishbone l'interrompit en annonçant son départ : dès le lendemain matin, il prenait le train-paquebot pour Cherbourg afin d'embarquer le soir même sur le *Paris*, de la Compagnie générale transatlantique.

— Comment, si vite ? se récria son hôtesse. On va procéder à une enquête, je suppose ?

— Oui, mais on n'a pas besoin de moi et j'ai une très, très, très énorme hâte de porter la splendide nouvelle à la magnifique Lucrezia Torelli ! Elle va être si tellement contente d'apprendre que le bijou qu'elle désire tant n'a pas fait naufrage !

— Au fond, reprit Aldo, si elle croyait la Chimère irrécupérable à ce point, c'était pour vous demander l'impossible en vous expédiant la chercher au bout du monde ! N'était-ce pas une façon de se… débarrasser de vous ?

Il avait hésité sur la dernière partie de sa phrase mais Cornelius, loin de se vexer, n'en rayonna que de plus belle.

— Absolument pas ! C'est moi qui lui avais promis et vous savez jusqu'où j'avais décidé d'aller pour la satisfaire !

— J'admire vos certitudes ! Même en considérant ce que nous avons appris aujourd'hui, les chances de récupérer la Chimère sont des plus minces…

— Si vous n'y parvenez pas, on ira voir cette miraculeuse dame chez…

— Cartier !

— C'est ça… et on reviendra à ma première idée ! conclut-il triomphalement.

— Je me demande si on ne devrait pas y revenir tout de suite ! marmotta Morosini pour lui-même.

Et il se promit d'aller se balader rue de la Paix avant de quitter Paris, soit pour suivre un début de piste s'il en trouvait un, sinon pour savoir au moins si c'était réalisable ! Après quoi il rentrerait chez lui.

Pour le moment on passa à un autre sujet : la façon dont la Torelli interprétait ses rôles, par exemple. Il s'en serait voulu de causer une peine même légère à ce gentil bonhomme qui avait su d'emblée conquérir sa sympathie. Là-dessus, bien sûr, il était intarissable !

Le dîner achevé, Cornelius remonta préparer ses bagages. Aldo qui, tout au long du repas, n'avait pas manqué d'observer la lueur guerrière allumée dans les yeux « couleur de miel » – d'aucuns les auraient qualifiés de jaunes ! – de Plan-Crépin annonça son intention d'aller faire un tour chez Adalbert dont il savait qu'il ne se couchait jamais de bonne heure.

Les grilles du parc Monceau étaient fermées à cette heure tardive, ce qui obligeait à un assez long détour pour gagner la rue Jouffroy. Il prit la voiture qu'il louait désormais chaque fois qu'il venait à Paris afin de ne pas perdre de temps à la recherche de taxis, qui se raréfiaient toujours quand on avait besoin d'eux… Cela ne l'empêchait pas de regretter son vieil ami Karloff, ex-colonel de la cavalerie du Tsar, qui menait sa voiture comme son cheval à la tête d'une charge mais qui, après son accident, s'était reconverti dans la mécanique automobile en achetant un garage de compte à demi avec un compatriote [1].

Il avait à peine quitté la maison que Marie-Angéline donnait libre cours à sa mauvaise humeur, que seul le regard impérieux de Mme de Sommières avait maintenue dans les limites de la bienséance.

— Je le sentais ! s'était-elle écriée en entendant le portail se refermer derrière Aldo. Quelque chose me disait que l'arrivée de ce gardien de vaches ne nous amènerait rien de bon ! Quand il a prononcé le nom de Belmont, j'ai auguré…

— Rien du tout ! coupa sa patronne et cousine en frappant le parquet d'un violent coup de canne. Et je vous défends formellement de transformer cette maison en champ de bataille. Les Belmont sont d'excellents amis d'Aldo et d'Adalbert et nous les recevrons ici autant qu'il plaira à mon neveu de les inviter. D'ailleurs il n'a été question jusqu'à présent que de M. Belmont…

1. Voir *La Perle de l'Empereur* ; Pocket n° 11611.

— Peut-être, mais de même que j'ai soupçonné que ce Wishbone avait des rapports avec lui, de même je suis persuadée qu'il n'est pas venu seul et que cette Pauline…

— Ça suffit, Plan-Crépin ! Si vous avez une fois de plus raison et si elle franchit le seuil de cette maison – ce qui ne manquera pas de se produire ! –, je vous rappelle qu'il s'agit d'une femme remarquable, et d'une artiste reconnue pour laquelle j'ai de l'amitié ! Elle est pleine de cœur, intelligente et belle et…

— … et éperdument amoureuse d'Aldo !

— C'est possible…

— Ce n'est pas possible, c'est certain !

— Je vous l'accorde… encore que je ne l'aie jamais vue lui sauter au cou pour le couvrir de baisers ! En revanche, c'est avec Lisa qu'elle en a échangé un quand elles se sont rencontrées chez ce pauvre Vauxbrun ! Alors, s'il vous plaît, du tact et de la retenue si vous ne voulez pas que je vous envoie faire une cure au bon air de la montagne chez la cousine Prisca ! Tiens, j'y pense, c'est chez elle que l'on devrait emmener ce cher Wishbone ! Ses vaches et les taureaux de Saint-Adour devraient s'entendre à merveille ! Quant à vous, je ne plaisante pas : ou vous vous tenez tranquille ou vous partez voir Prisca !

— Nous ferions cela ? gémit l'accusée.

— Sans hésiter ! Même si Mme Belmont, ou la baronne von Etzenberg ou encore Pauline, quelle que soit son appellation, a su se ménager une petite place dans le cœur d'Aldo, il n'a jamais cessé d'aimer sa femme et ne cessera pas de sitôt !

Un soupir découragé mit fin à l'entretien.

Comme le pensait Aldo, il était beaucoup trop tôt pour qu'Adalbert soit couché et pas davantage Théobald, son inappréciable valet à tout faire. Un torchon à vaisselle à la main et un large sourire plaqué sur le visage, celui-ci vint accueillir le visiteur nocturne avec un plaisir évident :

— J'espérais bien qu'il ne se passerait pas un long temps avant que je n'aie la joie de voir Monsieur le prince ! s'écria-t-il.

— Comment ça va, Théobald ?

— Bien, bien ! Je remercie Monsieur le prince. Monsieur est dans son bureau. Il travaille à son livre...

Mais « Monsieur » arrivait déjà, attiré par le triple coup de sonnette annonçant Aldo, le seul qui usât de ce code convenu... Toujours tiré à quatre épingles – sauf évidemment sur les chantiers de fouilles ! – , l'égyptologue se délassait en adoptant chez lui un style beaucoup plus décontracté : une vieille – mais si confortable ! – veste d'intérieur en velours brun à brandebourgs, un pantalon de pyjama et une paire de charentaises.

— Ah ! J'attendais un peu de tes nouvelles ! Ça s'est bien passé, cette vente ? fit-il en décoinçant la pipe qu'il serrait entre ses dents. Théobald, du café !...

Puis regardant plus attentivement son ami :

— Du café peut-être mais de l'armagnac sûrement !

— Les deux ! lâcha Aldo, lugubre.

— Bon !... Qu'est-ce qu'il « nous » arrive encore ?

— Tu parles comme Plan-Crépin maintenant ? grogna Aldo en se laissant tomber dans l'un des fauteuils Chesterfield en cuir noir – un peu âgé mais si accueillant ! – où il avait passé nombre d'heures.

— Le pluriel de majesté ? Sûrement pas mais tu n'as peut-être pas remarqué que, quand tu t'embarques dans un quelconque coup tordu, il est bien rare que je ne plonge pas avec toi... D'abord qu'as-tu fait de ton Américain ?

— S'il ne dort pas encore, il boucle ses valises : il veut repartir demain sur le *Paris*.

— Déjà ? Il ne va plus chez Cartier ?

— Non. Il vient d'apprendre que la foutue Chimère n'a pas du tout pris sa retraite dans l'épave du *Titanic*. Pas plus que les autres bijoux de Mme d'Anguisola : celle-ci a été assassinée tandis que le navire commençait à couler. Pour lui voler son trésor naturellement.

— C'est à Drouot que tu as appris ça ?

— Où veux-tu que ce soit ? Pour une vente mouvementée, ce fut une vente mouvementée !

Et après avoir avalé d'un trait son café et pris pour le réchauffer le ballon de cristal entre ses deux mains, Aldo fit le récit bref mais précis de ce qui s'était passé dans la célèbre salle des ventes. Sans oublier pourtant de doser ses effets. Ainsi, à propos de l'intervention de Langlois, il ne mentionna pas le nom de celui qui l'accompagnait.

— Bah ! commenta Adalbert en récurant sa pipe avant de la bourrer à nouveau. Je ne vois pas pourquoi tu tires une figure de catastrophe ! Tu ne vas pas t'embringuer là-dedans ? Laisse-le donc courir après sa Chimère la bien nommée aussi longtemps que ça l'amusera !

— Je crains fort, au contraire, d'y être enfoncé jusqu'aux amygdales. Je ne t'ai pas encore nommé l'Américain qui accompagnait le divisionnaire.

— C'est important ?

— Juge toi-même : c'est John-Augustus Belmont et la femme de chambre rescapée du naufrage, celle de Pauline... qui se trouve être la filleule de la défunte marquise et la parente à qui elle destinait ses joyaux !

— M… !

— Je ne te le fais pas dire ! conclut Aldo avec une certaine satisfaction.

— Qu'est-ce qu'on va faire ?

— Merci pour le « on » ! Outre que j'ai promis à Cornelius de jeter un coup d'œil à son affaire, il est impossible de tourner le dos aux Belmont !

— Ben, voyons ! Tu as une idée sur la façon dont on peut s'y prendre ?

— Vaguement. J'ai invité Berthier à venir boire un verre chez Tante Amélie demain soir.

— Tu veux insérer une annonce dans *Le Figaro* ?

— Je n'aurais pas besoin de lui pour ça mais il se trouve qu'il est sans doute le seul journaliste qui ait approché Van Tilden. Il n'a pas vu la collection mais il est allé chez lui, et je voudrais d'abord savoir qui est chargé de liquider la succession puisqu'il n'y a pas de famille. Il sait peut-être à qui ont été achetés les deux joyaux incriminés.

— Qui sont ?

— Une parure magnifique ayant appartenu à Isabelle de Valois, épouse de Philippe II d'Espagne, et un pendentif représentant une sirène dont le corps est une perle baroque plutôt curieuse de forme, la queue composée d'écailles de saphir et d'émeraude, la tête et les bras d'or émaillé ainsi que la chevelure, que l'on a parsemée de petites topazes pour les reflets. Sans compter une sorte de décor de perles et de rubis ciselés. Des bijoux vraiment royaux !

— Qui ne t'intéressaient pas ?

— Non, j'ai acheté ce que je voulais, pour des clients bien précis d'ailleurs. Quant à Cornelius, en attendant de dépenser la lune pour la Chimère, il s'est porté acquéreur de deux bracelets ayant appartenu à Lucrèce Borgia pour la modeste somme de deux cent mille francs…

— Mais c'est Crésus, cet homme-là !

— Ou une assez bonne copie en tout cas. En mariant des vaches avec du pétrole, on doit obtenir des veaux en or massif !

Petit silence qu'Adalbert employa à tasser convenablement son tabac puis à allumer sa pipe dont il tira deux ou trois bouffées vigoureuses, tandis qu'Aldo promenait son verre sous son nez d'un air inspiré… Soudain Adalbert demanda :

— Il est venu tout seul, Belmont ?

— Non. Avec Pauline… et la femme de chambre témoin.

— Ah !

Cette simple syllabe suffit à déclencher la colère d'Aldo.

— Tu ne vas pas t'y mettre, toi aussi ?

— Moi aussi ? Ça veut dire quoi ?

— Que tu devrais chanter en duo avec Plan-Crépin ! Tout à l'heure pendant le dîner, il a fallu que Tante Amélie la tienne serrée pour l'empêcher de se lancer dans une philippique contre Pauline ! La savoir à Paris l'a mise en fureur ! Vous imaginez quoi, tous les deux ? Que je vais foncer au Ritz pour y prendre Pauline d'assaut toutes affaires cessantes ? Alors veux-tu me dire ce que je fais ici ?

— Ah ? Plan-Crépin a…

— Tout comme toi, mon vieux ! Tout comme toi !

Adalbert se mit à rire et lui tendit la bouteille d'armagnac pour qu'il se resserve.

— Tu n'es tout de même pas retourné à l'état sauvage ! Mais que sa présence inattendue te perturbe un brin, je le croirais volontiers.

— A quoi vois-tu ça ?

— Oh, c'est élémentaire : dans ton état normal, tu n'aurais jamais eu l'idée de t'adresser à un journaliste, si affûté soit-il, pour savoir qui est l'exécuteur testamentaire de Van Tilden. Tu filerais tout bêtement voir ton vieux copain Maître Lair-Dubreuil, commissaire-priseur illustre de son état : lui le sait forcément !

— Mais c'est que tu as raison ! marmotta Aldo, accablé par la logique de son ami. Si c'est ça, j'expédie tout demain, on embraye sur le boulevard Haussmann, on boit avec Berthier le verre promis, on dîne ou déjeune avec les Belmont… et j'attrape le premier train pour Venise !

Il débordait soudain de bonne volonté. Seulement, c'était plus facile à dire qu'à faire !…

3

Au rendez-vous des souvenirs

Comme l'avait prévu Vidal-Pellicorne, Aldo n'eut aucune peine à obtenir le nom de l'exécuteur testamentaire. Il s'agissait simplement du notaire qui était aussi l'un des rares amis de Van Tilden : Maître Pierre Baud. Ce qui constituait une agréable surprise. Baud ayant été aussi celui de son ami Gilles Vauxbrun, disparu dans des circonstances tragiques[1]. Il était naturellement resté celui de son successeur et fils caché, le jeune François Faugier-Lassagne, qui avait repris avec enthousiasme, mais aussi une sorte de piété, le célèbre magasin d'antiquités de la place Vendôme.

Rien d'étonnant là-dedans, l'étude de l'avenue de la Tour-Maubourg étant peut-être la meilleure de Paris. Après l'enfilade claire et bien rangée des bureaux occupés par un personnel tiré à quatre épingles, on accédait au cabinet du maître. Avec ses confortables meubles anglais, sa moquette épaisse et ses grands rideaux de velours vert Empire, il offrait une ambiance feutrée mais digne, tout à fait propre à mettre le client en confiance et à établir des liens cordiaux et durables avec des gens respectables, à

1. Voir *Le Collier sacré de Montezuma*.

impressionner les aigrefins et même à apporter l'apaisement d'un cadre ouaté – donnant sur un jardin intérieur, les bruits de la rue n'y arrivaient guère ! – propice à la lecture plus ou moins houleuse de testaments. Il y avait même, dans une armoire de bibliothèque, tout ce qu'il fallait pour venir à bout d'évanouissements vrais ou simulés, ou pour partager un instant agréable avec un bon client ou un ami. Quant au notaire lui-même, c'était un homme d'une cinquantaine d'années, corpulent et de haute taille, pourvu d'un sourire aimable, de jolis yeux d'un bleu de myosotis et d'un teint légèrement fleuri dénonçant des habitudes de joyeux compère dont les effets étaient corrigés par les longues marches du samedi et du dimanche lors de la chasse hebdomadaire en Sologne, où il avait une propriété.

Connaissant Morosini de réputation et l'ayant d'ailleurs déjà rencontré, il l'accueillit en conséquence.

— C'est un plaisir de vous recevoir, prince, encore qu'il ne soit pas vraiment inattendu. Lair-Dubreuil m'a téléphoné pour m'annoncer votre visite.

— Il a bien fait. Cela nous évite à tous deux les préliminaires. Il m'a dit, en effet, que vous êtes à la fois le notaire et l'exécuteur testamentaire de Lars Van Tilden…

— Et vous pouvez ajouter l'ami, ce dont je suis assez fier parce que ce n'était pas un homme d'un abord facile mais, célibataires tous les deux, presque voisins de campagne – Sologne et Touraine n'étant pas fort éloignées –, nous avions développé des goûts communs depuis plusieurs années. Sous une apparence plutôt rude, il cachait une indiscutable générosité, en dépit d'une misanthropie certaine.

— N'est-ce pas antinomique ?

— Non, parce que son jugement était sain et que s'il repoussait violemment les quémandeurs, il faisait preuve d'une intuition rare pour déceler la vraie misère et y porter remède. Mais je présume que c'est de sa collection que vous souhaitez m'entretenir ?

— Oui et de ce qui s'est passé hier à l'hôtel Drouot.

— L'intervention de Maître Denglumé et du commissaire principal Langlois concernant deux des pièces maîtresses dont on ne peut douter, paraît-il, qu'elles aient été volées pendant le naufrage du *Titanic* après que l'on eut assassiné leur propriétaire. Un cas qui, selon moi, devrait faire jurisprudence car il ne s'est jamais présenté…

— Ce que je voudrais savoir, moi, c'est à qui M. Van Tilden les avait achetées. Je pense qu'étant donné l'amitié qui vous liait à lui, vous êtes peut-être le seul à pouvoir répondre. Je suppose d'ailleurs que Langlois vous le demandera aussi.

— Très certainement et je serai aussi embarrassé qu'avec vous. Je connais la collection, qu'il m'a été donné d'admirer une ou deux fois à domicile. Elle était déjà importante quand il a quitté définitivement les Etats-Unis pour s'installer chez nous… je veux dire en France, puisque vous êtes italien.

— Vénitien ! corrigea Morosini avec un sourire. Et à moitié français par ma mère, donc vous pouvez dire chez nous.

— Vous m'en voyez ravi ! J'ai fait sa connaissance pendant la guerre. Ayant été blessés tous les deux, nous nous sommes trouvés voisins d'hôpital et c'est moi, peu après, quand il a exprimé le désir de s'implanter définitivement en Val-de-Loire, qui l'ai incité à se porter acquéreur de la Croix-Haute dont le dernier propriétaire venait de décéder, laissant une demi-douzaine d'héritiers et nièces prêts à s'entretuer. Le château a été pratiquement vendu avant même d'être mis en vente. A la suite de quoi, la restauration a été exemplaire et diligente… et l'une des tours transformée en coffre-fort ! Van Tilden a réhabilité le château à la perfection… J'y ai passé de bien agréables moments ! soupira le notaire.

Craignant une longue échappée au pays des souvenirs, Morosini rappela doucement Maître Pierre Baud à la dure réalité de ce bas monde :

— Veuillez m'excuser mais… revenons, s'il vous plaît, à la collection. Elle n'était pas complète lorsqu'elle a émigré au château ?

— Ce n'est pas à vous que j'apprendrai qu'aucune ne l'est jamais. Il n'a, certes, cessé de l'enrichir… mais je peux vous certifier qu'il possédait déjà la parure de la reine Eléonore et les perles d'Isabelle d'Este. Il les avait acquises en Amérique mais n'a voulu me révéler à aucun moment qui les lui avait cédées. Peut-être… sans doute s'agissait-il d'un receleur ? Ou, allez savoir, du meurtrier en personne ? Ce qu'il devait ignorer !

— On sait qu'il s'agissait d'une femme… très jeune, très belle, d'après le témoin.

— Un témoin qui doit avoir les yeux perçants et le cœur solide pour remarquer cela en plein naufrage.

— Si l'on n'est pas submergé par la panique, je pense que les facultés sont capables de se décupler dans une circonstance aussi dramatique. La meurtrière non plus ne manquait pas de sang-froid : songer à tuer et à voler quand on n'est même pas sûre de survivre ! D'après ce que m'en a dit Belmont, la femme de chambre, qui s'appelle Helen, a fini par croire que sa criminelle n'avait pas survécu à sa victime, puisqu'elle ne l'a vue nulle part sur le *Carpathia* qui a recueilli les occupants des chaloupes. Ayant appris ensuite qu'outre la plupart des hommes, nombre de passagères n'avaient pu être sauvées, elle a fini par se dire que Dieu avait fait justice et n'y plus penser. Il a fallu qu'elle se trouve en face de la photographie de Mme d'Anguisola chez sa nouvelle patronne pour ramener tout cela à la surface. La révélation a évidemment causé quelques remous dans la famille, mais on en était venu à supposer, comme Helen, que la criminelle avait été engloutie avec son butin quand, en feuilletant le catalogue de la collection Van Tilden, les Belmont ont reconnu deux des pièces les plus importantes comme ayant appartenu à leur tante. La suite, nous la vivons. Non sans embarras pour moi qu'un client américain, fort sympathique d'ailleurs, chargé de retrouver un autre joyau. Mais je vais peut-être abandonner étant donné l'espèce de secret dont s'entourait votre ami. J'espérais que vous auriez pu avoir connaissance de celui qui « chassait » pour lui…

— Il en avait plusieurs, je crois, et dans plusieurs pays. Mais je n'ai aucun nom !

— Je n'en suis pas surpris. Merci, Maître, de m'avoir consenti un peu de votre temps !

— Ce fut un plaisir… que je renouvellerai volontiers !

— Merci ! Pendant que j'y pense, avez-vous des nouvelles de notre jeune antiquaire ?

— Je le vois de temps à autre et il me semble parti pour le succès ! Mais vous devriez aller le voir. Il en serait certainement très content !

— J'en avais bien l'intention…

En fait l'idée lui en venait en même temps qu'il l'exprimait… Afin d'assurer ses arrières pour le retour inévitable de Cornelius, il avait décidé de se rendre chez Cartier, rue de la Paix, muni de la reproduction de la Chimère dans le but d'y rencontrer Mlle Toussaint et de réfléchir avec elle si elle accepterait de tenter l'aventure de la reconstitution. Ce qui n'était pas du tout certain. Egérie, ô combien révérée, d'une des plus grandes, sinon peut-être la plus grande, joailleries parisiennes, elle avait acquis ses lettres de noblesse grâce à une incroyable créativité jointe à un goût exceptionnel et rien ne disait qu'elle pourrait accepter de faire exécuter une copie, même aussi prestigieuse. Une chose plaidait en sa faveur : elle aimait créer des bijoux en s'inspirant d'animaux sauvages, voire fantastiques, mais sans doute, parce qu'on la surnommait « la panthère » dans le milieu si fermé de la haute joaillerie, il convenait de l'aborder avec précaution.

Cependant, l'ayant déjà rencontrée à deux ou trois reprises, Aldo n'en était pas moins enchanté de l'occasion qui lui était offerte de revoir cette femme exceptionnelle et, quand elle vint au-devant de lui dans son bureau du premier étage, il s'inclina respectueusement sur la main parfaite qu'elle lui tendait.

— C'est à peine une surprise de vous voir à Paris, prince. La vente Van Tilden ne pouvait que vous attirer !

Il la regarda avec une admiration qu'il ne songeait pas à masquer. Elle avait plus de quarante ans, mais du diable si l'on s'en serait douté ! Pas grande et menue, elle joignait une allure quasi royale à une grâce indéfinissable. Ses cheveux blonds, coupés à la mode de 1925, s'argentaient légèrement mais ne lui en procuraient que plus de distinction. D'origine belge, elle avait une peau claire et fine, de longs yeux d'aigue-marine et vêtait d'un strict tailleur noir – certainement œuvre de son amie Coco Chanel – un corps sans défauts apparents et, posé là comme pour rompre la rigueur de l'ensemble, un torrent de perles négligemment noué en cravate autour de son cou mince semblait prisonnier d'un dragon de diamants et de rubis.

— En effet, soupira-t-il, et vous n'ignorez sûrement pas qu'elle a subi quelques remous !

— Les journaux me l'ont appris et j'espère que ce que vous étiez venu acheter n'est pas tombé sous séquestre, fit-elle avec un sourire amusé.

— Non. Cependant je ne m'en trouve pas moins mêlé à cette histoire, les Belmont, qui ont porté plainte, étant des amis chers. En outre, l'avant-veille, je venais de recevoir la visite d'un Américain étonnant, un Texan multimilliardaire venu me demander de retrouver pour lui, afin d'en faire un présent d'amour et d'obtenir la main d'une dame, l'un des joyaux ayant appartenu à la marquise d'Anguisola… et donc considéré comme naufragé avec les autres. Un bijou assez peu féminin d'ailleurs, une Chimère d'or…

— Celle des Borgia, je suppose ?

— C'est bien elle. Vous la connaissez ?

— Je l'ai même vue. J'ai beaucoup voyagé de par le monde et souvent en Italie à la recherche d'idées de dessins, et j'ai fait la connaissance de la marquise à l'occasion d'une réception. Nous avons même sympathisé – c'était une vieille dame charmante ! – et elle a eu la gentillesse de me permettre d'admirer sa collection de joyaux, anciens ou non.

— Voilà qui me simplifie grandement la tâche ! se réjouit Aldo. Je venais justement vous demander – sans trop m'illusionner car je vous sais avant tout créatrice ! – si, le cas échéant, vous accepteriez de la reproduire à l'identique ?

Jeanne Toussaint se mit à rire et ce rire était celui d'une jeune fille.

— Cela pourrait être amusant… à condition de dénicher des pierres correspondant au modèle. Ce qui non seulement n'est pas évident mais coûterait une fortune. Vous devez en être conscient, n'est-ce pas ?

— Naturellement… pourtant ce détail n'a pas paru poser de problème à mon client et il serait devant vous aujourd'hui si l'incident de la vente – à laquelle il assistait avec moi et où, entre parenthèses, il a soufflé sous le nez du baron Edmond une paire de bracelets – ne lui avait donné l'espoir de récupérer l'original. Il vient de repartir pour les Etats-Unis annoncer la bonne nouvelle à la dame de ses pensées…

— Il s'avance peut-être beaucoup mais tout est donc pour le mieux…

— … sauf pour moi qui suis chargé d'une quête impossible. C'est pourquoi je me suis permis de vous voler une parcelle de votre temps – ô combien précieux à tous les sens du terme ! – pour savoir si vous accepteriez de tenter l'aventure au cas, très probable, où j'échouerais.

Le mince et séduisant visage se fit méditatif.

— Vous voulez une réponse immédiate ?

— Non. Seulement savoir de quel œil vous verriez rappliquer M. Wishbone – c'est son nom ! – et moi, venant vous demander une réplique… mais qui aurait l'avantage d'être… saine, si j'ose dire ! J'avoue que je n'aimerais pas voir ma femme porter un joyau associé à un personnage aussi malfaisant que César Borgia.

— Je vous comprends parfaitement ! Je peux vous confier que, si quelqu'un d'autre me posait ce problème, je refuserais tout net. Mais pour vous… et à condition d'avoir un dessin fidèle et les cotes adéquates…

— Ainsi que les pierres ! Elles sont primordiales…

— Certes mais, aux Indes, on doit pouvoir s'en procurer d'analogues. Ce qui, évidemment, nécessitera du temps. Cela posé, vous êtes l'homme des miracles et je vous crois capable de retrouver l'original mais… si vous n'y parveniez pas, nous pourrions en reparler. Cela vous suffit ?

— C'est exactement ce que je souhaitais entendre… et je ne vous en remercierai jamais assez !

Ils échangèrent encore quelques propos, puis Morosini se retira après avoir baisé à nouveau la main qu'on lui tendait….

Ayant eu la chance d'avoir pu garer sa voiture près de la maison Cartier, Aldo décida de l'y laisser. La place Vendôme n'en était guère éloignée et le magasin d'antiquités qui avait été celui de son ami Gilles Vauxbrun se trouvait juste au coin. Un coup d'œil à sa montre lui apprit qu'avant de rentrer déjeuner rue Alfred-de-Vigny, il avait suffisamment de temps pour une visite à son jeune successeur et, après avoir allumé une cigarette, il partit sans se presser dans cette direction en s'intéressant aux devantures des luxueux magasins étirés tout au long de la rue la plus chic de Paris : couturiers, bottiers, modistes et bijoutiers s'y marchaient pratiquement sur les pieds. Ou plutôt en feignant de s'y intéresser, ayant l'esprit occupé par un bizarre débat intérieur qu'il s'efforçait de repousser ; tout près de la « boutique » de Vauxbrun et au plus large de la place, il y avait le Ritz où tout le monde, jusqu'au plus petit groom, le connaissait… et au Ritz il y avait les Belmont, donc Pauline, qu'il brûlait de revoir depuis qu'il la savait dans les lieux, même si – avec une affreuse hypocrisie ! – il ne cessait de se répéter qu'il lui fallait reprendre le train pour Venise de toute urgence !

De toute façon, le dilemme était idiot. Après ce qui s'était passé à l'hôtel Drouot, il lui était impossible de prendre une fuite dont il n'avait nulle envie et, en outre, John-Augustus avait déjà téléphoné la veille au soir pour les inviter, lui et Adalbert… Donc inutile d'aller jouer les toutous perdus dans le hall du palace dans l'espoir d'apercevoir la dame de ses pensées.

Sans même s'en apercevoir, il se retrouva devant le luxueux magasin d'antiquités dont les vitrines n'exposaient, comme naguère, qu'un seul objet mais exceptionnel. Et quand il entra, annoncé par une discrète sonnette, il vit que les somptueuses tapisseries anciennes montaient toujours la garde le long des murs. Mais il n'eut pas le loisir d'aborder le seuil : un couple en sortait, parlant avec tant d'animation qu'on ne lui prêta aucune attention… De haute taille, bien proportionné, le cheveu très noir sous le feutre au retroussis cavalier, l'œil de jais et la dent éclatante, l'homme était client d'un bon tailleur mais la recherche un rien excessive des vêtements l'annonçait italien – Aldo, lui, préférait la sobriété anglaise et s'habillait à Londres – et d'emblée, l'individu lui déplut. Il détesta son sourire avantageux et son attitude quasi familière avec sa compagne dont il tenait le coude. Sa compagne qui était Pauline !

Aldo les regarda s'éloigner vers le Ritz en serrant les poings, pris d'une folle envie d'aplatir le sourire enjôleur sur le visage scandaleusement régulier qui osait faire rire Pauline ! Elle-même était superbe dans un tailleur réchauffé de vison noir, comme le manchon où disparaissaient ses mains et la toque piquée d'une agrafe d'onyx et de diamants que le pâle soleil faisait scintiller, en équilibre sur la masse lustrée du chignon noir serré sur sa nuque, fidèle en cela à ses habitudes, car elle ne portait jamais que du noir, du blanc et du gris, ce gris nuageux, insondable, qui était celui de ses yeux…

Au prix d'un effort plus pénible qu'il ne l'aurait cru, Aldo se détourna enfin et se réfugia dans le magasin où l'accueillit une exclamation de surprise :

— Le prince Morosini ! Mais quel plaisir inattendu !

C'était décidément la matinée des surprises, car plus anglais et plus réservé que M. Richard Bayley ne se pouvait trouver sur la Terre… Déjà âgé mais d'une dignité sans pareille, courtois et facilement distant, celui qui avait été si longtemps l'assistant de feu Gilles Vauxbrun demeurait fidèle à lui-même, sa silhouette longiligne couronnée de cheveux blancs dont aucun ne dépassait les autres, immuablement fidèle au veston noir porté sur un pantalon rayé, complété d'une chemise blanche au col à coins cassés et d'une cravate grise.

Les deux hommes échangèrent une chaleureuse poignée de main.

— J'aurais dû me douter que vous viendriez, prince, dit Richard Bayley. La vente d'hier, j'imagine ?

— Bien sûr, mais de toute façon j'avais envie de venir voir comment se débrouille notre ex-futur procureur de la République aux prises avec les témoins des siècles passés !

— A merveille ! Il a une profonde culture et il ne cesse de la compléter, soutenu par l'image de son père qu'il souhaite par-dessus tout égaler ! Il est touchant de piété filiale… et vous serez étonné lorsque vous verrez la rue de Lille. A coups d'annonces dans les journaux, il a récupéré presque tous les anciens serviteurs – à l'exception de ce pauvre Lucien

Servon bien entendu ! – et il traque tous azimuts les meubles dispersés ! Mais je vais vous annoncer, il est dans son bureau…

Il n'en eut pas le loisir : jaillissant dudit bureau, le nouvel antiquaire se figeait au seuil un instant puis, soudain rayonnant, lançait un :

— Aldo… qu'il corrigea aussitôt, confus : Prince Morosini ! Veuillez m'excuser ! La surprise…

— Il n'y a rien à excuser, mon garçon ! En m'appelant ainsi, tu me rends ton âge. Et c'est bien agréable ! Comment appelles-tu Vidal-Pellicorne lorsqu'il vient te voir ? Car je suppose qu'il vient ?

— Oh oui, et c'est toujours un plaisir ! Je lui dois tant !

— Alors comment l'appelles-tu ?

— Adalbert ! avoua le jeune homme en devenant rouge brique. J'ai eu un peu de mal dans les débuts, mais il y tient !

— Moi aussi, figure-toi ! Tu m'offres un verre ? Si toutefois tu as conservé les traditions paternelles…

— Je les cultive, alors je ne vais pas déroger à celle-là ! Fermez la boutique et venez nous rejoindre, Monsieur Bayley ! J'ai fait rentrer du whisky la semaine dernière !

— Je n'en doute pas, mais vous serez mieux seuls pour cette première visite et j'ai à examiner les deux encoignures Louis XVI que nous avons reçues hier !

Ce ne fut pas sans émotion qu'Aldo se retrouva dans la pièce élégante et confortable où tant de fois il avait rejoint son vieil ami Gilles Vauxbrun qui, au retour de la guerre, avait guidé ses premiers pas, forcément hésitants, dans le domaine de la haute antiquité. Spécialiste des XVIIe et XVIIIe siècles, Vauxbrun n'acceptait chez lui que le meilleur et le plus authentique, ayant passé sa vie à traquer un peu partout dans le monde les merveilles arrachées aux palais français – et surtout à l'incomparable Versailles – par la tourmente révolutionnaire, sans oublier de se constituer au passage une assez jolie collection.

Il revit le long bureau Louis XV signé Riesener avec ses admirables bronzes de Thomire, les tapisseries de la Savonnerie qui servaient de décor, les tabourets en X de bois doré tendus de brocart corail où s'asseyaient les duchesses au temps des rois, les douces reliures aux ors patinés, la cheminée de marbre rose et le grand tapis – Savonnerie, lui aussi ! – qui couvrait la totalité de la surface de la pièce.

Faisant preuve d'une infinie délicatesse, François-Gilles abandonna son visiteur un moment afin de laisser l'émotion s'apaiser, lui accordant même celui d'effacer une larme indiscrète, avant de lui tendre un ballon de cristal contenant une dose confortable de fine Napoléon, s'étant souvenu qu'Aldo la préférait au whisky. Morosini lui sourit.

— Tu ne regrettes pas trop la magistrature ?

— De moins en moins ! Je ne me suis jamais senti respirer aussi librement qu'ici ! Ce métier est de loin plus passionnant que celui de requérir au nom des lois de la République !

— Qu'en dit ta mère ?

— Maman ? Elle est enchantée. Elle est venue habiter chez moi depuis quelque temps pour veiller aux plus petits détails afin que la maison ressuscite et redevienne comme du vivant de mon père… Mais il faut que vous veniez dîner un soir prochain avec Adalbert, Mme de Sommières et Mlle Marie-Angéline ! Elle a tellement envie de les connaître !

— Croyez bien que c'est réciproque. Nous accepterons avec joie ! Mais à propos de connaissance, j'ai aperçu, en arrivant, la baronne von Etzenberg qui sortait de votre magasin…

— Vous voulez dire Mrs Belmont ? Elle ne veut plus que l'on se souvienne de son nom ni de son titre allemand. Elle veut porter seulement celui dont elle signe ses œuvres ! Elle aussi était fort émue en entrant ici : elle m'a appris que mon père avait organisé naguère une exposition de ses sculptures qui avait eu un gros succès !

— Succès largement mérité ! Elle a énormément de talent. Quant à ton père, je ne te cacherai pas qu'il était très amoureux d'elle !

— Ah bon ? Mais alors... pourquoi ce mariage désastreux... que je comprenais parfaitement...

Aldo se mit à rire.

— Le cœur de ce cher Gilles, attaché cependant dur comme fer à son célibat, n'en était pas moins des plus inflammables ! En quatre ans, je l'ai vu s'éprendre de quatre femmes. Dans l'ordre : une danseuse tzigane, Mrs Belmont, une belle mais inquiétante Italienne et enfin celle qui a réussi à le mener au mariage.

— Quatre.... En quatre ans ? souffla François-Gilles, abasourdi.

— Eh oui ! Il plaisait ! Adalbert t'en racontera tout autant. Mais pour en revenir à Mrs Belmont qui, si j'ai bien compris, est venue en pèlerinage, il m'a semblé qu'elle n'était pas seule...

François-Gilles haussa les épaules.

— Difficile de ne pas le remarquer ! C'est un monde à lui tout seul, cet homme-là ! Un condensé de la commedia dell'arte mais qui se veut amusant... et il l'amuse !

— C'est ce que j'ai cru remarquer, murmura Aldo, mi-figue mi-raisin.

— Mais, au fait, c'est un compatriote à vous... enfin presque, puisqu'il n'a pas la chance d'être né à Venise ! Le comte... Fanchetti ! C'est ça ! Ottavio Fanchetti ! Un Napolitain, je crois !

— Un Méridional, je l'aurais juré ! grogna Aldo avec un reniflement fort peu élégant. Tu ne saurais pas où elle l'a déniché, par hasard ?

— Si. Sur le bateau... Une de ces relations de traversée, sans doute ! Vite rencontrées, vite oubliées, comme vous le savez, mais celui-là a l'air de s'accrocher, émit sur le mode lénifiant le jeune homme qui, de son temps de substitut de procureur de la République, avait gardé un certain art de déchiffrer les physionomies de ses contemporains ! Encore un peu de fine ?

Aldo se leva.

— Non merci ! Il faut que je rentre rue Alfred-de-Vigny... mais je t'emmène, si tu veux ? Tante Amélie et Marie-Angéline seraient ravies de te voir !

— J'aimerais bien mais j'ai, à 2 heures, un rendez-vous à Versailles ! Cependant je vous rappellerai cette invitation ! Je serais tellement content de les revoir !

— Pourquoi n'as-tu pas donné de tes nouvelles alors ?

— Je... je n'osais pas ! Mme de Sommières m'impressionne !

— Pas à ce point-là, j'espère ? J'arrangerai ça ! Et je te téléphone pour prendre date !

Tandis qu'Aldo, après avoir bavardé un instant avec M. Bayley, commençait à remonter la rue de la Paix pour rejoindre sa voiture, Helen Adler, la femme de chambre de Pauline que celle-ci avait envoyée faire quelques achats à la Grande Maison de Blanc, revenait vers le kiosque à journaux, attirée par une photo qui avait frappé son regard en passant devant. Elle acheta la parution puis, gênée par les paquets dont elle était encombrée, elle glissa le journal sous son bras afin de pouvoir traverser la rue Daunou sans se faire écraser, effleura des yeux les vitrines noir et or de Cartier, enfin, talonnée sans doute par le besoin de s'assurer qu'elle n'avait pas rêvé, se livra à une espèce de gymnastique destinée à libérer une de ses mains dans le but de lire l'éditorial qui l'avait si inopinément interpellée. Elle réussit seulement à faire tomber trois de sa demi-douzaine de menus colis, dont l'un roula jusqu'aux pieds d'Aldo qui manqua s'étaler, laissa échapper un juron mais s'en excusa aussitôt en s'apercevant qu'il s'adressait à une femme :

— Veuillez me pardonner, Madame, et permettez que je vous aide !

Le journal était tombé en premier, à demi déplié. Il le ramassa.

— Oh, merci, Monsieur, mais c'est bien inutile de vous déranger, je suis presque arrivée....

Elle parlait un français correct teinté d'un léger accent anglais. Agée d'une quarantaine d'années, elle joignait un charmant sourire à des traits réguliers qui ne manquaient pas de caractère, des yeux bleus, des cheveux blond foncé s'échappant d'une toque, noire comme la pelisse qui l'enveloppait.

Visiblement, le quotidien était en surnombre. Aldo le roula et le lui remit sous le bras.

— Je pense, dit-il en lui rendant son sourire, qu'il vaut mieux attendre d'être chez vous pour vous informer des nouvelles...

— C'est plus sage, en effet. Merci, Monsieur.

Sur un signe de tête amical, elle traversa la rue des Capucines puis tourna le coin de la place Vendôme... Sans trop savoir pourquoi, Aldo fit demi-tour et la suivit. Il y avait pas mal d'allées et venues car il était midi. Constatant que son inconnue s'engouffrait dans l'entrée principale du Ritz, il vira, voulut repartir afin de récupérer sa voiture et... tomba littéralement dans les bras de Belmont qui s'esclaffa :

— Doux Jésus, Morosini ! Je commence à croire que le Seigneur nous voit d'un œil bénin, nous autres, les Belmont ! Je galope après vous depuis ce matin !

— Vous êtes exaucé ! Me voilà ! répliqua Aldo en riant. Et tout à votre service, mon cher ami ! Que puis-je pour vous ?

— Rien que papoter un moment tous les deux ! C'est une trop grande chance que vous soyez ici et j'entends en profiter ! Venez déjeuner en ma compagnie ! Rien que nous deux !

— Mais… votre sœur ?

— Pauline ?…

— Je ne vous en connais pas d'autre !

— Très juste ! Elle va se sustenter au Pré Catelan escortée d'un certain comte Fanchetti ou quelque chose comme ça ! Une sorte de gravure de mode gominée qu'elle a rencontrée sur le bateau et qui me tape sur les nerfs parce qu'il rit tout le temps. Sans doute pour exhiber ses dents. Résultat, il donne l'impression d'en posséder plus que n'importe qui ! Quand il ouvre la bouche, on dirait qu'elle est remplie par les deux rangées de touches d'un piano de concert !

Il avait introduit son bras sous celui d'Aldo qui se laissa emmener, pensant qu'à l'exception d'Adalbert il n'avait jamais rencontré d'homme plus sympathique que John-Augustus.

— D'accord ! concéda-t-il, mais je vous invite : je suis un peu chez moi au Ritz et on va demander à Olivier de nous trouver une table tranquille près d'une fenêtre donnant sur le jardin !

— Olivier ?

— Dabescat ! Le sublime maître d'hôtel !

Or, dès leur entrée dans le hall du palace, ils comprirent que ce paisible programme ne se réaliserait pas facilement. Il y régnait une agitation tout à fait inhabituelle. La majorité des clients, parlant tous à la fois, était massée au pied du grand escalier, tandis qu'au téléphone, l'homme aux clefs d'or appelait la police, une main tenant l'écouteur et l'autre bouchant l'oreille opposée. Aldo arrêta au vol un groom qui courait, un message à la main.

— Que se passe-t-il ?

— Un meurtre, Monsieur ! On vient d'assassiner une dame... Excusez-moi !...

Puis, reconnaissant soudain l'Américain :

— Oh, vous êtes Monsieur Belmont, n'est-ce pas ?

— Oui. Pourquoi ?

— C'est quelqu'un qui est avec vous. Ou plutôt avec Madame la baronne !

Un énorme soupir échappa en même temps aux deux hommes. Sans réfléchir, ils avaient pensé à la même chose. Mais Belmont réagissait toujours vite :

— Helen ? Il faut que je voie ça !

Fendant la foule avec décision en répétant : « Permettez ! Permettez ! » suivi d'Aldo dans son sillage, il parvint jusqu'à la victime étalée sur la première marche, face contre terre au milieu de ses petits paquets... A genoux près d'elle, un homme était en train de retirer précautionneusement un poignard planté dans son dos :

— Vous ne devriez pas la toucher ! reprocha une jeune fille. Il faut attendre la police !

— Je suis le médecin de l'hôtel et cette femme vit encore, alors fichez-moi la paix ! Et tâchez de reculer !

Cela s'adressait à Belmont qui se penchait sur lui et qui d'ailleurs se présenta :

— Je m'appelle Belmont et c'est la femme de chambre de ma sœur. Vous dites qu'elle vit toujours, docteur ?

— Sans aucun doute… mais pour combien de temps ?… Qu'est-ce que fabrique cette fichue ambulance ?

— Elle arrive ! hurla l'un des voituriers. On entend sa sirène…

Laissant Belmont auprès d'Helen et du médecin, Aldo rejoignit le concierge.

— Qui avez-vous appelé, François ? Le commissariat le plus proche ?

— Bien sûr, Excellence !

— Appelez-moi le commissaire principal Langlois. Cette femme est un témoin important dans une affaire qu'il suit !

— Oh, Seigneur !

L'effet fut magique. Quelques secondes plus tard, il pouvait entendre la voix nette et précise du policier :

— On va la transporter à l'Hôtel-Dieu. Je vais m'y rendre directement… Dites à Dumoulin, qui est en charge du Ier arrondissement, de venir me rejoindre quand il aura terminé ses premières constatations et la protection des repérages sur la scène du crime.

Pas un mot de plus. Langlois avait raccroché sans juger utile d'assaisonner ses ordres – car ce n'était rien d'autre ! – de la moindre formule de politesse. Le « grand chef » devait être d'une humeur de dogue. Peut-être était-ce tout bêtement parce qu'il retrouvait une fois de plus Morosini sur son chemin !

Celui-ci n'en exécuta pas moins sa consigne. Par chance, le commissaire Dumoulin, même s'il était bâti comme un ours, n'en avait pas le caractère. Sa figure « fleurie » annonçait le bon vivant et Morosini eut même droit à un sourire un rien moqueur.

— Content de vous connaître ! fit-il en lui tendant une large main.

— Moi… moi aussi ! balbutia Aldo, légèrement dérouté par tant de cordialité policière, sa longue expérience de la race se révélant aussi variée que rebutante.

Dumoulin se mit à rire franchement.

— On dirait qu'aujourd'hui les relations ne sont pas au beau fixe entre vous et le Grand Manitou ! Il vous a reçu comme un chien dans un jeu de quilles ! Vous devriez pourtant être habitué !

— Qu'est-ce qui peut bien vous faire penser ça ?

— Le simple fait que les relations ondoyantes de Langlois et du prince Morosini sont en train de passer à la légende Quai des Orfèvres comme dans l'intégralité de la P.J. Ce qui est très consolant pour le petit peuple ! On se sent moins seul ! Et puis, quand vous êtes dans les parages, on est sûr de ne pas s'ennuyer !

Cette fois, Aldo ne put s'empêcher de faire chorus. Décidément, il aurait tout vu dans sa vie ! Il se tint coi cependant, tandis que Dumoulin entendait les rapports des deux inspecteurs qui avaient interrogé les clients présents dans le hall. Cela avait été vite expédié : personne n'avait rien vu, parce que personne n'avait remarqué Helen dans le va-et-vient incessant du hall d'un palace. Seule l'attention d'une vieille dame, assise dans un fauteuil, attendant une amie, avait été vaguement attirée par une légère bousculade : quelqu'un avait trébuché au pied de l'escalier – il s'agissait d'un homme ! – mais il s'était relevé en marmonnant une excuse pour se diriger vers la longue galerie reliant la place Vendôme à la rue Cambon. Elle n'avait même pas remarqué qu'il y avait quelqu'un par terre…

— C'est incroyable ! s'écria John-Augustus. Elle aurait dû porter des lunettes. Même si elle est myope : de loin, une forme humaine étendue et un couteau fiché entre les omoplates, ça devrait tout de même éveiller l'intérêt !

— Pas toujours à première vue ! fit Dumoulin. L'endroit est un peu sombre et quand l'attention est ailleurs…

— En tout cas, il manque quelque chose, constata Morosini en regardant un agent ramasser les petits paquets éparpillés.

— Quoi donc ?

— Un journal ! Lorsque je l'ai rencontrée dans la rue de la Paix, elle venait d'acquérir un journal qu'elle avait glissé sous son bras et, en voulant y jeter un coup d'œil, elle avait laissé tomber ses achats.

— C'était quel journal ? demanda le commissaire.

— Ma foi, je n'en sais rien. Il était plié et, après l'avoir ramassé, je le lui ai remis sous le bras sans chercher à en savoir davantage !

— Ça, c'est bizarre ! remarqua Belmont. Helen n'était pas une dévoreuse de journaux. De livres, oui !

— Tout ce que je peux dire est que ce n'était pas un magazine mais un quotidien !

— Qui ne doit pas avoir une extrême importance.

L'ambulance arrivait. Belmont intervint alors :

— Vous l'emmenez où ?

— Hôtel-Dieu. C'est la règle…

— Pourquoi ? L'hôpital américain n'existe plus ?

— Si, Monsieur. Mais il se trouve à Neuilly et c'est un établissement de luxe !

— Alors c'est là qu'elle va ! Nous autres les Belmont avons toujours voulu le meilleur pour nos serviteurs !

Dumoulin fronça le sourcil et renifla :

— Vous croyez que c'est le moment de penser au luxe quand on n'est même pas sûr qu'elle arrivera vivante ? A l'Hôtel-Dieu ! ajouta-t-il à l'intention des brancardiers. Et pas question de poser un lapin au commissaire principal Langlois qui s'y rend en ce moment…

Ce qui fit sourire Morosini. Apparemment, il n'était pas tout seul à essuyer les mauvaises humeurs du grand chef !

— Allez avec elle dans l'ambulance, conseilla-t-il à Belmont. Je vous rejoins le temps de téléphoner chez moi qu'on ne m'attende pas et de récupérer ma voiture rue de la Paix…

— Et voilà ! conclut Marie-Angéline en dépliant sa serviette après que Cyprien eut rendu compte de l'appel téléphonique d'Aldo. Les ennuis commencent ! Mais ça, je l'aurais juré. Dès l'instant où les Belmont s'inscrivent dans le paysage, on peut s'attendre à tout !

— Ah non, vous n'allez pas recommencer ! Vous êtes de parti pris, donc de mauvaise foi ! Les Belmont sont les meilleurs amis que nos garçons aient en Amérique ! Je ne connais pas le frère mais si je m'en réfère à la sœur…

— C'est une femme charmante, je sais ! Nous l'avons déjà dit !

— Je persiste et signe ! Mettez-vous dans le crâne que vous les verrez d'ici peu à cette table ! J'ai une folle envie de connaître le marsouin de New Port ! En outre ce qui leur arrive n'est vraiment pas leur faute !

— Je n'en disconviens pas, mais je préférerais qu'Aldo soit reparti pour Venise ! Le voir couver des yeux l'admirable Pauline me donne la nausée !

— Prenez de la mélisse et du laudanum ! Et, quand ils viendront, allez donc dîner au Royal Monceau, par exemple ! Cela nous évitera vos remarques acerbes ! Savez-vous ce que vous allez réussir avec votre mauvais vouloir ?

— Je ne vois pas…

— Je vais vous l'apprendre ! Quand il viendra à Paris, Aldo se gardera soigneusement de venir loger sous ce toit et reprendra ses habitudes au Ritz. C'est ce résultat que vous cherchez ?

— N… on ! Bien sûr que non !

— Alors tenez-vous tranquille ! Essayez de faire bonne figure ! Souvenez-vous de ce que je vous ai dit : un séjour hygiénique chez la cousine Prisca ! Et, si vous tenez tellement à vous mêler des affaires d'Aldo, que ce soit au moins pour l'aider, au lieu de le surveiller comme un policier surveille un voleur à la tire !

Plan-Crépin n'avait plus de munitions : elle capitula en redemandant des œufs brouillés.

En arrivant aux urgences de l'Hôtel-Dieu, Aldo pensa que la tournée des souvenirs commençait à devenir lassante en tombant droit sur le Dr Organ, auquel il avait déjà eu affaire par deux fois et qui, sans voir en lui la huitième plaie d'Egypte, ne l'en considérait pas moins comme un snob insupportable. Son accueil s'en ressentit !

— Encore vous ? Je pensais que vous teniez définitivement cette maison comme à mi-chemin entre l'asile de nuit et la léproserie ? Qui venez-vous sauver de nos miasmes ?

— Si on négociait une trêve, docteur ? On vient de vous amener une Anglaise grièvement blessée et je voudrais rejoindre le commissaire Langlois qui doit être dans vos murs.

A l'énoncé de son nom, celui-ci apparut comme par magie.

— Venez par là, Morosini ! J'ai des questions à vous poser !

Il ouvrit devant lui la porte vitrée d'un petit bureau mais la patience d'Aldo était à bout de souffle :

— Et si vous me parliez sur un autre ton ? Auriez-vous par hasard quelque chose à me reprocher ? Alors non, ce n'est pas moi qui ai assassiné la marquise d'Anguisola sur le *Titanic* et je n'ai pas planté de couteau dans le dos de cette pauvre Miss Adler que j'ai vue aujourd'hui pour la première fois !

Le visage sévère du commissaire se détendit, allant même jusqu'à s'éclaircir d'un sourire.

— Bon ! Toutes mes excuses !... Mais avouez que vous êtes un curieux personnage ! Dès qu'une histoire vaseuse se pointe à l'horizon, on vous voit apparaître comme par enchantement : hier vous étiez à Drouot et ce matin au Ritz !

— Vous pourriez peut-être vous souvenir qu'il m'est arrivé de vous donner un coup de main et que, dans vos histoires vaseuses, j'ai failli laisser ma peau au moins deux fois ! Donc, avant que je réponde à vos questions, répondez vous-même à la mienne : comment va Miss Adler ?

— Elle vit encore. Le cœur n'a pas été touché mais il y a d'autres dégâts. En outre, sa santé n'est pas des meilleures, si j'ai bien compris. Le professeur Aulagnier est en train de l'opérer.

— Où est Belmont ?

— Dans la salle d'attente. Je vais vous y conduire, mais racontez-moi d'abord ce que vous savez !

Calmé, Morosini fit un récit aussi complet que possible de sa matinée.

— Qu'est-ce que c'était que ce journal qu'elle avait tellement hâte de lire ?

— Je n'ai pas eu cette curiosité et me suis contenté de le remettre sous son bras, mais j'ai l'impression que l'assassin l'a emporté dans sa fuite : c'était la seule chose qui manquait parmi les paquets répandus sur le tapis du Ritz !

— Ils venaient d'où, ces paquets ?

— La Grande Maison de Blanc, à l'angle de la place de l'Opéra.

— Je sais où c'est, merci ! Donc elle a dû acheter son canard au kiosque du coin. Je vais envoyer l'inspecteur Bon interroger le marchand. Il se souviendra peut-être d'elle ! Il devrait y avoir une photo ou un titre qui a attiré son attention !

— Laissez-moi m'en occuper ! Je vais ramener Belmont à l'hôtel et je…

— Vous voulez que je vous embauche ?

— Grands dieux non ! Je n'ai pas le goût du martyre ! Je pense seulement qu'on se méfiera moins de moi que d'un policier en exercice. En outre, je l'ai tenu dans mes mains, ce journal… et au besoin je les achèterai tous !

— On n'a évidemment pas les mêmes moyens ! Un flic de luxe, en quelque sorte ? Bon, allez-y ! En attendant, rejoignons M. Belmont ! Il doit se sentir un peu abandonné.

Mais il ne l'était pas : Pauline était avec lui… et aussi le Napolitain qui, apparemment, ne la quittait plus d'une semelle. Quand la porte s'ouvrit, Aldo la vit en face de lui. Il vit aussi son regard s'éclairer et l'élan vers lui qu'elle retint de justesse, mais ce ne fut qu'un instant. Resta cependant un sourire qu'il jugea un rien automatique.

— Aldo ! Quel plaisir de vous revoir ! Il me semble qu'il y a des siècles…

— Il ne m'est pas apparu si long à moi ! répliqua-t-il après avoir baisé la main qu'elle lui tendait. Il est vrai que ma vie est plus que… mouvementée ! Demandez plutôt au commissaire Langlois : il trouve que j'en fais trop !

— Et Adalbert ? Comment se porte-t-il ?

— Au mieux ! Vous ne tarderez pas à le voir, je pense !... Croyez que je suis désolé de ce qui est arrivé à votre femme de chambre...

— Qui est-ce ? interrogea l'adorateur de Pauline sans s'encombrer inutilement de politesse, mais ce fut Belmont qui se chargea de la réponse.

Belmont qui d'ailleurs n'avait pas l'air d'apprécier outre mesure la présence du bel Ottavio.

— Qu'est-ce que ça peut bien vous faire ? On n'est pas ici dans un salon, mais si vous y tenez... Mon cher Aldo, voici le comte...

— Fanchetti ! souffla Pauline, visiblement inquiète.

— C'est ça ! Fanchetti, je vous présente « au » prince Morosini...

Aldo l'aurait embrassé : son petit « au » qui ne payait pas de mine était en réalité un chef-d'œuvre d'insolence. Sans se serrer la main, les deux hommes inclinèrent le buste dans un style vaguement japonais en se déclarant « enchantés ». Un de ces gros mensonges mondains comme il s'en profère à chaque instant, après quoi Aldo se tourna vers Belmont :

— Que comptez-vous faire ? Attendre l'issue de l'opération ?

— Il est inutile que nous restions tous ! C'est à moi d'attendre le verdict du chirurgien, dit Pauline. Helen est ma femme de chambre. Donc, je reste. Vous pouvez partir avec Aldo, John-Augustus ! On se retrouvera ce soir à l'hôtel !

— Soyez rassuré, je tiendrai compagnie à Pauline ! déclara l'indispensable Ottavio. Il ne faut pas qu'elle soit seule... surtout si les nouvelles s'aggravent !

Belmont ouvrit la bouche, peut-être pour argumenter, mais, réflexion faite, la referma. Langlois aussi prenait congé.

— Je rejoins mon bureau. C'est à côté et le professeur Aulagnier me préviendra si besoin est. Au surplus, je laisse un homme de garde !

On se sépara. Aldo, se refusant à l'image de Pauline installée sur une banquette auprès du Napolitain, prit Belmont par le bras.

— Vous, je ne sais pas, dit ce dernier d'un ton plaintif, mais je ressens des tiraillements d'estomac, j'ai comme une petite faim : on n'a pas déjeuné !

— On va aller arranger ça ! Auparavant, on va passer place de l'Opéra ! Il faut que j'achète des journaux !

Le vendeur du kiosque se souvenait de la dame étrangère qui lui avait pris le journal mais ne se souvenait plus du titre.

— C'est qu'il s'en débite dans ce coin-là, vous savez !

— Vous reste-t-il un exemplaire de chaque ? J'entends français, anglais ou américain ?

— On va voir ! Attendez.... Oui ! J'ai !

— Vous m'en donnez un de chaque !

Cela faisait un assez gros tas que Belmont contempla avec surprise quand Aldo le déposa dans la voiture.

— Vous comptez lire toute cette littérature ?

— En principe, je dois les porter à la police mais en attendant on va déjà y jeter un coup d'œil !

— Et déjeuner ? rappela John-Augustus. C'est pour quand ?

— Tout de suite avant ! En outre, on va trouver de l'aide !

Un quart d'heure plus tard, Aldo stoppait sa voiture devant l'hôtel de Sommières où leur arrivée, chargés de leurs journaux, suscita un vif intérêt chez Plan-Crépin, la marquise réservant plutôt le sien à ce « frère de Pauline », qui s'inclinait devant elle et lui baisait la main selon toutes les règles de la meilleure société, le tout accompagné d'un sourire à désarmer une douairière, ce qu'elle ne serait jamais !

L'annonce du drame du Ritz… et le fait que les deux hommes étaient à jeun achevèrent de faire envoler la légère couche de glace d'une première rencontre. Même Eulalie, le redoutable cordon- bleu maison, fort mécontente que « Monsieur le prince », ayant annoncé qu'il ne rentrerait pas de sitôt, avait laissé s'effondrer ses quenelles de brochet à la Nantua, ne tarda pas à être conquise. L'enthousiasme dont le « gentleman américain » fit preuve en attaquant son omelette aux truffes puis les tournedos Rossini qu'elle fit suivre et sa haute culture concernant les vins qu'on lui servait lui acquirent à jamais l'estime et la sympathie d'Eulalie et plus encore : comment, en effet, lorsqu'on a vu le jour à Nuits-Saint-Georges, ne pas adorer un homme n'hésitant pas à proclamer les vins de Bourgogne bien supérieurs à tous leurs confrères ?

Pendant ce temps Marie-Angéline se plongeait dans la lecture des quotidiens, sans parvenir à en extirper ce qui avait pu retenir l'attention d'Helen Adler.

— Aux Etats-Unis, on pond des tartines sur la campagne électorale que Franklin D. Roosevelt mène tambour battant, en Angleterre une sorte de bataille rangée à la Chambre des communes, une révolte aux Indes et le dernier chapeau de la reine Mary. En France, c'est le lancement à Saint-Nazaire du paquebot *Normandie* et pour les trois pays un stock de papiers sur le sport, les arts, le cinéma, le théâtre, la mode et ce que vous voudrez mais franchement… rien de marquant !

— On va s'y atteler à notre tour en prenant le café au jardin d'hiver, dit Aldo. Après, on ira porter toute cette paperasse à Langlois… mais je m'en veux ! Quel idiot j'ai été de ne même pas remarquer de quel journal il s'agissait !

— N'importe qui aurait agi pareillement, le consola John-Augustus. En dehors du fait que celui qu'Helen a acheté manque peut-être ! Il y en a une telle quantité ! Le marchand ne pourrait sûrement pas jurer qu'il nous a tout donné !

— Il faut espérer que cette pauvre femme survivra à sa blessure, intervint Mme de Sommières. D'après vous, le chirurgien n'en répond pas ?

— C'est déjà une chance qu'elle soit encore en vie ! Vous me ramenez à l'hôpital après le passage à la police, Morosini ? Je ne peux pas laisser ma sœur s'y morfondre toute seule…

— Elle n'est pas seule ! ne put retenir Aldo.

— Pour moi, si ! Qu'est-ce que ce… rastaquouère peut comprendre à son inquiétude ? Pour lui, une femme de chambre est… une femme de chambre ! Rien de plus ! Mais il se trouve que Pauline est très attachée à la sienne !

— Je vous accompagne ! s'écria Marie-Angéline, dans un noble élan qu'elle aurait eu beaucoup de peine à définir.

— Restez tranquille, Plan-Crépin ! intima Mme de Sommières. Il est inutile d'aller encombrer un hôpital que la presse doit sans doute être en train d'assiéger ! Monsieur Belmont, je suis vraiment ravie qu'Aldo vous ait amené ici. Dites à Pauline que la maison lui est grande ouverte, comme à vous-même ! On a toujours besoin d'amis dans un moment difficile !… Plan-Crépin, venez me lire quelque chose ! Cela me changera les idées !

Comme l'avait prévu la marquise, les journalistes se pressaient dans le hall de l'Hôtel-Dieu. Berthier était au premier rang.

— Content de vous voir, prince ! Je viens de téléphoner chez vous pour que vous ne m'attendiez pas ce soir !

— Je m'en doutais un peu. Il y a du nouveau ?

— Le professeur Aulagnier en a terminé et Miss Adler est installée dans une chambre, mais elle n'a pas repris connaissance.

— Le pronostic ?

— Réservé ! C'est du moins ce que l'on nous a dit à nous, le menu fretin ! Vous en saurez peut-être davantage !

— Ça m'étonnerait !

En effet, il n'y avait plus qu'à attendre et chacun se retira, laissant la blessée à la garde du personnel soignant et de deux policiers assis devant sa porte.

Aldo éleva la courtoisie à hauteur d'héroïsme en rapatriant les gens du Ritz... y compris le bel Ottavio !

— Et en plus il faut le trimballer ! marmotta John-Augustus entre ses dents. Peut pas prendre un taxi comme tout le monde ?

Du coup, il s'installa d'autorité à côté d'Aldo, ce qui arrangea plutôt celui-ci. Il voyait parfaitement Pauline dans son rétroviseur. Cela lui permit de constater qu'à peine assise elle s'accota dans son coin, la tête contre la capote, et garda les yeux fermés tout au long du trajet, mais elle ne dormait pas. Aldo l'aurait juré pour l'avoir vue certaine nuit s'endormir dans ses bras. Cela lui fit plaisir...

Le lendemain, les nouvelles de l'Hôtel-Dieu n'étaient pas vraiment satisfaisantes : Helen Adler avait repris connaissance, mais bien peu de temps. A présent, elle était dans le coma.

4

Etats d'âme et mauvaises nouvelles

— Que vas-tu faire ? demanda Adalbert en présentant l'extrémité de son cigare à la flamme d'une bougie dans laquelle il le fit rouler soigneusement avant de l'approcher de sa bouche, de tirer plusieurs bouffées et de se renfoncer dans son fauteuil.

Installé dans l'autre « Chesterfield », le regard fixé sur le bout de ses chaussures, Aldo lâcha la fumée du sien.

— A ton avis ? Pour la première fois de mon existence, j'ai l'impression de ne servir à rien. C'est déprimant !

Les deux hommes avaient déjeuné chez Adalbert, ce qu'Aldo appréciait infiniment. D'abord parce qu'il se trouvait toujours bien chez son ami, dans cet appartement archiconfortable et typiquement masculin sur lequel régnait Théobald, la perle des serviteurs, parce qu'il savait tout faire et cela même dans les plus mauvais moments. Ensuite parce que, pour la première fois, il ne se sentait pas parfaitement à l'aise chez Tante Amélie. Comme à l'accoutumée la vieille dame était merveilleuse, les domestiques aux petits soins, mais il y avait Plan-Crépin dont l'œil en vrille, vaguement accusateur à chacun de ses retours à la maison, le déstabilisait.

— C'est bien ça, l'inquiétant, dit Adalbert. Tu déprimes parce que tu te sens inutile ! Or tu es quelqu'un de plutôt actif… parfois à la limite de l'agité…

— Agité toi-même ! grogna Aldo. Cela fait une semaine que je suis ici et regarde où nous en sommes : on sait que Mme d'Anguisola a été assassinée et que ses bijoux se promènent dans le vaste monde au lieu de reposer béatement sous un iceberg ; le témoin du meurtre a été attaqué, elle n'est pas morte mais ne vaut guère mieux, et elle peut végéter dans le coma durant des années…

— … par souci de son confort autant que pour assurer plus efficacement sa sécurité que dans le tohu-bohu de l'Hôtel-Dieu, on l'a transportée dans une clinique privée où le professeur Aulagnier a ses habitudes ; enfin son assassin court toujours, sans que l'on ait la plus petite idée de ce à quoi il peut ressembler. Toi, tu es chargé de retrouver – une fois de plus ! – un bijou introuvable pour lequel tu n'as pas la plus minuscule piste et, pour mettre un comble à tes douleurs, ton nid douillet de la rue Alfred-de-Vigny le devient beaucoup moins grâce à l'œil accusateur dont te couve notre Marie-Angéline, quand tu pointes ton nez à l'horizon – à ce propos, tu peux t'installer ici autant que tu veux ! – comme si tu sortais tout droit du lit de Pauline…

— Adalbert ! protesta Aldo, choqué.

— Tu permets ? Nous autres, les Vidal-Pellicorne, avons l'habitude d'appeler un chat un chat et notre chère Pauline est devenue la bête noire de Plan-Crépin. Ce que Tante Amélie supporte aussi mal que possible !

— Qui t'as raconté ça ?

— Mon petit doigt ! Blague à part, tu n'as pas entendu l'autre soir, quand les Belmont sont venus dîner et que John-Augustus a déclaré qu'il n'allait sans doute pas tarder à rentrer chez lui, le ton légèrement vinaigré dont a usé notre héroïne pour lui demander s'il n'avait pas peur de laisser sa sœur toute seule exposée à toutes sortes de tentations ?

— Oh, que si, j'ai entendu ! J'avoue que je l'aurais volontiers giflée !

— Après leur départ, notre marquise l'a envoyée se coucher en lui conseillant vivement d'adresser une longue prière à sainte Prisca ! Je te parie qu'elle a dû la menacer de l'expédier garder les vaches au Pays basque si elle ne mettait pas un frein à ses humeurs belliqueuses !

— Tu pourrais avoir raison. Si c'est ça, il ne me reste qu'une solution : regagner mes pénates ! Je vais écrire à Wishbone que j'ai trop à faire pour me lancer sans la plus infime indication sur une piste refroidie sans doute depuis longtemps… Comme ça, tout le monde se calmera !

Adalbert attrapa la bouteille de vieil armagnac pour en resservir une généreuse ration dans leurs deux verres…

— Seulement, mon pauvre vieux, tu n'as pas la moindre envie de revoir la place Saint-Marc… et le fastueux palais Morosini en laissant notre belle amie livrée seule aux entreprises libidineuses d'un gentillâtre napolitain dans le cadre enchanteur de ce bon vieux Ritz !

Aldo s'empara de son verre et en huma le contenu. Adalbert venait d'appuyer précisément sur le point sensible. Le Ritz, justement, qui avait abrité leur unique nuit d'amour ! Et ça faisait bigrement mal ! Bien plus qu'il ne l'aurait cru !

Comme il s'attardait à déguster l'alcool, Adalbert se pencha et posa une main compatissante sur le genou de son ami.

— C'est si douloureux ? fit-il doucement.

— Oui… Non ! s'écria-t-il soudain comme on appelle « au secours ». Je crois que j'aurais préféré ne plus la revoir…

— … plutôt qu'escortée par cet Antinoüs exotique habillé à Rome et qui se donne des airs de propriétaire…

— Et qui la fait rire ! Rire ! ragea Aldo. Comme une vulgaire midinette en goguette avec le coq du village !

— Les midinettes ne fleurissent guère dans les villages, mon bon, avec ou sans coq, fit remarquer Adalbert. Mais je comprends ce que tu ressens : la déesse de la beauté a sauté à bas de son socle de marbre pour aller s'encanailler à la foire ! Et tu ne le supportes pas.

— Je la croyais… exceptionnelle !… Comme l'ont été ces quelques heures vécues dans ses bras, volées en quelque sorte au Destin…

— Tais-toi ! Tu vas te faire plus mal encore ! Qu'au moins cela te reste ! conseilla courageusement Adalbert qui, cependant, brûlait d'en apprendre davantage.

Quoiqu'il eut une vague idée du moment où se situaient les quelques heures en question : pendant l'exposition de Versailles, lorsque Aldo s'était rendu à Zurich discuter avec son beau-père. Au retour, il y avait eu un laps de temps vide que l'on avait expliqué un peu n'importe comment… Mais en rentrant au Trianon Palace, Aldo irradiait littéralement : une euphorie qu'une nuit passée à dormir seul dans un sleeping procurait rarement !

— Tu as raison ! soupira Aldo. Il vaut mieux tirer le rideau et revenir à la vie quotidienne. Ce soir, je vais écrire à Wishbone, faire…

— Je t'arrête tout de suite. Ton Wishbone, je ne sais pas où il est, mais ta lettre aurait sûrement du mal à l'atteindre. Lucrezia Torelli, sa chanteuse bien-aimée, va se produire au Covent Garden de Londres et ensuite à Paris.

— Quand ?

— Incessamment ! J'ai dû lire ça hier dans je ne sais plus quel canard ! S'il revient – il va revenir, j'en suis certain –, tu vas le voir rappliquer dans ta lagune pour te traîner aux pieds de son idole afin de lui promettre que tu vas consacrer tous tes efforts à lui donner satisfaction. Tu ferais mieux de rester encore… quelques jours.

— Tu crois ?

— Absolument. D'ailleurs est-ce que Lisa ne t'avait pas dit qu'elle viendrait faire le tour des couturiers ?

— Elle ne l'avait pas juré, mais j'y comptais un peu. Seulement les jumeaux ont jugé bon d'effectuer un plongeon synchronisé dans le canal en batifolant sur la gondole de Zian. Résultat, ils ont pris froid…

— Ce n'est pas grave, j'espère ?

— Non. J'ai eu Guy Buteau au téléphone : un simple rhume, mais tu sais comment est Lisa !

— Plus mère poule on ne fait pas ! Tu ne penses pas qu'il faudrait peut-être ouvrir l'ère des fessées pour ces deux lurons ?

— Tu veux rire ? Procédé barbare inconnu en Suisse ! L'éducation idéale s'obtient par le raisonnement et le sens des responsabilités…

— Avec des mouflets de cinq ans ? Je rêve !

— Tu sais bien que non. Souviens-toi de notre retour d'Egypte au printemps dernier ! Lisa espère d'ailleurs que je ne vais plus tarder ! Alors Wishbone ou pas, je vais reprendre mon train bien-aimé !

— Tu vas dire que je me mêle de ce qui ne me regarde pas, mais je ne suis pas d'accord ! Dieu sait l'affection que je porte à Lisa, mais il serait temps qu'elle regarde elle aussi les réalités en face. Qu'elle adore sa progéniture, personne ne le lui reprochera, au contraire, mais je te connais suffisamment pour deviner qu'un jour viendra où tu te mettras à ruer dans les brancards. Tu n'es pas un fonctionnaire astreint à des heures fixes, que diable ! Et elle est assez intelligente pour savoir qu'on ne fait pas d'un cheval de course un cheval de trait ! Je lui en avais touché un mot…

— Et qu'a-t-elle répondu ?

— Qu'elle préférait un mari bien vivant à un mari mort, qu'il y avait un temps pour tout dans la vie et que celui des grandes aventures ne lui semblait plus de saison ! J'aurais dû lui répondre qu'il risquait de laisser la place à celui des aventures… extra-conjugales !

— Je parierais qu'elle le sait… et même qu'elle le redoute. Cette fois particulièrement !

— Ah !

— Il est donc inutile de l'inquiéter pour rien. Je fais mes valises… et toi, tu viens dîner ce soir rue Alfred-de-Vigny qui, je l'espère, retrouvera paix et sérénité après mon départ !

— Ça, c'est moins sûr !… Mais ma proposition tient toujours de venir t'installer ici. Quelque chose me dit que tu n'es pas encore parti !

Sa phrase était à peine achevée que le téléphone sonnait. Il décrocha, émit deux ou trois « oui », un « d'accord ! » et raccrocha.

— C'est le Quai des Orfèvres. Langlois voudrait nous voir tout de suite !

— Il voudrait ou il veut ?

— Comme si ça avait de l'importance ! Et comme on n'a rien de plus amusant à faire…

Une demi-heure plus tard, la jolie petite Amilcar rouge de l'égyptologue les déposait devant l'agent de police de garde qui les salua avec bonne humeur. Ils étaient venus si souvent qu'à la P.J. tout le monde les connaissait. Le planton leur confia même :

— Paraît que le patron est à cran !

— Merci de nous prévenir mais on a l'habitude ! fit Adalbert. Et on ne vient pas prendre le thé !

A l'instar de son occupant, l'imposante pièce impartie au commissaire principal Langlois offrait aux regards ses classeurs sévères, son beau tapis aux couleurs vives dont le maître des lieux réchauffait le plancher de la République, la photo du président de ladite République, M. Albert Lebrun, celle du commissaire Langevin, prédécesseur illustre et modèle de Langlois, et, posé sur le grand bureau encombré, l'attendrissant petit vase de luxueux cristal – le précédent, en barbotine, avait eu des malheurs ! – dans lequel trempaient un bouquet de violettes de Parme et un œillet grenat, assorti à la cravate du jour et que Langlois avait dû oublier de glisser à sa boutonnière… Langlois lui-même, debout près de la haute fenêtre et les mains dans les poches, regardait au-dehors quand le planton introduisit les visiteurs auxquels il désigna deux chaises en retournant à son bureau.

— On dirait que ça ne va pas fort ? hasarda Aldo.

— Jugez vous-même : on a tenté d'assassiner Miss Adler dans sa clinique.

— Si vous dites tenté, c'est que l'on n'a pas réussi, commenta Adalbert.

— Non, mais l'homme de garde était un jeune : au lieu de viser aux jambes, il l'a tué net !

— Ce qui vous ôte toute possibilité de l'interroger.

— Exact ! Tout ce que j'ai appris c'est qu'il s'agit d'un truand italien – vraisemblablement un mafioso… à moins qu'il ne soit un homme de main des fascistes – nommé Giuseppe Nardi. On va essayer d'en savoir davantage, bien entendu…

— Mais qu'est-ce qu'on y peut ? émit Aldo.

— Convaincre vos amis Belmont d'accepter de caser Miss Adler dans un endroit moins luxueux peut-être, mais plus sûr ! J'ajoute qu'à la clinique l'effet a été désastreux sur les autres clients.

— Vous voulez la ramener à l'Hôtel-Dieu ?

— Non. C'est trop fréquenté ! Sauf s'ils veulent la rapatrier en Amérique, je pense à un établissement psychiatrique. Certains – coûteux d'ailleurs, mais cela semble de peu d'importance ! – sont mieux gardés que des coffres-forts et on peut les renforcer d'hommes armés et triés sur le volet …

— Je ne vois pas pourquoi ils n'accepteraient pas, dit Aldo.

— Parce que le terme psychiatrique va les choquer et que, chez eux, on compartimente les malades. Une femme saine chez les fous… ils ne vont pas aimer.

— Elle est dans le coma, objecta Adalbert. Ce qui signifie que l'on ne sait absolument pas en quel état est son cerveau. En outre, je suppose qu'elle recevra les soins nécessaires et qu'au cas où elle reprendrait conscience, vous en seriez averti aussitôt ?

— Evidemment. Voulez-vous essayer ?

— Pourquoi pas ? répondit Morosini. Mais je crois sincèrement que, présentées par vous, ils se rendraient à vos raisons ! Ils sont remarquablement intelligents, vous savez ?

— Oui, mais je suis pour eux un policier inconnu alors que vous êtes des amis… et le transfert pourrait avoir lieu dans le plus grand secret !

Adalbert se releva.

— La cause est entendue, commissaire ! On y va !

— Tu pourrais peut-être y aller seul ? proposa Aldo quand ils rejoignirent la voiture.

— Hors de question ! Il faut qu'on soit deux ! Tu oublies le bel Ottavio ! S'il est là, il faut qu'il y en ait un pour détourner son attention. Rappelle-toi qu'il est collant comme une arapède à son rocher… et qu'il est napolitain… donc compatriote du petit truand de Langlois ! Ça m'a frappé. Pas toi ?

— Ma foi, non !

Avant de mettre en marche, Adalbert considéra un instant son ami.

— Décidément, ça ne s'arrange pas chez toi ! Mais je te rassure, s'il est présent, c'est moi qui m'en occuperai !

Or il y était. L'heure du thé battait son plein et, si John-Augustus brillait par son absence, Pauline, assise à une table fleurie près d'une fenêtre donnant sur le jardin, sacrifiait à l'agréable rite mondain en compagnie d'Ottavio Fanchetti en ayant l'air d'y prendre un certain plaisir. Un léger éclat de rire venait de lui échapper avant qu'elle ne porte sa tasse à ses lèvres.

— Les choses se présentent mal ! maugréa Morosini. Vas-y, toi ! Je vais t'attendre dans le hall !

— J'y vais, oui, mais toi, ce n'est pas dans le hall que tu vas patienter, c'est dans le salon de Psyché. Je t'envoie Pauline et, de mon côté, je dégusterai quelques pâtisseries avec Roméo. Allez ! Un peu de courage, que diable ! C'est d'une communication officielle qu'il s'agit et même d'un drame ! Tu n'as pas besoin d'une guitare pour charmer !

Le ravissant salon au décor Louis XVI avec meubles d'époque était vide, bienheureusement vide. Afin d'effacer toute idée d'intimité, Morosini ne s'assit pas et se mit même à arpenter de long en large le tapis d'Aubusson, ce qui eut pour avantage de calmer le rythme un peu trop rapide de son cœur. Il n'attendit pas une éternité.

— Vous désirez me parler, Aldo ? émit la voix paisible de Pauline.

Il se retourna pour lui faire face et s'incliner, mais il ne s'approcha pas. Cependant son regard s'adoucit sans qu'il en eût conscience. Elle était très belle dans une simple robe de velours noir que magnifiait une coulée de perles nouées négligemment, assez semblable à celle que portait l'autre jour Jeanne Toussaint. Sur l'ébène brillant de ses cheveux coiffés en chignon sur la nuque, elle portait un minuscule chapeau dont la voilette, amarrée par une agrafe de perles, ne tombait qu'au bout du nez.

— Oui, Pauline, et je vous demande d'excuser la façon cavalière de cette invitation mais, en l'absence de votre frère, vous seule pouvez entendre ce que j'ai à dire. J'ajoute que je suis seulement l'émissaire du commissaire Langlois ! Sans cela, je ne me serais jamais permis de vous déranger.

— Un ami ne dérange jamais… et nous pourrions peut-être nous asseoir ? proposa-t-elle en joignant le geste à la parole. Qu'avez-vous donc à me dire de si solennel ?

Au demi-sourire dont elle accompagna ces quelques mots, il crut sentir qu'elle se moquait un peu de lui.

— Jugez vous-même : votre femme de chambre vient d'échapper à un nouvel attentat.

— Quoi ?

— Rassurez-vous, elle n'a rien et ne s'en est pas rendu compte. Malheureusement l'un des deux policiers en poste devant sa chambre est un jeune qui a été trop rapide ou trop adroit : il a tué net l'agresseur, ce qui nous prive d'en obtenir des aveux éventuels. C'était un Napolitain nommé Nardi.

Cette fois, elle ne souriait plus et, sous sa voilette, ses beaux yeux couleur de nuage semblaient encore agrandis.

— Comment se fait-il que l'on vous ait chargé de nous apprendre la nouvelle ? Le commissaire Langlois…

— … redoute vos réactions devant la proposition qu'il veut vous faire. Comme on ignore la durée d'un coma qui peut s'achever demain ou dans dix ans… et le danger qui en résulte, la clinique où vous l'aviez mise refuse de la garder. Les clients ont protesté… Quant à l'Hôtel-Dieu, il est beaucoup trop accessible, comme vous le savez, aussi Langlois voit-il une seule solution pour un séjour qui peut durer mais il craint que cela ne vous convienne pas : il s'agit d'une clinique psychiatrique de haut niveau, ne recevant que des malades importants et donc sévèrement gardée. Les visites y sont pratiquement interdites mais le confort est parfait. Elle est située hors de Paris et en contact permanent avec la Sûreté… assez onéreuse bien sûr, mais cela ne compte guère pour vous et, à l'exception de votre frère et de vous, l'adresse devra en être ignorée de tout votre entourage.

— C'est une prison que l'on nous propose ?

— Miss Adler n'est-elle pas déjà prisonnière d'un corps inerte ? C'est le seul endroit où l'on puisse répondre de sa sécurité. Au cas où vous refuseriez, on la confierait à votre ambassade pour qu'elle se charge de la rapatrier. Voilà ce que je suis prié de vous apprendre. Je vous préviens que vous devez vous décider rapidement, la préfecture ne pouvant mobiliser de gros effectifs pendant une longue période. Discutez-en avec votre frère et, ensuite, allez voir Langlois. Il restera tard à son bureau !

Il se levait, saluait. Elle le retint.

— Ce sera réglé ce soir… mais est-ce vraiment tout ce que vous aviez à me dire ?

— Quoi d'autre ?

— Je ne sais pas… il fut un temps où nous étions amis… où nous avions décidé, d'un commun accord, d'être amis.

— En venant ici ce soir, me serais-je conduit autrement qu'en ami ? C'est à ce titre que le commissaire Langlois m'envoie. Désolé, croyez-le bien, de n'avoir pas de meilleures nouvelles à vous offrir !

— Vous n'avez pas eu le choix, mais je vous ai connu moins… distant !

— Je ne fais que me conformer à votre propre choix. Distant, dites-vous ? J'avais plutôt l'impression d'être transparent ! fit-il avec son demi-sourire railleur dont il savait parfaitement qu'il pouvait être agaçant. Dès l'instant où vous optez pour les simples relations mondaines, il serait malséant de ne pas vous suivre. En réalité, je vous en remercie !

— Me remercier ? De quoi ?

— D'être à ce point fidèle aux termes de certaine lettre.

— On dirait que vous n'avez pas tout lu…

A son tour elle se levait d'un mouvement souple, s'approchait jusqu'à l'envelopper du parfum qui signait si harmonieusement sa personnalité – le divin N° 5 de Chanel – et le cœur d'Aldo manqua un battement avant de s'affoler. Basse et chaude, la voix de Pauline jouait sur ses nerfs comme l'archet sur les cordes d'un violoncelle. Dans son pâle et beau visage, Aldo, au supplice, vit trembler les lèvres trop rouges, trop généreuses peut-être mais dont il n'avait jamais réussi à oublier la brûlante douceur.

— Cessons de nous jouer la comédie, Aldo !…

L'écho de deux voix, une porte qui s'ouvre et l'enchantement se brisa. Ils eurent juste le temps de reculer avant de voir paraître Belmont lancé avec Adalbert dans une conversation animée.

— Sincèrement je ne nous savais pas si terrifiants... encore que j'apprécie la délicatesse du procédé. Ce n'est pas vraiment le fort des flics de chez nous ! Même Phil Anderson, que je considère comme un grand chef, a tendance à jouer les éléphants dans un magasin de porcelaine ! Bonsoir, Morosini ! Vous avez mis Pauline au courant ? ajouta-t-il en lui serrant la main.

— Tout à fait, répondit celle-ci en souriant à Adalbert. J'avoue avoir été choquée sur l'instant mais c'est sans doute la meilleure solution...

— Comme vous le savez, l'argent ne compte pas et cela nous permet de retourner à nos affaires l'âme en paix ! relaya son frère.

— Nous ne pouvons tout de même pas l'abandonner seule ici ? protesta Pauline.

— C'est compter sans Mme de Sommières, Marie-Angéline et moi-même, déclara Adalbert.

Ce qui fit réagir Aldo :

— Tu ne pars pas pour l'Egypte, cet hiver ?

— Non. Pas de fouilles ! J'ai commencé à écrire un livre ! On peut être tranquilles, Langlois gardera un œil sur elle et, en cas de changement – quel qu'il soit ! –, on vous préviendra !

— De toute façon, intervint Pauline, rien ne m'appelle en urgence à New York, contrairement à mon frère, et je peux rester quelque temps à Paris. J'adore cet hôtel ! Cela posé, je n'arrive pas à comprendre la raison pour laquelle la vie de ma pauvre Helen est en danger au point que, même à moitié morte, on s'acharne sur elle. Après sa déposition devant M. Langlois, il ne s'était rien passé. Il a fallu que je l'envoie faire quelques courses et qu'elle achète ce journal que l'on n'a pas retrouvé…

— … et que j'ai été assez stupide de ne pas au moins regarder, relaya Aldo. Si j'en juge l'espèce de gymnastique à laquelle elle se livrait pour essayer de lire en dépit de ses paquets, elle a remarqué quelque chose d'essentiel. Mais quoi ? Avant de remettre le tas de journaux à Langlois, on a tout épluché, mais comme la production du jour n'était pas au complet…

— Langlois a dû faire le nécessaire pour obtenir ce qui manquait, reprit Adalbert, et s'il a déniché ce que nous cherchons, cela m'étonnerait qu'il nous l'apprenne. Secret d'enquête oblige !… En attendant, vous autres, les Belmont, vous feriez bien d'aller le voir tout de suite !

Avec un bref éclat de rire, John-Augustus lui asséna une claque dans le dos :

— Touché ! fit-il. Vous venez avec nous ?

— Vaut mieux pas ! Le grand homme n'aime pas être envahi…

— Quant à moi, dit Aldo, je vais vous dire au revoir. Je rentre au bercail demain…

— Vous partez ? murmura Pauline.

Y avait-il un regret dans sa voix ? Du moins Aldo voulait le croire.

— Je ne me suis déjà que trop attardé et j'ai à faire !

— Mais si l'on a besoin de vous ?

— Me trouver est la chose du monde la plus facile : palais Morosini, Venise ! Et la maison est ouverte… comme l'a été pour moi, il n'y a pas si longtemps, votre château de Newport ! Quelques petites heures de train et vous y êtes !

John-Augustus alluma un sourire radieux.

— Ça, c'est une idée ! s'exclama-t-il. Quand on viendra récupérer Helen… ou l'enterrer, on poussera jusque chez vous ! Je dois être le seul Américain à n'avoir jamais mis les pieds à Venise ! La cité sur la mer !

— Ce n'est pas votre cher Océan, ce n'est que l'Adriatique mais je crois que vous aimerez !…

— Mais moi, je reste ! précisa Adalbert. Et tout à votre service !

On se sépara là-dessus. En baisant la main de Pauline, Aldo crut sentir un léger tremblement mais s'interdit de croiser son regard. Le rideau était tiré et c'était mieux ainsi… alors pourquoi fallut-il qu'en sortant du salon, il tombe droit sur Fanchetti ? Planté devant une vitrine d'Hermès, il semblait s'intéresser prodigieusement à l'élégant assemblage de foulards de soie et de maroquinerie haut de gamme, mais le miroir formant le fond du meuble indiquait clairement qu'il surveillait la porte du salon… vers lequel il se dirigea dès qu'il eut vu sortir les deux amis, rappelant désagréablement à Morosini son envie furieuse de le boxer.

Ce que pressentant, Adalbert entraîna Aldo par le bras.

— Pas de souci ! Il ne me plaît pas plus qu'à toi et je garderai un œil sur lui !

Un câblogramme attendait Morosini rue Alfred-de-Vigny sur un guéridon du jardin d'hiver, littéralement couvé des yeux par Marie-Angéline qui faisait une réussite à côté.

— Viens mettre fin à mon supplice ! implora Mme de Sommières. Voici plus d'une heure que Plan-Crépin contemple ce papier sans oser y toucher, ce qui nuit beaucoup au développement harmonieux de son jeu !

— Quel esprit pervers que le vôtre, Tante Amélie ! Tenez, Angelina, fit-il en lui tendant le coupe-papier posé sur le plateau d'argent auprès du message. Faites-le pour moi !

— Jamais je n'ouvrirai une lettre qui ne m'est pas adressée !

— Et susceptible avec ça !

— Surtout qu'il n'y a vraiment pas de quoi ! Ce cher Wishbone me fait savoir que, la Torelli étant partie chanter en Angleterre puis en France, il revient ! Seulement il ne dit pas quand ! Et moi je suis fermement décidé à rentrer à Venise demain !

— Ça ne doit pas être difficile à savoir, flûta Plan-Crépin qui avait récupéré le papier bleu. Il est en mer sur le *Léviathan.* Il suffit de téléphoner à la compagnie maritime pour apprendre le jour et l'heure de l'accostage !

— Faites donc ça, Plan-Crépin ! ordonna la marquise. Quant à toi, tu ferais aussi bien de l'attendre : il est capable de te courir après jusque chez toi. Qu'as-tu à lui dire ?

— Rien... sinon que je laisse tomber ! Je n'ai pas le plus petit début de piste pour retrouver cette foutue Chimère et pas davantage de temps à perdre ! Quand il viendra, vous lui direz d'aller voir Mlle Toussaint chez Cartier, qu'elle est au courant et qu'il s'arrange avec elle ! Moi, je vais revoir les flots bleus de l'Adriatique !

— Cela ressemble à une fuite ! susurra Marie-Angéline en brouillant ses cartes pour recommencer une nouvelle « patience ».

— Mais bien sûr que c'est une fuite ! Devant des recherches sans fin, des nuits blanches et Dieu sait quels problèmes ! Et vous devriez être la dernière à me le reprocher...

— Moi ?

— Ne jouez pas les innocentes par-dessus le marché ! Ces jours derniers, vous donniez l'impression d'avoir toutes les peines du monde à supporter ma présence…

— Sainte Prisca, priez pour nous ! marmotta Mme de Sommières.

— Demandez à Adalbert, si vous ne me croyez pas ! Il m'a même proposé de me replier chez lui !

— Là ! Qu'est-ce que je disais ! triompha la marquise en aparté.

Sans attendre qu'elle lui pose la question, l'égyptologue entra en lice :

— C'est vrai ! J'avoue que, pour une fois, j'ai pu constater que votre merveilleux flair semblait avoir des ratés !

— Conclusion : je rentre ! Et mieux encore, je compte sur votre vive imagination pour me rendre le service de faire avaler la pilule à Wishbone !

Elle leva sur lui des yeux soudain noyés de larmes.

— Mais je n'ai jamais voulu vous chasser ! Comment pouvez-vous croire une chose pareille ?

Il s'appuya des deux poings sur la table pour que leurs visages soient à la même hauteur.

— Allons, Angelina, vous n'allez pas pleurer ? Vous dont les ancêtres ont « fait » les croisades ? Il faut seulement regarder la réalité en face. Vous n'avez pas envie que je m'attarde à Paris… en même temps qu'une dame…

L'entrée de Cyprien lui coupa la parole.

— Une dame demande Monsieur le prince au téléphone ! annonça-t-il.

Le cœur d'Aldo manqua un battement et il ferma les yeux un court instant ! Si c'était… elle, on pouvait dire qu'elle tombait mal !

— Quelle dame ? Elle a dû donner un nom ? s'énerva-t-il.

— Mme Berthier ! Mme Michel Berthier. Son époux est…

— Journaliste au *Figaro* ! J'y vais !

Et il disparut en direction de la loge du concierge. En effet, détestant l'idée que l'on pût la « sonner comme une domestique », Mme de Sommières s'était toujours refusée à ce que cette « machine infernale » soit installée dans ses appartements.

— J'y vais aussi ! fit Adalbert après une minute de réflexion.

Restées seules, les deux femmes gardèrent le silence durant quelques secondes, à la suite desquelles la marquise soupira.

— C'est aussi peu commode que possible, toutes ces galopades à la loge et je me demande si, finalement, je ne vais pas me décider à donner asile dans l'antichambre à l'un de ces… machins ! Après tout, il faut vivre avec son temps !

— Je pense que nous prendrions là une excellente décision ! A part ça, je me pose une question : pourquoi l'ex-Caroline Autier [1], qui ne donne jamais signe de vie, appelle Aldo à cette heure ?

La réponse vint environ un quart d'heure plus tard quand ils remontèrent, visiblement soucieux : Michel Berthier avait disparu depuis trois jours et sa jeune femme était ravagée d'angoisse.

— Comment ça, disparu ? s'indigna Mme de Sommières. Caroline devrait avoir appris que, selon ses reportages, un journaliste peut s'absenter sans donner de ses nouvelles !

— Oh, elle a appris ! répondit Aldo, mais où qu'il aille, Berthier ne reste paraît-il jamais vingt-quatre heures sans appeler sa femme. Il sait trop que l'aventure de Versailles l'a laissée fragile. Or trois jours se sont écoulés sans qu'il se signale. En outre, au journal, on ignore complètement où il a pu se rendre.

1. Voir *Les Larmes de Marie-Antoinette* ; Pocket n° 13298.

— Et elle t'appelle pour te dire cela ? émit la marquise. En dehors d'un soutien moral, je ne vois pas ce que tu peux lui apporter !

— Aller me rendre compte sur place si un accident n'est pas arrivé. Michel lui a tout de même confié – mais en la priant de le garder pour elle ! – qu'il se rendait en pays de Loire à l'ancien château de Lars Van Tilden. Il aurait reçu une lettre l'informant qu'il s'y passait des choses bizarres !

— Quelles choses bizarres ? demanda Plan-Crépin dont le long nez frémissait, flairant peut-être une aventure comme elle les aimait.

— Aucun détail là-dessus mais il est parti ventre à terre…

— Et on va en faire autant ! conclut joyeusement Adalbert. Demain matin, on démarre aux aurores !

— Parce que tu viens avec moi ? Je croyais que tu avais un livre à écrire ?

— Ça peut attendre ! Et je t'avoue qu'un brin de distraction n'est pas pour me déplaire ! En attendant, si on dînait ?

Cyprien, reparu au même instant pour annoncer que Madame la marquise était servie, lui donna aussitôt satisfaction. Et l'on passa à table. Seule la maîtresse de maison semblait soucieuse tout à coup. Plan-Crépin elle-même était partagée entre la satisfaction d'en finir avec la brouille absurde – la première, d'ailleurs ! – intervenue entre Aldo et elle et le regret de ne pouvoir accompagner « les garçons » dans leur expédition.

— Au fait, lâcha-t-elle, comment cette chère Caroline, qui ne doit pas nous adorer étant donné qu'on ne la voit jamais, a-t-elle réussi à trouver notre numéro de téléphone ? Il n'est pas dans l'annuaire !

— Ce n'est pas sorcier, répondit Adalbert. Elle a téléphoné chez moi et Théobald l'a renseignée. Vous n'allez pas lui en vouloir, au moins ?

— Oh, non ! mentit-elle sans pouvoir vraiment dissimuler une vieille rancune. Je pense seulement qu'avec son caractère très spécial, elle ne doit pas avoir une foule d'amis pour se précipiter ici quand elle a un souci. Et où vous expédie-t-elle présentement ?

— Quelque part entre Loire et Vienne, un village à cinq kilomètres de Chinon, que commandait jadis le château de la Croix-Haute… presque à l'orée de la forêt.

Occupée à lever délicatement les filets de sa sole meunière, Marie-Angéline laissa échapper brusquement son couvert comme s'il l'avait brûlée. Toutes les têtes se tournèrent vers elle, elle rougit mais se hâta de dire, se tenant le poignet :

— Ce n'est rien. Une sorte de crampe… Excusez-moi !

— Voulez-vous que je vous masse ? proposa Adalbert. Nous autres archéologues sommes fréquemment sujets à des douleurs subites de ce genre à force de gratter le globe ou de soulever des pierres lourdes. J'ai à la maison un baume miraculeux. Ça empeste le camphre mais je peux demander à Théobald de vous en apporter…

— Non merci, Adalbert ! Ne vous donnez pas cette peine : ça va déjà mieux !

— En revanche, si vous pouviez m'en dévoiler la formule pour mon pharmacien, je ne serais pas contre l'idée de sentir le camphre de temps à autre ! glissa Mme de Sommières. A mon âge, il ne faut pas laisser passer la moindre occasion de traquer les vieilles douleurs.

— Théobald vous en véhiculera un pot demain…

Les voyageurs devant partir très tôt, on ne s'attarda pas à table et, le café avalé, Adalbert regagna la rue Jouffroy où Aldo irait le ramasser à 6 heures du matin. Les trois autres montèrent dans leur chambre, sauf Marie-Angéline qui accompagna Tante Amélie dans la sienne pour l'aider à se déshabiller, se coucher et lui lire quelques pages afin de favoriser un sommeil souvent capricieux. C'était, entre elles, un moment d'intimité où elles passaient en revue les événements de la journée et qui était devenu un rituel dont Louise, la femme de chambre en titre, presque aussi âgée que sa patronne, ne se formalisait pas.

Ce soir-là, cependant, un silence inaccoutumé s'installa, tandis qu'après avoir ôté les longues épingles fixant la coiffure de la vieille dame, Marie-Angéline, armée d'une brosse, lissait ses beaux cheveux argentés avant d'en tresser deux nattes qu'elle achevait par un nœud de ruban d'une couleur assortie à celle de la chemise de nuit et du déshabillé… Et c'est seulement quand elle posa le bonnet de dentelle que, cherchant dans le miroir le regard de sa cousine, elle se hasarda :

— Le village près de la forêt de Chinon, est-ce que ce n'est pas dans les environs qu'habite… ?

Une lueur s'alluma dans les prunelles toujours si vertes de la marquise.

— Si. Vous avez entièrement raison. Mais quelle mémoire !

— Il y a des gens qui ne sont pas faciles à oublier. Nous n'avons pas l'intention de leur en parler ?

— Si je l'avais eue, cette intention, ce serait fait ! Je n'aime déjà pas beaucoup cette affaire dans laquelle les garçons s'engagent ; il ne me paraît pas utile d'y ajouter des histoires de fous. Et comme il y a peu de chance qu'ils se rencontrent…

— C'est égal, j'aurais aimé savoir ce que Caroline a raconté au juste à Aldo !

— Que son mari avait disparu ne vous semble pas suffisant ?

— Non. Dans ces cas-là, on se confie à la police qui, éventuellement, relaie la gendarmerie. Or, Aldo, qui rentrait à Venise dare-dare – s'il avait eu un train ce soir, il partait ce soir ! –, opère un quart de tour au sud-ouest et fonce sans autres explications vers le doux pays de Loire ? C'est au moins étrange ! Je suis persuadée qu'il y a autre chose… mais quoi ?…

C'était exactement la question qu'Adalbert posa tandis que, dans la grosse Talbot de louage – la mignonne Amilcar rouge et noir si chère au cœur de l'archéologue séjournant au garage pour y recevoir les soins attentifs que son maître lui procurait chaque automne ! –, on se dirigeait vers la porte d'Orléans dans un petit matin frileux.

— Tu ne m'as pas permis d'écouter au téléphone, mais tu ne me feras pas croire que Caroline s'est contentée de te dire, avec tout plein de larmes dans la voix, qu'elle était inquiète pour son Michel…

— Et pourquoi pas ? Quand on est jeunes mariés…

— Pour le commun des mortels, il se peut, mais elle, c'est un journaliste particulièrement aventureux qu'elle a épousé. Si elle est tellement anxieuse, ce n'est pas uniquement parce qu'il a un retard de trois jours. Il y a autre chose !

— Bien sûr, il y a autre chose, mais je ne voulais pas en parler devant Tante Amélie, qui s'inquiéterait sûrement, ni devant Plan-Crépin, qui n'aurait eu de cesse qu'elle n'y fourre son nez…

— Si elle t'entendait ! Elle est encore plus susceptible que Cyrano de Bergerac à ce sujet ! Alors ?

— Voilà : Berthier a reçu un coup de fil disant que Van Tilden ne s'est pas suicidé mais qu'on l'a bel et bien assassiné… et aussi qu'il fallait prendre garde aux nouveaux occupants du château de la Croix-Haute.

— Nouveaux occupants ? Je croyais qu'il avait été légué à la municipalité pour qu'elle en assume l'entretien, la garde, sans oublier celle de la sépulture qui se trouve dans la chapelle. Une rente lui est payée pour ce faire, autorisant des visites guidées menées par du personnel qualifié.

— Très juste. C'est pourquoi il conviendrait de savoir qui sont ceux qui s'y sont installés et à quel titre.

— Et la communication, Caroline sait-elle de qui elle provient ?

— Non, mais, comme du temps de Van Tilden, Berthier s'est rendu deux ou trois fois là-bas, il a pu connaître quelqu'un et c'est ce quelqu'un qui s'est manifesté pour une raison ou pour une autre. Caroline penche d'ailleurs pour la peur, d'après ce que Michel lui a dit. De toute façon, pour nous, le point de chute tout indiqué est l'auberge où il est allé tout droit. Maintenant il faut se mettre d'accord sur ce que l'on va endosser en fait de personnalités !

— C'est là que tu vas pouvoir apprécier pleinement la chance que tu as de m'avoir comme associé. Je suis outillé !

Avec un large sourire, il sortit de son portefeuille deux documents qu'à leur bande tricolore, Aldo reconnut aussitôt comme étant des cartes de presse.

— Voilà ! C'est d'une simplicité évangélique ! On appartient à la confrérie, nous aussi. Et on cherche notre copain… ce qui est la stricte vérité !

— Je savais que tu en avais une, fit Aldo en évitant de justesse un pochard à la recherche de son centre de gravité. Mais d'où sors-tu l'autre ?

— Mais c'est la tienne, mon vieux ! Celle que le dernier des Solmanski t'avait donnée pour aller lui livrer les émeraudes de Montezuma[1]. Tu l'avais

1. Voir *Le Collier sacré de Montezuma*.

laissée à la maison et moi, je suis de ces gens qui ne gaspillent pas !

En dépit de ses soucis, Aldo ne put s'empêcher de rire.

— C'est pas vrai ! Si tu n'existais pas, il faudrait t'inventer ! Ainsi je redeviens…

— Michel Morlière de *L'Excelsior* et, moi, je suis Lucien Lombard de *L'Intransigeant*. Nous constituons ainsi un bel exemple de solidarité professionnelle qu'on se doit d'admirer ! Et maintenant, arrête-toi !

— Pour quoi faire ?

— Tu me passes le volant !

— Ma façon de conduire ne te convient pas ?

— Normalement, si ! Mais ton élégante et princière nonchalance n'a rien de commun avec le style de la presse qui, par définition, est pressée ! Donc à moi de jouer ! Je vais te montrer !

Et la Talbot redémarra sur les chapeaux de roue… en émettant un grondement de protestation.

DEUXIÈME PARTIE

LES FANTÔMES DE CHINON

5

Un curieux personnage et une leçon d'histoire !

Construit à l'écart de Chinon sur le coteau dominant la Vienne, le château de la Croix-Haute semblait sorti des *Très Riches Heures du duc de Berry* avec ses girouettes dorées, ses poivrières bleutées, ses fenêtres aux meneaux affinés et ciselés comme des coffrets, ses blanches murailles où s'accrochait une vigne vierge rougie par l'automne. Des vergers qui ressemblaient à des jardins où s'attardaient quelques fleurs en découlaient, jetés là comme par inadvertance, et coupés par le chemin bordé d'ifs aux cimes bien rondes toutes égales, comme si un peintre soigneux les y avait déposés. Sur les arrières on apercevait l'avant-garde de la grande forêt et à l'autre extrémité du chemin c'était le village, joli lui aussi avec son église coiffée d'un petit clocher et construite comme les maisons de ce beau tuffeau de Touraine aux pierres couleur de crème.

Proche de ladite église, l'auberge de « Maître François » tenait le milieu du village dont elle était aussi le centre nerveux. Dotée d'une réputation assise depuis près de deux siècles, la maison n'avait jamais manqué de chalands désireux de vérifier, de génération en génération, si le produit de ses casseroles et le contenu de sa cave étaient toujours égaux à eux-mêmes… Le miracle étant que personne, jamais, n'était reparti déçu ! Et cela par la vertu d'une circonstance rarissime : depuis tout ce temps, il y avait toujours un François Maréchal derrière fourneaux et tonneaux – seul variait le prénom de la patronne – si bien que la vieille enseigne, vouée au départ au curé de Meudon François Rabelais, annonçait aussi tous ces François qui s'y étaient succédé.

Un détail qui n'avait pas échappé à Adalbert, fervent lecteur du *Guide Michelin* et attentif aux petites étoiles que celui-ci dispensait parcimonieusement. Et l'auberge en avait décroché une. Comme, en outre, la maison disposait de quelques chambres, rustiques mais confortables, ce fut non sans un plaisir secret qu'après une manière de course à l'abîme dans laquelle son passager avait pensé périr cent fois, il stoppa la voiture devant « l'hostellerie » aux environs de midi et demi.

— Voilà ! soupira-t-il avec satisfaction. Nous sommes sur place. Alors d'abord s'enquérir si l'on peut nous loger, puis nous sustenter et enfin tâcher de se faire bien voir du patron… Toi, je ne sais pas, mais moi je me sens une faim de loup, ajouta-t-il en ôtant ses gants sous l'œil tout de même un peu surpris d'Aldo.

— Dis-moi, demanda le rescapé, tu n'aurais pas un peu perdu de vue ce qui nous amène dans cet endroit ? Charmant au demeurant, mais nous allons peut-être découvrir un véritable drame.

— Raison de plus pour l'aborder en pleine forme !

Un quart d'heure plus tard, nantis chacun d'une chambre claire et fleurant bon le linge frais où ils ne s'attardèrent que le temps de se laver les mains et de se donner un coup de peigne, ils prenaient place à une table proche de la vaste cheminée à l'ancienne où brûlaient trois grosses bûches pour « dégourdir l'atmosphère », comme le précisa Joséphine Maréchal, la patronne, en venant prendre leur commande. D'un commun accord, ils optèrent pour les rillettes locales, une alose de Loire au beurre blanc et un poulet aux champignons : ce sympathique programme arrosé, bien entendu, d'un vin de Chinon d'une année particulièrement réussie et, pendant un moment appréciable, on n'entendit dans la salle que le cliquetis des couverts, quelques appréciations laudatives et le bruit de papier froissé généré par le seul client qui, près des fenêtres, lisait un journal derrière lequel il disparaissait la plupart du temps.

Le patron arriva avec le café. Sous la toque blanche qui lui mettait la tête à mi-chemin des pieds, c'était un petit homme rond de partout : le visage, le nez, les yeux, la bedaine tendant sans un faux pli le tablier blanc immaculé. S'il n'avait arboré une imposante moustache grisonnante, on aurait pu le prendre pour le jumeau de sa moitié tant ils se ressemblaient. Son sourire dévoilait un assortiment judicieux de dents blanches et de dents en or.

— Ces messieurs sont-ils satisfaits ? demanda-t-il en disposant sur la table trois verres ballon qu'il emplit aussitôt avec le contenu à peine doré de la bouteille qu'il serrait sous son bras.

— Tout à fait ! fit Aldo. C'était remarquable ! Je n'avais pas vraiment faim mais je me suis régalé… au point d'avoir un brin sommeil !

— Goûtez mon eau-de-vie de poire ! Elle vous réveillera… à moins que vous ne préfériez une petite sieste ?

— Je ne dirais pas non, répondit Adalbert après avoir « tasté », mais on n'est pas ici pour dormir, hélas ! On verra ce soir !… Votre poire est géniale ! J'en reprendrais volontiers une lichette. C'est vous qui la faites ?

— Non. C'est le frère de Mme Maréchal. Il met toutes sortes de fruits en tonneaux !

— On en avait déjà entendu parler par un ami, reprit Aldo. Un ami qui d'ailleurs devrait être ici…

— Ah bon ? C'est un client habituel ?

— Habituel, non… Il est venu deux ou trois fois au château du temps de ce pauvre Van Tilden qui, chose rare, lui accordait de bonne grâce un moment d'entretien. On sait qu'il descendait chez vous et, pour ne rien vous cacher, c'est lui que nous venons rejoindre.

— Il s'appelle comment ?

— Berthier, Michel Berthier… du *Figaro*. Vous avez dû le voir ces jours-ci ?

La bonne figure épanouie de l'hôtelier eut tout à coup l'air de rétrécir. On put même craindre, un instant, qu'il ne se mette à pleurer.

— Le journaliste ? émit-il à voix presque basse. C'est l'un de vos amis ?

— Oui, répondit Adalbert. C'est un confrère… et même assez souvent un concurrent !

— Vous êtes de la presse, vous aussi ?

— Exact ! Moi, je suis Lucien Lombard de *L'Intran* et mon copain c'est Morlière de *L'Excelsior*… On ne serait pas venus si la femme de Berthier ne nous avait appelés parce qu'elle est inquiète. Il paraît que son mari avait déniché un scoop dans le coin. Evidemment, il ne lui a pas expliqué de quoi il retournait, mais il devait partir pour deux jours. Or ça en fait quatre et il ne lui a plus donné signe de vie, contrairement à son habitude !

— Il lui raconte tout ce qu'il fait ?

— Quasiment. Ils sont jeunes mariés et parents d'un bébé de quelques mois. Ils se sont connus pendant une affaire pénible où elle a été blessée. Alors elle s'affole facilement ! Il faut comprendre !

— Mais comme il a dû venir ici, il vous a peut-être dit quelque chose ? intervint Morosini.

— Eh non ! Il ne m'a rien dit pour la simple raison qu'on ne l'a pas vu ! Ou plutôt, je veux dire qu'on ne s'est pas parlé. Je n'ai pu que voir passer sa voiture.

— Elle se dirigeait de quel côté ?

— Vers le château… enfin vers le haut du village.

— Il allait visiter quelqu'un ? Parce que, évidemment, dans le château il n'y a plus grand monde !

— Détrompez-vous ! Il est à nouveau occupé !

— Par qui ?

— Un étranger… un certain M. Catannei, malade de surcroît. Il est arrivé en ambulance. C'était, paraît-il, un ami de M. Van Tilden et, comme il aimait particulièrement le château où il est venu plusieurs fois, il l'a loué à la mairie pour une durée indéterminée. On en avait parfaitement le droit, puisque le domaine nous appartient…

— On ? s'étonna Morosini.

— Je suis conseiller municipal… et comme ce monsieur proposait un prix plus que raisonnable, il n'y avait aucune raison de lui refuser, au contraire : il a amené des domestiques et la maison sera bien entretenue.

— A quoi ressemble-t-il ? demanda Adalbert.

— Ma foi, je l'ignore. Il ne s'est pas encore montré dans le village. Seul Monsieur le maire l'a… entrevu. D'après lui, notre locataire est très âgé mais apparemment très gentil.

— Ce n'est pas incompatible, sourit Aldo. Mais revenons-en à Berthier. Vous dites que vous l'avez vu passer. Et c'est tout ?

Maréchal resservit de la poire, hésita un instant, puis attira une chaise et s'installa.

— Ecoutez, ça ne sert à rien de tourner autour du pot ! Autant vous raconter tout de suite. Votre copain, il allait chez Louis Dumaine, un ancien serviteur du château qui habite une jolie petite maison au bout du village. On ne sait pas combien de temps il y est resté ni quand il est parti… sans doute aux environs de 11 heures du soir d'après le médecin légiste.

— Le médecin légiste ? s'exclamèrent les deux hommes d'une seule voix.

— Ben, oui. Ça va vous faire un choc, mais le lendemain matin, on a retrouvé Dumaine assassiné.

Ce fut d'abord le silence. Ni Aldo ni Adalbert n'en croyaient leurs oreilles. Ce fut le second qui réagit en premier :

— Vous n'imaginez tout de même pas que c'est Berthier qui l'a tué ?

— Et qui d'autre ? Personne ne l'a revu. Quelqu'un a entendu sa voiture repartir. Les gendarmes le recherchent toujours, mais il doit être loin…

— Pas chez lui en tout cas puisque sa femme est malade d'inquiétude ! En outre, au *Figaro*, ils ne savent pas ce qu'il a pu devenir…

— Vous pensez bien qu'après avoir fait son coup il a dû filer le plus loin possible avec ce qu'il était venu chercher…

— Il n'est pas venu chercher quelque chose mais apprendre quelque chose et si vous voulez tout savoir, c'est ce Dumaine qui l'a appelé…

Emporté par son élan, Adalbert allait sans doute en dire plus qu'il ne convenait – après tout, même conseiller municipal, même étoilé au *Michelin* et pourvu d'une bouille sympathique, le digne aubergiste n'était peut-être pas blanc bleu –, aussi Aldo intervint-il :

— … et il ne devait pas mourir d'envie de se faire trucider. Qui mène l'enquête ?

— Les gens de Chinon, forcément. C'est à deux pas et c'est la sous-préfecture. On nous a envoyé l'inspecteur Savarin et, croyez-moi, s'il a un nom succulent, c'est vraiment tout ce qu'on lui a trouvé. Il soupçonne tout le monde.

— Il faudrait s'entendre, reprit Aldo. Il soupçonne Berthier, non ?

— Je vous l'ai dit !

— Alors pourquoi tout le monde ?

— Parce qu'il est comme ça et comme vous n'allez pas tarder à le voir, vous pourrez en juger !

Les deux complices échangèrent un regard. Si ce Savarin ressemblait à Lemercier, le policier de Versailles, ils couraient tous les deux à la catastrophe, surtout en se baladant sous une fausse identité.

L'aubergiste se leva soudain et se pencha vers la fenêtre :

— Tenez ! Qu'est-ce que je disais ! Le voilà qui arrive à la mairie ! Ce serait étonnant s'il ne venait pas faire un tour chez moi !

— Pourquoi ? Il vous suspecte aussi ?

— Oh, avec lui on ne sait jamais ! Je croirais plutôt qu'il vient voir s'il n'y a pas du nouveau. Des voyageurs inconnus, par exemple…

Sur cette prédiction rassurante, il regagna sa cuisine en se dandinant avec, semblait-il, une certaine hâte.

— Qu'est-ce qu'on décide ? demanda Aldo. On s'en va ou on l'attend ? Et si on l'attend, on se déclare sous quelle identité ?

— La fausse ne tiendrait pas la route. Et si on partait, on aurait l'air de fuir…

— Entièrement d'accord, mais si c'est ça, je crois judicieux d'ouvrir un parapluie. Avec ta permission, je vais téléphoner à Langlois et lui déballer notre histoire. Il vaut mieux qu'il soit au courant…

Il s'enfonça dans les profondeurs de la maison en réclamant le téléphone et le trouva sur le comptoir du bar, comme le lui indiqua Maréchal.

— Quel numéro demandez-vous ? fit celui-ci. La préposée est légèrement dure d'oreille et faut savoir la prendre.

— Alors, dans l'ordre : Paris, la préfecture de police et le commissaire principal Langlois ! Voilà le numéro, ajouta-t-il en l'écrivant sur une page qu'il arracha de son calepin. Ça va demander longtemps ?

— On ne sait jamais ! Dites donc, vous avez de belles relations, vous ! C'est vrai que les journalistes…

— Vous n'avez pas de cabine téléphonique ? Ce que j'ai à dire…

— Oh, faut pas vous tourmenter pour ça, je n'écouterai pas ! On a sa dignité, que diable !

La chance était avec Aldo. Cinq minutes plus tard, la voix peu amène de Langlois se faisait entendre.

— Morosini ? C'est vous ? Mais on m'a annoncé… Dans quelle aventure délirante vous êtes-vous encore lancé ? Ma parole…

— Pour l'amour du Ciel, laissez-moi parler. Hier soir, la femme de Michel Berthier, du *Figaro*, m'a appelé au secours. Son mari, parti depuis plus de trois jours, ne donne plus signe de vie…

— Qui l'avait demandé ?

— Un certain Dumaine, ancien serviteur de Van Tilden qui lui a assuré posséder la preuve qu'il ne s'était pas suicidé. Naturellement, il a filé immédiatement et nous on a suivi…

— « Nous », ça signifie Vidal-Pellicorne et vous ?

— Qui voulez-vous que ce soit ? Berthier est effectivement arrivé au village. On l'a vu passer dans sa voiture et on l'a entendu repartir. Seulement le lendemain matin, on a trouvé Dumaine assassiné…

et Berthier envolé. Mais vous êtes peut-être au courant ?

— Non. Les faits divers locaux ne nous parviennent pas forcément !

— Locaux ? La mort du milliardaire, de son serviteur et un reporter du *Figaro* soupçonné de meurtre suivi de fuite ? Vous êtes bien délicat, dites donc.

— On va jeter un coup d'œil de ce côté-là… mais, à propos, que dit la police de Chinon ?

— Je ne sais pas encore, mais on ne va pas tarder à faire connaissance avec l'inspecteur Savarin. C'est lui qui poursuit Berthier et il aurait, paraît-il, tendance à suspecter tout ce qui n'appartient pas au panorama local et…

Un éclat de rire lui coupa la parole et le vexa.

— Heureux de vous amuser ! Je ne vois pas ce que j'ai dit de si drôle….

— Oh, mais vous l'apprendrez. D'abord il s'appelle comment, votre inspecteur ?

— Savarin mais…

— Joli nom ! Seulement vous avez une frousse bleue de tomber sur une copie conforme de ce bon Lemercier ! Vrai ou pas ?

— Vrai ! lâcha Morosini de mauvaise grâce. Mais par pitié, arrêtez de rigoler ! Que Van Tilden ait été assassiné ne devrait pas éveiller une aussi franche gaieté chez le grand patron du Quai des Orfèvres, sacrebleu !

— Non. Vous avez raison. Je vais…

Aldo n'en entendit pas plus : une main large comme un battoir à linge et ornée de quelques poils bruns et frisés venait de couper la communication. En même temps, la source de lumière que déversait la fenêtre voisine se trouva occultée par une résurgence d'homme des cavernes barbu, moustachu, assez bien habillé d'ailleurs, qui dardait sur lui un sourire féroce et un regard de matou hargneux voisin de celui de Plan-Crépin quand elle était en colère. Simultanément une voix de basse-taille susurrait :

— Intéressant, tout ça ! On téléphone à qui ?

S'il était une chose dont Morosini avait horreur, c'était qu'on le traite en petit garçon sous le prétexte que l'on dominait son mètre quatre-vingt-trois d'une quinzaine de centimètres ! Il répondit d'un ton sec :

— Commissaire principal Langlois, 46, quai des Orfèvres à Paris… et dont vous connaissez certainement le numéro. Vous devriez le rappeler, ne serait-ce que pour vous excuser de lui avoir coupé la parole. Il a le cuir sensible !

— On verra plus tard ! Pour l'instant nom, prénom, âge et qualité ! fit le policier en sortant un carnet et un crayon.

Sa voix portait loin et attira Adalbert.

— Qu'est-ce qui se passe ?

— Rien ! Ça ne vous regarde pas !

L'archéologue considéra un instant le phénomène et afficha un sourire enjôleur.

— Moi, je crois que si, parce qu'on fait une paire, mon camarade et moi. A qui ai-je l'honneur ?

— Inspecteur Savarin, présenta Aldo. De la police de Chinon. On en est au contrôle d'identité. Mais tu vas devoir y passer aussi ! ajouta-t-il en sortant son passeport qu'il présenta ouvert et le policier, bien sûr, tiqua :

— Prince… Morosini, de Venise ?

Puis brama :

— Encore un de ces fichus Italiens ! Comme ceux du château ? Mais ce n'est pas possible, c'est une invasion !… Et vous, continua-t-il à l'adresse d'Adalbert, vous en êtes aussi ?

— Ah non ! protesta l'interpellé qui avait envie de rire en lui tendant sa carte d'identité. Moi, je suis un brave petit Français moyen !

— Et vous faites quoi ?

— Archéologue ! C'est écrit là…

— Bon, je les garde… provisoirement ! En attendant, vous allez venir avec moi !

— Et où ?

— A Chinon pour qu'on prenne vos dépositions.

— Vous ne pensez pas, opposa Aldo qui commençait à bouillir, qu'il serait plus judicieux de se mettre à la recherche de Michel Berthier qui est, paraît-il, accusé de meurtre et dont nous avons grand-peur qu'il ne lui soit arrivé un sérieux problème ? J'ose vous rappeler qu'il a disparu depuis quatre jours !

— Mais on s'y active, figurez-vous ! Et comme vous me semblez avoir plein de choses à m'apprendre, on va s'en occuper dans les règles à mon bureau !

— Bon ! fit Aldo, conciliant. Je vais chercher la voiture !

— Inutile. Elle peut dormir au garage… et on vous ramènera ! Chinon n'est jamais qu'à cinq kilomètres !

— On pourrait aussi revenir à pied, marmotta Aldo entre ses dents.

Le policier l'avait entendu, et riposta même jeu :

— … ou ne pas revenir du tout !

Aldo préféra ne pas insister. Non sans une certaine mélancolie, il pensa qu'il devait traîner, accrochée à ses basques, une espèce de malédiction qui le rendait antipathique à première vue à la gent policière de quelque pays que ce soit ! A peine entrevu, ils se ruaient sur lui, portés par une sorte de frénésie gourmande. Avec le temps il avait réussi à vaincre l'antipathie initiale de Langlois comme du britannique Warren jusqu'à en faire des amis, mais ce n'avait pas été sans mal. Seul Phil Anderson, le patron de la police métropolitaine de New York, l'avait traité cordialement mais c'était bien le seul et c'était grâce à une recommandation de Warren. Tous les autres, sous toutes les longitudes, l'avaient traité en gibier de potence qu'il convenait de retirer le plus vite possible de la circulation. Rien n'avait changé et c'était reparti pour un tour ! Il en vint à conclure que Lisa avait raison : on ne devrait jamais quitter Venise !

En dépit de ses idées sombres, il se laissa séduire par ce qu'il voyait. La campagne était ravissante et il aima tout de suite Chinon, ses maisons blanches coiffées d'ardoise bleutée étirées le long de la Vienne, sous l'œil débonnaire d'une monumentale statue de Rabelais, d'une autre plus guerrière de Jeanne d'Arc et sous la protection d'une immense ruine féodale accrochée au coteau. Des platanes la soulignaient, faisant de ses quais une agréable promenade qu'il devait faire bon, le soir, longer en compagnie d'un cigare en regardant les étoiles se refléter dans l'eau. La Vienne, à cet endroit, était toute proche de son union avec la Loire. Elle était large, splendide et toute bruissante du cri des martins-pêcheurs. Une île qu'enjambait le pont gisait en plein milieu comme un joyau entre deux rubans d'argent.

Elevé par une mère restée française au fond du cœur, il n'ignorait rien d'une histoire dans laquelle l'épopée de Jeanne, la Pucelle aux voix célestes, occupait une belle part. Or c'était à Chinon qu'elle avait rejoint le roi Charles, puis joué un rôle si éclatant en donnant la chasse aux Anglais. En dépit de ses soucis, Aldo aurait aimé errer dans les rues étroites, si typiquement médiévales, qui avaient vu parader la jeune fille sur son cheval blanc. Il imaginait la curiosité mâtinée de ferveur chez ceux qui la regardaient passer. Elle devait être…

Un coup de coude dans les côtes le ramena sur terre.

— Tu sais qu'on est à deux doigts de l'arrestation ?

— Euh… oui.

— Et ça t'enchante à ce point-là ? A quoi penses-tu avec ce sourire ?

— Je suis retourné cinq siècles en arrière. A Jeanne d'Arc montant au château. C'est si facile de l'imaginer dans ce merveilleux vieux quartier que les gens du pays ont si intelligemment su conserver !

— Pense plutôt à ce merveilleux commissariat de police fleurant joyeusement la sueur et le tabac refroidi.

Adalbert se trompait. Occupant quelques pièces du rez-de-chaussée de la mairie, le commissariat était un modèle d'ordre et de propreté sentant bon l'encaustique et le café. Savarin les introduisit dans un couloir vitré contre les murs duquel s'alignaient des bancs qu'on les invita à occuper avant que leur mentor ne s'éclipse par la porte du fond qui, elle, n'avait pas de carreaux. Sans doute le bureau du patron où Savarin disparut en oubliant de frapper… Il en ressortit presque aussitôt, visiblement mécontent, s'assit entre ses deux « suspects », poussa un énorme soupir, extirpa une pipe de sa poche et entreprit de la bourrer.

— On peut en faire autant ? demanda Adalbert, mais il n'eut pas le loisir de prendre la sienne : la porte s'ouvrait et le commissaire en sortit, escortant avec toutes les marques du respect un homme d'un âge respectable, très grand et très maigre qu'il accompagna au bout du couloir tandis que, rassemblant ses troupes, Savarin les propulsait dans le bureau déserté où le commissaire Desjardins revint peu après pour considérer ces bobines nouvelles qu'on lui amenait.

— Qui sont ces messieurs ? s'enquit-il en leur désignant deux chaises.

— Les suspects que je vous ai annoncés, patron ! Des amis de l'assassin dans l'affaire Dumaine.

— En quoi sont-ils suspects ?

— D'abord d'usage de fausse identité. Je les ai trouvés à l'auberge de Maréchal où ils venaient déjeuner en usurpant la qualité de journalistes.

— Que nous ne sommes pas, je l'admets volontiers, Monsieur le commissaire, coupa Adalbert. Seulement des amis de ce pauvre Berthier – qui lui, en est un vrai – envoyés à sa recherche sur la prière de sa jeune femme, qui n'a plus de nouvelles depuis quatre jours. Il nous est apparu que nous aurions les coudées plus franches en nous présentant sous le couvert de membres de la presse pour essayer de savoir ce qu'il est devenu. C'est un remarquable reporter et un charmant garçon…

— Remettons à plus tard le plaidoyer ! Qui êtes-vous en réalité ?

Savarin lui tendit les titres d'identité ouverts et il donna d'abord la priorité au passeport, relevant aussitôt un sourcil surpris.

— Prince Morosini, de Venise ? Peste ! Il me semble que depuis quelque temps nous intéressions beaucoup nos voisins italiens ! Et vous, Monsieur… ?

— Vidal-Pellicorne ! Adalbert Vidal-Pellicorne ! C'est à n'y pas croire ! Mais je suis sûr de ne pas me tromper !

En effet ce n'était pas Adalbert qui avait répondu à la question du commissaire, mais bien le vieux monsieur qui venait de sortir et qui faisait irruption dans le bureau. Sans plus de façons, il prit celui-ci aux épaules pour mieux l'examiner.

— Saperlipopette ! Si je m'attendais… Et qu'est-ce que vous fabriquez ici, mon garçon ?

— Vous le connaissez, Monsieur le professeur ? émit le commissaire.

— Je pense bien ! C'était mon meilleur élève à Janson-de-Sailly ! L'un des plus turbulents aussi ! Mais il a fait une sacrée carrière depuis et j'ai lieu d'en être fier, même si ce n'est pas dans la même partie que moi. Egyptologue, hein ?

— C'est ça ! exulta Adalbert avec un large sourire. Moi aussi, cela me fait plaisir de vous revoir, Monsieur le professeur ! J'ai eu également des échos de votre parcours : le Collège de France, n'est-ce pas ?

— S'il vous plaît, Messieurs, intervint Desjardins d'une voix plaintive. J'aimerais énormément que vous portiez votre attention sur ma modeste personne. Je souhaiterais savoir si vous connaissez aussi mon autre visiteur, professeur ?

— Pas du tout !

Adalbert prit la parole :

— Je vais remédier à cela : professeur, je vous présente le prince Aldo Morosini, expert international en joyaux anciens et aussi mon meilleur ami.

Le nouveau venu, qui ressemblait curieusement à une tortue à moustache et cheveux blancs habillée d'un ample manteau en tweed gris et d'une sorte de chapeau assorti, avança son grand nez pour mieux dévisager Aldo.

— Morosini de Venise ?

— On n'en trouve pas des masses ailleurs, fit observer Adalbert : Aldo, voici l'un des meilleurs historiens français – si ce n'est le meilleur ! –, le professeur Hubert de Combeau-Roquelaure.

Ce fut au tour d'Aldo de relever les sourcils en regardant plus attentivement le personnage, que cet examen semblait amuser follement :

— Roquelaure ? apprécia-t-il. Des ducs ?

— Vous en connaissez d'autres ? Il m'étonnerait ! Ne cherchez pas, mon garçon ! J'ai été moi aussi amoureux de ma cousine Isabelle, votre mère, avant qu'elle ne préfère aller soupirer à deux sous le pont adéquat. J'ajoute que j'ai furieusement détesté votre père… mais que je suis très content de vous connaître… cousin ! conclut-il en tendant une main qu'Aldo saisit avec enthousiasme, tandis qu'Adalbert éclatait de rire.

— Ça, c'est incroyable ! Si ça continue, je vais finir par croire qu'on a été frères dans une vie antérieure…

— Ce qui est incroyable, brama le commissaire au bord de la crise de nerfs, c'est que vous ayez choisi mon bureau pour vos retrouvailles familiales ! On se croirait dans une sacristie un jour de mariage royal ! Je vous rappelle que nous nous occupons d'un crime ! Alors, s'il vous plaît ! intima-t-il en désignant les sièges abandonnés.

— Excusez-nous, commissaire, plaida Aldo en allumant son plus séduisant sourire, mais admettez que ce qui nous arrive est peu courant…

— J'admets tout ce que vous voulez, à condition que nous revenions au but premier de votre visite : le meurtre de M. Dumaine et la disparition de votre ami Berthier. Pour votre identité, elle me paraît établie de façon… surabondante. Alors maintenant racontez-moi votre version des faits ! A vous, Monsieur…

— Vidal-Pellicorne ! souffla obligeamment le professeur qui s'installait au lieu de repartir, visiblement ravi de l'aubaine. Il va vous exposer la chose de façon magistrale. Ses conférences sont très courues… Bon, je me tais !

Ce fut en effet clair, rapide net et précis. Le commissaire Desjardins reprit :

— Cette Mme Berthier vous a informé que Dumaine avait téléphoné à son époux pour lui demander de venir le voir discrètement ?

— Ce n'est pas moi qui ai reçu l'appel, mais mon ami Morosini. Cependant j'étais auprès de lui, je tenais l'écouteur et j'ai entendu Mme Berthier dire que Dumaine prétendait posséder la preuve que M. Van Tilden ne s'était pas suicidé mais avait été assassiné…

— Où étiez-vous à ce moment-là ?

— Chez la grand-tante de Morosini, la marquise de Sommières, chez qui il descend toujours quand il est à Paris.

Le professeur émit alors une sorte de ricanement qui lui valut un coup d'œil exaspéré du commissaire. Cependant le policier n'eut pas le loisir de reprendre son questionnaire : l'inspecteur Savarin, qui s'était éclipsé au début de la joute oratoire, vint avertir que l'on venait de repêcher une voiture dans la Loire et que, d'après le numéro minéralogique, il pourrait s'agir de celle du journaliste : mais nulle trace de lui.

Aussitôt Aldo et Adalbert furent debout.

— C'est ce que nous redoutions ! s'écria le premier. Il a été bel et bien attiré dans un guet-apens et si, cela se trouve, Dumaine était déjà mort quand Berthier est arrivé chez lui ! Juste à temps pour faire un coupable idéal ! Lui aussi a été éliminé ! Ensuite on a dû se débarrasser de son corps et de sa voiture séparément !

— Pourquoi séparément ? bougonna Savarin. Je veux dire, pourquoi pas l'un dans l'autre ?

— Mais pour laisser planer un doute, voyons ! expliqua Adalbert. En admettant toutefois que ça puisse avoir un sens ! Se débarrasser d'une auto rapide au lieu de filer avec ne relève pas d'une vive imagination !

— Comme on ne sait pas en quoi consistait la preuve annoncée, cela peut être un objet précieux valant la peine de disparaître pour un certain laps de temps.

— Ecoutez, s'indigna Aldo au bord de l'explosion, il me semble urgent de prendre vos lorgnettes par le bon bout, d'essayer de voir les faits comme ils se sont vraiment passés et chercher une victime plutôt qu'un coupable ! Berthier n'est ni un truand, ni un criminel, sacrebleu ! C'est l'une des plus brillantes plumes du *Figaro*. En outre, marié à une ravissante jeune femme qu'il adore, il vient d'être père d'un petit garçon. En répondant à ce coup de téléphone bizarre, il n'a fait que son métier et vous voulez lui coller un meurtre sur le dos ?... Réveillez-vous, bon sang ! Je jurerais qu'il a trouvé votre Dumaine déjà refroidi. Qu'a révélé l'autopsie ?

Le commissaire toussota et se mit à tripoter les papiers épars sur son bureau.

— Notre médecin légiste est malade et celui de Tours est débordé. Il sera là demain à la première heure !

— C'est le Moyen Age ici ! relaya Adalbert. Au fait, pendant que vous y serez, profitez-en pour faire exhumer Van Tilden !

— Pour quoi faire ? Il s'est suicidé en laissant une lettre de sa main !

— Et on n'a pas pratiqué d'expertise médicale ? Quand il y a suicide, c'est obligatoire !

— On s'est contenté d'un prélèvement stomacal. Van Tilden appartenait à une secte pour qui l'ouverture d'un corps est une intolérable profanation. Son secrétaire et plusieurs membres du personnel appartiennent à la même association. Ils étaient en larmes. On n'a pas jugé utile de les blesser dans leurs croyances. Pour quelle raison d'ailleurs ?

— Pour apprendre, intervint le professeur, qu'entre un suicidé volontaire et quelqu'un que l'on y contraint, il existe toujours de menues différences.

Et comme les fidèles serviteurs ne sont plus dans les parages, vous pourriez au moins demander un nouvel examen. Cela vous apprendrait si Dumaine avait une chance de posséder une preuve… et d'attirer votre journaliste dans un piège, non ?

— Possible, mais cela va déclencher tout un tintouin. Il faut des autorisations judiciaires. En outre, si M. Van Tilden repose dans sa chapelle, le château est occupé par un étranger, malade de surcroît, qui peut ne pas apprécier de voir sa maison envahie…

Le commissaire Desjardins fut interrompu par le téléphone qu'il décrocha d'un geste excédé.

— Allô !… Oui, c'est moi !

Un silence puis soudain le ton se fit beaucoup plus amène.

— Je comprends entièrement votre point de vue, Monsieur le principal, et je peux vous assurer… oui… oui … Tout à fait… Ils sont là et… Je vois !

La conversation se poursuivit, mais Aldo et Adalbert avaient échangé un coup d'œil satisfait : le principal en question ne pouvait être que le cher Langlois qui, après mûre réflexion, avait décidé d'étendre son aile tutélaire sur ses deux éclaireurs occasionnels. S'ils l'agaçaient souvent, ils ne lui en avaient pas moins rendu de petits services non négligeables.

La communication terminée, Desjardins trouva un sourire pour annoncer à ses visiteurs, sans d'ailleurs s'expliquer davantage sur son correspondant, qu'il leur rendait leur liberté, en les priant toutefois de rester jusqu'à nouvel ordre à sa disposition. Ce qu'ils acceptèrent volontiers.

— Nous vous demandons seulement, Monsieur le commissaire, d'avoir l'amabilité de nous ramener à notre auberge.

— N'en faites rien, mon ami, intervint le professeur. J'ai ma voiture dans la cour et je vais emmener ces messieurs afin de pouvoir bavarder avec eux !

— S'ils aiment vivre dangereusement, pourquoi pas ? Donc, ajouta-t-il s'adressant aux deux hommes, vous nous restez ?

— Rassurez-vous, Monsieur le commissaire, c'était bien dans nos intentions, dit Morosini. Nous ne partirons pas avant d'avoir une certitude sur le sort de notre ami…

En entendant Desjardins émettre l'idée qu'il y avait un danger quelconque à se faire transporter par le professeur, Aldo pensait qu'ils allaient confier leurs vies à l'un de ces fous de la vitesse qui, une fois un volant entre les mains, foncent droit devant eux avec un parfait mépris des obstacles, et il ne se trompait pas tout à fait. A ceci près que le véhicule en question était une vénérable Delaunay-Belleville qui devait être contemporaine de la Panhard-Levassor de Tante Amélie, et bénéficiait de soins tout aussi attentifs. Pas une éclaboussure, pas un grain de poussière sur la carrosserie gris Trianon et les accessoires de cuivre brillants comme de l'or. Elle était garnie de cuir noir sans la moindre égratignure. Son propriétaire en était d'ailleurs assez fier !

— Qu'en pensez-vous ? Voilà ce que j'appelle une voiture ! Prenez place, Messieurs, et vous pourrez constater qu'elle est aussi des plus confortables…

C'était indéniable et les deux compères s'installèrent sur la banquette arrière avec un sourire indulgent. Qui s'effaça vite quand, après avoir mis en marche d'une manivelle autoritaire, le professeur, le nez chaussé de grosses lunettes, se lança dans la circulation – heureusement relativement réduite ! – de la ville. Ses passagers eurent juste le temps de se cramponner aux luxueuses dragonnes de passementerie pour ne pas être précipités à genoux sur le tapis, et aussi de recommander leurs âmes à Dieu.

— Tu es sûr qu'il ne cousine pas plus ou moins avec le cher colonel Karloff ? demanda Adalbert.

C'est tout à fait son style : « Droit sur l'obstacle et advienne que pourra ! »

— Pour la parenté, ça m'étonnerait, mais pour la manière, il y a de ça ! répondit Aldo qui se souvenait de parcours terrifiants dans le taxi de l'ancien colonel des cosaques du Tsar. Vu l'âge, ils ont dû avoir le même moniteur ! On peut toujours adresser une prière à saint Christophe !

Craintes inutiles ! Aussi habile – ou chanceux ! – que le Russe, le Français déposa – ou pour être plus exact, vida – le contenu de sa machine infernale pile devant la porte de l'auberge.

— Alors ? Elle marche, hein ? fit-il, une note de triomphe dans la voix.

— A… à merveille ! Et même plus, à miracle ! approuva Adalbert. J'ignorais qu'on pouvait atteindre cette vitesse avec ce genre de machine !

Le professeur eut un geste désinvolte.

— Question de réglage !… Mais il est déjà tard, ajouta-t-il en consultant un gros oignon en or, et il est temps que je vous laisse.

— Vous ne voulez pas rester un peu et dîner avec nous ? proposa Aldo. Vous vivez ici et je ne connais pas beaucoup, sinon pas, la région.

— Quoi ? Jamais visité les châteaux de la Loire ? Alors que vous êtes à moitié français ?

— Jusqu'à la guerre, l'occasion ne s'en est pas trouvée et après je n'en ai plus eu le loisir.

— On va y remédier ! En attendant, je dînerai volontiers avec vous…

Maître François qui s'était fait quelques soucis pour ses clients en les voyant partir avec le redoutable Savarin, et ravi d'un convive supplémentaire – qu'il connaissait d'ailleurs ! –, se montra aux petits soins. Il les installa près d'une fenêtre dominant la vallée de la Vienne, non loin de la vaste cheminée où crépitait un bon feu. Le temps d'automne était beau mais il commençait à faire frais…

On avait à peine entamé le vouvray de l'apéritif qu'Aldo lâchait la question qui lui brûlait les lèvres depuis un moment déjà :

— Tout à l'heure, lorsque j'ai répondu au commissaire qu'à Paris je logeais chez la marquise de Sommières, vous avez, il me semble, émis une sorte de… ricanement. Me suis-je trompé ?

— Non ! J'ai en effet ricané. C'était difficile de faire plus.

— Vous la connaissez donc ?

— C'est peu de le dire… Elle était ma belle-sœur ! J'avais épousé sa sœur, si vous préférez ! Dites-moi, mon garçon, vous ne me paraissez guère au courant des alliances familiales ! Ce n'est pourtant pas le bout du monde, votre sublime Venise ! Ou serait-ce que le vieux chameau m'aurait définitivement rayé de son carnet d'adresses ?

Le « vieux chameau » ne passa pas. Aldo s'étrangla dans son verre de vin et se fût étouffé si le coupable n'était venu à son secours en lui assénant dans le dos quelques tapes à assommer un bœuf. Du coup il ne trouva plus à son service qu'un filet de voix à peine audible qu'Adalbert se hâta de relayer :

— Evidemment, vous ne pouviez pas savoir, professeur, mais Morosini a beaucoup d'affection pour Mme de Sommières. Affection que je partage d'ailleurs, précisa-t-il en manière d'avertissement. C'est, en vérité, une merveilleuse vieille dame, encore très belle malgré son âge et, en outre, elle est douée d'un solide sens de l'humour !

— J'en viens à me demander si nous parlons bien de la même personne ! Marie-Amélie de Feucherolle, devenue par mariage marquise de Sommières, mère d'un fils…

— … qu'elle a eu la douleur de perdre il y a quelques années. Si vous ajoutez qu'elle habite, rue Alfred-de-Vigny, un magnifique hôtel hérité d'une grande cocotte qu'un oncle aimant s'amuser avait eu l'audace d'épouser.

— C'est bien ça ! Et maintenant je m'interroge : me serais-je trompé ?

— De quoi ? croassa Aldo qui retrouvait à la fois son souffle et sa couleur habituelle.

— De sœur ! Feu mon épouse Cécile – Dieu ait son âme et grand bien lui fasse ! – était jolie, timide, douce et adorait chanter des romances en s'accompagnant de la harpe. Elle est devenue au fil des années acariâtre, méfiante, sotte à pleurer et effroyablement bigote ! J'avoue l'avoir un brin trompée – en particulier par la pensée avec ma sublime cousine Isabelle Morosini ! –, et pas assez pleurée quand elle est morte. C'est à ce moment-là qu'Amélie m'a fait entendre ce qu'elle pensait de moi et m'a interdit à jamais l'entrée de ses demeures ainsi que toutes occasions de lui adresser la parole. Comme il se doit, je me suis révolté et voilà où nous en sommes. Maintenant, conclut-il en se levant, j'aimerais savoir si je vais finir de dîner chez moi !

— Je vous en prie ! le calma Aldo en se levant à son exemple pour poser une main apaisante sur son bras. C'est à moi de m'excuser d'une réaction vaguement ridicule. N'y voyez qu'un reflet de la tendresse que je lui porte, assez floue au début, lorsque j'étais enfant, même adolescent, mais qui s'est développée depuis quelques années. Aussi comprenez à votre tour que c'est la première fois que j'entends quelqu'un en dire du mal…

— En ai-je vraiment dit du mal ? Etant donné l'étendue de mon répertoire, il me semble même avoir usé d'un euphémisme ! Suis-je pardonné ?

— Vous l'êtes ! Buvons à sa santé !

Ce qui fut fait, debout et avec une solennité respectueuse. Après quoi, Adalbert en vint à ce qui lui semblait un sujet particulièrement brûlant : ce qui s'était passé dans la maison de Dumaine quatre jours auparavant.

— Je ne comprends pas pourquoi la police s'obstine à voir dans Berthier le meurtrier de ce Dumaine. Et ce que je comprends encore moins, ce sont les autopsies que l'on traite ici avec désinvolture ! Dans le cas qui nous occupe, l'heure est essentielle puisque notre aubergiste a vu arriver Berthier !

— Vous savez, Chinon n'est pas une ville comme les autres. Elle est tellement chargée d'Histoire ! – j'entends celle avec un H majuscule – que l'on s'efforce d'en conserver l'atmosphère… ou plutôt la magie, en la préservant autant que possible des réalités par trop vulgaires que sont les meurtres crapuleux. Cela attire la presse, les curieux, cette ingérence brutale de la vie moderne. Chez nous, ceux qui parcourent nos vieilles rues sont d'une tout autre qualité. La ville, où bien peu de choses ont changé, vit agenouillée dans l'ombre de la ruine formidable d'un château qui l'était plus encore à l'époque où les Plantagenêts le hantaient après l'avoir agrandi. Il a entendu les querelles d'Henri II d'Angleterre contre Beckett, les conspirations de ses fils : le Cœur de Lion dont il avait mis la fiancée dans son lit, le Sans Terre qui le caressait dans le sens du poil pour devenir le plus aimé, le mieux apanagé. Il a retenti des fureurs de leur mère Aliénor, l'Aigle des deux royaumes, qu'Henri tenait en prison en Angleterre mais faisait parfois venir pour en tirer une soumission qu'elle ne lui accorda jamais. La tour du Coudray conserve sur ses murs ce qu'y ont écrit les Templiers incarcérés par Philippe le Bel, à commencer par le Grand Maître, Jacques de Molay, et les plus hauts dignitaires qui n'en sortirent que pour le bûcher de l'île aux Juifs à Paris… Puis après tant d'ombres, de colère et de haine, Chinon a vu venir la fille de lumière, Jeanne d'Arc, apparue un beau jour pour « bouter » l'Anglais hors de France et rendre courage à un malheureux roitelet, renié par sa mère Isabeau la putain, isolé dans un royaume qui rétrécissait comme peau de chagrin et qui d'ailleurs se croyait bâtard. « Je suis venue te dire de la part de Messire Dieu que tu es héritier de France et vrai fils de roi !… », ouvrant aussi devant lui les portes d'Orléans et tant d'autres cités sur le chemin de la cathédrale de Reims, du sacre et de la victoire finale. Qu'elle ne verrait pas, puisqu'une Eglise criminelle l'enverrait mourir au milieu des flammes où elle ne poussa qu'un cri : « Jésus ! »…

— Certes, Chinon est une ville différente, reprit Adalbert. J'ai lu quelque part qu'on la disait fondée par Caïn, que son nom d'origine était Caynon. Elle posséderait un écho étonnant. Si l'on s'éloigne du château de quelques minutes et que l'on lance le vieux cri des druides… « Ho huc », si je ne me trompe, il se répercutera dix fois !

— Pourquoi ce cri-là et pas un autre ? se passionna Aldo.

— Je n'ai jamais dit que ça ne marchait pas avec un autre mais celui-là est resté dans les mémoires parce que la forêt voisine était un site important du druidisme. Je me demande même, professeur, si je n'ai pas appris cela à l'un de vos cours.

— Oh, c'est possible ! Je vous ai raconté une telle flopée d'anecdotes, qui me venaient parfois spontanément, fit celui-ci avec un geste désinvolte avant de retourner à son sujet : De toute façon, l'histoire de cette ville que j'adore ne s'arrête pas à Jeanne d'Arc.

— Bien sûr, il y a eu l'illustre Rabelais ! Et son manoir de La Devinière n'est pas loin....

— Sans doute mais, entre-temps, il y eut quelqu'un d'autre ; après l'ange, le démon : César Borgia !

— Il est venu ici ? s'écria Morosini.

— Vous l'ignoriez ?

— Mon Dieu, oui ! Je savais qu'il était venu en France pour apporter à Louis XII l'annulation de son mariage avec la pauvre Jeanne de France, fille de Louis XI, une sainte mais laide et contrefaite, afin d'épouser Anne de Bretagne, veuve de son cousin Charles VIII, en échange de quoi il voulait obtenir la main d'une fille de sang royal et un titre français, mais je ne savais pas qu'il était venu ici. Louis XII habitait plus volontiers son château de Blois.

— ... où il faisait effectuer alors d'importants travaux. D'où Chinon. Et le souvenir de l'arrivée de Borgia est resté gravé dans l'esprit des bonnes gens de l'époque. Ils en ont gardé un souvenir aussi effaré que s'ils avaient assisté à celle du Grand Turc. Jamais on n'avait compté autant de mulets chargés de bagages, autant de serviteurs, ménestrels, tambourinaires, musiciens ou valets de chiens ou d'écuries, pages ou chambriers, tous vêtus d'or frisé et de pourpre. Quant à César lui-même, il était enguirlandé d'une telle profusion de cordons de perles, de pierreries et d'or, qu'il ressemblait à un arbre de Noël avant que cela ne soit connu en France. Au retroussis de son chapeau était piqué un joyau étrange, fabuleux, fascinant : une Chimère d'or émaillée de rouge et de blanc dont le corps était constitué d'une magnifique émeraude. D'autres émeraudes et des rubis servaient de cadre à une très grosse perle baroque figurant un rocher et où s'appuyait la griffe de l'animal. Ce n'était pas, et de loin, le seul bijou, mais c'était le plus frappant. Toute cette richesse, cependant, suscita autant de sourires que de regards émerveillés : elle sentait trop le parvenu, car cet homme que Louis XII venait de faire duc de Valentinois n'était rien d'autre qu'un cardinal défroqué aux mains rouges de sang – à commencer par celui de son propre frère –, sans oublier qu'il était aussi le fils du pape Alexandre VI. Des remparts du château, le roi contemplait avec stupeur l'incroyable mascarade et commençait à se demander si accueillir ce fanfaron n'était pas cher payer sa bulle d'annulation et s'il viendrait à bout des exigences du personnage. Le duché de Valentinois n'était que broutille à côté de l'autre prétention : épouser une fille de roi. Déjà, l'une des deux possibles, Catherine d'Aragon, avait refusé en se moquant, disant qu'elle ne voulait pas être appelée « la Cardinale » ! Restait Charlotte d'Albret, et elle aussi refusait de joindre sa main à celle d'un meurtrier notoire… Ce furent d'interminables palabres, mais finalement, la jeune fille accepta. En janvier 1499, Louis XII épousait sa chère Bretonne et, le 12 mai, Charlotte disait enfin oui à César, mais Chinon ne vit pas le mariage, qui eut lieu à Blois fraîchement restauré. Ensuite le couple partit pour le petit château de La Motte-Feuilly, où Charlotte resta seule dans l'attente de son enfant. En septembre, César repartait pour l'Italie afin d'aider Louis XII à conquérir le Milanais qu'il estimait sien par l'héritage de sa mère, Valentine Visconti. Et Charlotte ne revit jamais son fugitif époux… Le regretta-t-elle, c'est ce que l'Histoire ne dit pas… Mais le souvenir du Borgia est resté tenace, ici.

— Où logeait-il ? demanda Aldo.

— Au début, dans la tour du Coudray… que Jeanne d'Arc avait habitée avant lui, mais il se peut qu'il ait aussi résidé à la Croix-Haute. La Chimère d'or, elle, y est revenue, je peux le certifier ! acheva tranquillement Combeau-Roquelaure.

Morosini tressaillit mais ce fut Adalbert qui, plus rapide que lui, s'étonna.

— Comment le savez-vous ?

— Mais parce que je l'y ai vue ! Allons, ne me regardez pas comme ça de ces yeux effarés ! Dirait-on pas que j'avance là une nouvelle incroyable ?

— Mais elle est incroyable ! répliqua Aldo. Puis-je vous demander quand était-ce ?

— Oh !... Il y a deux ou trois ans ! Au hasard d'une promenade dans la forêt voisine j'avais lié connaissance avec Lars Van Tilden qui, lui aussi, appréciait son calme et sa beauté. Nous partagions la même passion de l'Histoire, surtout des pays de Loire...

— Là, vous exagérez, professeur ! protesta Adalbert. A Janson, vous ne vous êtes pas limité à cette région ! Et pas davantage au XVIe siècle ! En dehors de ce dernier et de son prédécesseur, j'ai conservé le souvenir de cours... magistraux, dans toute l'acception du terme, sur la civilisation celte... mais revenons, si vous le permettez, à Van Tilden. Il lui est arrivé de vous inviter au château ?

— Naturellement, et je ne vois pas en quoi c'est étrange !

— On nous a dit, assura Aldo, qu'en dehors des quelques notabilités du village il ne voyait personne ! Je le tiens de son notaire, Maître Baud !

— Il n'a aucune raison d'être au fait de notre amitié. Au village d'ailleurs, on n'en savait pas beaucoup plus. C'était le soir, le plus souvent, que je grimpais à son refuge. A mon grand regret, Van Tilden ne venait jamais chez moi parce qu'il tenait à sa légende claustrophobe. N'essayez pas de comprendre, ajouta-t-il avec une sorte d'indulgence.

Van Tilden compartimentait ses amitiés. Il n'était vraiment pas comme tout le monde !

— On veut bien vous croire, concéda Morosini, mais, par exemple, le journaliste accusé de meurtre et recherché, vous l'aviez déjà vu ?

— Non. Et pas davantage le notaire, ni le maire, ni le pharmacien, ni le curé ! Notre amitié était secrète : il la voulait ainsi !

Adalbert offrit à son ancien maître un sourire épanoui.

— Loin de moi le désir de vous vexer, mais je vous admire de pouvoir conjuguer une amitié discrète avec le vacarme que génère votre voiture. Quand elle montait au château, tout le village devait être sinon aux fenêtres, du moins renseigné ?

— Je ne m'en suis jamais servi. Van Tilden avait horreur de tout autre bruit que celui de la musique. Aussi m'envoyait-il une de ses voitures, la plus silencieuse. Elle m'emmenait et me ramenait, pas plus compliqué !

Aldo aurait volontiers objecté que le professeur, harnaché de ses vastes tweeds flottants, était aussi facile à remarquer que le nez au milieu de la figure, mais garda ses réflexions pour lui... Adalbert, d'ailleurs, reprenait :

— A présent, si vous nous parliez de la collection. Vous l'avez vue, n'est-ce pas ?

Un sourire indulgent répondit au sien.

— Rarement mais quelques fois tout de même. Nous ergotions à perte de vue sur telle ou telle pièce possédant une véritable histoire et j'ai passé, auprès de lui, des heures captivantes. En particulier quand la Chimère était sur le tapis. Il adorait réellement ce superbe joyau, qui exerçait sur lui une espèce de fascination.

— Donc elle faisait bel et bien partie de la collection ? conclut Morosini. D'où vient alors qu'au moment de la vente elle ait disparu ? Quelqu'un l'a volée entre le château et l'hôtel Drouot ? Ou l'aurait-il donnée... ? mais non ! Je dis des stupidités puisque vous assurez qu'elle le fascinait.

— Oh ! C'est pourtant élémentaire. Elle n'a jamais quitté le château !

Suffoqués, les deux autres le regardèrent comme s'il tombait du ciel.

— Comment le savez-vous ?

— Parce qu'il me l'a confié. Je vais essayer de vous faire comprendre : quand il a acheté la Croix-Haute, ce n'était pas par hasard ou pour faire plaisir à son notaire, comme celui-ci le croit, mais parce qu'il savait que César Borgia y avait résidé un temps. Je n'ai jamais compris ce qui pouvait l'attirer dans ce fils de pape qu'aucun crime ne faisait reculer... pas même l'inceste puisque ce personnage trouble que l'on connaît sous le nom d'Infant romain serait né de ses amours avec Lucrèce ! Lucrèce, à cause de qui il a tué leur propre frère, Juan de Gandia, et dont il a assassiné le second époux, Alfonso d'Aragon, presque dans ses bras. Je vous rappelle en passant que le premier époux, Jean Sforza, n'avait jamais touché son épouse, un peu jeune il est vrai, et qu'on l'avait écarté de son lit au moyen d'un procès pour impuissance !

— Charmant garçon, apprécia Adalbert qui, jusque-là, ne s'était pas intéressé aux Borgia en général. Et vous dites que Van Tilden était hypnotisé par ce monstre ?

— Positivement, mais j'insiste sur la beauté exceptionnelle de la Chimère. L'art du ciseleur y atteint au sublime et les pierres – les émeraudes surtout ! – semblent irradier la lumière... Or, mon ami Lars était conscient qu'il n'atteindrait pas un âge avancé. Il avait donc pris les dispositions que tout le monde connaît maintenant : le château légué à la mairie avec défense de le vendre, la collection mise aux enchères pour alimenter un fonds. Quant à la Chimère, elle devait rester *ad vitam aeternam* dans sa cachette… et où elle doit être toujours !

— Et dont vous n'avez pas la moindre idée ?

— Pas la moindre… et je ne chercherai pas, car ce serait aller contre sa volonté !

— On ne peut que vous approuver, soupira Aldo. Cependant, j'aimerais vous poser encore une question, si vous y consentez ?

— Mais je vous en prie !

— Vous a-t-il confié le nom de celui qui la lui a vendue… ainsi que les deux autres pièces provenant des biens de la comtesse d'Anguisola ?

— Non, rien ! Et pas davantage sur les autres pièces de sa collection. Uniquement l'histoire, pas le côté mercantile… Mais il se fait tard, Messieurs, et il serait temps, pour moi, de rentrer à la maison. Viendrez-vous y déjeuner demain en ma compagnie ? Cela me ferait un immense plaisir et, sans être un cordon-bleu confirmé, ma vieille Sidonie ne se débrouille pas si mal avec ses casseroles !

Ils acceptèrent naturellement et raccompagnèrent le professeur jusqu'à sa vénérable « automobile », qu'il mit en marche avec le cérémonial que l'on sait. Tout en enfilant ses gants, le conducteur hurla pour dominer le vacarme généré par son engin :

— Dans le feu de la conversation, nous avons oublié de parler de ce jeune homme que vous cherchez. Vous avez une idée quelconque de ce qu'il a bien pu fabriquer ?

— Aucune, déplora Aldo. Plus exactement, rien de plus que la trouvaille dont on a parlé au commissariat : une voiture immergée dans la Loire. Et dont nous ne connaissons ni la marque ni le numéro minéralogique.

— Ça, c'est l'affaire de Desjardins. Il pourra vous renseigner… s'il est de bon poil ! S'il est avéré que c'est celle du journaliste, c'est qu'on lui aura fait un mauvais parti. Si j'étais vous…

Il prit un temps un doigt en l'air comme s'il attendait une inspiration du Ciel puis énonça :

— Vous devriez essayer d'en savoir un peu plus sur les nouveaux habitants du château !

— Ce… Catannei ? Vous pensez qu'il pourrait être… un mafioso, par exemple ?

— Pas vraiment mais il y a un détail qui me donne à penser.

— Lequel ?

— Ce nom de Catannei. La mère de la tribu Borgia – donc de César ! – s'appelait Vanozza Catannei. Je vous souhaite une bonne nuit !

Et l'ancestrale machine démarra dans un boucan du diable…

6

Des coups d'épée dans l'eau ?

Avant d'aller se coucher, Aldo et Adalbert sacrifièrent à leur vieille habitude de faire quelques pas en fumant un cigare, surtout à l'issue d'un bon repas. D'un accord tacite, ils choisirent le chemin qui menait au château. Après l'information que le professeur venait de lâcher, il les attirait plus que jamais. Cependant, ils cheminèrent en silence jusqu'à la sortie d'un petit bois d'où ils purent le contempler dans toute sa beauté, grâce au quartier de lune accroché dans un ciel sans nuages, ce qui était plutôt rare au mois de novembre.

Aucune lumière n'y brillait, la noble demeure semblait sortie d'un conte de fées ou d'un rêve.

— Tu ne m'ôteras pas de l'idée que tout vient de là ! émit Adalbert en désignant le bâtiment du bout de son « puro ».

— J'essaierai d'autant moins que je pense comme toi, mais quel moyen d'entrer là-dedans ? Sous quel prétexte ?

— On pourrait commencer par poser quelques questions à Monsieur le maire ? C'est lui qui en a la gestion, puisque Van Tilden l'a légué à la commune sous certaines conditions, et je me demande si la location, meublée en outre, en faisait partie... On pourrait l'interroger ?

— A quel titre ? Il nous enverra promener et on ne pourra pas lui donner tort !

— Exact ! En revanche, on devrait soumettre notre aubergiste à la question ! Ne nous a-t-il pas dit qu'il était conseiller municipal ? On en a forcément débattu autour de la table du conseil puisque la location du château n'était pas prévue au testament Van Tilden !

— On va même lui en parler tout de suite, décida Aldo en faisant demi-tour. On rentre, on lui fait sortir sa bouteille de poire et on cause !

— Ça me paraît judicieux, l'heure étant propice aux confidences…

Sans presser le pas, ils retournèrent vers leur hôtel. Sans mot dire d'abord, puis Aldo :

— Toi, je ne sais pas, mais pour moi, mon siège est fait. Le Catannei a dû offrir une somme alléchante et je parierais mon palais contre une cabane à lapins que ce grand malade, arrivé en ambulance pour que cela fasse plus vrai, tient surtout à ce qu'on lui fiche la paix afin de chercher tranquillement la Chimère. Tu as entendu le professeur : Van Tilden l'avait séparée du reste de sa collection et mise en lieu sûr afin d'être certain qu'elle resterait auprès de lui après une mort qu'il voyait venir. Or il est vaste, le château.

— Le château, mais pas la chapelle où il s'est fait enterrer et, s'il a voulu garder le joyau pour lui, c'était sans doute au plus près. Donc elle est quelque part dans la chapelle… et pourquoi pas dans son tombeau ? Nous sommes bien placés pour savoir que ça peut arriver, non ?

— Oh, oui ! Et je n'ai pas la moindre envie de faire une habitude d'explorer des sépultures, dit Adalbert en réprimant un frisson qui fit sourire son ami.

— Que fait-on d'autre quand on est égyptologue ?

— Celle-là, je l'attendais ! Je t'ai pourtant expliqué qu'entre fouiller une pyramide vieille de quelques milliers d'années et rouvrir une tombe fraîche, ce n'est pas du tout la même chose ! Après ce qu'on a vécu en Bohême et plus tard à Versailles, sans compter la séance de Lugano… !

— Tu as oublié la Reine inconnue ? Il ne me semble pas que tu en aies conservé un si mauvais souvenir, murmura Aldo en posant une main sur l'épaule de son ami.

— Non, tu as raison : c'est un souvenir inoubliable et que je veux garder intact ! Et c'est la raison pour laquelle je refuse d'y ajouter une violation de sépulture fraîche qui pourrait être abominable ! D'ailleurs, si le Catannei est ce que nous pensons, il est probable qu'il n'a pas dû avoir les même scrupules. Conclusion : nous perdons notre temps… à moins que tu ne tiennes essentiellement à risquer ta peau – et la mienne ! – pour faire plaisir à ton cow-boy barbu ?

— Non. On n'est pas là pour ça, mais pour essayer de retrouver Berthier. Or, s'il n'est pas mort, il doit être coincé dans ce foutu château. Et nous, on se retrouve à notre point de départ !

— Tu as raison ! Direction l'auberge et sa vieille poire !

Maître François, n'ayant plus grand-chose à faire ce soir-là, se contentait d'attendre le retour de ses clients pour fermer les volets, et ne vit aucun inconvénient à les accompagner dans leurs ultimes libations de la journée. On parla d'abord de tout et de rien. Par exemple du professeur, auquel il portait un respect curieusement mâtiné d'une sorte de crainte. Ainsi il avait été très content de le voir à l'une de ses tables, car il le considérait comme le témoin d'un passé prestigieux et un homme de grand savoir.

— Vous avez de la chance d'être de ses amis, parce que personne ne connaît Chinon et sa région aussi bien que lui. Il en sait même tous les secrets !

— Il y en a tant que ça ? demanda Adalbert avec bonne humeur.

— Oh, oui ! soupira l'aubergiste en levant les yeux au plafond comme s'il s'attendait à en voir descendre quelque apparition céleste. En plus il a les « pouvoirs »...

— Les pouvoirs ? Les pouvoirs de quoi ?

— Je ne saurais pas vous expliquer. Les pouvoirs, quoi ! Il sait toujours tout ce qu'il veut savoir...

— Ça ne se dirait pas ! ronchonna Morosini que ce genre de discours avait tendance à agacer. Mais, à propos de savoir, vous nous avez bien dit que vous étiez conseiller municipal ?

— Bien sûr que je le suis !

— Alors racontez-nous comment vous en êtes venus à louer le château, avec tout ce qu'il y a dedans, à cet étranger ? Je ne suis pas certain que ce genre d'arrangement ait fait partie des clauses testamentaires de M. Van Tilden.

— Sans doute qu'il n'y avait pas pensé. Le château revient très cher à entretenir, vous savez, et il nécessite beaucoup de personnel. Ce M. Catannei, qui d'ailleurs est malade, offrait un gros prix et amenait le monde qu'il fallait. En outre, il a dit qu'aux temps jadis un de ses ancêtres y avait séjourné un moment et même y avait été heureux. On n'avait donc aucune raison de refuser... Qu'est-ce que vous voulez répondre à ça ?

— Que vous auriez pu, peut-être, demander l'avis de Maître Baud, l'exécuteur testamentaire ?

— Pour quoi faire ? Il est à nous, ce château, oui ou non ? En plus la seule chose qu'on a juré, c'est de ne jamais le vendre. Quant à la location, personne n'y avait pensé…

La moutarde commençait à monter au nez sensible de Morosini, qui trouvait cette affaire de plus en plus louche. Surtout après ce que le professeur leur avait appris au sujet de la Chimère. Il aurait juré que ledit Catannei et sa bande n'étaient dans les lieux que pour la trouver, mais ce fut Adalbert qui posa la bonne question :

— Vous l'avez déjà vu, ce Catannei ?

— Même pas aperçu ! Je vous ai déjà dit qu'il était arrivé en ambulance. En plus, quelques jours plus tard, le conseil municipal a jugé convenable d'aller lui souhaiter la bienvenue. On y était tous mais seul Vincendon, le maire, l'a approché après l'avoir attendu une grosse demi-heure à cause des soins… Enfin il a été introduit dans la chambre du maître, où il ne faisait pas très clair, et où le lit était enveloppé d'une moustiquaire. Paraîtrait que le malade aurait été piqué par des insectes en Afrique.

— S'installer à la jonction d'un fleuve et d'une rivière quand on a la malaria, ça me semble effectivement judicieux ! remarqua Morosini.

— … Toujours est-il que Vincendon ne l'a pas bien distingué : simplement une forme couchée dans le lit qui ne soulevait pas beaucoup les draps. Il a entendu une voix qui émettait un son de papier froissé et qui l'a remercié de sa visite en le priant d'offrir ses excuses à ceux que l'on ne pouvait recevoir. On a terminé par une promesse d'invitation au château quand on se sentirait un peu mieux !

— Autrement dit, jamais ! Le bruit de papier froissé est un symptôme de la tuberculose milliaire, la plus dangereuse et, jointe à la malaria par-dessus le marché, il ne devrait plus en avoir pour longtemps, votre locataire, conclut Vidal-Pellicorne. Alors, à votre avis ? Que se passera-t-il ? On emmènera le corps ou on l'enverra rejoindre Van Tilden dans la chapelle ?

— Ah non ! Ça, on ne l'accepterait pas !

— Non ? Et le fait accompli, vous connaissez ? On pourrait l'y mettre sans vous demander votre avis.

Là-dessus, on monta se coucher, laissant Maître François à ses réflexions... Ou, du moins, on regagna les chambres mais on n'y resta pas. Quelques secondes à méditer et l'on en ressortait avec un bel ensemble pour se retrouver nez à nez.

— Tu ne crois pas..., commença l'un.

— Qu'on devrait téléphoner à Caroline ? Elle doit se faire un sang d'encre !

— Oui, mais pour lui apprendre quoi ? Que son mari a disparu, qu'il est accusé de meurtre et que, de toute façon, il y a lourd à parier qu'il ne soit plus de ce monde ?...

— Alors on attend demain ? Elle mettra peut-être le téléphone près de son lit avec une chance de s'endormir, mais si on lui dit où on en est, elle va sangloter durant toute la nuit....

— Tu as raison, appelle-la demain et, si elle peut donner son bébé à garder, on la fait venir.

— Pour reconnaître le corps ? Je ne suis pas sûr que ce soit une idée géniale ! Ecoute, la sagesse populaire dit que la nuit porte conseil et on aura peut-être du nouveau demain. Si c'est mauvais, la solution sera d'appeler Tante Amélie ou plutôt Plan-Crépin, puisque c'est elle qui répondra, et de les expédier à Versailles toutes affaires cessantes !

— Ça me paraît raisonnable ! Bonne nuit ! Enfin... tâche de dormir !

— Toi aussi !

Vœu pieux qui ne se réalisa que de façon unilatérale. Seul Adalbert, qui avait la faculté de pouvoir s'endormir sur commande et dans n'importe quelle position, réussit à trouver le sommeil. Aldo, de complexion plus nerveuse, fuma cigarette sur cigarette et ne ferma l'œil que peu avant le lever du jour.

— Tu as une mine épouvantable ! constata Adalbert, occupé à beurrer une tartine, quand ils se retrouvèrent pour le petit déjeuner.

— Je sais !... Et je ne suis pas certain que ça va s'arranger !

Le dialogue s'arrêta là. Mme Maréchal venait prévenir M. Vidal-Pellicorne qu'on le demandait au téléphone et il se hâta de la suivre. Mais ce fut pour revenir presque aussitôt conseiller à son ami d'avaler une tasse de café pendant qu'il allait chercher la voiture : le coup de téléphone émanait du professeur et il les attendait. Dix minutes plus tard ils roulaient vers Chinon.

— Il t'a dit quoi ? demanda Aldo qui avait repris le volant.

— Rien ou presque... sinon qu'il y a du neuf !

— C'est tout ?

— De sa part, c'est déjà beaucoup ! Surtout quand il est pressé !

Ils le trouvèrent en effet enveloppé de ses tweeds gris et une canne à la main debout au seuil de sa maison, l'une des plus belles et des plus anciennes du Grand Carroi, centre névralgique de la vieille cité.

— Où allons-nous ? demanda Morosini tandis qu'après un rapide échange de bonjours, le professeur s'installait à la place d'Adalbert, déjà réfugié à l'arrière.

— Dans la forêt ! Je vous indiquerai !

Comme il semblait décidé à ne rien dire de plus, on roula en silence. Il faisait un temps doux et maussade, légèrement brumeux qui, lorsqu'on y pénétra, conféra aux grands troncs jaunis par l'automne une atmosphère un peu mystérieuse. Les feuilles se raréfiaient sur les vieux arbres, parmi lesquels certains chênes aux énormes branches tordues par le temps étaient plusieurs fois centenaires. Quand la voiture stoppa dans une clairière dont le centre était occupé par une pierre plate posée sur deux autres plus petites formant un banc ou une table basse, l'air sentait la terre humide et la végétation pourrissante ainsi qu'une vague senteur de bois et d'encens… Enfin, gisait sur la pierre une longue forme étendue.

— Qu'est-ce que c'est ? s'exclama Adalbert. On dirait… un corps !

— C'en est un ! C'est même l'homme que vous cherchez. Amenez la voiture jusqu'auprès !

— Il est… mort ? souffla Aldo.

— Je ne pense pas. Pour ce que j'en sais, il est encore vivant !

— Mais comment…

— Plus tard, les explications ! La police va arriver !

Sans attendre que la voiture s'arrête, Adalbert avait sauté à terre et couru vers la pierre. Un instant, il resta là, contemplant avec stupeur le long paquet de couvertures d'où émergeait une tête enveloppée d'un bandage fort soigneusement exécuté et posée sur un coussin. Une tête qui parlait faiblement :

— Monsieur Adalbert ? Mais… pourquoi ?… Où est-ce que… je suis ?

— Ne posez pas de questions… Vous êtes blessé, on dirait ?… Que ressentez-vous ?

— J'ai… mal partout…

Aldo, qui avait garé sa voiture n'importe comment, surgissait derrière le professeur qui se penchait sur le journaliste, lui tâtait le pouls et lui demandait comment il se sentait.

— Fatigué… Tellement fatigué !… Et je n'ai pas compris… ce qui m'est arrivé… Tous ces gens ! Les uns voulaient me tuer et… les autres… Ils se sont battus, il me semble...

— Du calme ! Taisez-vous ! Vous vous fatiguez trop ! La police va arriver avec une ambulance pour vous conduire à l'hôpital ! Les questions viendront plus tard, mais elles risquent de faire monter la fièvre. On vous aidera autant qu'on pourra…

— Qui êtes-vous ?

— Ce n'est pas le moment des présentations ! Vous connaissez ces deux-là, je crois ? C'est votre épouse qui les a envoyés à votre recherche.

— Caroline ! Elle doit être…

— Folle d'inquiétude, compléta Morosini, mais on va la rassurer dès qu'on sera rentrés en ville. Tenez-vous tranquille et économisez vos forces le plus que vous pourrez !…

Deux voitures en effet débouchaient en trombe dans la clairière. En trombe mais en silence, ce qui était rare chez l'une et plus encore chez l'autre.

— Comment se fait-il que vous soyez déjà là ? brama Savarin à l'intention du professeur.

— Parce que j'ai reçu un coup de téléphone anonyme m'annonçant où l'on pourrait trouver ce malheureux garçon. Et c'est moi qui vous ai appelé. Bonjour, commissaire !

Celui-ci n'eut pas le temps de répondre, car Savarin poursuivait sa philippique :

— Et ces deux-là ? La raison de leur présence ?

— C'est toujours moi ! Vous ne croyez pas qu'ils sont intéressés au premier chef, puisqu'il s'agit d'un de leurs amis ?

— Admettons, mais c'est tout de même bizarre…

— Commissaire ! coupa Combeau-Roquelaure, agacé, dites à votre molosse de reporter sa crise de nerfs à une date ultérieure ! Cet homme doit être hospitalisé et en priorité radiographié d'urgence ! Ceux qui l'ont recueilli ont fait de leur mieux mais, outre la tête, il est blessé en plusieurs endroits !...

Sans s'occuper d'eux d'ailleurs, les infirmiers emportaient le blessé vers l'ambulance dans laquelle ils l'installèrent, puis démarrèrent après avoir déclenché leur sirène. Desjardins, cependant, poursuivait :

— Savarin ! Vous et vos hommes allez me passer cette clairière au peigne fin pour en apprendre le plus possible sur celui ou ceux qui l'ont amené ici ; moi, je vais suivre l'ambulance avec ces messieurs et je vous communiquerai ce que j'aurai appris ! Exécution !

Si obstiné qu'il soit, l'inspecteur savait qu'il était préférable de ne pas le contrarier quand il employait un certain ton. Il s'abstint donc de tout commentaire et se mit au travail après avoir distribué leurs objectifs aux deux autres. Pendant ce temps, Desjardins et le professeur prenaient place à l'arrière de la Talbot à laquelle Aldo avait fait faire demi-tour.

— A présent, émit le policier en se carrant au fond des coussins, dites-m'en un peu plus, Monsieur le professeur. Qui sont ces gens qui vous ont alerté ?

— Je n'en sais pas davantage que tout à l'heure : une voix de femme que je ne connais pas m'a appelé chez moi vers 8 heures pour me dire où je pourrais trouver Michel Berthier, précisant que chez elle on avait fait le maximum pour le tirer d'affaire mais que ses blessures nécessitaient des soins hospitaliers. Sans cela, on ne se serait jamais risqué à prévenir une police qui s'obstinait à voir en lui un coupable alors qu'il était une victime autant que le pauvre Dumaine.

— C'était pourtant la meilleure preuve de son innocence, il me semble ?

— Pas pour cette femme ; il fallait d'abord, et à tout prix, que ceux qui l'avaient attaqué et le croyaient mort continuent à couver cette idée réconfortante !

— Et le danger eût été moins grand en laissant passer le temps ?

— Oui, parce que cela laissait dans l'obscurité ceux qui l'avaient recueilli. Si la mort était intervenue peu après, on se serait contenté de le remettre à l'endroit où on l'avait découvert.... C'est un raisonnement logique, n'est-ce pas ?

— Votre correspondante aurait-elle une idée de l'identité des auteurs du meurtre de Dumaine et du rapt de cet homme ?

— Elle prétend que non. Je dis bien elle « prétend »...

— Mais vous n'en croyez rien ?

— Elle parlait peut-être au nom d'amis qui entendent préserver leur anonymat et il se peut qu'elle-même l'ignore.

— Et naturellement, vous n'avez pas reconnu cette voix ?

— D'autant moins qu'elle était déguisée, j'en jurerais !

Ni Aldo ni Adalbert ne soufflaient mot, attentifs à ne pas perdre une miette des propos qui s'échangeaient derrière eux. Leur silence finit par indisposer vaguement le policier :

— Et vous, Messieurs ? Vous n'avez rien à dire ?

Ce fut Vidal-Pellicorne qui se chargea de la réponse :

— On en sait encore moins que le professeur, puisque c'est sur son appel « urgent » qu'on est venus le chercher !

— Vous ne pensez pas qu'il eût été plus normal que l'on nous avertisse, nous, en priorité ?

— Si elle ne voulait pas dévoiler son identité, la femme a dû juger préférable de s'adresser au professeur et, comme celui-ci savait à quel point nous nous tourmentions pour Berthier, il a fait spontanément appel à nous, en sachant d'autre part que nous disposions d'une voiture plus rapide… et moins bruyante que la sienne.

— Qu'allez-vous faire à présent ? Repartir ?

— D'abord essayer de rassurer sa femme, reprit Morosini, et mettre fin à son angoisse et, si elle décide de se déplacer, nous mettre à son service. J'espère que vous n'y verrez pas d'inconvénients ?

— Aucun. Il me semble même me rappeler vous avoir priés de rester encore un peu en notre compagnie ! Au cas où j'aurais quelques questions à vous poser.

— Si vous voulez, émit Adalbert après un reniflement de mauvais augure : cela signifiait qu'il commençait à perdre patience. Mais si j'étais vous, je crois que je dirigerais mes recherches du côté du château. C'est à sa domesticité que Dumaine appartenait, non ?

— Calmez-vous, Adalbert ! enjoignit le professeur. Le commissaire connaît son métier !

— Je n'en doute pas un seul instant mais…

— Il y a une chose que, moi, j'aimerais comprendre, coupa Aldo, c'est pourquoi on a envoyé la voiture dans la Loire et pourquoi, lui, on l'a abandonné je ne sais où encore vivant ?

— Il fallait que la voiture disparaisse pour accréditer la fuite de Berthier.

— Mais la Loire n'a pas de grandes profondeurs !

— A certains endroits, si, répondit Desjardins. Il faut les connaître ; c'est donc quelqu'un du pays qui l'y a expédiée…

— D'accord ! Mais alors pourquoi n'avoir pas laissé Berthier dedans ?

— Justement pour que l'on ne risque pas de trouver son cadavre à l'intérieur, au cas où l'auto remonterait, avança le professeur. Ou alors, ils comptaient l'enterrer et ils ont été dérangés par ceux qui ont porté secours à la victime, qu'ils supposaient morte.

— C'est une explication en effet, soupira Desjardins. C'est la raison pour laquelle j'aimerais tant savoir pourquoi ces gens-là ne se sont pas fait connaître ! Sauver quelqu'un n'est pas un crime, que je sache.

— C'est peut-être une société secrète qui n'a pas envie de faire parler d'elle en bien… ou en mal ? hasarda Adalbert. Allez donc savoir !

— Et quoi encore ? grogna le professeur. Vous avez passé l'âge de lire *Les Pieds Nickelés*, mon ami ! Une société secrète ! Vous rêvez ?

Surpris par le ton, Aldo jeta un rapide coup d'œil à son rétroviseur et put constater que son cousin – puisque cousin, il y avait ! – avait rougi violemment sous une poussée de colère bien inattendue. Le propos d'Adalbert – la plaisanterie plutôt, destinée à détendre un peu l'atmosphère – ne méritait pas une telle réaction. Il voulut en savoir davantage et risqua :

— Ne nous disiez-vous pas vous-même, professeur, et cela pas plus tard qu'hier, que Chinon, chargée d'une histoire à la fois glorieuse et trouble, était la ville de tous les mystères dont certains s'étendaient jusqu'à la Croix-Haute ? L'hypothèse d'Adalbert n'est peut-être pas si folle après tout ?

Mais s'il pensait mettre de l'huile sur le feu et accentuer l'irritation du vieil homme, il se trompait. Peu à peu, sa figure reprenait au contraire sa couleur naturelle. Les sourcils se décrispèrent et Aldo entendit :

— Oh, finalement, pourquoi pas ? Comme vous dites, on peut s'attendre à tout, ici ! En tout cas, on ne m'ôtera pas de l'idée que tout le mal vient de ce foutu château qui semble n'attirer à lui que des gens bizarres ! Je donnerais cher pour pouvoir l'explorer !

— Ce ne devrait pas être si inaccessible pour vous d'y être au moins reçu étant donné votre personnalité, vos titres, votre notoriété et aussi le fait que vous étiez ami avec Van Tilden ?

La réponse ne vint pas sur-le-champ mais, enfin, Combeau-Roquelaure lâcha avec un soupir :

— Oh ! A vous dire le vrai, j'ai essayé. J'ai envoyé ma carte alléguant mes qualités !

— Et on ne vous a pas répondu ?

— Si ! Quelques mots d'un secrétaire me remerciant et déplorant l'état de santé du maître. Quand il irait mieux, évidemment, on ne manquerait pas de me convier. On en est restés là !

Desjardins eut un geste d'agacement.

— Je vous garantis bien que, moi, je vais y entrer... et avec une commission rogatoire j'ai l'intention de demander l'exhumation de Van Tilden !

Aldo retint un soupir de soulagement : on y aurait mis le temps, mais au moins on allait peut-être trouver, enfin, un bout de fil conducteur dans ce qui menaçait de tourner à l'histoire de fous. Quant au professeur, Aldo n'arrivait pas à se retirer de la tête l'idée qu'il ne disait pas toute la vérité. Si même il en disait une partie. Exemple : le coup de téléphone de la prétendue inconnue ! Il y avait gros à parier qu'il la connaissait fort bien, sinon pourquoi se serait-elle adressée à lui ? Au fond, le commissaire n'avait pas vraiment tort d'être surpris qu'on ne l'ai pas appelé, lui, en premier lieu, ce qui aurait amené automatiquement un médecin ! Vu l'état de Berthier, c'eût été plus normal ! Et cette curieuse mise en scène : coucher ce malheureux sur une pierre perdue au milieu de la forêt ? Il aurait été tellement plus simple de l'abandonner à la porte d'un hôpital ! Et s'il était mort…

Adalbert se pencha pour lui glisser à l'oreille :

— Si tu continues ainsi, tu vas nous envoyer dans le décor. Conduis, sacrebleu ! Tu penseras plus tard !

Présentant une sérieuse blessure au crâne, une hanche et une clavicule fracturées, Michel Berthier avait un besoin urgent des services d'un hôpital. Ce fut ce qu'expliqua sur le mode vigoureux le médecin directeur de celui de Chinon à ceux qui l'accompagnaient :

— … et encore, pas n'importe quel hôpital ! Ici, on n'est pas appareillé pour et il faut le conduire à Tours ! Mais qu'est-ce qui m'a fichu une bande d'ahuris pareils ! Il a perdu une grande quantité de sang, il est à moitié mort et vous l'amenez seulement maintenant ?

— On l'a amené quand on l'a trouvé, docteur ! se rebiffa Desjardins. On l'avait déposé sur la Pierre aux Fées, dans la forêt, avant de nous alerter ! Alors je ne vois pas bien ce que nous aurions pu faire !

— D'accord ! Rembarquez-le ! Je préviens Tours !

Une heure plus tard, Berthier était enfin entre des mains compétentes, le commissaire reparti pour Chinon avec l'ambulance, Adalbert dans une cabine téléphonique d'un café voisin pour avertir Langlois des derniers développements de l'affaire et Aldo dans le hall d'entrée de l'hôpital en train d'en faire autant avec Caroline Berthier. Quant au professeur, oubliant qu'il avait invité Aldo et Adalbert à déjeuner, il était reparti avec Desjardins.

La jeune femme commença par exploser :

— Pourquoi n'avoir pas appelé plus tôt ? Je suis malade d'inquiétude !

— Je l'ai fait quand nous sommes arrivés et je vous ai dit qu'il n'était plus à Chinon mais qu'on le cherchait ! Je n'allais tout de même pas vous asséner qu'il était accusé de meurtre et avait la police à ses trousses ! Maintenant on l'a récupéré, il est amoché mais entre de bonnes mains et l'accusation est tombée d'elle-même… Il est au bloc opératoire !

— On va l'opérer ? De quoi ?

— Dans le détail, je ne saurais vous le dire ! Je sais qu'il a une hanche fracturée, ce qui va vous permettre de le dorloter pendant une assez longue convalescence. Allons, Caroline, reprenez courage ! Je vais prévenir le journal et vous tiendrai au courant heure par heure, s'il le faut, mais…

— Inutile ! Je viens demain matin par le premier train !

Ça, c'était à prévoir quand on connaissait un peu l'ex-Caroline Autié et Aldo savait d'expérience qu'elle n'était pas des plus faciles à manier. Après ce qu'elle avait souffert[1], elle avait évidemment quelques excuses mais, bien que mariée, mère d'un petit garçon et heureuse, elle demeurait nerveuse.

— Qu'allez-vous faire de votre fils ? Vos beaux-parents habitent Toulouse…

A sa surprise elle eut un petit rire.

— Vous oubliez les Karloff ! Liouba et Nicolas adorent François et, croyez-moi, ils font une paire de grands-parents à la mode de Bretagne tout à fait convenables ! Alors, à demain, Aldo ! Mes amitiés à Adalbert et encore merci !

— Il n'y a pas de quoi. On viendra vous prendre au train…

— Tu devais bien t'attendre à quelque chose comme ça ? fit Adalbert quand Aldo le rejoignit.

1. Voir *Les Larmes de Marie-Antoinette*.

C'est on ne peut plus normal qu'elle veuille s'installer à son chevet !

— Oui, mais elle va vouloir loger à l'hôtel le plus proche et moi, outre que je considère notre mission comme terminée, je préfère rester encore un peu à Chinon : il y a des détails que je voudrais creuser !

— Quoi, par exemple ? Tu n'aurais pas dans l'idée de confesser ton nouveau cousin… parce qu'il ne te paraît pas très net ?

— Si. En plein dans le mille ! Désolé si je m'en prends à tes souvenirs d'adolescent, mais il était comment, comme professeur ?

— Fantastique ! Il faisait revivre l'Histoire. On pouvait se demander s'il n'avait pas vécu lui-même certaines périodes. Le haut Moyen Age surtout… mais enrichi d'un plus pour l'histoire celte ! Pendant ses cours, je te prie de croire qu'on n'en restait pas à « Nos ancêtres les Gaulois » ; il se lançait dans des considérations sur leurs mœurs, leur façon de vivre, et nous passionnait pour l'aventure de Vercingétorix ! Déjà entendu parler des empereurs gaulois, Luern et autres ?

— Ah non ! Ça, jamais !

— Eh bien, moi, si ! Grâce à lui ! Et avec quel panache ! Il n'avait pas besoin de faire régner l'ordre dans sa classe. Les pires cancres l'écoutaient, bouche bée.

— C'est là que tu as entendu parler de ce cri que l'écho près du château de Chinon répercute à dix exemplaires, le « Ho Huc » ?

— C'est exactement ça ! Tu ne peux pas imaginer l'ambiance ! On l'avait même surnommé le Druide ! Il ne lui manquait que le froc blanc, la faucille d'or et la harpe irlandaise…

Emporté par son enthousiasme, Adalbert en avait oublié son ami, qui l'écoutait cependant avec un intérêt croissant puis, soudain, il plongea dans une profonde réflexion.

— En dehors de ça, concluait l'orateur, il dédaignait superbement Louis XIV et Napoléon ! Oh, il n'ignorait pas leur histoire mais elle l'indifférait… mais tu ne m'écoutes même pas !

— Si… seulement je réfléchissais et je m'interrogeais sur l'origine et la finalité de cette table de pierre où les sauveteurs inconnus ont déposé Berthier. N'avez-vous pas dit hier que la forêt de Chinon avait été un haut lieu des Celtes ?

Adalbert approuva d'un hochement de tête.

— C'est vrai ! Comment n'y ai-je pas pensé plus tôt ? Tu crois que… Ça expliquerait cette grande discrétion observée par ceux qui ont secouru Berthier. La « société secrète » à laquelle j'ai fait allusion en rigolant... j'ai maintenant une furieuse envie de lui poser la question !

— Il y a peut-être moyen de savoir en passant par la bande.

— Tu penses à quoi ?

— A notre habituel service de renseignements, parbleu ! Notre chère Plan-Crépin, qui est une encyclopédie vivante de tous les arbres généalogiques de la famille. Quelqu'un qui qualifie Tante Amélie de « vieux chameau », tu ne peux pas douter qu'elle ne sache de qui il s'agit ! conclut-il en quittant la table du café où ils s'étaient installés pour boire un verre…

— Où vas-tu comme ça ?

— Téléphoner rue Alfred-de-Vigny ! S'il y a de l'attente, on en profitera pour se faire servir un en-cas, puisque le cousin nous a oubliés !

Cependant le trajet fut court. Constatant que le téléphone était dans une sorte de guérite près de la caisse, il fit demi-tour et revint s'asseoir.

— Non, tout compte fait, cela peut attendre. Tu as vu où est l'appareil ?

— Là-bas dans le coin, oui ! Et alors ?

— Entre la caissière et ces gens qui vont et viennent, ça fait pas mal de monde et pour ce genre de conversation, je préfère un brin de discrétion. Surtout si j'en crois l'aventure de Berthier ! Il est plutôt malsain, le téléphone, dans la région…

— Tu n'as peut-être pas tort ! Mais que ça ne nous empêche pas de déjeuner ! J'ai faim, moi !

Caroline Berthier arriva par le train de 10 h 30. En dépit de sa visible anxiété, elle était plus ravissante que jamais dans un ensemble bleu foncé – robe en lainage agrémentée d'un col et de manchettes de satin blanc, loden de voyage, attendrissante cloche de feutre enfoncée sur ses cheveux blonds, gants, sac et escarpins en daim assortis, le tout d'une sobre élégance composant une image parfaite pour l'épouse d'un journaliste de renom, et Aldo se souvint avec un plaisir secret de ce matin où, dans les jardins de Trianon, elle lui avait laissé entendre qu'elle l'aimait. Pour l'oublier aussi vite d'ailleurs, devant l'attitude presque distante qu'elle lui offrit. Et puis elle n'était pas seule, un confrère de Berthier l'accompagnait : Frédéric Simonnet, du *Figaro*, venu « couvrir l'événement » et escorter une jeune femme qui n'avait pas l'air de lui déplaire si l'on en jugeait l'attitude protectrice qu'il affichait.

— On vous conduit à l'hôpital tout de suite ou préférez-vous passer d'abord à l'hôtel ? proposa Aldo.

— L'hôpital ! Comment va Michel ?

— Quand nous sommes venus ici, il sortait du bloc opératoire et n'était pas réveillé, expliqua Adalbert, qui n'aimait pas beaucoup l'attitude de la jeune femme et moins encore celle de cet échalas rouquin qui donnait dans le style anglais et appelait Caroline « Chère ! » avec un vague accent britannique.

La découverte de la voiture parut lui causer une profonde satisfaction.

— Elle est à vous ? demanda-t-il à Morosini qui se contenta de grogner.

— Location ! Nous avons fait la route avec.

— Peu importe ! Ce qui compte, c'est d'en avoir une sous la main. Entre Tours et Chinon il y a quand même une petite trotte ! Au fait, où « nous » avez-vous logés ?

Sentant Aldo sur le point de prendre feu, ce qui pouvait nuire à la stabilité de sa conduite, ce fut Adalbert qui se chargea de la réponse :

— Nous ? Il y a erreur, mon garçon ! Pensant qu'elle voudrait loger au plus près de son époux, nous avons retenu pour Mme Berthier une chambre à l'hôtel de l'Univers, boulevard Heurteloup, qui est le meilleur de la ville et très central, mais vous n'étiez pas prévu au programme et on ne vous a rien retenu du tout. Si vous venez « couvrir l'événement », comme vous dites, c'est à Chinon que ça se passe. Alors on vous y emmène si vous voulez et on vous laisse vous débrouiller, mais ne comptez pas sur nous pour vous servir de taxi ! Vu ?

— Eh bien, vous êtes gracieux, vous !

— On est tous comme ça, nous autres égyptologues ! L'habitude des momies qui n'ont pas grand-chose à répondre !

— Ah, vous êtes…

— Je suis et…

Assise auprès d'Aldo, Caroline se retourna :

— Messieurs, je vous en prie !

— Pardon ! s'excusa Adalbert. Oubliez ça ! On va à l'hôpital…

On arriva peu après, mais il fut impossible d'empêcher Simonnet de mettre ses pas dans ceux de Caroline jusque dans le bureau de l'infirmière en chef. Reportage oblige ! Or cette femme énergique aux allures de gendarme ne l'entendit pas de cette oreille et le réexpédia rejoindre les autres dans le couloir tandis qu'elle accueillait la jeune femme avec une infinie gentillesse, l'assurant que tout s'était bien passé mais que la convalescence serait longue.

— Puis-je le voir ? demanda Caroline.

— Oui, mais vous seule et rien qu'un instant. Vous pourrez revenir dans l'après-midi.

— Verrai-je aussi le chirurgien ?

— Sans aucun doute. Il vous aurait reçue ce matin s'il n'avait eu une autre intervention. Revenez vers 3 heures.

En rejoignant les trois hommes, Caroline n'avait pas encore retrouvé le sourire, mais l'anxiété au moins l'avait quittée. Elle remercia alors Aldo et Adalbert d'avoir répondu à son appel et d'avoir probablement sauvé Michel, puis demanda à être conduite à présent à son hôtel.

— Je voudrais pouvoir me reposer. Voilà des jours que je ne dors plus….

— Vous ne voulez pas déjeuner avec nous ? proposa Adalbert. Vous n'avez pas dû manger beaucoup non plus ?

— Non merci. Je voudrais seulement dormir. Si j'ai besoin de quelque chose, je le ferai monter.

— De toute façon, intervint Simonnet qui venait de se faire attribuer une chambre, je reste avec elle. C'est le journal qui prend les frais en charge. Vous pouvez repartir tranquilles…

— Je croyais, ironisa Morosini, que vous vouliez « couvrir l'événement » ? C'est à Chinon qu'il est, l'événement ! C'est là qu'officient le commissaire Desjardins et l'ineffable inspecteur Savarin !

— Sans doute, mais l'article débute par l'aventure de Berthier. Donc il faut que je puisse lui parler dès que possible. Aussi vous pouvez nous abandonner sans soucis. Je vais me procurer une voiture et nous nous reverrons demain…

Ayant dit, il se précipita à la suite de la jeune femme, qui s'était dirigée vers l'ascenseur. L'instant suivant, ils avaient disparu dans les hauteurs de l'hôtel, laissant les deux compères tout de même un peu surpris de s'entendre congédier avec tant de désinvolture :

— Qu'est-ce que tu dis de ça ? émit Adalbert.

Sa mine offensée fit rire Aldo.

— Qu'il te rend la monnaie de ta pièce, mon bon. Tu ne lui as pas envoyé dire qu'on n'avait pas envie de jouer les chauffeurs de maître !

— Désolé, mais il m'a tapé sur les nerfs au premier coup d'œil avec ce style « british » qu'il se donne. C'est d'un ridicule !

— Tous les goûts sont dans la nature et il espère sans doute impressionner Caroline !

— Si j'ai bonne mémoire, c'est plutôt toi qui l'impressionnais lors de notre équipée à Versailles !

— Béguin de gamine malheureuse ! Rien de bien méchant ! fit Aldo en haussant les épaules. Depuis, elle a trouvé le bonheur avec un garçon charmant dont elle a un petit et qui lui a donné une vie confortable, sans problèmes…

— … en dehors de ceux inhérents aux reportages dangereux ! Maintenant qu'est-ce qu'on décide ? Toi, je ne sais pas, mais moi…

— Tu as faim ? Tu as toujours faim ! Alors on va déjeuner mais pas là !

— Par crainte de voir rappliquer Simonnet en jappant d'ici dix minutes pour se faire inviter ? Ne te tourmente pas, j'ai ce qu'il nous faut !

Un bon moment plus tard, convenablement lestés, ils reprenaient la route de Chinon après un bref passage à l'hôpital, où l'interne désormais en charge de Berthier les reçut brièvement. Tout s'était déroulé au mieux. L'opéré avait repris connaissance normalement et, si aucun incident ne se présentait, pourrait être transféré à Versailles dans une clinique de rééducation. Il attendait pour le moment l'arrivée de sa femme.

— Je vous préviens, fit Adalbert perfidement, qu'elle est suivie à la trace par un confrère de son époux…

— Ah, non ! Pas de journalistes ! La police elle-même devra attendre demain, comme je viens d'en informer le commissaire Desjardins qui a téléphoné ! Rien que sa femme !

— C'est parfait ! Merci, docteur ! conclut Aldo. On reviendra demain prendre de ses nouvelles…

Perdus chacun dans ses pensées, on roula un moment en silence. Ce fut seulement au bout d'une quinzaine de kilomètres qu'Aldo suggéra, pensant tout haut plutôt qu'entamant une conversation :

— Au fond, il n'y a aucune raison de revenir. On pourrait se contenter de passer un coup de téléphone ?

Adalbert que la digestion harmonieuse d'un sandre au beurre blanc incitait à la somnolence sursauta.

— De quoi parles-tu ?

— De ce que j'ai dit au toubib : on reviendra prendre des nouvelles. C'est idiot ! Je répète : on peut aussi bien téléphoner…

— … et de n'importe quel bled. Tu n'aurais pas envie de rentrer à Paris par hasard ?

— Si, parce que j'ai franchement l'impression de perdre mon temps dans un endroit où nous ne sommes plus d'aucune utilité maintenant que Berthier a été retrouvé.

— Toi, tu n'as pas avalé l'accueil… désinvolte de la belle Caroline !

— Ne dis donc pas de sottises !

— J'avoue qu'il y a de quoi être déçu ! Elle te supplie, noyée de larmes, de partir en croisade pour lui ramener un époux probablement en danger. Tu t'exécutes sans discuter, tu retrouves l'absent…

— Hé là ! Je n'y suis pour rien ! Sans toi, le professeur et…

— Arrête ! On ne va pas faire les comptes ! Quoi qu'il en soit, on le remet en circulation et quand tu serais en droit d'attendre ne serait-ce qu'un « merci » ému, c'est à peine si, en arrivant à la gare, la ravissante te dit bonjour ! Or, si j'ai bonne mémoire, elle avait dans l'œil une lueur d'attendrissement quand elle te contemplait sous les ombrages des Trianon…

— Ne déraille pas ! On a failli mourir ensemble, c'est entendu, mais depuis elle s'est mariée avec un charmant garçon et elle a eu un enfant, je te le répète ! Cela vous change une femme et je te rappelle que j'avais d'autres chats à fouetter ! Cela dit, oui, j'ai très envie de reprendre la route de Paris !

— Sans résoudre les mystères locaux ? Sans savoir si Van Tilden a été assassiné ou pas ? Qui a tué Dumaine ? Qui sont ces gens mystérieux qui ont sauvé Berthier… Je t'ai connu plus curieux.

— Moi aussi. Je dois me faire vieux !

— Va dire ça à un cheval, il te donnera un coup de pied ! Et la Chimère fabuleuse de ce bon César ? Elle ne te dit rien non plus ?

— Ce que tu peux être agaçant quand tu t'y mets ! Je conviens volontiers que j'aimerais la contempler mais si, pour ça, il faut violer à nouveau un tombeau, cela ne me tente pas le moins du monde !

— Je te rappelle que Desjardins va faire ça pour nous, puisqu'il veut demander l'autopsie de Van

Tilden. Elle va peut-être se retrouver toute seule, ta Chimère ! Au point où on en est, cela mérite peut-être un peu de patience, non ?

— Si ! J'avoue, mais c'est bien la seule chose qui me tente… et on devrait être fixés rapidement !

— Bien, voilà !… Et en attendant, tu pourrais admirer l'environnement. Il y a dans ce coin quelques-uns des plus jolis châteaux de la Loire ! A commencer par celui d'ici ! Tiens, tourne à gauche !

On entrait en effet à Azay-le-Rideau qui était à égale distance, à peu de chose près, de Chinon et de Tours. L'instant suivant, Aldo, sa voiture arrêtée, pouvait contempler, reflété par les eaux de l'Indre, un véritable joyau de pierre ciselé comme un bijou sous ses poivrières d'ardoise argentée.

— Une vraie demeure pour princesse de conte de fées ! apprécia Aldo, sincère.

— « Diamant taillé à facettes serti par l'Indre, monté sur des pilotis masqués de fleurs… », a écrit Balzac quand il séjournait à Saché, dans le voisinage. Mais pour la princesse, il faut aller à Ussé, pas bien loin d'ici… et ravissant, lui aussi ! On dit que c'est celui de la Belle au bois dormant. Celle dont il était la demeure a dû pourtant y passer plus de mauvaises nuits que de bonnes, grâce à l'insupportable Chateaubriand…

— C'est comme ça que tu traites l'« Enchanteur » ? s'amusa Aldo.

— Il méritait largement pire. La pauvre en était folle et lui l'exploitait honteusement, profitant de sa haute situation pour se faire octroyer les ambassades qui lui plaisaient, tout en collectionnant les maîtresses. Et cette adorable femme lui écrivait : « J'ai fait arrêter toutes mes pendules pour ne plus entendre sonner les heures où vous ne viendrez plus… » D'ailleurs il m'a toujours énervé, ton Enchanteur !

— C'est visible. Tu as encore d'autres demeures de rêve ?

— Villandry et ses fabuleux jardins dont le décor change avec les saisons. Et puis Langeais, où Charles VIII a épousé Anne de Bretagne, de l'autre côté de la Loire. Je peux te montrer aussi Montsoreau et sa belle dame, Fontevrault, la nécropole des Plantagenêts où repose Aliénor d'Aquitaine…

— Halte là ! Tu dois bien penser que le cher Guy Buteau m'a tout appris… ou presque de l'histoire de France. Entre autres que les rois ont, avant Versailles, longtemps préféré le Val-de-Loire à Paris, mais je confesse, à ma grande honte, que je n'ai jamais pris le temps de le visiter. Je n'ai vu que des reproductions. Alors laisse-moi contempler un instant ! Je jure de revenir… Mais avec Lisa !

— Et les enfants ! J'avais cinq ans, figure-toi, quand on m'a emmené voir le sublime Chambord pour la première fois. Quant à ta femme, je parierais ma chemise qu'elle les connaît par cœur, nos beaux châteaux. Et maintenant quel est le programme ?

— On rentre à Chinon, mais je voudrais revoir la clairière où on a retrouvé Berthier. Tu saurais y aller ?

— Je crois ! Démarre !

On y fut un moment plus tard, néanmoins ils eurent beau examiner à fond l'espace autour de la table, il leur fut impossible de relever la piste qu'ils cherchaient : celle de ces gens si discrets qui, après avoir secouru le journaliste et tenté de le soigner, s'étaient vus obligés de le remettre à des mains compétentes. En fait, il était impossible de trouver une piste parce qu'il y en avait trop. Toute la clairière avait été piétinée comme si une assemblée s'y était tenue. Pas un brin d'herbe qui ne fût couché et les investigations policières n'avaient rien arrangé.

— Cette histoire n'a ni queue ni tête ! soupira Aldo. Que les assassins aient balancé la voiture de Berthier dans le fleuve pour qu'on le croie en fuite, d'accord ! Mais pourquoi diable l'avoir abandonné dans la forêt à moitié mort ?

— Et pourquoi pas l'enterrer à un endroit où il ne vient jamais personne ? C'est ici la partie la plus ancienne, la plus dense. En plus, elle n'a pas bonne réputation, d'après un vieux bonhomme de notre village à qui j'ai parlé l'autre matin en allant acheter des allumettes. Dans les temps anciens, on aurait pratiqué des sacrifices humains sur la table de pierre. Donc il n'y a pas foule dans ce coin, surtout la nuit.

— Alors pourquoi ils ne l'ont pas fait ?

— Ils ont dû être dérangés.

— Par qui ?

— Va savoir ! Tu m'en demandes trop ! Et maintenant, on rentre à Chinon. J'ai une folle envie de papoter un brin avec mon cher professeur et aussi de savoir si le commissaire s'est décidé à l'exhumation de ce pauvre Van Tilden. S'il a vraiment été trucidé, cela pourrait réserver des surprises.

— Si c'est à la Chimère que tu penses, tu fais fausse route. On ne l'extirpera pas du cercueil.

— Pourquoi non ? Tu disais toi-même…

— Je n'avais pas suffisamment réfléchi… S'il avait voulu se suicider, il l'aurait conservée sur lui, ce qui eût été facile puisqu'il portait le costume Renaissance qu'il revêtait pour visiter sa précieuse collection : dans le rembourrage du pourpoint par exemple ou dans des chausses bouffantes. Mais si on l'a tué, elle doit être encore dans la cachette où il la dissimulait.

— Pas d'accord ! Pourquoi le costume ne serait-il pas depuis l'origine l'endroit choisi ? De cette façon, il l'avait en permanence sous la main et, comme son testament exigeait qu'il en soit habillé pour ses funérailles, nous revenons à la case départ.

— C'est possible mais, et c'est une intuition, je verrais plutôt un lieu consacré. Dans la chapelle par exemple, ce qui serait une manière d'exorciser le souvenir sulfureux de son premier propriétaire. Ce n'est certainement pas un gri-gri bienfaisant, si l'on considère la liste des crimes du Borgia ! Et en aucun cas un passeport pour le Paradis !

— Ce qui est indubitable, conclut Adalbert, c'est qu'on nage dans le brouillard et je commence à penser qu'on ferait mieux de tout laisser tomber. On a rempli notre contrat puisque Michel Berthier est tiré d'affaire. La collection Van Tilden est dispersée aux quatre vents. La Chimère du joyeux Borgia manque à l'appel, mais comme on la croyait noyée depuis vingt ans, ça ne devrait pas te causer une peine insurmontable.

— J'avoue que j'aurais aimé la voir de près. Toujours ma passion des pierres, tu sais ! Pour le reste, je commence à être de ton avis : si Van Tilden a été assassiné c'est l'affaire de la police et non la nôtre. Evidemment il y a mon client américain, mais je l'ai gentiment prévenu que je ne passerais pas ma vie sur les traces de ce bijou… maudit ! Alors que reste-t-il ? La femme de chambre de Pauline plongée dans le coma…

— Où elle peut végéter pendant des années. Libre à Pauline de rester en France pour attendre son réveil – elle finira peut-être par se lasser, d'ailleurs ! – mais toi tu seras aussi bien chez toi pour l'espérer, cette résurrection. En outre… s'il y avait du nouveau, je peux te prévenir, puisque je ne bouge pas cette année… et je te promets de ne pas faire la cour à Pauline ! ajouta-t-il en voyant le sourire ironique d'Aldo.

Quittant un instant le volant, la main droite de celui-ci vint taper affectueusement la cuisse de son ami.

— Ne te fais pas de bile ! J'ai bien l'intention de réintégrer mes pénates, et le plus tôt sera le mieux.

A Chinon cependant, une nouvelle les attendait. On venait de recevoir le résultat de l'autopsie de Van Tilden : il avait bel et bien été assassiné. En faisait foi la marque d'une piqûre hypodermique injectant une substance narcotique après laquelle il avait dû être aisé de faire avaler le poison trouvé dans l'estomac. L'enquête allait se rouvrir, beaucoup plus serrée, et la suite aboutirait sûrement à Paris.

— Je vous tiendrai au courant, promit Hubert de Combeau-Roquelaure. Elle commence à me passionner, cette histoire !

Le lendemain, après être passés à l'hôpital de Tours pour prendre des nouvelles de Berthier – rassurantes, d'ailleurs ! –, il ne restait plus qu'à reprendre la route de Paris…

— Tu veux que je te dise, soupira Aldo. Ce qui me dérange le plus dans cette affaire, c'est d'avoir l'impression de ne servir à rien !

— Il y a longtemps que je sais que tu détestes jouer les figurants !… Et moi aussi ! Au fond, on a donné des coups d'épée dans l'eau ! On n'avait même pas besoin de nous pour retrouver Berthier !…

7

Une soirée à l'Opéra

Quand, vers la fin de l'après-midi, on arriva rue Alfred-de-Vigny, ce fut pour constater qu'il allait être difficile de pénétrer dans la cour de l'hôtel de Sommières : aussi imposante qu'une cathédrale, une énorme Rolls-Royce noire, laquée comme un paravent chinois, barrait l'accès au portail. Noire aussi, la livrée du chauffeur et du valet de pied figés dans une immobilité semblable à celle des gardes devant Buckingham Palace sur les deux sièges avant du majestueux coupé.

— Seigneur ! Qu'est-ce qui nous arrive là ? gémit Aldo en écrasant sa cigarette dans le cendrier. Je n'en ai jamais vu d'aussi grosse ! Tante Amélie doit recevoir au moins le nonce du pape !

Il était fatigué, gris de poussière – la voiture avait roulé décapotée ! –, et sa gorge sèche aspirait à l'arrosage bien frais et pétillant qui était d'usage à cette heure dans le jardin d'hiver.

— Le nonce du pape ne se promènerait pas dans une voiture anglaise, donc hérétique ! rectifia Adalbert.

— Va donc dire à ce type de bouger son corbillard et sonner pour appeler le concierge !

Adalbert allait s'exécuter quand, justement, la porte insérée dans un des vantaux s'ouvrit pour laisser passage à Cornelius Wishbone et son éternel feutre noir posé en auréole sur l'arrière de sa tête. Qui repéra aussitôt la Talbot stationnée de l'autre côté de la rue et se précipita vers elle, arborant son plus rayonnant sourire sans se soucier du valet de pied qui était descendu pour lui ouvrir la portière.

— Vous voilà? Mais c'est un vrai morceau de chance, comme disent les Anglais! J'étais venu inviter Mme la marquise et sa drôle de demoiselle à venir demain soir partager ma loge à l'Opéra. Ça va être une énorme soirée : Lucrezia Torelli chante *La Traviata* devant le président de la République. Naturellement, vous venez aussi tous les deux.

— Mais…

— Bien sûr que si, il y a de la place! C'est l'une des grandes loges d'entre colonnes et je compte absolument sur vous!… Non, ne dites rien! On a beaucoup à parler mais pour l'instant, je suis déjà en retard et la diva déteste attendre! Alors à demain sans faute!

Avant qu'aucun des deux arrivants puisse émettre un son, il s'engouffrait dans la solennelle automobile qui démarra aussitôt.

— Qu'est-ce que tu penses de ça? exhala Aldo.

— Rien du tout, tant que je n'aurai pas bu quelque chose! répondit Adalbert en s'extrayant de son siège pour aller carillonner, tandis qu'Aldo amenait sa voiture le nez au portail qui s'ouvrit avec l'habituel grondement dont aucun lubrifiant n'était jamais venu à bout.

Ce qui eut pour effet d'attirer en même temps sur le perron le vieux Cyprien et Marie-Angéline. Mais tandis que le premier, avec une brève exclamation de joie, descendait accueillir les voyageurs, la seconde se ruait à l'intérieur de la maison afin de prévenir la marquise. Pour revenir aussi vite débordante d'un déluge de questions auquel Aldo mit fin :

— Rien tant qu'on ne se sera pas désaltérés, on a la gorge comme du papier buvard ! En outre, il faudrait recommencer pour Tante Amélie.

Assise dans son habituel fauteuil de rotin blanc au dossier en éventail que toute la famille qualifiait de trône, Tante Amélie les reçut à bras ouverts, visiblement ravie de leur retour. L'instant d'après, le champagne coulait à flots pour rafraîchir les rescapés de la route, à qui Plan-Crépin laissa tout juste le temps d'en apprécier la saveur avant de les assaillir de questions auxquelles la marquise coupa court en tapant quelques vigoureux coups de canne sur le sol.

— Un peu de calme, s'il vous plaît, Plan-Crépin ! Et d'abord le principal : Michel Berthier. L'avez-vous retrouvé ?

— Oui. Mais il était temps car il était à moitié mort… en réalité ce n'est pas nous qui avons réalisé l'exploit.

— Ah non ? Qui donc ?

— Quelqu'un qu'Adalbert a connu quand il fréquentait le lycée Janson-de-Sailly et – tenez-vous bien ! – qui se trouve être de notre famille !

Il s'attendait à des exclamations joyeuses mais n'eut droit qu'à des mines consternées.

— Seigneur ! gémit Tante Amélie, ils ont rencontré le fou !

— Je l'aurais juré ! soupira Marie-Angéline. On aurait dû les prévenir !

— De quoi ? interrogea Aldo. Nous avons cru comprendre, en effet, qu'il n'était guère en odeur de sainteté chez vous, mais de là à le traiter de fou ! Je dirais bizarre ! Il est tout de même professeur au Collège de France !

— On n'a jamais prétendu que c'était un âne ! répliqua sèchement la marquise. Je dirais même que c'est un puits de science, un historien reconnu, tout ce que tu voudras. Cela ne l'empêche pas d'être un homme impossible et un malotru ! Sais-tu comment il m'appelle, quand il parle de moi ? Le vieux chameau ! C'est agréable à entendre, non ?

Aldo, qui retenait difficilement son envie de rire, demanda :

— C'est inattendu en tout cas, concéda-t-il prudemment. Mais que lui avez-vous fait ? Il nous a appris qu'il avait été votre beau-frère, pourtant j'ignorais que vous aviez une sœur !

— Même cette assertion est fausse ! Après la mort de mon frère Geoffroy, il a épousé sa veuve, Caroline, une jolie fille mais pas follement intelligente et qu'il traitait comme la boue de ses souliers. Comme elle était plutôt gentille et surtout sans aucune défense devant lui, c'est moi qui m'en suis chargée et je lui ai fait entendre quelques vérités premières qui n'ont pas eu l'heur de lui plaire. Nous avons eu des mots. En particulier le jour des obsèques de cette malheureuse dont je ne crains pas d'affirmer qu'il l'a fait mourir de désespoir. Cela s'est passé à la sortie du Père-Lachaise, où il recevait les condoléances avec une sorte de désinvolture laissant entendre, en fond de tableau, que non seulement il n'éprouvait pas le plus petit chagrin de son veuvage mais était plutôt content d'être débarrassé d'une épouse relativement décorative dans les débuts mais devenue geignarde et aussi dépourvue de culture que de jugeote. Alors j'ai pris feu !

— Qu'avez-vous fait ? demanda Aldo, de plus en plus amusé.

Ce fut Plan-Crépin qui se chargea de la réponse :

— Oh, c'était grandiose !

— Vous y étiez ?

— Bien sûr. Il y avait là le Tout-Paris pensant : l'Académie, le Collège de France, quelques ministres, l'Université, j'en passe et des meilleures, mais cela n'a pas empêché notre marquise de lui faire entendre sa façon de penser à très haute et très intelligible voix. En termes choisis, je précise ! C'est tout juste si elle ne l'a pas carrément traité d'assassin.

— Pas moins ?

— C'était un véritable chef-d'œuvre de la litote. Jamais l'appellation n'a été prononcée mais les termes en était si heureusement choisis, en dépit de la colère, qu'ils n'accordaient pas la moindre place au doute. C'est au point que le lendemain, nous avons reçu la visite discrète du préfet de police venu s'enquérir si nous n'aurions pas quelques faits susceptibles d'intéresser ses services…

— Que lui avez-vous répondu, Tante Amélie ?

— Pas grand-chose ! Je lui ai fait comprendre qu'être en butte jour après jour, mois après mois, année après année à la méchanceté, pouvait mener au tombeau aussi sûrement qu'un coup de revolver. Seulement c'est plus long ! Comme c'était un homme intelligent, je crois qu'il m'a fort bien comprise. Tu vois que ton nouveau cousin – puisque c'est malheureusement vrai ! – a une bonne raison de me traiter de vieux chameau… même si ce n'est pas fort élégant !

— Quant à sa femme, reprit Marie-Angéline, il faut encore s'estimer satisfaites qu'elle ait eu droit à des funérailles religieuses. Avec ce demi-fou hérétique…

— Hérétique ! Il n'est pas chrétien ? Un Roquelaure ?

— Oh, il l'a été… jadis, mais ça a changé depuis qu'il est devenu druide !

— Quoi ? émirent d'une seule voix Aldo et Adalbert. Vous plaisantez ?

— Pas le moins du monde ! assura Mme de Sommières. Je sais que ça peut surprendre à première vue, mais ce n'en est pas moins la réalité. Il doit y avoir une quarantaine d'années – car nous sommes à peu près du même âge – qu'il a débaptisé Dieu pour l'affubler de je ne sais quel faux nez en lui donnant des acolytes…

Les deux hommes échangèrent un coup d'œil. Ce qu'ils venaient d'entendre cadrait à la perfection avec ce qui s'était passé à Chinon. Pourtant, Adalbert voulait éclaircir certain point.

— Vous m'étonnez – quoique pas vraiment, et je vous dirai pourquoi tout à l'heure – mais j'ai été son élève à Janson et je l'ai certes entendu vanter la civilisation celte avec plus que du talent, cependant son enseignement couvrait l'Histoire jusqu'au haut Moyen Age où, Dieu sait, le christianisme s'est développé avec ampleur et le Seigneur n'en était pas absent ! C'eût été difficile au temps des croisades…

— Plus encore ! renchérit Aldo. A propos de sa ville de Chinon qu'il adore, il a évoqué pour nous l'arrivée de Jeanne d'Arc en des termes qui ne laissaient guère de place au doute sur le fait qu'elle était une envoyée du Ciel !

— Difficile de l'effacer. C'est tout de même l'héroïne nationale, objecta la vieille dame. Peut-être pourrait-on imaginer qu'en prenant de l'âge le cher homme mélange allègrement la cueillette du gui armé d'une faucille d'or et les voix célestes qui visitaient la petite bergère lorraine sous son chêne ?…

— Ça n'a rien d'impossible évidemment ! réfléchit tout haut Adalbert. Mais pour ce qui est du druidisme, je pense que vous pourriez avoir raison. Au cours de ce bref voyage d'investigations, l'idée nous en a traversé l'esprit.

— Et maintenant, poursuivit Aldo, il est temps de vous raconter comment Michel Berthier a pu échapper à la mort… Tu t'en charges, Adal ! Lors de mon expérience égyptienne, j'ai eu la latitude de mesurer l'ampleur de tes talents oratoires.

— Tu te paies ma tête ou quoi ?

— Du tout ! Je ne fais que rendre à César ce qui lui appartient ! On t'écoute !

Il bénéficia d'un silence quasi religieux, y compris de la part de Marie-Angéline qui, les bras croisés, semblait en proie à une profonde méditation. Ce ne fut que quand il en eut fini qu'elle demanda :

— Cette clairière est-elle en un lieu élevé ?

— Oui, le chemin monte pour y accéder, la forêt couvrant le sommet d'un coteau et même davantage.

— Vous rappelez-vous quel jour, ou plutôt quelle nuit Michel Berthier a disparu ?

Aldo se livra à un rapide calcul.

— Si je ne me trompe, ce devait être la nuit du 31 octobre, veille de la Toussaint…

— Pour nous sans doute, mais pour les Celtes et ceux qui se veulent leurs descendants, cette date s'appelle Samain qui est le passage de la saison claire à la saison sombre. Les fidèles de la religion se mettent en route aux premières heures du matin afin de se trouver réunis à leur lieu de culte au lever du soleil pour honorer leurs dieux qui symbolisent les éléments : le ciel, le soleil, la lune, le tonnerre, etc., sans oublier la terre nourricière qu'ils vénèrent particulièrement. En fait ils se rassemblent aux dates des deux équinoxes, des deux solstices et les 1er février, 1er août et 1er novembre. Ces quatre dates sont appelées Imbold, Beltaïne, Lugnasad et Samain. Il est probable que vos assassins ont vu rappliquer une troupe peut-être nombreuse et ont abandonné leur victime sur place avant de déguerpir…

— Ma parole, vous y étiez ? exhala Adalbert, sidéré. Où allez-vous chercher tout ça ?

Elle lui jeta un regard lourd de reproches.

— Vous êtes mieux placé que quiconque pour savoir que, sans renier le catholicisme, on peut avoir envie d'en apprendre un peu plus sur ces sectes les trois quarts du temps délirantes mais qui n'en sont pas moins instructives. Les druides, à mon sens, ont un côté poétique dont sont totalement dépourvus les séides de l'Ange Cyclamen, les fétichistes du Nombril ou les adorateurs de l'Oignon. Il n'empêche que tous ces hallucinés ne sont rien d'autre que des hérétiques, des ennemis de Dieu qu'au temps jadis on eût expédiés rôtir sur les fagots du bûcher sans prendre le temps de respirer !

— Tonnerre de Brest ! s'écria Mme de Sommières. Je rêve ou je deviens folle ! Ne me dites pas que c'est à Saint-Augustin et à la messe de 6 heures que l'on s'instruit de la sorte ?

— Non ! Rassurons-nous !... Sauf, il faut l'admettre, en ce qui concerne l'Ange Cyclamen ! Il a beaucoup séduit la femme de chambre de Mme de Saint-Paterne !

— S'il vous plaît ! pria Aldo. Si on en revenait à l'affaire qui nous occupe ? D'après vous, ce sont les druides qui ont ramassé Berthier et l'ont emporté pour essayer de le soigner ? Ils possèdent les connaissances pour cela ?

— Ils les possèdent ! Toutes basées sur la nature évidemment : les plantes, les sucs, les herbes et même les arbres. Ça, c'est le rôle de l'ovate, guérisseur et devin. Il y a aussi l'obod qui enseigne et assure les liaisons entre les autres groupes, enfin le barde gardien des traditions musicales et poète. En fait, on aurait volontiers tendance à les trouver sympathiques parce qu'ils sont inoffensifs – je n'accorde guère crédit à ces histoires de sacrifices humains que l'on a colportées –, et plutôt bienfaisants puisqu'ils respectent et s'efforcent de protéger la Création ! Le malheur est qu'ils refusent le Créateur, l'Eglise et tout le reste. En ce qui concerne Michel Berthier, ils ont dû s'apercevoir que ses blessures dépassaient leurs compétences et l'une des femmes a averti le druide de leur groupe : autrement dit, ce vieux fou d'Hubert ! Et vous pouvez être sûr qu'il connaît parfaitement la femme qui lui a téléphoné.

— Je vois, dit Adalbert. Encore une question, s'il vous plaît, Marie-Angéline...

— Dix, si vous voulez !

— Ce serait superflu : si je vous ai bien comprise, ces gens ne vivent pas en communauté ?

— Non. Ils peuvent êtres notaire, femme de ménage, commerçant, rentier. Comme vous devez l'imaginer, il y a aussi de tout là-dedans, des bons et des moins bons ! Le cousin appartiendrait davantage à la seconde catégorie. Alors méfiance !

— Pour l'instant on n'a rien à lui reprocher ! bougonna Adalbert. Et étant donné qu'il a l'intention de nous aider, ayez la bonté, Marie-Angéline, de ne pas l'envoyer promener s'il nous donne des nouvelles. Il nous en a promis.

— Vous n'aviez qu'à lui donner vos coordonnées, puisque vous êtes devenus si intimes !

— Intimes ? Modérez vos expressions, je vous prie ! Je les lui ai données, soyez-en persuadée, et il eût été discourtois qu'Aldo ne fasse pas la même chose !

— Plan-Crépin, ça suffit ! coupa la marquise. C'est moi qu'il traite de vieux chameau, alors ne soyez pas plus royaliste que le roi !

— D'autant, reprit Aldo, que je ne songe qu'à rentrer chez moi ! Au fond, maintenant que Berthier est tiré d'affaire, je n'ai aucune raison de m'attarder plus longtemps. Le professeur pense que la Chimère des Borgia est quelque part dans le château de la Croix-Haute mais il faudra peut-être des années pour la récupérer et, au fond, elle ne me passionne pas vraiment. Trop de sang a coulé dessus !

— Tu oublies l'ami Wishbone ? Il compte sur toi et je dirais même qu'il a placé tous ses espoirs en toi. Comment vas-tu t'en sortir ? rappela Tante Amélie.

— Lui dire la vérité, tout bêtement. Rien n'est perdu, puisque le cousin Hubert reste sur place et qu'Adalbert n'est pas loin. Cela me permet de regagner Venise sans états d'âme. Au fait, vous n'avez pas de courrier pour moi ?

— Si, dit Marie-Angéline en allant prendre une lettre dans un petit secrétaire en bois exotique. Ceci est arrivé hier. Vous avez écrit à Lisa ?

— Quelques mots avant de partir pour Chinon. Que ce soit Guy qui m'écrive m'inquiète un peu. Elle doit s'imaginer que Chinon n'est qu'un départ pour un long voyage… et c'est tout juste ce que m'écrit Guy, fit Aldo après avoir lu la courte lettre. Je répondrai en personne. Nous sommes mardi et le prochain Simplon-Orient-Express part après-demain. Je vais retenir ma place…

— Je trouve Lisa bien nerveuse, ces temps-ci. Elle n'attendrait pas un nouvel enfant… ou deux ? s'enquit Mme de Sommières.

— Dieu du Ciel, non ! Pas à ma connaissance tout au moins ! Qu'est-ce qui vous fait supposer ça ?

L'idée de voir s'augmenter la nursery ne causait aucun plaisir à l'auteur de la nichée Morosini, trois lui paraissait un chiffre tout à fait satisfaisant.

— Oh, rien de particulier. C'est Plan-Crépin qui a eu cette idée-là, puisque c'est elle qui se charge du téléphone : quand elle a appris à ta femme que tu partais pour Chinon, Lisa lui a répondu : « J'aurais juré qu'il ne resterait pas à Paris. Ça commence toujours de la même façon : une destination pas trop éloignée et il se retrouve ensuite au fin fond du Kamtchatka sans même s'en apercevoir ! »

— Mais enfin, qui diable a pu lui mettre des idées pareilles dans la tête ! explosa Aldo. Elle connaît mon métier mieux que personne, puisqu'elle en a pris sa large part quand elle était ma secrétaire ! En outre, cette fois, je lui avais proposé de venir me rejoindre pour vous voir et faire le tour des couturiers.

— C'est pourquoi je te demande si elle n'aurait pas des « espérances », comme on disait autrefois. C'est fou ce que cet état peut rendre les femmes nerveuses, voire irritables !

— On verra ! En attendant, je vais aller envoyer un télégramme. Cela m'évitera l'attente de l'Inter au téléphone, peut-être une discussion, et je pourrai avoir droit à un retour à la maison en toute quiétude.

— Tu veux que je t'accompagne ? proposa Adalbert, moqueur.

— Pas à tous les coups, tout de même ! Elle finirait par te prendre en grippe et j'en serais sincèrement désolé. Je vais rédiger mon télégramme que Lucien ira me poster, si vous me permettez, Tante Amélie ?

— Cette question ! Pour changer de sujet de conversation, tu nous escortes demain soir à l'Opéra ?

— Etant donné que je le laisse pratiquement tomber, je peux difficilement refuser ma présence à Wishbone.

— Vous allez vraiment abandonner ? demanda Plan-Crépin, visiblement déçue. Cela ne vous ressemble pas !

— Peut-être, mais si cela doit me coûter mon ménage et ma famille, avouez que ce serait cher payé. En outre, je n'aime pas les Borgia et en particulier César, que je considère comme un monstre. Sa Chimère ne m'intéresse pas davantage et, si elle était restée dans la vente Van Tilden, je n'aurais pas dépensé un fifrelin pour l'acquérir.

— Même pour un client ? Il n'y a pas si longtemps, vous acceptiez de la retrouver pour notre joyeux Texan !

— J'en conviens. Cependant plus les jours passent et moins j'ai envie de la rencontrer. Je jurerais que ce joyau est un vrai porte-guigne ! Je ne… je ne le sens pas, voilà !

Et Aldo alla s'asseoir à une petite table pour rédiger son télégramme.

Le lendemain soir, l'Opéra dominait la nuit parisienne de toute sa splendeur. L'éclairage indirect donnait vie aux groupes sculptés de sa façade et au dôme vert amande, cependant que les hautes fenêtres du foyer brillaient comme de l'or en fusion. Devant le grand degré, des voitures luxueuses déversaient toilettes somptueuses abritées sous des fourrures précieuses, habits noirs, écharpes blanches sur les capes noires des hommes, tête nue ou coiffés de chapeaux claques [1] de soie noire. A l'intérieur l'escalier d'honneur à double révolution – où s'alignait la garde républicaine en tenue de gala ! –, ses marbres, ses lampadaires dorés couronnés d'opaline lumineuse semblaient monter à l'assaut de quelque paradis en direction duquel s'élevaient lentement les élues parées de toutes les merveilles des couturiers et surtout des joailliers voisins. Les noms les plus prestigieux, ceux d'altesses déchues parfois mêlées à l'aristocratie, y côtoyaient les rois de la finance, les maîtres du barreau et les vedettes en vogue. Dans la salle rouge et or, les plus jolies femmes ou les

1. Chapeaux hauts de forme en soie que l'on pouvait aplatir.

mieux parées venaient prendre place sur le devant des loges gainées de velours pourpre où elles composaient une immense et scintillante corbeille dont on ne savait trop quelle parure admirer le plus. Perles, rubis, émeraudes, saphirs noyés dans les fulgurances des diamants illuminaient la salle. Ce soir, le président de la République M. Albert Lebrun et Madame allaient présider cette représentation exceptionnelle en compagnie de l'ambassadeur des Etats-Unis et de sa femme pour entendre Lucrezia Torelli, la célèbre soprano italo-américaine, dans son rôle fétiche : *La Traviata* de Giuseppe Verdi… Cette manifestation représentait une sorte de revanche de Jacques Bouché, le bouillant directeur du théâtre, contre les cantatrices françaises qui, telle Lily Pons, désertaient leur pays d'origine, appâtées par les dollars américains.

A coups de ces mêmes dollars, Cornelius Wishbone s'était assuré les deux plus spacieuses loges d'avant-scène où il avait fait porter, outre les bouquets romantiques destinés aux dames, champagne et caviar pour soutenir le moral de tous. Quand ceux-ci arrivèrent, il les reçut avec un rayonnant sourire dans un frac noir admirablement coupé et fleuri d'un gardénia à la boutonnière qui en faisait un tout autre homme. La presse l'associant de plus en plus souvent à la cantatrice, il faisait un peu figure de fiancé et en montrait une joie d'enfant. Tellement communicative qu'elle réussit à éclairer le front soucieux d'Aldo, pour qui cette représentation n'était rien d'autre qu'une corvée acceptée uniquement pour faire plaisir à cet homme charmant dont, pour rien au monde, il n'aurait voulu ternir la joie. Il avait déjà été assez laborieux, dans la journée, de lui faire admettre que retrouver la fameuse Chimère offrait quelque ressemblance avec les douze travaux d'Hercule.

— Bah ! lui répondit Wishbone avec une philosophie inattendue. Vous ferez de votre mieux et si vous ne la ramenez pas à la lumière du jour, j'irai revoir discrètement Mlle Toussaint qui, par un coup de chance incroyable, a réussi à se procurer les pierres nécessaires pour la reconstituer. Je me demande, d'ailleurs, si je ne vais pas lui passer commande dès maintenant…

— Et si par une chance encore plus incroyable, on récupérait enfin l'authentique ?

— Eh bien, je prendrais les deux… au cas où ma divine Lucrezia perdait la sienne ou se la faisait voler…

Là s'était terminé le dialogue et Aldo s'était senti d'un coup écrasé de fatigue. Au vrai, il commençait à prendre en grippe ce sacré bijou et, en achevant de s'habiller avant de se rendre au théâtre, il pensait avec délices que le lendemain, à la même heure, il serait en train de dîner tranquillement au wagon-restaurant en pensant que chaque tour de roue le rapprochait de sa lagune bien-aimée, de sa femme, de la marmaille et de tout ce qui faisait de sa vie quotidienne une sorte de perfection.

Et ce fut d'un cœur sincère qu'il complimenta Tante Amélie, royale comme à son habitude en velours noir et satin blanc, parée aux oreilles, au cou et aux mains d'une fortune en diamants.

— Vous devriez occuper la loge officielle ! Vous seriez tellement plus représentative que cette pauvre Madame Lebrun, qui ne fait pas franchement honneur à la haute couture française ! Elle a toujours l'air empaqueté !

— Qu'elle le soit ou non, je n'aimerais pas lui prendre sa place. Quoi de plus ennuyeux que d'être femme de président ? Des inaugurations, encore des inaugurations coupées de visites aux hôpitaux, crèches et autres boîtes à faire pousser les enfants, recevoir à longueur de soirée des parfaits inconnus qui bien souvent ne parlent pas français, quelle horreur !

Aldo n'oublia pas de complimenter aussi Plan-Crépin qui ne manquait pas d'allure dans sa longue robe en crêpe de Chine « parme » complétée par un boléro de dentelle assorti et la parure de perles, d'améthystes et de diamants dont l'avait décorée la marquise. Se sentant à son avantage, elle était d'une humeur charmante.

Quand leur hôte les installa au premier rang de leur loge où les attendaient des bouquets ronds faits de roses pompons entourées de dentelle de papier, elle avisa aussitôt une troisième chaise et un troisième bouquet. Elle ne put s'empêcher de demander :

— Vous avez invité une autre dame ?

— Evidemment. J'ai tenu à réunir ce soir tous mes vrais amis. Qui sont aussi les vôtres…

Il n'eut pas le temps d'achever sa phrase. La porte de la loge s'ouvrait pour livrer passage à Pauline Belmont, qui ressemblait à une pluie d'été dans sa robe de mousseline gris pâle entièrement brodée de longues traînées de minuscules perles de cristal pareilles à autant de gouttelettes dans la lumière de l'immense lustre qui les faisait scintiller. Une écharpe assortie complétait cette toilette ravissante et permettait de voiler avec une certaine hypocrisie les vertigineux décolletés en V de la poitrine et du dos. Pas de bijoux au cou ni aux oreilles mais une multitude de légers cercles de diamants aux bras et d'autres fils précieux jouant dans l'épais chignon massé sur la nuque. Du coup, la belle humeur de Marie-Angéline accusa une fêlure. Seule avec Aldo, elle n'eut pas de joyeuse exclamation devant cette rayonnante apparition. Elle, c'était par un dépit proche de la colère, lui, par la surprise doublée d'une émotion inattendue qu'ils perdirent un instant l'usage de la parole.

« Doux Jésus ! pensa la marquise. Pourvu que Plan-Crépin ne se livre pas à quelque esclandre ! Quant à lui, Dieu seul sait ce qu'il nous réserve ! Il est devenu d'une pâleur sidérante ! »

Elle-même, cependant, avait accueilli avec une souriante amitié la belle Américaine à qui elle ne pouvait s'empêcher de porter de l'estime et de l'affection, parce qu'elle avait pu mesurer les qualités foncières de cette femme aussi attachante que bourrée de talent. Grâce à Dieu, une loge d'Opéra n'était pas le lieu idéal pour bavarder et, occupant le siège central, elle opposait toute sa personne aux velléités agressives qu'elle devinait de la part de Marie-Angéline.

— Qu'avez-vous fait de votre chevalier servant habituel ? demanda cette dernière à Pauline.

Ce fut Cornelius qui lui répondit :

— Manque de place ! Cette loge est parfaite pour six personnes. Au-delà, c'est incommode ! D'ailleurs, ajouta-t-il sans se départir de sa redoutable franchise, j'ai invité seulement mes amis et il n'en est pas du nombre !

— Logique imparable ! commenta Adalbert avec un large sourire. Mais s'il vous manque tellement, marquise, sachez qu'il n'est pas loin ! Regardez donc à l'orchestre ! Le troisième à partir de la gauche dans la seconde rangée des messieurs célibataires [1] ! Il est facile à repérer : il ne nous quitte pas des yeux !

Le bel Ottavio était là, en effet, ce qui ne semblait pas lui procurer un plaisir intense. Sa colère était quasi palpable tandis qu'il contemplait la loge d'où l'on avait osé l'exclure.

1. Les premiers rangs d'orchestre étaient réservés aux messieurs non accompagnés et tous en habit.

— Seriez-vous fiancés ? demanda Aldo à Pauline d'un ton qu'il espérait léger.

— En aucune façon ! En ce qui me concerne, je le considère comme un compagnon agréable. Apparemment, il n'a rien d'autre à faire dans la vie que fréquenter les palaces et les endroits les plus huppés d'Europe et d'Amérique. Il peut être très amusant, vous savez ?

Adalbert se mit à rire.

— A condition de trouver Othello amusant, on peut le considérer de la sorte !

Le chef d'orchestre l'interrompit en mettant la salle debout pour entendre *La Marseillaise* aussitôt suivie de l'hymne américain : le président et son invité d'honneur venaient de faire leur apparition. La salle tournée vers la loge officielle écouta en silence.

A peine les spectateurs assis de nouveau, les lumières s'éteignirent tandis que le rideau de scène s'éclairait. L'orchestre jouait l'ouverture de *La Traviata*… Peu après, ledit rideau se levait, découvrant un salon magnifiquement éclairé. La salle éclata en applaudissements : la Torelli, très entourée, s'entretenait sur le mode badin avec ses invités.

L'enthousiasme s'adressait aussi bien à la cantatrice de renommée mondiale qu'à sa beauté réellement rayonnante.

— Dieu qu'elle est belle ! souffla Adalbert, stupéfait.

— N'est-ce pas ? fit même jeu Cornelius avec un sourire. Vous comprenez maintenant pourquoi je suis prêt, pour elle, à toutes les folies ?

Il avait parlé un peu fort.

— Chut ! intima, dans une loge voisine, une voix indignée.

On n'eut pas besoin de répéter. Un silence quasi religieux s'installa parmi les spectateurs. La voix de la Torelli s'élevait, pure comme un cristal, souple et chaude comme un velours noir, si heureusement accordée à celle qui l'émettait que tous, y compris Aldo, si prévenu contre elle cependant depuis qu'il avait refusé de se rendre à une invitation un peu trop autoritaire pour qu'il pût l'accepter. Il le regrettait presque à présent : cette femme valait le déplacement…

Assise sur un canapé où s'étalait le flot de sa crinoline d'épais satin blanc nacré de rose dont le large décolleté laissait nues des épaules et une gorge ravissante, elle érigeait sur un cou de cygne une tête fine qu'une lourde chevelure sombre simplement piquée de deux roses pâles derrière une oreille, semblables à celle agrafée à sa ceinture, magnifiait. Aucun bijou ne détournait le regard du fascinant visage aux longs yeux noirs et veloutés, dont la bouche exquise laissait s'envoler cette voix envoûtante. Elle ressemblait à une jeune fille dont elle conservait la silhouette élancée. Si la presse n'avait révélé son âge – trente-huit ans ! –, on lui en eût donné sans hésiter quinze de moins. A la regarder, à l'écouter, on oubliait le temps. Seul peut-être Aldo, tout en gardant les oreilles ouvertes, se détacha de la contemplation générale pour se laisser charmer par un spectacle plus émouvant pour lui : regarder Pauline tout à son aise. Elle était si belle ce soir qu'il sentait revenir ce désir brûlant qu'elle lui inspirait. Ses yeux caressaient ses épaules, son cou, sa joue, laissant revenir le souvenir – trop précis ! – de ce que cachait la robe somptueuse. Sans doute eut-elle conscience – les femmes sentent cela ! – de ce regard qui ne la quittait pas. Elle se retourna, frissonna sous cette ardeur qui lui rendait l'amant passionné d'une nuit, y plongea le sien et mit tout son amour dans le sourire qu'elle lui offrit.

Le tonnerre d'applaudissements de la salle debout sauva Aldo d'une folle impulsion : saisir la main de la jeune femme pour l'entraîner… il ne savait où, mais dans un lieu où ils seraient seuls et libres de s'aimer autant qu'ils le voudraient… L'immense lustre se rallumant fit retomber la magie.

— Admirable ! apprécia Mme de Sommières. Cette Lucrezia Torelli est exceptionnelle. Rencontrer tant de talents joints à tant de beauté et à une voix de cette qualité est une expérience comme je n'en ai jamais connu ! Qu'en pensez-vous, Adalbert ?

Encore prisonnier du sortilège, celui-ci soupira :

— Il n'y a pas de mots pour la décrire : elle est sublime…

Wishbone, lui, exultait.

— Je vais tout de suite la féliciter. Voulez-vous venir avec moi… ou préférez-vous attendre la fin du spectacle ?… Nous souperons avec elle ! J'ai retenu une table au Café de Paris.

Il trépignait presque dans sa hâte de rejoindre son étoile et, sans attendre une réponse pour lui acquise d'office, il sortit de la loge presque en courant…

— Qu'est-ce qui lui prend ? ronchonna Adalbert… J'y serais bien allé, moi !

— On dirait que tu as attrapé le virus ! fit Aldo, moqueur. Essaie de prendre patience ! Tu vas souper avec elle. C'est mieux que d'aller encombrer sa loge à un moment où elle va changer de costume, de coiffure et où elle préfère sans doute se détendre avant le deuxième acte. N'oublie pas que Wishbone la considère comme sa fiancée… à condition, bien sûr, qu'il lui apporte la Chimère baladeuse ! Et là, je crois qu'il va un peu vite et n'a que trop tendance à prendre ses désirs pour des réalités. Quant à toi, je te rappelle que tu n'as pas une fortune faramineuse à mettre à ses pieds !

— C'est aimable de me le rappeler alors que je te considère comme mon frère..

— Ah non ! intervint Mme de Sommières. Vous n'allez pas recommencer à vous disputer ! Et pour une femme dont je suis persuadée qu'elle sait parfaitement ce qu'elle veut. Et je subodore que ce n'est ni vous ni ce cow-boy milliardaire… Entrez ! cria-t-elle après avoir entendu frapper à la porte.

A la surprise générale, ce fut Ottavio Fanchetti qui apparut, tout sourires, bien que voilés de quelque mélancolie. Et ce fut au tour de Pauline de froncer les sourcils.

— Que venez vous faire ici, Ottavio ?

— J'aimerais beaucoup être présenté à ces dames, puisqu'elles sont vos amies…

— Bon ! Pourquoi pas ? Chère marquise, je vous présente donc le comte Ottavio Fanchetti. Maintenant vous pouvez saluer Madame la marquise de Sommières, tante du prince Morosini que vous connaissez déjà, et Mademoiselle du Plan-Crépin, sa cousine.

A la suite d'un échange de saluts – plutôt froid de la part d'Aldo – où le Napolitain s'inclina devant les deux femmes avec un sourire ravageur, celui-ci expliqua qu'il souhaitait ardemment obtenir une toute petite place dans une loge aussi attirante.

— Je me sens affreusement seul et j'ai l'impression de faire de la figuration au milieu de ces hommes qui ont l'air en uniforme. En outre, ma chère Pauline, vous savez que je suis malheureux loin de vous…

— Il faudra tout de même vous y habituer, répondit-elle en riant. Il n'entre pas dans mes intentions de passer ma vie à Paris. Mon atelier me manque, sans compter ma famille et quelques amis !

— Au fait, demanda Aldo, comment va votre Helen ?

— Etat stationnaire ! Ni mieux ni plus mal et je ne vous cache pas que cela me tourmente. En vérité, je ne sais plus que faire !

— Si vous voulez me permettre un conseil, chère Pauline, répondit Tante Amélie, vous devriez repartir et reprendre le cours normal de votre existence. Le Ritz est certes agréable mais il ne vaudra jamais la maison que l'on s'est choisie ou que nos ancêtres nous ont choisie.

— Mais abandonner Helen…

— Où prenez-vous qu'elle sera abandonnée ? Ne sommes-nous pas là ? De plus, elle est sous la protection du commissaire Langlois. Si elle se réveillait, c'est lui qui serait prévenu en premier et vous pouvez être assurée qu'il nous le fera savoir et que vous seriez avertie aussitôt. Mais je suis persuadée qu'il câblerait lui-même à votre frère… et cinq jours en mer ne sont pas…

— … la mer à boire, justement ! coupa Adalbert. Je suis là, moi aussi, et je pense que nous n'aurons aucune peine à obtenir des autorisations de visite afin de veiller à ce que Miss Adler ne manque de rien. Croyez-en notre marquise : rentrez chez vous en toute quiétude ! Elle sera sous bonne garde.

— Vous êtes vraiment des amis comme on n'en fait plus et je vous remercie infiniment ! Et vous, Aldo, vous ne dites rien ?

— Que puis-je ajouter ? Que si l'on a besoin de moi j'accourrai. Venise, elle non plus, n'est pas si loin.

— Vous restez encore quelque temps ?

— Non. Je pars demain. A regrets, ne put-il s'empêcher de préciser, mais je pars…

L'entracte s'achevait.

— Vous ne voulez vraiment pas de moi ? soupira Fanchetti.

— Eh non ! répondit Pauline en riant. Nous sommes au complet et vous serez tellement mieux dans votre confortable fauteuil. On se reverra demain…

— Bien ! Mesdames, mes hommages désolés !

Il franchit la porte au moment où Wishbone revenait, visiblement soucieux. La vue de l'Italien n'arrangea rien.

— Qu'est-ce qu'il voulait, celui-là ?

— C'est un ami de Mrs Belmont, le renseigna Mme de Sommières. Il venait nous saluer !

— Ah ? Je ne sais pas pourquoi, mais il a une tête qui ne me revient pas ! A New York il était en permanence dans les jupons de Lucrezia ! Et à ce propos, j'ai une mauvaise nouvelle : notre diva refuse d'aller souper au Café de Paris.

— Pourquoi ? demanda Adalbert, à l'évidence déçu. L'endroit ne lui plaît pas ?

— Oh si, elle vous dira elle-même combien elle regrette – car elle compte bien que je vous amène près d'elle à la fin du spectacle ! – mais elle n'a pas envie de souper. Elle se sent un peu lasse et elle a toussé deux ou trois fois.

— Cela ne devrait pas vous inquiéter, sourit la marquise. Elle répétait son rôle. Elle va tousser abondamment avant de trépasser sous nos yeux…

La salle s'éteignait à nouveau tandis que l'orchestre interprétait un court prélude avant que le rideau ne se relevât sur le salon ensoleillé d'une maison de campagne aux environs de Paris.

Comme au premier acte, la Torelli était en scène, seule avec l'homme qu'elle aimait, plus « jeune fille » qu'au premier acte grâce à une robe d'organdi blanc semé de petites fleurs. Elle tenait à la main la grande capeline fleurie qu'elle était censée avoir retirée en rentrant du jardin. Et le sortilège joua de nouveau.

Jetant un regard sur Adalbert, Aldo put constater qu'il nageait en pleine béatitude… Penché en avant, les coudes aux genoux, il dévorait des yeux la cantatrice avec, aux lèvres, un sourire qui en disait long.

« Le revoilà en train de tomber amoureux, pensa-t-il non sans un frémissement. Dieu sait ce qui risque de nous arriver ! »

Morosini ne se souvenait que trop de l'épisode Alice Astor, où son Adalbert s'était laissé enchaîner par une créature aussi rouée, aussi dépourvue de sentiments que sa mère, Ava, qui était peut-être la femme la plus redoutable de toute la planète car elle joignait à une grande beauté le cœur le plus sec et le plus phénoménal égoïsme qui soit. Cela lui avait valu une cuisante expérience, heureusement effacée par l'aventure égyptienne du printemps dernier et la recherche de la Reine inconnue. Une expérience plus spirituelle que sensuelle, une plongée dans un rêve idéal dont Aldo avait espéré qu'elle mettrait son ami définitivement à l'abri d'un quelconque coup de passion. Et là, en l'observant, il en était moins sûr. Or la réputation de la Torelli lui faisait redouter le pire !

Quelqu'un d'autre observait aussi le phénomène. Pauline, qui depuis une traversée sur l'*Ile-de-France* jusqu'à la « Season » de Newport, avait suivi, en même temps qu'Aldo, les développements délirants de l'aventure de l'égyptologue avec Alice Astor, qui se prenait pour la réincarnation d'une épouse de Pharaon. Détestant la Torelli tout en rendant justice à sa beauté, son talent et sa voix, elle redoutait en amie affectueuse de le voir se prendre à ses charmes. Quant à Marie-Angéline, elle était l'image même de l'accablement : depuis l'an passé, elle hébergeait Adalbert dans son cœur virginal et, quand elle risquait les yeux vers lui, c'était avec une expression douloureuse qu'on ne lui avait jamais vue.

Se détournant sur son siège, Pauline chercha le regard d'Aldo – qu'elle n'eut d'ailleurs aucune difficulté à rencontrer, car il était fixé sur elle – et lui désigna Adalbert d'un mouvement de tête auquel il répondit par un haussement d'épaules fataliste... Comme elle l'en priait d'un geste de la main, il se pencha vers elle.

— Vous êtes vraiment obligé de partir demain ? chuchota-t-elle.

— N'oubliez pas que j'ai des affaires importantes et que je ne peux pas laisser constamment mon travail à mes assistants !

— C'est grandement dommage. Notre Adalbert n'aura plus de garde-fou. Combien de temps cette femme reste-t-elle à Paris ?

— Je n'en ai pas la moindre idée. Vous voudriez que j'attende qu'elle reparte ? Cela ne servirait à rien. S'il est vraiment mordu, il va la suivre comme un toutou là où elle ira... à moins qu'ils ne s'entretuent, lui et Wishbone ? Je crois que nous pouvons seulement prier.

— De toute façon, souffla Mme de Sommières qui avait entendu, la peur n'évite pas le danger.

A la pause du deuxième acte on ne bougea pas. Cornelius servit à ses hôtes du champagne et des petits toasts au caviar, ce qui ne l'empêcha pas d'entretenir avec Adalbert un duo extatique voué au charme, à la beauté et au talent de la cantatrice qui finit par agacer la marquise.

— Où est votre courtoisie, Messieurs ? Nous sommes venus entendre une artiste admirable, j'en conviens, mais ce n'est pas une raison pour ne parler que d'elle ! Nous sommes là, il me semble, et nous avons des oreilles pour apprécier.

— Je demande le pardon, dit Cornelius, mais avouez que c'est une très grande artiste !

— J'admirerai tout ce que vous voulez, si vous m'offrez une autre coupe de champagne. Lui aussi est admirable !

Et l'on papota joyeusement de choses et d'autres… sauf Adalbert qui paraissait plongé dans un état second !

Enfin, quand le quatrième acte se fut achevé et que « Violetta » eut rendu l'âme, vint le moment tant attendu où Wishbone entraîna ses amis vers les coulisses, saluer et complimenter l'héroïne de la soirée…

Guidés par lui au comble de l'excitation, on gagna l'étage des loges où il y avait affluence, mais l'Américain jouissait apparemment d'une sorte de laissez-passer car, suivi des autres que Fanchetti s'était hâté de rejoindre, il put fendre la foule escorté de ses invités sans trop soulever de protestations. Enfin la porte de la bienheureuse loge se referma sur eux. Sauf Marie-Angéline qui, déclarant mourir de chaleur, alla s'asseoir sur le tabouret libéré par le pompier de service.

La loge – la plus spacieuse, bien sûr ! – ressemblait à une serre tant elle débordait de bouquets – de roses et de camélias de préférence –, ainsi que d'écrins posés sur la table à coiffer devant un miroir ovale entouré d'ampoules électriques. La prima donna, qui avait pris le temps de troquer sa chemise de nuit d'agonisante contre une tenue de ville, reçut ses visiteurs debout. Vue de près, portant encore son maquillage de scène qui la rendait plus pâle mais faisait ressortir davantage ses magnifiques yeux, elle semblait moins jeune que sous l'éclairage du plateau, mais sa beauté n'en était pas amoindrie. Elle eut un éblouissant sourire quand Wishbone la présenta à Mme de Sommières et reçut avec grâce le compliment sincère qui lui fut offert, un autre sourire plus discret à l'adresse de Pauline mais, quand ce fut au tour d'Aldo et qu'il s'inclina devant elle, son visage se ferma.

— Quel honneur pour moi que le prince Morosini daigne venir jusqu'à moi ! Je n'en aurais jamais espéré autant !

Sa voix sèche et dure épouvanta Cornelius qui se hâta de répondre :

— Que dites-vous là, chère belle amie ? Vous ne vous êtes jamais rencontrés ?

— Non, figurez-vous ! Lorsque je chantais *Tosca* à la Fenice et que je l'avais prié de venir me voir, il m'a répondu par une insolence…

— Prié ? riposta Aldo. Le billet que j'ai reçu ne me priait pas mais exigeait, même ordonnait sur un ton que je n'ai pas accepté !

Il s'inclinait à peine, prêt à tourner les talons, quand Wishbone s'affola, le retenant par le bras.

— My God ! Mais que se passe-t-il ? Prince !… Chère grande amie !… C'est pourtant vous qui me l'avez recommandé en vantant sa compétence ?

— Naturellement, quand j'ai besoin d'un fournisseur, je choisis toujours le meilleur ! Par malheur jusqu'à présent, il ne s'est pas montré à la hauteur. Combien de temps vais-je devoir attendre encore ma Chimère ?

— Votre Chimère ? Je ne crois pas que vous ayez un titre à la posséder !

— Et le droit d'héritage ? Qu'en faites-vous ? Je descends à la fois de César Borgia et de sa sœur Lucrezia. Sachez que mon lointain aïeul était cet « Infant Romain » en qui tous voyaient une énigme.

— Parce que l'on hésitait sur le géniteur : César ou le pape Alexandre ? N'importe comment, il s'agissait d'un inceste. Quel beau titre de gloire !

— Il n'en a pas moins été élevé comme un prince à Rome !

— Il aurait même été couronné empereur, roi ou pape que cela ne m'intéresserait pas davantage, et je n'ai pas l'intention de perdre un temps qui m'est précieux. Madame !

Il esquissa un salut mais Cornelius se suspendit à son bras, les yeux remplis de larmes.

— Vous n'allez pas me laisser tomber ? J'ai mis tant d'espoir en vous. Mon bonheur dépend de vous…

Aldo lui sourit gentiment et posa une main sur son épaule.

— Mon cher Cornelius, croyez que, si j'étais certain d'assurer votre bonheur, je continuerais même contre l'impossible, mais regardez la vérité en face ! Cette femme n'a pas l'intention de vous épouser, quoi que vous lui offriez ! Vous la voyez renonçant aux feux de la rampe, à ceux de la gloire pour aller s'enterrer au Texas ? Sa beauté est l'un des pièges les plus redoutables concoctés par l'Enfer !

— Tu ne penses pas que tu exagères ? s'indigna Adalbert qui avait suivi le dialogue avec une colère visible.

Ce qui déplut à Aldo.

— Et si tu te mêlais de tes affaires ?

— Messieurs ! intervint la marquise en frappant le sol de sa canne. Je crois que cela suffit ! Emmène-nous, Aldo ! Nous avons assez ri !

— Comme il vous plaira, Tante Amélie ! Madame.

Suivis de Pauline, tellement indignée qu'elle avait préféré se taire pour ne rien envenimer, ils sortirent, ou plutôt se frayèrent un passage à travers les admirateurs qui encombraient le couloir, et rejoignirent Marie-Angéline toujours assise sur son tabouret de pompier.

— Alors, demanda-t-elle. Vous êtes contents ?

— Ravis ! ironisa Tante Amélie. Quelle femme exquise ! Dommage seulement qu'elle ait été mal élevée !

— Vous vous êtes querellés ? fit-elle, interrogeant leur mine sombre.

— Pas vraiment, soupira Pauline. Cette femme s'est subitement transformée en harpie et Aldo lui a répondu comme elle le méritait, sans d'ailleurs manquer aux règles de la politesse.

— Et où est Adalbert ?

— Je crains que de ce côté-là, nous ne rencontrions un problème, soupira Aldo. Ou plutôt que « je » n'aie un problème. Il est passé à l'ennemi avec armes et bagages.

— Quoi ? Vous vous êtes brouillés… pour cette femme ? gémit Marie-Angéline.

— Je crains fort que oui ! Il a été victime ce soir d'un coup de foudre aussi dévastateur que ceux auxquels nous avons déjà assisté. Mais vous n'allez pas pleurer ? s'inquiéta-t-il en lui caressant la joue.

— A mon avis, déclara Pauline, il ne faut pas en faire une montagne. Il en reviendra comme il est revenu de ce grand amour qu'il avait conçu pour Alice Astor. Nous l'avons vu tomber en miettes sans que cela ne laisse beaucoup de traces.

— Sans oublier, il n'y a pas si longtemps, son amour romantique pour une princesse morte. Sortons ! conclut Tante Amélie. Et puisque nous allons raccompagner Pauline au Ritz, tu devrais, Aldo, nous offrir un petit souper !

— Tout ce que vous voudrez ! Allons-y !

On regagna la sortie, où il y avait encore du monde. Soudain Marie-Angéline demanda à Pauline :

— Au fait, où est passé votre admirateur ?

Celle-ci haussa les épaules.

— Je n'en sais rien et n'ai pas envie de le savoir. Alors si vous le voulez bien, filons d'ici le plus vite possible ! Allons rejoindre les gens normaux !

En dépit de l'absence d'Adalbert, leur souper au champagne, composé d'huîtres de Prat-ar Koum, de foie gras frais poêlé et de champignons des bois fut très apprécié. Aldo était plus que jamais décidé à rentrer le lendemain. Il avait même fait retenir son sleeping par le voyagiste de l'hôtel. Ce fut seulement quand il effleura de ses lèvres la main de Pauline qu'il sentit le pincement d'un regret.

— Prévenez-moi s'il y a du nouveau pour votre Helen… ou si vous rentrez à New York !

Il sentit trembler dans les siens les doigts qu'il tenait.

— Il se peut que ce soit bientôt ! Je vous souhaite bon voyage, Aldo !

8

Où Pauline commet une folie…

Le lendemain matin, vers 11 heures, Adalbert s'apprêtait à sortir quand il trouva Aldo devant sa porte, la main levée pour sonner.

— Qu'est-ce que tu fais là ? fit-il d'un ton rogue.

— Puis-je entrer ? demanda le visiteur, suave.

— Je n'ai pas le temps !

— Eh bien, tu le prendras ! Je n'ai jamais compris quel charme il pouvait y avoir à discuter sur un paillasson.

— Je n'ai rien à te dire !

— Moi, si ! Allons, un bon mouvement ! ajouta-t-il en pointant un index autoritaire sur la poitrine de son ami qui recula automatiquement.

Ils se retrouvèrent bientôt dans le cabinet de travail de l'égyptologue, qu'Aldo conduisit ainsi jusqu'à son fauteuil où il le poussa un peu plus pour l'y faire choir.

— Mais que veux-tu à la fin ?

— Mettre les choses au point ! Primo, tu dois au moins une visite à Tante Amélie pour t'excuser du spectacle navrant que tu lui as offert hier soir ! Tante Amélie et Plan-Crépin ! Celle-ci en avait les larmes aux yeux !

— Tu ne manques pas d'audace ! Qui s'est conduit comme un goujat en face de cette sublime artiste devant laquelle on ne peut que s'agenouiller ?

— Je n'ai pas l'habitude de plier le genou devant qui m'insulte ! Parce que c'est exactement ce qu'elle a fait, ta nouvelle déesse. Même Cornelius, qui est aussi fondu que toi, l'a compris.

— Il te l'a dit ?

— Quasiment. Ce qui le désole, lui, c'est que je le laisse se débrouiller avec sa Chimère. Mais au fond, tu pourrais peut-être te lancer dans la course au trésor à ma place ? Souviens-toi de la récompense ! La belle épousera celui qui la lui rapportera. Libre à vous d'y croire ! Moi, je suis seulement venu te dire adieu !

— Tu pars vraiment ?

— Ce soir. J'ai retenu ma place. Tu vas avoir le champ libre pour roucouler autant que tu voudras aux pieds de ta belle. Et pourquoi pas en duo avec Cornelius ?

Adalbert devint rouge brique.

— De quoi je me mêle ? Veux-tu me dire en quoi ça te regarde, que je fasse la cour à telle ou telle femme ? J'ai le droit d'être amoureux, non ?

— Oui, l'ennui c'est que tu as en général l'art de te jeter sur un bouchon de carafe en le prenant pour un diamant ! J'en veux pour exemple Hilary Dawson, Alice Astor…

— Si tu prononces un autre nom, tu prends mon poing dans la gueule….

— Non, dit Aldo, soudain grave… Celle-là était trop belle pour la Terre et j'espérais un peu que son souvenir te protégerait, car elle ne supporte aucune comparaison. La Torelli est une garce et une garce dangereuse…

— Parce qu'elle n'est pas tombée en pâmoison devant toi et t'a envoyé sur les roses ? Rien que sa voix est un enchantement ! En outre, elle y joint une beauté, une grâce, un charme devant lesquels on ne peut que s'incliner…

— Les sirènes aussi chantaient divinement mais Ulysse s'est fait enchaîner au mât de son navire pour ne pas leur obéir… Cela posé, il est, je crois, inutile de palabrer plus longtemps ! Je te souhaite d'être heureux ! A toi la chasse à la bestiole ! Tu en sais autant que moi.

— Tu abandonnes ?

— Non sans un certain soulagement ! Cet objet ne m'a jamais franchement attiré. Le monstre qui la portait d'abord, le sang versé ensuite… tâche de ne pas y verser le tien ! Et de faire bon ménage avec Wishbone ! C'est lui aussi quelqu'un de bien. Malheureusement il se fourvoie et tu t'apprêtes à l'imiter ! Je te souhaite bonne chance !

— Va au diable ! Et surtout restes-y !

Morosini sortit du bureau en fermant calmement la porte derrière lui… Au bout de la galerie il rencontra Théobald, visiblement soucieux.

— Monsieur le prince s'en va ?

— Oui, Théobald, c'est préférable.

Spontanément, il tendit une main que le fidèle valet serra avec déférence. Puis ajouta avant de franchir le seuil :

— Prenez soin de lui !… Et, au cas où cela tournerait mal, appelez-moi !

Il rentra rue Alfred-de-Vigny en traversant le parc Monceau à peu près désert, à l'exception des jardiniers occupés à ramasser les dernières feuilles mortes. Le ciel gris déversant un crachin à la mode de Bretagne n'incitait guère à la promenade mais s'accordait si justement à l'humeur d'Aldo qu'il prit un certain plaisir à parcourir les allées silencieuses, les mains au fond de son Burberry's. Une sorte de nostalgie s'y mêlait comme si, ce parcours, il le faisait pour la dernière fois, et il pouvait s'avouer sans honte qu'il avait envie de pleurer…

Il trouva Tante Amélie seule dans un petit salon voisin du jardin d'hiver où elle avait fait allumer du feu dans la cheminée de marbre blanc. Une tasse de café devant elle et dans un froissement de papier plus que sonore, elle parcourait les journaux du jour, sourcils froncés, les expédiant à terre l'un après l'autre après les avoir effleurés, comme si elle leur en voulait personnellement. L'élégant face-à-main d'or serti d'émeraudes avait fait place à une démocratique paire de lunettes.

— Si tu veux un café, sonne Cyprien ! conseilla-t-elle. Tu pourras aussi en demander pour moi : celui-ci est froid !

— On peut savoir ce que vous cherchez, Tante Amélie ?

— Je n'ai plus besoin de chercher ! Je trouve plus que je n'en voudrais ! Les plumitifs de ces canards n'ont rien d'autre à se mettre sous la dent pour intéresser leurs lecteurs que les excentricités de cette Torelli ? On la voit partout ! Et on l'encense ! Et l'on crie au miracle ! Que de fleurs ! Que de fumées volatilisées pour rien ! En revanche, ta propre réputation en prend un coup, comme on dit chez les voyous ! Enfin je te fais grâce du détail ! Et Adalbert ?

— A peu près le même qu'à l'époque d'Alice Astor. En pire, peut-être ! Non seulement c'est une beauté – ce qui est vrai d'ailleurs ! – mais aussi elle a une voix d'ange et il est subjugué ! J'espérais pourtant que son aventure avec la Reine inconnue le mettrait à l'abri de ce genre de mégère. Parce que c'en est une ! J'en jurerais ! Au fait, où est Plan-Crépin ?

— Je ne sais pas si elle apprécierait ton rapprochement entre elle et une mégère ! Elle est à l'église.

— Elle ne va plus à la messe de 6 heures ?

— Si, mais elle est tout de même retournée à Saint-Augustin. Il y a « Adoration Perpétuelle » et je la soupçonne d'en profiter pour glisser un mot à saint Michel, son archange favori, pour qu'il s'occupe un peu de la Torelli.

— Ne me dites pas qu'elle prie pour elle ?

— Tu n'y es pas ! C'est l'épée flamboyante qui l'intéresse. Elle aimerait la voir s'abattre un bon coup sur une femme en qui elle voit un suppôt de Satan. Qu'Adalbert en soit tombé amoureux, c'est plus qu'elle n'en peut supporter. J'avoue que je ne lui donne pas tort. Et toi, tu t'en vas ! ajouta-t-elle tristement.

— Je ne vois pas ce que je pourrais faire d'autre ! Adalbert n'attend que ça ! Mais rassurez-vous, Tante Amélie, j'ai dit à Théobald de me prévenir en cas de danger et je reviendrai. Quant à Marie-Angéline, il faudrait savoir ce qu'elle veut. Durant tout mon séjour elle m'a fait la tête parce qu'elle redoute Pauline et maintenant elle voudrait que je reste ?

— Bah ! Elle est incohérente, comme pas mal de femmes. Quelques hommes aussi, d'ailleurs, et tu es du nombre.

— Moi ? Qu'est-ce qui vous fait dire ça ?

— Pauline, justement ! J'avoue que je l'aime bien… mais toi ?

— Qu'avez-vous en tête ?

— Je ne veux pas savoir si tu es son amant mais seulement si tu l'aimes.

— Vous oubliez le bel Ottavio. Il la suit comme son ombre et cela n'a pas l'air de lui déplaire.

— Tu ne réponds pas à ma question. L'aimes-tu ? A moi tu peux tout dire, tu le sais ? Et je peux tout comprendre parce que tu es l'enfant de mon cœur…

— En vérité, je ne sais pas. Ça peut paraître idiot et pourtant c'est vrai. Je ne parviens pas à démêler mes sentiments quand je pense à elle.

— Et cela t'arrive souvent ?... Je veux dire, d'y penser ?

— Trop souvent quand je la sens proche. Autant vous l'avouer tout de suite : j'éprouve pour elle un... un ardent désir, murmura-t-il.

— Alors écoute mon conseil ! Même s'il n'est pas des plus moraux : assouvis-le une bonne fois ! Tu seras délivré de ton obsession !

Il détourna les yeux dans la vaine espérance d'échapper à ce regard si limpide, si perspicace aussi, tout en sachant fort bien que c'était inutile.

— C'est déjà fait ! avoua-t-il dans un souffle.

— Et ?

— Je ne rêve que de recommencer... Comment vous expliquer ?...

— C'est inutile... et tellement facile à comprendre ! Il est évident qu'elle t'aime... Une femme de cette valeur ne se partage pas. Elle se donne tout entière et sans retour. Alors ce ne sont pas uniquement tes sens mais ton cœur, qui pourraient s'engager et le seul conseil utile que je puisse te donner, c'est de t'en aller ! Je sais que, chez les Morosini, on n'a jamais accepté de fuir devant le danger, mais celui-là est trop séduisant ! Tu pourrais y laisser une partie de toi-même.

— Je sais et c'est pourquoi ce soir je rentrerai sagement à la maison !

Mme de Sommières fit une affreuse grimace.

— Oh, que je n'aime pas ça ! Ta phrase sent le pot-au-feu et les pantoufles, et ta femme ne mérite pas cette étiquette. Elle est beaucoup trop belle et trop racée pour cela ! En outre, la maternité l'a épanouie de façon magnifique.

— L'ennui, c'est qu'elle l'ait aussi envahie ! Dieu sait que j'aime mes trois lurons ! Mais il y a des moments où j'ai l'impression d'être une sorte de supplément et je ne retrouve plus ma Lisa des premiers temps de notre mariage !

— Parlons-en, des premiers temps ! A l'exception de six ou sept malheureuses semaines, elle les a vécus sous le figuier d'un rabbin roublard avec pour seule compagnie une brave femme avec qui la conversation ne devait être ni enrichissante ni passionnante, puisqu'elle faisait preuve d'un mutisme admirable, et n'oublions pas les premières semaines de grossesse dont tu ne sauras jamais à quel point elles sont récréatives ! Pendant ces joyeusetés, tu galopais on ne sait où avec Adalbert en te faisant un sang d'encre. Ce qui me fait espérer que tu aimes toujours ta femme, même si ses antécédents helvétiques se font souvent sentir !

— Mais évidemment que je l'aime ! Sinon, je ne serais pas aussi mal dans ma peau !

— Alors file prendre ton train pour Venise et laisse les choses se remettre en place toutes seules !

Aldo se leva et vint entourer de ses bras la tête de la vieille dame pour y poser un baiser reconnaissant.

— Merci infiniment, Tante Amélie ! Faites-moi penser à vous dire plus souvent que je vous aime, vous aussi !

— Mais j'espère bien ! fit-elle en lui rendant son baiser et en refoulant ses larmes.

Dans la soirée, plein de bonnes résolutions mais triste tout de même de n'avoir pas revu Adalbert, Aldo Morosini arrivait à la gare de Lyon d'où partait le Simplon-Orient-Express qui en vingt-deux heures le ramènerait au bercail.

Voyager à bord de ce beau train aux wagons bleu foncé était un plaisir dont il ne se lassait pas. Il en aimait le confort absolu, le luxe de bon ton, la cuisine excellente et le service irréprochable. C'était un long moment de tranquillité où, seul avec soi-même, on pouvait mettre à plat tous ses problèmes pour les examiner sans crainte d'être dérangé, reposer ses yeux sur d'admirables paysages de montagnes et de lacs bleus ou simplement rêver en fumant une cigarette ou un cigare… Tout cela, bien sûr, à condition de ne pas tomber dès les premiers tours de roue sur une quelconque relation, immanquablement du genre casse-pieds et s'entendant comme personne à changer en enfer vos délicieux instants d'un paradis égoïste. La seule porte de sortie, alors, était de se proclamer malade et de rester au lit la plupart du temps… et encore ! Il se pouvait que s'éveille chez l'importun la vocation de frère de la Charité doublé d'un médecin improvisé, capable de s'installer à votre chevet pour vous prendre le pouls ou vous lire les dernières nouvelles de la presse. La seule parade, dans ce cas, était de renvoyer le personnage dans ses couettes et de se brouiller à mort avec lui… qui pouvait être un bon client dans la vie quotidienne.

Mais ce soir-là était béni du Ciel. Pas la moindre tête connue à l'horizon ! Rien que de sympathiques anonymes, à l'exception d'Albert Gaillet, le « conducteur » du wagon-lit avec lequel il avait déjà voyagé plusieurs fois et qui était la courtoisie même.

— Bonsoir, Excellence ! lui dit-il en contrôlant son titre de transport. Et bienvenue à bord ! Je pense que le voyage sera agréable : le temps est un peu froid mais sec et demain nous promet une journée ensoleillée.

— Rien que des bonnes nouvelles ! Y a-t-il des gens connus sur votre train ?

— Aucun pour ce que j'en sais, Excellence ! Beaucoup d'Anglais[1]. Si vous voulez bien me suivre, vous êtes au numéro sept et, dès le départ du train, je vous ferai porter une fine à l'eau !

— C'est décidément un bonheur que voyager avec vous, Albert ! Vous avez une mémoire fantastique.

Peu de temps après, assis près de la fenêtre sur le divan dont Albert ferait un lit tout à l'heure, Aldo, sans toucher à la pile de journaux qu'il avait posée près de lui, allumait une cigarette et se mit à fumer en regardant, sans trop le voir, le décor de la gare. Le train allait partir dans quelques instants et c'était un moment qu'il aimait où, après le dernier « En voiture, s'il vous plaît ! » clamé par le chef de train, le claquement des portières, les derniers « au revoir » échangés entre ceux du quai et ceux des fenêtres, le convoi bleu et or entamait lentement et majestueusement son voyage vers les pays du soleil. Peu à peu, le rythme se faisait plus rapide jusqu'à ce que, signalé par un long sifflement quasi triomphal, il atteigne sa vitesse maximale.

Quand Albert lui eut apporté la boisson promise, Aldo la dégusta en regardant vaguement défiler une banlieue dont la nuit dissimulait la lèpre au bénéfice des lumières jaunes évoquant un champ de lucioles.

Maintenant qu'il était confortablement installé, il donna un regret au seul visage qu'il eût aimé voir sur le quai du départ : celui d'Adalbert, bien sûr ! Son plus cher ami, son compagnon d'aventures : celui que Lisa appelait le « plus que frère ! », et il dut lutter pour ne pas laisser la tristesse l'envahir.

Ce n'était pas la première brouille survenue entre eux, mais les précédentes n'avaient pas excédé

1. Le Simplon-Orient-Express partait de Calais, arrivait en gare du Nord puis gagnait la gare de Lyon pour y charger les voyageurs de Paris.

quelques semaines, sans les séparer tout à fait parce qu'ils défendaient les mêmes intérêts ; pourtant maintenant, Aldo craignait que ce ne fût plus grave… voire définitif puisqu'ils ne se retrouvaient plus dans le même camp. Et c'était pour cela surtout qu'il abandonnait sans combattre : Adalbert allait chercher la maudite Chimère pour l'offrir à sa belle, balayant au besoin pour ce faire le gentil Wishbone. Et là, Morosini ne pouvait se défendre d'un remords : n'avait-il pas promis son aide à ce dernier ? L'art du grand joaillier Cartier lui fournirait une copie irréprochable, mais si Adalbert parvenait à trouver le vrai joyau, c'est à lui que cette garce – il aurait mis sa main au feu qu'elle en était une ! – donnerait la préférence. Ce qui ne l'empêcherait certainement pas d'accepter aussi celle du petit Texan !

La cloche du premier service le tira de ses réflexions. Il se lava les mains, donna un coup de brosse à ses cheveux puis, choisissant un journal pour lui tenir compagnie, il prit le chemin du wagon-restaurant où un maître d'hôtel – il le connaissait, lui aussi ! – le conduisit à une table individuelle.

— Voyant ce que nous avons ce soir, j'ai pensé que vous préféreriez la solitude, chuchota-t-il avec un léger mouvement de tête en direction des tables de quatre convives que leurs occupants, anglais ou américains, animaient trop bruyamment.

— C'est sagement pensé ! apprécia Aldo qui consulta le menu, choisit son vin puis plia son journal de façon à pouvoir l'adosser à la lampe habillée de soie orangée et le lire tranquillement tout en mangeant.

Décidé à dîner léger pour se ménager un sommeil réparateur, il commanda des huîtres, une sole meunière et une compote de fruits variés, sans oublier un champagne d'un bon cru, ce qui eut l'avantage d'apporter quelques couleurs à une humeur qui, décidément, se mettait à raser les murs à la recherche des ombres les plus denses.

Délaissant un journal qui, au fond, ne l'intéressait absolument pas, il entreprit d'examiner le phénomène. Qu'est-ce qui, à mesure que le train s'enfonçait dans la nuit et l'éloignait de Paris, lui faisait éprouver cette espèce de regret ? Adalbert, encore ! C'était trop bête d'en rester à cette querelle idiote à propos d'une femme qu'ils ne connaissaient ni l'un ni l'autre ! Il aurait fallu percer l'abcès, quitte à s'administrer mutuellement quelques horions. Peut-être qu'à bout de souffle ils seraient tombés dans les bras l'un de l'autre en éclatant de rire, avant de fêter leur réconciliation en débouchant la première bouteille venue. Et maintenant chaque tour de roue élargissait la déchirure… peut-être jusqu'à l'irréparable ?

Et puis, il y avait Pauline. Ses bras étaient si doux pour y réfugier un chagrin ! Sans compter un corps assez envoûtant pour faire oublier ses angoisses, ne serait-ce que l'espace d'une nuit… Mais ce n'était pas tout et, en creusant la question, Aldo découvrit qu'il regrettait… la Chimère ! Ou plutôt, la chasse à la Chimère ! C'était la première fois de sa vie qu'il abandonnait une proie. Pratiquement sans combattre et, ça, c'était en totale contradiction avec sa nature profonde, avec sa vocation de chercheur de trésors et surtout l'excitation de la traque avec tout ce qu'elle pouvait comporter de dangers si avantageusement compensés par la formidable explosion de la victoire ! Or, Adalbert allait s'engager seul dans le sentier truffé des pièges qui mènent aux plus splendides joyaux ! Et celui-là, même s'il ne lui plaisait pas, était l'un d'eux. En plus, c'était un Borgia !

Son sentiment d'avoir déserté face à l'ennemi fut soudain si puissant qu'en quittant le wagon-restaurant, il faillit tirer le signal d'alarme ! Heureusement, sa raison le retint à temps en lui soufflant que le train, lancé alors à pleine vitesse, le déposerait au milieu d'une campagne nocturne d'où il ne voyait pas clairement comment il pourrait sortir. Et surtout, qu'il aurait l'air d'un imbécile !

Consultant sa montre, il constata que l'arrêt à Dijon aurait lieu dans une heure. La halte durait dix minutes, plus qu'il n'était nécessaire pour descendre en gardant toute la dignité voulue, et il rentra dans sa cabine, prêt à prendre ses dispositions. La tentation gagnait du terrain.

Durant son absence Albert avait fait le lit, aux draps d'une blancheur impeccable et aux couvertures moelleuses, plutôt tentant pour un homme fatigué. Mais il se contenta de s'asseoir près de la fenêtre et d'allumer une cigarette en se posant de nouvelles questions. Où irait-il à Paris ? Difficile de retourner chez Tante Amélie ! Encore que….

Il en était à ce stade quand il entendit frapper, alla à la porte, ne vit personne et revenait s'asseoir quand on frappa de nouveau, mais c'était à la porte de communication contiguë au compartiment voisin, fermé des deux côtés comme il se doit. Sans se demander qui cela pouvait être, il tira les verrous, ouvrit… et recula comme si on lui avait porté un coup : Pauline était devant lui.

— Puis-je entrer ? murmura-t-elle.

Vêtue de blanches mousselines, ses abondants cheveux noirs croulant sur ses épaules, son visage sensible levé vers lui offrant son regard brumeux et ses lèvres rouges entrouvertes, elle était si belle qu'il eut un éblouissement.

— Toi, exhala-t-il. Toi… enfin !

Il prit doucement entre ses mains le beau visage offert pour un long baiser puis referma ses bras sur elle et l'emporta… Quand le train fit halte à Dijon, il ne s'en aperçut même pas…

Jamais nuit d'amour ne fut plus ardente… ni plus inconfortable ! Tenir à deux dans une couchette, même étroitement enlacés, n'est pas si évident. Il y eut même un épisode où un cahot sur la voie envoya Aldo sur le tapis à un moment crucial, mais Pauline l'y rejoignit aussitôt… et tout rentra dans l'ordre.

Quand le jour les trouva, peu après Lausanne, ils n'avaient pas accordé au sommeil une seule minute de cette précieuse nuit. Ils n'avaient pas beaucoup parlé non plus. La vie quotidienne, cependant, reprenait ses droits en même temps que celle du train… et de la sagesse. Tout ce qu'ils avaient joyeusement balayé de leur étroit sanctuaire et qu'il fallait pourtant prendre en considération. Le mot était affreux mais la chose indispensable.

Et malheureusement se séparer. Le plus difficile ! Et sans trop traîner ! Pauline avait choisi de descendre à Brigue, imposant nœud ferroviaire juste avant que le convoi n'entame la montée vers le tunnel du Simplon, d'où elle repartirait rapidement pour Lausanne – d'où il lui serait aisé de regagner Paris. Et le train y serait à 9 h 20.

Elle avait d'abord songé à continuer jusqu'à Milan, où le grand express européen arriverait à 14 h 40, mais ces quelques heures supplémentaires, il aurait fallu les vivre séparément. Impensable à la suite de tant de divines folies ! Aussi, sur un ultime – et interminable ! – baiser où leurs corps s'épousèrent pour la dernière fois, Pauline, traînant ses mousselines au bout d'un doigt, regagna son compartiment dont la porte se referma derrière elle. Le discret bruit du verrou que l'on tire boucla définitivement l'accès à ce paradis inespéré et d'autant plus pénible à quitter.

Aldo resta un moment le dos collé au battant d'acajou pour laisser à son cœur le temps de reprendre un rythme normal, plongea dans l'étroit cabinet de toilette pour se laver entièrement à l'eau froide, s'habilla et baissa sa vitre afin que l'air du dehors emporte autant que faire se pourrait l'envoûtant parfum de Pauline, ce N° 5 de Chanel qui était déjà pour lui une invite à l'amour…, sortit dans le couloir, alluma une cigarette bien qu'il n'aimât pas fumer avant le petit déjeuner, tira trois ou quatre bouffées, puis la laissa se consumer toute seule dans le cendrier.

L'arrêt en gare de Brigue le trouva au wagon-restaurant, où il fit grand honneur au petit déjeuner suisse, le meilleur du monde peut-être. De sa fenêtre il vit passer Pauline, tirée à quatre épingles et très élégante, à son habitude, dans un tailleur aussi Chanel que le manteau de vison gris posé sur ses épaules. Il admira aussi les larges lunettes noires, qu'un pâle soleil faisait ce qu'il pouvait pour justifier. Tout comme la longue et fine écharpe grise dont était entourée la tête de la jeune femme, accessoires destinés à compenser une coiffure bâclée et des lèvres meurtries par trop de baisers. Quelques heures de repos et un maquillage soigné répareraient les dégâts…

Dans le regard qu'il posait sur elle tandis qu'elle se perdait au milieu des voyageurs se mêlaient l'orgueil d'avoir à ce point conquis une telle femme et un profond sentiment de tendresse. Pour la première fois il lui avait dit « je t'aime ». Elle avait répondu par une sorte de sanglot étouffé qui pouvait traduire une joie longtemps attendue. Avant de se séparer, ils ne s'étaient pas joué la comédie – sincère en général, une fois la passion apaisée ! – des bonnes résolutions. C'était ridicule, chacun d'eux sachant pertinemment à présent qu'ils auraient envie de s'étreindre chaque fois qu'ils se reverraient ! La sagesse consisterait donc à en éviter les occasions le plus possible.

Entre Brigue et Venise, Aldo avait encore dix heures de voyage. Incapable de dormir, il en employa deux à se restaurer. Lui en restait par conséquent huit à faire son « examen de conscience ». Et ce n'était pas le plus facile parce que la séance d'introspection passait d'abord par Lisa.

Pourrait-il vraiment plonger son regard dans les profondeurs violettes du sien, la tenir dans ses bras, la caresser avec, dans les yeux, l'image du visage de Pauline à l'instant suprême, dans les oreilles le cri qu'il avait étouffé sur sa bouche, dans les mains la douceur veloutée de sa peau ?

La réponse immédiate fut : non. Non ! Trois fois non ! Et s'il se maudit d'avoir cédé à l'irrésistible tentation, même s'il ne l'avait ni voulue ni cherchée, il était bien obligé de s'avouer qu'il en rêvait depuis que le nom de Belmont avait été prononcé devant lui et qu'il se sentait vraiment coupable ! Rentrer à Venise dans cet état était impensable. Pas ce soir ! Pas si tôt ! Lisa était bien trop fine, surtout si sa jalousie s'éveillait, pour ne pas déceler sur lui la trace de celle qui devenait « l'autre ! ». Elle rejetterait son mari infidèle avec dégoût et de cela il ne voulait à aucun prix. Lisa était sa femme, la mère de ses enfants, elle était à lui et la seule idée de la perdre lui serrait le cœur. Leur amour était de ceux que rien ne peut briser… Sauf justement ce qui venait de se passer, surtout en disant à Pauline qu'il l'aimait. Etait-ce d'ailleurs la réalité même si, à cet instant-là, il avait été sincère ?

Ce qu'il fallait, c'était gagner du temps. Mais comment ?

Le train atteignait le lac Majeur en approchant de Stresa. Endroit idyllique s'il en fut où, au bord du lac ou voguant dessus pour admirer les îles Borromées, on rencontrait plus d'amoureux que de piétons solitaires. A fuir, et comme la peste ! Mais une heure et demie plus tard, ce serait Milan... dernier arrêt avant Venise !

Aldo y connaissait pas mal de monde et s'y rendait plusieurs fois par an pour ses affaires. Ses habitudes étaient attachées à l'hôtel Continental, le plus ancien palace de la ville, où il était certain de trouver le confort, le repos et le calme – sauf au bar, des plus courus ! – dont il avait le plus urgent besoin. Après tout, rien ne l'obligeait à rentrer ce soir à Venise, puisqu'il avait eu la bonne idée de ne pas annoncer son retour afin d'en faire la surprise à sa famille... Sa décision fut vite prise. Il sonna Albert qui apparut presque instantanément.

— Je vais descendre à Milan, l'informa-t-il. Vous voudrez bien, en arrivant, faire déposer mes bagages à la consigne ?

— Bien sûr, Excellence ! Y a-t-il quelqu'un à prévenir ?

— Non. Personne ne m'attend. Vous serez gentil de remettre la clef au chef de gare Bronzini ! recommanda-t-il en y ajoutant un billet de banque.

Il ne conservait que la mallette contenant le minimum nécessaire pour un ou deux jours et, dans le double fond, les joyaux achetés à la vente Van Tilden. Cependant le fonctionnaire s'inquiétait.

— Monsieur le prince ne se sent pas bien ? Je lui trouve moins bonne mine qu'hier !

— Vous ne le savez sans doute pas, mon cher Albert, mais je ne dors jamais dans un sleeping !

Ce qui était faux. C'était même l'un des endroits au monde où il dormait le mieux, bercé par le rythme des bogies. Il n'en alla pas moins s'examiner dans le miroir. Tout à l'heure en se rasant, il n'y avait pas pris garde, mais Albert avait raison en disant qu'il n'avait pas l'air brillant. Il est vrai qu'une nuit aussi agitée que celle qu'il venait de vivre pouvait compter double… surtout quand la précédente n'avait pas été fameuse. Il l'avait occupée en fumant cigarette sur cigarette, tourmenté par le virage brutal que la Torelli avait imposé à sa vie. Jamais Adalbert ne l'avait regardé avec cette fureur… proche de la haine. Oui, c'était cela qu'un instant, il avait lu dans ses yeux. Et ce regard l'avait tenu éveillé presque toute la nuit… Si l'on y additionnait les heures brûlantes dans les bras de Pauline, il ne fallait pas s'étonner du résultat… et il avait été sagement inspiré en décidant de descendre à Milan. Infliger cette figure à Lisa eût relevé de la démence : ou bien, le croyant malade, elle l'aurait fourré au lit en déployant tout l'arsenal de remise en forme suisse, ou bien elle aurait deviné la vérité et, ça, ce n'était pas pensable ! Elle aurait pris ses enfants sous le bras et serait partie pour Vienne en lui disant qu'il ne la reverrait jamais !

Le Continental lui offrit tout ce qu'il en espérait : une chambre calme, une vaste baignoire qu'il remplit d'eau délicieusement chaude additionnée de sels de bain à la lavande, un dîner léger qu'il se fit servir à domicile, enfin un lit, qui aurait pu accueillir trois personnes, aux moelleuses profondeurs et où il plongea comme dans un nuage pour un sommeil sans rêves dont il émergea douze heures plus tard, les idées remises à neuf. Une douche froide, un solide petit déjeuner et il se sentit de nouveau frais comme un gardon et prêt à reprendre la vie à pleins bras !

Sa nuit avec Pauline, il lui fallait à présent la remiser au plus obscur de sa mémoire. Elle avait été trop merveilleuse – comme l'avaient été celle du Ritz et l'aurore de Newport ! – pour l'effacer mais il était impératif qu'il n'y en eût jamais de quatrième ! Pour cela, éviter Pauline ! Ce ne serait peut-être pas toujours facile mais sa paix intérieure à lui, a fortiori celle de Lisa, était à ce prix. Il découvrait d'ailleurs, non sans surprise, qu'il n'avait jamais autant aimé sa femme.

— Tu aurais pu y penser plus tôt, émit la voix intérieure qui se manifestait parfois et qu'en général, il n'écoutait pas.

Cette fois, il accepta le dialogue :

— Facile à dire maintenant que le mal est fait ! Que voulais-tu que je fasse quand Pauline m'est apparue rayonnante dans le cadre de la porte ? Que je la renvoie à l'intérieur en tirant le verrou par-dessus le marché ?

— J'en admets la difficulté ! D'autant plus que, depuis que tu la savais à Paris, tu mourais d'envie de la reprendre !

— Là ! Tu vois bien…

— Tu aurais pu au moins t'abstenir de lui raconter que tu l'aimais !

— Mais je l'aimais… à cet instant-là !

— Et plus après ? Est-ce que tu te rends compte de ce que tu as fait avec ces deux petits mots que tu n'avais jamais murmurés à son oreille. Elle les a reçus dans son cœur et les a emportés avec elle comme un trésor, et elle est prête à tout balayer pour toi !

— Faut rien exagérer !

— Je n'exagère rien et tu le sais. Que t'a-t-elle confié après le dernier baiser ?

— Heu… qu'elle m'aimait !

— Et quoi ensuite ?

— A plus tard… à toujours !

— Que tu le veuilles ou non, tu es bel et bien, pour elle, son amant ! Ce qui signifie…

— Ça suffit ! Il n'est pas question que je recommence ! C'est trop compliqué de vivre un remords ! Et tu vas me répondre, moins que des regrets ! Mais je saurai me vaincre ! Et toi je t'ai assez entendu !

Ainsi conforté dans ses résolutions, Aldo descendit dans le hall, régla sa facture, demanda un taxi et se fit conduire à la gare. Il avait un train à 14 h 15 et il aurait pu déjeuner au Continental mais, de même qu'il avait évité le bar, de même il renonça au restaurant par crainte d'y rencontrer une ou plusieurs têtes connues. Il n'avait pas envie d'inventer encore Dieu sait quel mensonge ! Il se contenta donc, au buffet de la gare, d'un plat de lasagnes arrosé de valpolicella et d'un café. Après quoi il acheta un journal et s'en alla prendre le train qui, après quelques arrêts, le ramena à Venise… Il était 7 heures du soir et, par extraordinaire, aucun duo de « Chemises noires » n'arpentait les quais.

Plein de révérence pour cette notabilité de la ville, le chef de gare envoya récupérer les bagages à la consigne et arrêter un motoscaffo où il les fit déposer. Morosini n'ayant pas informé qu'il rentrait plus tôt que prévu, il était normal qu'aucune des embarcations du palais, pilotée par Zian, ne fût venue l'attendre. Et ce fut l'âme sereine, sûr d'être accueilli par des sourires, qu'Aldo réintégra ses pénates…

Pour y rencontrer la stupeur la plus totale en la personne de Guy Buteau qui traversait le vestibule, des papiers à la main, au moment où il y prenait pied.

— Aldo ? Mais d'où sortez-vous ?

— Du train évidemment ! D'où voulez-vous que ce soit ?

— Du quel ? Pas du Simplon-Orient-Express en tout cas ! Il n'y en a pas aujourd'hui ! Et hier vous n'étiez pas à l'arrivée !

— Qui vous a prévenu que j'y étais ?

— Mlle du Plan-Crépin nous a appris que vous veniez de partir quand nous avons téléphoné ! Mais ne restez pas dans ces courants d'air ! Il fait un froid de loup ici ! Venez dans votre bureau ! Ah ! Zaccharia ! Apportez vite une tasse de café bien chaud à votre maître !

— Alléluia ! On l'a retrouvé ! Merci, mon Dieu ! On se faisait un sang !...

— Mais enfin je ne vois pas pourquoi ?... Et, en passant : je préfère une fine à l'eau à votre café !

Comme tous ceux qui se sentent en faute, il se fâchait presque, pénétra en trombe dans son cabinet de travail où il fit sursauter Angelo Pisani, son secrétaire, occupé à ranger des livres dans la bibliothèque.

— Don Aldo ? On vous a donc retrouvé ?

— Mais, sacrebleu, qu'est-ce que vous avez tous ? Et d'abord où êtes-vous allés pêcher que j'étais perdu... et que j'avais pris le Simplon ?

Il alla se jeter dans son fauteuil sur lequel il entreprit de mettre du désordre. En ronchonnant et en vouant Plan-Crépin aux tourments de l'enfer.

— Et où est Lisa ? clama-t-il en une sorte de point d'orgue.

Guy Buteau connaissait trop parfaitement son ancien élève pour être dupe de cette crise d'humeur. Il se mit à rire et servit lui-même le verre d'alcool.

— Et si vous vous calmiez, on pourrait peut-être s'expliquer ?

— D'accord ! Expliquez ! Moi qui voulais vous faire une surprise !...

— Eh bien, la surprise est faite ! fit Guy sur le mode lénifiant. Et maintenant j'explique : avant-hier, Lisa a reçu un télégramme du maître d'hôtel de son père. M. Kledermann a eu un accident et a été transporté en clinique. Elle a naturellement pris le téléphone pour annoncer qu'elle arriverait par le premier train et, ensuite, elle a appelé chez Mme de Sommières afin que l'on vous avertisse. Il était déjà tard et c'est alors que Mlle Marie-Angéline lui a appris que vous étiez parti pour Venise et il est logique qu'elle nous ait demandé de vous avertir afin que vous l'appeliez dès votre retour… hier soir !

— Miséricorde ! gémit Aldo, calmé mais vaguement inquiet. Qu'est-ce que je vais pouvoir lui raconter ?

— Mais… la vérité ! Elle ne doit pas être si terrible ? Ou alors vous avez été vous aussi victime d'un accident ? Grâce à Dieu, cela ne se voit pas. Vous avez l'air en pleine forme !

— Et pourtant ça en approche ! Hier matin, je ne me suis pas senti bien. Je n'avais pas dormi une minute dans ce fichu train et la nuit précédente pas davantage non plus à cause… oh, autant vous le dire tout de suite, j'ai eu des mots avec Vidal-Pellicorne et nous sommes brouillés.

— Allons bon ! commenta Guy avec un demi-sourire. On a l'habitude ! Ça s'arrangera…

— J'en suis moins sûr que vous ! Toujours est-il qu'après le tunnel je me suis senti comme une faiblesse. J'ai failli descendre à Stresa mais j'ai voulu tenir le coup et ça ne s'arrangeait pas. Comme vous ne m'attendiez pas, je n'ai pas eu le courage de me montrer à vous vert comme un concombre et avec des nausées. Je suis donc descendu à Milan en indiquant au chauffeur de faire mettre mes bagages à la consigne de Venise et d'en donner la clef à Bronzini, le chef de gare. Je suis descendu au Continental après une visite chez un pharmacien, j'ai passé une bonne nuit… et me voilà ! Rien de dramatique, comme vous voyez !…

Il éprouvait une sorte de bonheur à ne proférer aucun mensonge. Rien de plus roboratif, quand on se sent en faute, que la vérité ! Même un brin édulcorée. Mais maintenant :

— Occupons-nous de mon beau-père ! Voulez-vous joindre Zurich pendant que je me rafraîchis un peu, mon cher Guy ? Elle vous a donné le numéro de la clinique ?

— Non. Elle a dit d'appeler la résidence.

— Alors faites-le ! Les enfants sont à la maison, je suppose… bien qu'aucun vacarme ne signale leur présence !

— Non. Lisa les a emmenés ainsi que Trudi et Mademoiselle !

— Tout ce cirque auprès d'un grand malade ?

— Justement ! fit Guy avec dans la voix un rien de sévérité. Il faut comprendre : elle souhaitait qu'il puisse les embrasser une dernière fois… au cas où ! Vous savez comment elle est !

— Oui, murmura Aldo, assombri. Quelqu'un de très bien ! Appelez-la vite, mon cher Guy ! Ensuite nous verrons ce qu'il y a comme train pour Zurich !

— Ce soir ? Vous arriverez après minuit. Est-ce bien raisonnable ? Lisa doit elle aussi avoir besoin de dormir !

— Appelez toujours ! Comme il doit y avoir une attente…

Les lignes étant encombrées, elle était de trois heures et Aldo examinait l'idée d'une nouvelle douche pour se débarrasser des escarbilles du train, quand le téléphone sonna. Guy décrocha, dit quelques mots et rappela Aldo.

— Lisa ! fit-il en tendant l'écouteur.

— Quel est le ton de sa voix ? chuchota Aldo, redoutant d'entendre des sanglots.

— Normal, souffla Guy avec un sourire encourageant.

— Lisa ! appela Aldo. Comment va-t-il… et surtout comment vas-tu ?

— Moi, ça va très bien… d'autant mieux que Papa est tiré d'affaire…

— Tu es sûre ? Qu'est-ce qui s'est donc passé ?

— Rien de vraiment grave, grâce à Dieu ! On a cru à une crise cardiaque mais apparemment ce n'en était pas une ! J'en suis quitte pour la peur !…

— Et je n'étais pas là pour t'aider ! Je m'en veux, tu sais ?

— Faut pas ! A propos : où avais-tu disparu ? Tu as raté ton train ou quoi ?

— Du tout ! J'étais bel et bien dedans mais j'ai eu une mauvaise nuit consécutive à une autre où je me suis brouillé avec Adalbert !

— Encore ? Cela devient une habitude ! La raison, cette fois ?

— Une raison qui ne mérite pas ce nom : la Torelli ! Il est tombé amoureux fou et comme, moi, j'ai eu des mots avec la dame, il m'a autant dire fichu à la porte quand j'ai voulu arranger les choses avant de partir. Mais je te raconterai. Demain matin, je te rejoins !

— Non, ne fais pas ça ! C'est inutile, surtout si tu es encore mal fichu. Tu n'as pas besoin d'une nouvelle nuit blanche…

— La dernière ne l'a pas été et je te finis mon histoire. Après le passage des montagnes, je me suis senti devenir vraiment patraque : maux de tête, vagues nausées… je ne voulais pas débarquer chez nous vert comme une laitue. Et comme vous ne m'attendiez pas, j'ai quitté le train à Milan ou, après un tour chez le pharmacien, j'ai échoué au Continental. Voilà !

Il eut l'impression qu'au bout du fil Lisa avait émis un léger soupir de soulagement aussitôt suivi de son rire, aussi cristallin que d'habitude.

— Il faudrait peut-être songer à te ménager un peu, mon chéri ?

— Traite-moi de vieux croûton, tant que tu y es !

— Toujours les grands mots ! Plus sérieusement, il faudrait que tu cesses de prendre feu pour le premier joyau plus ou moins sanglant que l'on vient t'agiter sous le nez ! Et à ce propos, qu'as-tu fait de ton Texan ?

— Wishbone ? Il a entamé un duo avec Adalbert aux pieds de la madone du bel canto. J'espère que ça ne finira pas en duel !...

Une friture vint grésiller sur la ligne annonçant une prochaine interruption. Aldo accéléra :

— On va nous couper. Si tu ne veux pas que je vienne, quand rentres-tu au bercail ?

— Dans quelques jours. Je veux être sûre, pour Papa, qu'il ne s'agissait que d'une fausse alerte. De toute façon, on se rappelle ! Dors bien, mon cœur !

Et Lisa raccrocha.

— On dirait que ça va mieux ? demanda Guy en refermant l'horaire des trains qu'il était allé chercher.

— On en est quitte pour la peur, mon cher ami ! Et puisqu'une fois de plus je me retrouve célibataire, nous allons aller déguster une ou deux langoustes chez Montin !

— Est-ce bien raisonnable ? Vous venez d'avoir des ennuis de digestion, si mon diagnostic est exact ?

— Foutaise, mon ami ! Notre ciel est redevenu bleu et nous allons trinquer à la santé de Moritz Kledermann, mon merveilleux beau-papa !

Aldo se sentait incroyablement joyeux tout à coup ! Sans doute pour avoir senti d'un peu près le vent du boulet. Et, en regagnant ce soir-là son lit solitaire, il se jura que plus aucune sirène – fût-elle aussi adorable que Pauline – n'y viendrait occuper la place de Lisa.

Il fut tenté cependant d'appeler, anonymement, le Ritz pour savoir si elle était bien rentrée, mais à la réflexion s'en abstint. Sa voix pouvait être reconnue et il n'était pas censé être au courant des faits et gestes de la belle Américaine. Et comme il n'y avait aucune raison pour qu'il lui soit arrivé quoi que ce soit, le mieux était de se remettre au travail sans plus tarder, en montrant à son ancien précepteur les achats effectués en salle des ventes à Paris. C'était toujours pour lui une joie sans mélange que manier des pierres chargées d'histoire. Il admira en particulier le collier composé d'un gros rubis, de deux émeraudes et d'une très belle perle en poire réunis par des entrelacs d'or semés de perles plus petites.

— Vous pensez réellement que c'est celui que François Ier a fait exécuter pour Eléonore d'Autriche au moment de leur mariage ?

— Où voyez-vous un doute ? C'est un travail français et les pierres étaient encore dans les joyaux de la Couronne lors du vol du Garde-Meuble…

— J'ai pourtant l'impression qu'elles ont été desserties et remontées !

— C'est possible, après tout. Il va falloir s'en assurer avant de prévenir le baron Ellenstein. Mais comme ce sont principalement les pierres qui l'intéressent, cela ne devrait poser aucun problème. Quant à l'enseigne aux chevaux du soleil, on a la certitude du nom de l'artiste qui l'a ciselée…

— Benvenuto Cellini, bien sûr…

— Une pure merveille ! J'ai eu d'ailleurs quelque peine à l'emporter ! Gulbenkian la voulait à tout prix !

— Autrement dit, elle vous a coûté la peau du dos ?

— Oui, mais je ne regrette rien. Elle en vaut la peine !

— Cela signifie que vous la gardez ?

— J'hésite ! A moins que je n'en tire un joli bénéfice. Gulbenkian était fou de rage !

— Pourquoi a-t-il cessé d'enchérir, alors ?

— Allez savoir ? Pour l'instant, elle reste ici !

Repris par sa passion pour son métier et les pierres, Aldo se retrouvait lui-même, ressentant moins douloureusement sa rupture avec Adalbert. Il évitait d'y penser le plus possible. Tout comme il s'efforçait d'effacer de son esprit sa nuit avec Pauline. Peut-être rentrerait-elle bientôt à New York et lui n'avait plus aucune raison de se rendre à Paris ! Tant qu'elle y serait, tout au moins ! Et puis Lisa allait revenir. Avec elle tout serait plus facile ! Quant à Wishbone, s'il revenait le voir, il le recevrait avec toute l'amitié que sa gentillesse, sa candeur même lui inspiraient, mais il dépenserait toute son énergie à le dissuader d'acquérir la Chimère. Qu'il en fasse effectuer une copie ? Soit, puisque c'était réalisable, mais qu'il n'essaie surtout plus de mettre la main sur l'originale !

Quelques jours après l'accident vasculaire qui l'avait mené si près de la mort, Moritz Kledermann l'appela au téléphone. Après lui avoir assuré qu'il était revenu à une vie normale et qu'il allait sous peu lui restituer son épouse et ses bruyants petits corollaires, le banquier ajouta :

— Lisa m'a dit que vous cherchiez la fameuse Chimère des Borgia ?

— Oh, j'ai renoncé ! D'abord elle ne m'a jamais vraiment attiré…

— A cause de sa provenance ? Vous n'aimez pas le sulfureux César ?

— Qui l'aimerait ?

— Pas moi, en tout cas, et si j'ai un conseil à vous donner, c'est de la fuir comme la peste !

— Pourquoi ?

— C'est un bijou malfaisant ! Cela vous étonne de m'entendre prononcer ce mot, moi qui étais agnostique et hermétique à l'occultisme et à l'ésotérisme quand vous me mettiez vous-même en garde ?

— Pas vraiment, Moritz, fit Aldo avec une soudaine douceur. Après…

— … le drame affreux que nous avons vécu et que je ne cesse de me reprocher ! Si je vous avais écouté, j'aurais renvoyé loin de nous le rubis de la Folle et le chagrin ne me consumerait pas ! C'est pourquoi j'espère être écouté, moi l'incrédule, l'esprit supérieur, quand je vous supplie de ne pas chercher – même à approcher ! – la Chimère. Elle est redoutable.

— Qu'est-ce qui vous fait dire ça ?

— J'ai bien connu, jadis, le marquis d'Anguisola. Il tenait la Chimère de famille et, bien qu'il refusât de faire le rapprochement – je crois même qu'il en était fier ! –, il m'a raconté la vie de certains de ses aïeux et surtout des morts… des « accidents » pour la plupart mais qui pouvaient fort avoir été des meurtres déguisés. Il avait épousé une Américaine passionnée comme lui de bijoux.

— Je sais. Je connais sa famille : des gens charmants !

— Alors dites-leur que c'est une chance que ce bijou ne soit pas parvenu jusqu'à eux : Anguisola est mort brûlé vif et sa femme a été assassinée, ainsi que vous le savez, sur le *Titanic* pendant le naufrage.

— C'est étrange ! Je n'ai jamais entendu parler d'une malédiction quelconque. Pourtant cette Torelli qui la veut doit être superstitieuse, en bonne Italienne ?

— C'est vrai, j'allais oublier : le sort fatal épargne ceux qui ont dans leurs veines quelques gouttes de sang Borgia. Cela ne vous amuse pas ? J'entends : venant de moi ?

— Surtout venant de vous, justement ! Mais je croyais que les Anguisola faisaient plus ou moins partie de la descendance ?

— Ils le croyaient aussi mais les bâtards insoupçonnés, cela existe !

Au bout du fil il entendit rire le banquier.

— Ne vous vexez pas. Je dois en avoir autant à votre service… et je suis un Helvète ! S'il y tient tellement, dites à votre cher cow-boy de laisser agir les magiciens de chez Cartier ! Ce sera mieux pour tout le monde !

Quand il eut raccroché, Aldo eut l'impression que le ciel venait de s'éclaircir et, en attendant sa femme, il se lança dans le travail à corps perdu.

Il ignorait encore que Pauline n'était jamais rentrée au Ritz…

9

Où la terre se met à tourner à l'envers

Quand, ce matin-là, Aldo descendit rejoindre Guy pour le petit déjeuner, il le trouva debout près d'une fenêtre, en train de lire une page de journal et visiblement très soucieux. Très absorbé aussi, car il ne leva pas la tête à l'entrée de son ancien élève. Et le café refroidissait dans sa tasse.

— Elles sont si passionnantes que cela, les nouvelles de ce matin, mon cher Guy ? s'écria-t-il joyeusement car il se sentait dans une forme voisine de la perfection… et surtout heureux d'aller bientôt chercher Lisa et les enfants à la gare. Mais vous en faites une tête ! ajouta-t-il, soudain inquiet.

— Je ne pense pas que vous apprécierez. On nous a envoyé cette feuille de chou sous pli cacheté. Il s'agit de *L'Intransigeant* d'hier. Il vaudrait mieux que vous vous asseyiez. Je vais redemander du café…

Toute sa belle humeur envolée, Aldo vit tout de suite le gros titre : « Une Américaine disparaît du Ritz ». Suivait un long développement soulignant le fait que l'on était sans nouvelles de Mrs Pauline Belmont. Grande artiste américaine richissime, elle avait quitté l'hôtel cinq jours plus tôt pour un court voyage dont elle n'était pas encore revenue, alors qu'elle avait annoncé son retour pour le surlendemain, mais sans indiquer sa destination. Fort inquiet, l'un de ses proches amis, le comte Ottavio Fanchetti, avait alerté la police, qui n'avait pas cru devoir y attacher toute l'attention qu'il aurait fallu. Le comte s'était alors adressé à une agence de détectives privés, qui n'aurait eu aucune peine à découvrir que Mrs Belmont avait pris, le 15 novembre, le Simplon-Orient-Express à destination de Venise où elle ne serait jamais arrivée. Suivait évidemment le rappel de l'affaire Helen Adler, elle-même femme de chambre de Mrs Belmont et victime à l'hôtel Ritz d'une agression qui avait mis ses jours en danger puisque, si elle n'en était pas morte, elle demeurait plongée dans un coma profond. Ensuite venait une interminable digression sur les Belmont en général et Pauline en particulier – famille, fortune, portrait physique –, et le chef-d'œuvre s'achevait en mentionnant que Mrs Belmont était apparue en public pour la dernière fois à l'Opéra, lors de la représentation de l'incomparable Torelli dans le rôle de *La Traviata*, et cela dans la loge d'un compatriote fort ami de la diva, Mr Cornelius B. Wishbone, de Dallas, Texas. Elle y était en compagnie de la marquise de Sommières, de Mlle du Plan-Crépin, de M. Adalbert Vidal-Pellicorne et du prince Morosini…

Aldo eut l'impression soudaine que le sang se retirait vers ses extrémités et dut, en effet, s'asseoir. Pauline disparue, Pauline enlevée sans aucun doute, mais par qui ? comment ? où ?… Une bouffée de colère lui fit froisser le journal et il remarqua alors qu'il s'agissait d'une seule feuille et non du quotidien tout entier.

— Comment ce… cette horreur est-elle arrivée ici ? Et où est le reste ?

— Il n'y en a pas. Cette double page était soigneusement pliée dans une enveloppe au format commercial… et sans un mot !

— Et pourquoi *L'Intransigeant* seul ? Les autres journaux ne sont pas au courant ?

— Ils doivent l'être, maintenant. En tout cas, ce canard semble sûr de lui ! Puisque, si je ne me trompe, vous avez emprunté le même train ? Mme Belmont était-elle avec vous ?

— Elle devait y être, car je l'ai aperçue.

— Seulement ? Vous ne l'avez pas rencontrée au wagon-restaurant ?

— Je ne m'y suis pas rendu. J'avais trop peur de rencontrer qui que ce soit parce que je me sentait déjà mal fichu.

— Qu'allez-vous faire, maintenant ?

— Je ne sais pas. Attendre…

La sonnerie du téléphone lui coupa la parole. Agacé, il fit signe à Guy d'aller répondre. Celui-ci revint presque aussitôt.

— C'est Mme la marquise de Sommières, annonça-t-il.

— Tante Amélie ? Au téléphone ? C'est à n'y pas croire ! Elle l'exècre !

— Pas d'erreur possible !

Un instant plus tard, il lui fallait se rendre à l'évidence… Elle ne lui laissa d'ailleurs pas le loisir de s'étonner :

— Tu sais ce qui se passe ici ?

— Pas depuis longtemps. On m'a envoyé par la poste la page de titre de *L'Intransigeant* d'avant-hier. Anonymement, je précise.

— Bon ! On n'a pas le temps pour ergoter. Il faut que tu viennes par le train qui quitte Venise ce soir. Ta femme est là ?

— Non. Elle ne rentre que demain. Elle est à Zurich auprès de son père qui lui a donné des inquiétudes…

— Pour une fois, ça tombe opportunément. Laisse-lui une lettre et rapplique ! Dis-lui… que je suis malade, tiens !

— Je déteste ce genre d'excuses ! Il arrive que cela devienne vrai !

— Et superstitieux, avec ça ! Alors, explique que je t'ai appelé pour une urgence sans préciser laquelle…

— C'est tout juste ce que vous faites, savez-vous, ma bonne dame ?

— D'accord : pourtant je ne t'en dirai pas davantage, ce matin. Il arrive si fréquemment dans ton joyeux pays que les écoutes téléphonique se mettent à fonctionner que je préfère m'abstenir. Tu ne feras que l'aller et retour ! Je t'embrasse ! A demain !

Et elle raccrocha.

— Qu'en est-il ? demanda Guy Buteau.

— Elle veut que j'aille à Paris illico presto. A part ça, vous en savez autant que moi ! Si Pisani est arrivé, expédiez-le me retenir un sleeping pour ce soir ! Maintenant ce qu'il me faut, c'est du café, des litres de café, parce qu'il faut que je réfléchisse !

— Il faut aussi que vous dormiez cette nuit ! fit Guy avec une certaine autorité. Si c'est pour tirer la sonnette d'alarme à Dijon, vous n'arrangerez rien ! Alors, du café mais modérément !

Zaccharia arrivait d'ailleurs, poussant un chariot chargé d'une cafetière ventrue, de toasts et de croissants qu'Aldo investit comme s'il n'avait rien mangé depuis trois jours ! Après ce qu'il avait lu et le coup de téléphone de Tante Amélie, il sentait qu'il allait avoir besoin de toutes ses forces. Tout cela ne présageait rien de bon ! Il essayait surtout de ne pas penser à Pauline. Du moins remettre à plus tard. En revanche, il pensa à sa femme. C'était une chance qu'elle ne soit pas là, mais c'était peut-être reculer pour mieux sauter et il se faisait une montagne de la lettre qu'il allait lui laisser… et qui ne pouvait être qu'un tissu de mensonges qu'elle aurait probablement vite fait de décrypter. Donc la vérité ? O combien dangereuse !… Même arrangée et amputée… Alors ?

Ecartant son couvert, il alluma la première cigarette de la journée et se tourna vers Guy, qui avait repris le journal et le relisait dans le vain espoir d'en extraire un supplément d'informations.

— J'ai envie, dit-il, de prévenir Lisa par téléphone. Elle va être furieuse quand, à son retour, vous serez obligé de lui apprendre que je suis reparti. Au cas où elle préférerait rester un peu plus longtemps auprès de son père…

— Et lui donner tout le temps de faire sa petite enquête elle-même ? Je ne suis pas certain que ce soit très prudent. Faites-moi confiance, Aldo, je saurai quoi lui raconter. C'est-à-dire, une partie de la vérité. En outre, c'est votre tante en personne qui vous a appelé et je ne crois pas que l'idée vienne jamais à Lisa de la mêler à une quelconque embrouille. Ce qui n'empêche pas que vous pouvez cependant lui laisser un mot ! Avec juste ce qu'il faut de tendresse pour qu'elle n'ait aucun doute !

— Evidemment ! Mais qu'est-ce qui m'a pris de vouloir aider Wishbone dans la recherche de sa foutue Chimère ? ragea-t-il soudain.

— Vous ne pouviez pas deviner. Et puis j'ose vous rappeler que, de toute façon, vous deviez vous rendre à l'hôtel Drouot pour la vente Van Tilden. Wishbone ou pas, vous auriez vu arriver Mr Belmont et je donnerais ma tête à couper que vous vous seriez empressé d'enfourcher votre cheval de bataille pour lui venir en aide. Vrai ou faux ?

— Vous parlez comme un livre, mon ami ! Ce qu'il y a de réconfortant chez vous, c'est justement que vous ayez toujours raison !

En reprenant son train ce soir-là, Aldo pensa, non sans agacement, qu'il arrivait au sort de pratiquer une ironie détestable. Le compartiment qui lui échut portait le numéro sept et possédait une porte communicante avec son voisin, le numéro huit.

— Qui va voyager de l'autre côté ? demanda-t-il au conducteur.

— Un vieux militaire, le général Trevisani. Il ronchonne et il ronfle, mais il n'est pas agressif ! fit l'homme avec un sourire rassurant. Je pense qu'il ne devrait pas vous empêcher de dormir.

Rien donc qui évoquât Pauline et, à y réfléchir, c'était aussi bien. La présence d'une femme lui eût été insupportable. Quant au général, il pouvait jouer de la trompette si ça lui faisait plaisir, car Aldo – qui pourtant ne se droguait pas ! – avait demandé un somnifère à son ami Graziani, le pharmacien.

— Il est indispensable que j'arrive à Paris avec les idées claires, lui avait-il confié. Alors donne-moi quelque chose qui ne m'abrutisse pas.

— J'ai ce qu'il te faut, à condition de ne pas en abuser. Un comprimé avec un verre d'eau en te couchant ! Ne t'en sers que si tu en as vraiment besoin. On s'y habitue très vite !…

— Sois tranquille !

Au wagon-restaurant, il expédia son dîner, ne prit pas de café et se hâta de regagner sa cabine où le conducteur avait préparé son lit. Une toilette rapide et, sans même s'accorder une cigarette, il avala un comprimé et se glissa dans ses draps. C'était la nuit, en effet, qui lui faisait peur. Elle était trop proche d'une autre qu'il avait vécue dans les bras de celle qui occupait alors toutes ses pensées. Comment pouvait-il en être autrement après avoir appris qu'elle avait disparu ? Mais où ? quand ? comment ? Il l'avait vue quitter la gare de Brigue et il était impensable que quelqu'un pût l'y attendre, puisqu'elle avait d'abord songé descendre à Milan. Et où pouvait-elle être à cette heure… en admettant qu'elle soit encore vivante ! Et pour quelle raison Tante Amélie l'avait-elle appelé en urgence ? C'était cette espèce de hantise à laquelle il voulait couper court, au moins durant ces heures de nuit où les choses prennent des dimensions effrayantes… Et, soudain, tout disparut, tout s'apaisa. Aldo tomba comme une pierre dans un profond sommeil…

Ce fut la douane franco-suisse qui l'éveilla en frappant à sa porte. Il sauta de son lit en pyjama et alla ouvrir, aussi alerte que s'il avait repris conscience une heure avant, et envoya un remerciement muet à Graziani. Son somnifère était vraiment du tonnerre ! Avec ce qui l'attendait à Paris, il serait peut-être difficile de ne pas y recourir à nouveau ! Mais dès l'instant où il pourrait prendre le problème à bras-le-corps, il comptait sur son goût du combat pour y remédier…

Arrivé en gare de Lyon, il s'engouffra dans un taxi et se fit conduire rue Alfred-de-Vigny avec l'impression réconfortante de rentrer chez lui. C'était presque aussi bon qu'à Venise, d'où Lisa s'absentait à peu près aussi souvent que lui. Dès l'entrée il fut accueilli par le sourire d'un Cyprien toujours imperturbable, comme si une tempête ne menaçait pas la maison.

— J'espère que Monsieur le prince a fait bon voyage ?

— Très bon, Cyprien, merci ! Madame la marquise est…

— Dans le jardin d'hiver, comme d'habitude !

Comme d'habitude ! Tellement agréable à entendre !

— Et Mlle Marie-Angéline ? fit-il, étonné de ne pas l'avoir vue surgir plus ou moins excitée.

— A l'église ! Elle a tenu à se rendre au « Salut » !

Aïe ! Cette subite soif de prières supplémentaires était inquiétante… mais il ne fallait pas faire attendre Tante Amélie !

Un instant plus tard il était dans ses bras, un peu rasséréné. Elle avait eu pour lui le même sourire que de coutume et un baiser chaleureux à souhait. Sans compter la bouteille de champagne et les flûtes de cristal ! Aldo s'assit.

— Dites-moi tout maintenant ! Pourquoi m'avez-vous appelé ?

— Pour que tu répondes à quelques questions. Les miennes bien sûr, mais aussi celles que Langlois va venir te poser tout à l'heure.

— Des questions de Langlois ? Ici ?

— Afin de t'éviter d'aller y répondre Quai des Orfèvres. C'est un ami, tu sais ?

— Que veut-il savoir ?

— La vérité ! Du fait que vous avez pris le même train, Pauline et toi, on en a déduit que vous étiez partis ensemble !

— Pour Venise ? Il aurait fallu que je sois devenu complètement dérangé, non ?

— Si… et tu ne l'es pas. Pourtant vous vous êtes bien embarqués sur le Simplon le même jour à la même heure ?

— Exact, mais je ne le savais pas.

— Comment cela ? Ce n'était pas convenu entre vous ?

— En aucune façon ! Tante Amélie, vous me connaissez assez, pourtant ! Emmener Pauline à Venise, autant dire chez moi, et pour y faire quoi ? La cacher dans un coin tranquille, pourquoi pas dans une île de la lagune afin de pouvoir filer le parfait amour avec elle ? Quasiment sous les yeux de ma femme ?

— Mais enfin tu l'y as rencontrée ?

— Ça, oui, je l'admets ! La surprise a été totale.

— Donc à t'entendre, c'est elle qui a pris l'initiative de te suivre ?

— J'ai conscience de manquer gravement à la galanterie mais c'est vrai ! À vous, je peux l'avouer.

— Où l'as-tu vue ? Au wagon-restaurant ?

— Non. Elle occupait la cabine voisine de la mienne… et elles étaient communicantes !

— Ah !…

Aldo se leva, alluma une cigarette en faisant quelques pas, mais s'immobilisa finalement devant la vieille dame.

— Et pour répondre à la question que vous avez au bout de la langue, c'est oui. J'ai passé la nuit avec elle !… Essayez de comprendre, Tante Amélie ! Je jure que j'ignorais sa présence dans le train et c'est seulement quand la porte s'est ouverte… Elle était si désirable dans ses mousselines blanches et ses cheveux répandus sur les épaules !…

Il toussa afin d'éclaircir sa gorge qui s'enrouait.

— … et je ne suis qu'un homme ! murmura-t-il si visiblement malheureux que la marquise se déplaça, remplit un verre et le lui porta.

— On n'est pas de bois, que diable ! Comme disait mon grand-père ! Tiens ! Ça te remettra les idées en place !

Il la regarda, vit son sourire chaleureux, prit le verre et l'avala tandis qu'elle réintégrait son fauteuil.

— Et après ? Que s'est-il passé ?

— Au lever du jour, nous nous sommes séparés. Elle avait d'abord songé descendre à Milan mais cela représentait pour elle plusieurs heures à rester enfermée dans son compartiment, et elle a finalement choisi Brigue d'où elle pensait attraper facilement un train pour Lausanne et, de là, regagner rapidement Paris. Je prenais le petit déjeuner au wagon-restaurant quand je l'ai vue passer pour gagner la sortie…

— Si je comprends bien, personne ne vous a vus ensemble ? Pas même aux repas ?

— Non, elle s'est fait servir chez elle. Même le conducteur du sleeping n'a rien vu !

— Ne te fais pas trop d'illusions ! Ces gens-là en savent généralement beaucoup plus que nous ne l'imaginons. Et toi qu'as-tu fait après… le petit déjeuner ?

— J'ai vécu un assez mauvais moment. J'étais à la fois heureux et bourrelé de remords…

— En proportions égales, je suppose ? Une position bien inconfortable !

— Plus encore ! La seule idée de me retrouver le soir même en face de Lisa, des enfants, me mettait mal à l'aise. En outre, je me sentais perclus de fatigue. Je n'ai plus vingt ans et deux nuits consécutives sans sommeil…

— Deux nuits ?

— Je n'avais pas fermé l'œil après l'Opéra. L'esclandre avec Adalbert m'interdisait tout repos !

— Oh, ce n'était pas la première fois. Tu le connais…

— Peut-être, mais là c'est différent. Probablement parce que je déteste cette Torelli. Elle me hait et fera tout pour le détacher de moi, et j'ai l'impression qu'il est passé à l'ennemi. Toujours est-il que, pour en revenir à mon train, j'ai décidé de le quitter à Milan. Comme je n'avais prévenu personne de mon arrivée à la maison, c'était sans importance. Je suis donc allé passer une bonne nuit au Continental et, le lendemain, je suis enfin rentré au bercail.

— Je connais la suite !... A présent, tu devrais peut-être aller te rafraîchir un peu, ajouta Mme de Sommières en consultant la discrète montre bijou accrochée à sa robe... Langlois devrait arriver dans deux petits quarts d'heure et tu sais son exactitude.

En traversant l'enfilade des salons qui reliaient le jardin d'hiver au vestibule, Aldo passa tout près de Marie-Angéline. Rentrée depuis un moment, elle avait trouvé refuge derrière une pendule de parquet mais en sortit dès que le bruit des pas d'Aldo sur les marbres du hall lui fut parvenu.

— On dirait qu'il est là ? commença-t-elle. Je viens de l'entendre monter l'escalier...

— Pas à moi, Plan-Crépin ! coupa la marquise. Il y a au moins dix minutes que vous êtes tapie derrière le régulateur après avoir pris soin d'enlever vos chaussures ! Donc vous n'ignorez plus rien !

— Je devrais pourtant savoir qu'il est à peu près impossible de vous cacher quelque chose ! soupira l'incorrigible curieuse. Drôle d'histoire en tout cas !

— Drôle n'est pas le terme que je choisirais. C'est une parfaite démonstration des mauvais tours que le destin tient en réserve à l'intention des pauvres humains !

— Reste à savoir si le commissaire va avaler ça.

— Et pourquoi pas ? C'est un fin psychologue et il commence à connaître notre Aldo. Et de plus, son histoire respire la vérité !

— Nous admettrons que j'avais raison de me méfier de cette Pauline ! Avoir le culot de le poursuivre jusque sur le chemin de son foyer, dans ce train où il est aussi connu que le loup blanc, s'offrir à lui avec cette impudeur !…

— Plan-Crépin ! Il est parfaitement conscient que c'était une folie, mais elle l'aime passionnément ! Je l'ai su à Versailles au premier regard que je l'ai vue poser sur lui…

— … et comme ces Américaines n'ont aucune morale, ce n'est pas difficile de deviner ce qu'elle cherche : l'obliger à divorcer afin de prendre la place…

— En voilà assez ! Aldo n'est pas un gamin que l'on mène par le bout du nez ! Il ne nie pas être sensible à son charme mais de là à… oh, hé… puis vous venez de l'entendre ! Et je vous rappelle qu'elle a disparu !

— Pourquoi n'aurait-elle pas manigancé une fausse disparition ? Rien de tel que la peur d'un destin tragique pour chauffer à blanc l'intérêt d'un homme ! Et pourquoi choisir Brigue quand il était si facile de choisir Lausanne ? Le train s'y arrête…

La sonnette de l'entrée retentit, annonçant le commissaire. Mme de Sommières frappa vigoureusement le sol de sa canne.

— Assez déraillé, Plan-Crépin ! Et tâchez de tenir votre langue pointue si vous ne voulez pas aller aider Prisca à traire ses vaches !

Elégant à son habitude – costume gris anthracite et cravate assortie à peine éclairée de fines rayures blanches et rouges, ces dernières en accord avec la discrète rosette de la Légion d'honneur –, Langlois s'inclina sur la main de Mme de Sommières, serra celle de Marie-Angéline en s'inquiétant de leur santé.

— Rien à signaler de ce côté-là ! sourit la marquise, je vais vous conduire à la bibliothèque où mon époux aimait se retirer. Vous y serez plus à l'aise pour causer entre hommes qu'au milieu de mes plantations. Il y a du feu et Cyprien vous servira ce que vous voudrez !

— Votre accueil à lui seul est un plaisir, Madame, et je tiens à vous remercier de l'aide que vous voulez bien m'apporter !

— Ne renversez pas les rôles ! Je vous suis infiniment reconnaissante d'avoir évité à Aldo la convocation dans vos bureaux que la presse doit assiéger sans désemparer !

— Elle n'y manque pas. Bonsoir, Morosini ! ajouta-t-il à l'adresse de ce dernier qui les rejoignait. Désolé de vous avoir fait refaire le voyage depuis Venise, mais il est impératif que je vous parle…

— Vous n'allez pas vous excuser, j'espère, alors que vous agissez en ami ! Je ne vous cache pas que je suis complètement déboussolé…

Après les avoir guidés à la pièce annoncée, Mme de Sommières se retira, fermant silencieusement la porte sur les deux hommes assis de part et d'autre de la cheminée dans les grands fauteuils tapissés de velours vert anglais, un plateau chargé de verres et de bouteilles posé près d'eux sur une table basse. Une image de paix plutôt rassurante…

Elle s'apprêtait à regagner son jardin d'hiver, quand un bruit de voix l'attira dans le vestibule. Elle y découvrit Plan-Crépin en compagnie de Théobald, le valet multifonction d'Adalbert Vidal-Pellicorne… lequel pleurait à creuser les cailloux.

— Théobald ? Mais que vous arrive-t-il ?

— Il vient nous dire adieu ! expliqua Marie-Angéline qui, les bras croisés et les sourcils froncés, observait le phénomène.

— Comment cela, adieu ? Mais d'abord ne restons pas là, c'est plein de courants d'air …

Elle tourna les talons pour rejoindre son poste de commandement habituel, les deux autres à sa suite.

Et se laissa tomber dans son fauteuil : Théobald en était à présent aux sanglots. Il tremblait comme une feuille et, craignant qu'il ne s'effondre sur le tapis, elle le fit asseoir.

— Donnez-lui un remontant, Plan-Crépin, et, en attendant qu'il reprenne son souffle, racontez ce qu'il a pu réussir à articuler ! Adalbert déménage ?

— Si je ne craignais d'être vulgaire, je dirais qu'en effet il déménage, mais au figuré ! Il n'est pas question de vendre l'appartement de la rue Jouffroy, ni même d'en liquider les meubles, mais de tout épousseter avant de poser les housses, d'emballer la garde-robe de Monsieur ainsi que les matériaux du livre qu'il est en train d'écrire, de tout fermer soigneusement en avertissant le concierge et de rejoindre Adalbert à Londres. C'est bien ça, Théobald ?

— Ouiiiiiiiii…

— Bah ! Ce n'est pas la première fois que « Monsieur » va séjourner dans son appartement de Chelsea !

— Mais il ne va pas y séjourner, justement. Il le « prête » à la Torelli tandis que lui-même se logera au Savoy.

— Pourquoi ne laisse-t-il pas Théobald à Paris, comme il en avait coutume depuis des années pendant ses campagnes de fouilles en Egypte et autres déplacements ?

— Tout bonnement parce qu'il met ce malheureux au service de cette abominable créature. Madame veut faire de Londres – où elle chante en ce moment – son centre d'activités. Et la maison d'Adalbert lui plaît d'autant plus que c'est lui qui paiera le loyer !

— Je ne vois là aucune raison pour que Théobald nous fasse ses adieux !

Celui-ci jugea utile d'intervenir :

— Si… avec la permission de Madame la marquise, parce que je vais porter là-bas tout ce que Monsieur m'a demandé mais je vais aussi lui rendre mon tablier. J'ai déjà eu l'honneur de vous le dire : je ne servirai pas cette… dame ! Ma mission remplie, j'irai retrouver mon frère Romuald dans son jardin d'Argenteuil ! J'ai trop souffert du temps de Mme la princesse Obolensky ! Je préfère m'en aller !

— Je vous proposerais volontiers de venir chez nous, dit Mme de Sommières, mais, dans l'état actuel des choses, vous auriez l'air de trahir votre patron. En outre, je pense que cette histoire ne durera pas plus que les précédentes. Aussi je vous propose de ne pas couper les ponts avec qui que ce soit ! Ou je me trompe fort, ou vous n'en avez pas fini avec notre égyptologue ! Et je vous en prie, suivez-le, ne serait-ce que pour nous tenir au courant !

Théobald parti, un peu réconforté, les deux femmes gardèrent le silence un moment. Ni l'une ni l'autre n'aimaient la tournure que prenaient les événements mais aucune ne voulait en convenir. Finalement, la marquise soupira :

— Vous, je ne sais pas, mais moi je boirais bien encore un peu de champagne !

— Ne pensons-nous pas qu'il vaudrait mieux prier ?

— L'un n'empêche pas l'autre ! Demain, vous ferez dire une neuvaine de messes !

— A qui ?

— Comment « à qui » ? Je ne sais pas, moi ! C'est vous, la spécialiste. Personnellement, j'opterais pour saint Michel ! D'abord c'est un archange, ensuite les milices célestes, l'épée flamboyante me paraissent tout à fait adéquates ! Sinon, vous penseriez à qui ?

— Je redoute d'être obligée d'appeler au secours sainte Rita !

— Je n'ai pas l'honneur de la connaître !

— Sainte Rita de Cascia, la patronne des causes désespérées !

— On n'en est tout de même pas là ! Du moins je l'espère ? Tenons-nous-en à l'Archange ! Et vous pourriez lui promettre, dans la foulée, un pèlerinage ! Le sublime Mont au Péril de la Mer m'a toujours profondément fascinée et émue…

Cela, Plan-Crépin voulait bien le croire, en dépit de la foi assez tiède de sa cousine et patronne. Peut-être à cause de la larme, vite essuyée d'un doigt nerveux, qui avait brillé un instant au coin d'un œil toujours aussi vert…

En attendant, elle alla chercher le champagne.

Pendant ce temps, dans la bibliothèque, Langlois achevait de confesser Aldo sans mettre sa parole en doute un seul instant. Il connaissait trop les hommes et surtout celui-là, qui semblait attirer les femmes – et pas les plus laides ! – comme le miel attire les mouches, pour qu'il en soit autrement. A plusieurs reprises déjà, Morosini avait manqué laisser sa vie au cours de leurs relations houleuses et, une fois, l'harmonie de son couple. Naturellement il connaissait moins son épouse, mais suffisamment pour deviner que cette superbe fille rousse aux yeux de velours violet ne supporterait pas le scandale public qui était à deux doigts d'éclater.

Après le papier fracassant de *L'Intran*, d'autres publications de moindre importance avaient fait paraître des « échos » sur le mode plaisant, mais d'autant plus venimeux, dans le genre : « Enlèvement ou escapade amoureuse ? » qui, s'ils parvenaient jusqu'à Lisa, ne manqueraient pas de soulever sa colère et la pousser à rejeter définitivement son mari.

Jusqu'à présent, le mal était à peu près jugulé. Il avait suffi au policier – chose qu'il n'aurait concédée à personne d'autre ! – de faire circuler, aux rédacteurs desdites publications, l'ordre – avec toute la courtoisie voulue ! – de mettre en « attente » temporairement, et dans l'intérêt d'une enquête plus dangereuse qu'il n'y paraissait, « leur petit jeu ». En promettant de les tenir au courant des résultats quand on en aurait. Et ça avait marché parce que sa réputation de grand chef n'était plus à démontrer et que tous savaient que se le mettre à dos pouvait coûter très cher.

Aldo ne lui avait rien caché de ce qu'avaient été ses relations avec Pauline Belmont, gêné d'ailleurs de devoir lui laisser la responsabilité de leur dernière rencontre dans le train.

— Sans doute l'ai-je appelée inconsciemment puisque, plantant là mon client et sa Chimère, c'était en fait elle que je fuyais. J'aurais dû…

— Oubliez vos scrupules de gentilhomme ! Moi, ce que j'ai besoin de connaître, c'est la seule vérité. Vous ne l'avez pas enlevée et vous m'avez fourni tous les éclaircissements qu'il me fallait. Je vais la faire rechercher. Une femme d'une telle beauté, d'une telle élégance ne laisse pas indifférent ! Je ferai aussi vérifier votre passage au Continental de Milan. Mais je crains qu'en fait d'escapade amoureuse, il ne s'agisse bel et bien d'une affaire criminelle et que, si Mrs Belmont n'a pas été escamotée par vous, c'est par quelqu'un qui ne lui veut aucun bien…

— Vous la croyez en danger ?

— Je le craignais plus ou moins mais à présent j'en suis persuadé. Qu'allez-vous faire, vous-même ?

— Vous laisser travailler… et retourner chez moi en espérant que ma femme ignorera toujours tout de cette aventure !

— Si cela arrivait, envoyez-la-moi ! Je saurais quoi lui dire !

— Merci. Je commence à croire que vous êtes vraiment un ami !

— Vous ne vous en étiez pas encore rendu compte ? En tout cas, bon voyage ! Et… que cela vous serve de leçon ! Bon… maintenant, je vais de ce pas saluer ces dames et prendre congé…

— Pas sans avoir bu un verre de champagne ! Tante Amélie prône ses vertus pour les baisses de moral !

Le champagne était bel et bien au rendez-vous, mais de toute évidence, la sérénité, elle, n'y était pas. Mme de Sommières, visiblement soucieuse, s'efforçait de calmer une Plan-Crépin furibarde chez qui la colère avait au moins l'avantage de sécher des larmes avant qu'elles ne sourdent…

— Quel imbécile ! Non, mais quel imbécile ! répétait-elle en arpentant le tapis, les bras croisés.

Trop content d'avoir une belle occasion de se mettre en rogne, Aldo rejoignit son camp. Depuis les péripéties d'Assouan, il savait qu'elle s'était découverte amoureuse d'Adalbert. Langlois, lui, se rangeait aux côtés de Tante Amélie.

— Cette histoire ne me plaît pas, lui confia-t-elle. Les coups de cœur de notre savant lui valent en général plus de déboires que de satisfactions. Et puis, je vous avoue que je n'aime pas cette Torelli ! Elle est sublime, j'en conviens, et les anges ne doivent pas chanter mieux, mais il y a en elle quelque chose qui m'inquiète. Quoi, par exemple ? ajouta-t-elle avec un geste d'impuissance.

— Sans doute le dessèchement du cœur presque obligatoire chez les femmes trop adulées ! Et il paraîtrait que le caractère de la Torelli ne serait pas des plus accommodants ! J'aurais plutôt tendance à plaindre Vidal-Pellicorne. Il risque d'y laisser des plumes.

— Chaque fois qu'il tombe amoureux, il en laisse ! clama Plan-Crépin. Avec celle-ci, il joue peut-être aussi sa fortune ! Voulez-vous me dire de quoi il aura l'air quand il n'aura plus rien ?

— D'un pigeon déplumé ! asséna la marquise. Il lui restera cependant son immense savoir, ses qualités humaines… du moins il faut l'espérer… et trois ou quatre amis fidèles !

— Ça, c'est plus aléatoire ! grommela Aldo, soudain très sombre.

— Allons donc ! Tu lui en as déjà pardonné de pires !

— Oui, mais je ne suis pas certain d'en avoir encore envie !

— Commencez par rentrer à Venise ! conseilla Langlois en lui serrant la main. Rien que dans le nom de cette ville, il y a une consonance magique !

— C'est la sagesse même, cet homme-là ! apprécia Tante Amélie quand Aldo revint après avoir raccompagné le commissaire au vestibule. Essayons à présent de passer une soirée reposante et une bonne nuit en attendant que tu nous quittes une fois de plus ! Je te donnerai une lettre pour Lisa. Ainsi mon courrier arrivera plus vite que par la poste.

En dépit de ses soucis, Aldo ne put s'empêcher de rire.

— Qu'ai-je dit de si drôle ? demanda-t-elle.

— Adalbert m'a dit un jour que j'avais passé l'âge des « mots d'excuses » ! Apparemment, vous pensez autrement !

Après un dîner rapide et plutôt silencieux, on se souhaita bonne nuit et chacun se retira, conscient de ce que ce souhait paisible pouvait avoir de factice. Marie-Angéline croqua une pomme et avala un grand pot de tilleul, sans parvenir à s'extraire Adalbert de la tête. Mme de Sommières se retrouva sur le chemin de la prière, ce qui ne lui était pas arrivé depuis longtemps ; quant à Aldo, même s'il se sentait soulagé de ne plus être impliqué dans la disparition de Pauline, il ne pouvait la chasser de son esprit : elle était en danger, sans doute possible, et la perspective de retourner tranquillement chez lui en jouant les Ponce Pilate lui déplaisait au plus haut point ! S'il réussit à obtenir quelques heures de sommeil, ce fut en ayant recours – non sans répugnance mais il en avait besoin ! – à la médecine de Franco Graziani. En se jurant que c'était la dernière fois !...

Quand il descendit pour le petit déjeuner, il vit Marie-Angéline déjà revenue de la messe de 6 heures en train de tremper mélancoliquement un croissant dans sa tasse de café au lait, l'œil fixé sur une marmelade d'oranges dont elle n'avait pas fait usage, contrairement à son habitude. Elle avait à peine fait attention à lui quand il s'était attablé après avoir répondu un bonjour machinal au sien. Il était évident qu'elle avait beaucoup pleuré...

— Angelina ! fit-il, désolé. Vous allez vous rendre malade et cela me navre ! Vous êtes la force de cette maison et si vous vous abandonnez au désespoir, que va-t-il advenir de vous... et de Tante Amélie ? Croyez-vous que je vais pouvoir partir tranquille si...

Elle darda sur lui un regard furieux.

— Ne me racontez pas d'histoires, Aldo ! Même si j'arborais un large sourire, vous ne partiriez pas tranquille ! Ou alors vous avez énormément changé !

— Que voulez-vous dire ?

— Que même si vous n'êtes pour rien dans l'enlèvement de Mrs Belmont, n'essayez pas de me faire croire que cela vous laisse indifférent ! Si vous n'étiez pas marié...

— Mais je suis marié à une femme merveilleuse et cela change tout ! Sinon, bien sûr que je me serais lancé à sa recherche, quelle que soit la confiance que je place dans les talents de Langlois mais…

— Une lettre pour Monsieur le prince ! annonça Cyprien qui entrait à cet instant, portant une enveloppe blanche sur un petit plateau d'argent.

— Ce n'est pas l'heure du courrier ! remarqua Marie-Angéline.

— En effet, Mademoiselle, mais le concierge vient de la trouver sous le portail…

Aldo s'en était emparé aussitôt et déchirait l'enveloppe d'un doigt nerveux, tandis que son cœur manquait un battement. Les messages délivrés hors des voies habituelles ne lui inspiraient aucune confiance. Celui-là, cependant, rédigé sur un papier épais et par une main élégante, semblait pourtant animé des meilleures intentions : « Ne vous laissez surtout pas aller à la tentation de vous mêler de l'enquête et surtout ne manquez pas votre train demain soir ! Cela n'aiderait personne et pourrait avoir des conséquences dramatiques pour la paix de votre ménage ! » Pas de signature. Seulement : « un ami ».

Sans un mot, il tendit le billet à son vis-à-vis. Qui le prit, le parcourut, fronça les sourcils, le relut et finalement le rendit mais sans perdre son air soucieux.

— Bizarre ! Cela semble provenir de quelqu'un qui vous connaît bien. Auriez-vous dans l'idée de rester ici quelque temps afin de voir comment tournera l'enquête et, si nécessaire, vous en mêler ?

— Voyons, Marie-Angéline, vous me connaissez suffisamment pour comprendre que je me soucie du sort de P… Mrs Belmont ! Si elle est tombée dans un guet-apens – et on peut le redouter ! –, il m'est impossible…

Plan-Crépin devint rouge brique et brandit dangereusement une cuillère tardivement enduite de marmelade d'oranges :

— Si elle est tombée dans un piège, elle l'a bien voulu ! Et d'abord pourquoi ne serait-elle pas en train de goûter les charmes du bel automne suisse au bord d'un lac… et en compagnie d'amis de rencontre ?…

— Sans bagages et après avoir prévenu le Ritz qu'elle s'absenterait deux ou trois jours ? Allons donc !

— Avec de l'argent on obtient ce que l'on veut – par exemple des vêtements ! – dans n'importe quel coin d'Europe ! Quant au Ritz, il en a vu d'autres et on n'en demande pas plus dès l'instant où elle conserve sa chambre et ses affaires dedans ! Ces Américaines sont capables de tout…

— Et de n'importe quoi, je sais ! Mais que vous a-t-elle fait pour que vous la haïssiez à ce point ?

Sans lâcher sa cuillère, elle se laissa aller sur sa chaise, semblant soudain très lasse.

— Mais je ne la hais point !… Simplement elle me fait peur en raison de sa puissance sur vous ! Il suffit qu'elle paraisse et vous voilà sens dessus dessous !

— Où allez-vous chercher ça ?

— J'ai des yeux pour voir, des oreilles pour entendre. Quand elle vous parle, elle roucoule ! Et vous aussi !

— Moi, je roucoule ? se rebiffa-t-il, trop abasourdi pour trouver une parade.

On ne l'avait encore jamais comparé à un pigeon mais Plan-Crépin était hors d'elle.

— Parfaitement ! Et, bien entendu, quand vous l'avez rencontrée dans le sleeping, vous l'avez invitée à prendre une tasse de thé au wagon-restaurant en causant de la pluie et du beau temps ? s'écria-t-elle en se dressant sur ses pieds, ce qui amena Aldo à en faire autant.

— J'ai fait ce que j'avais à faire !

La phrase était maladroite. La riposte claqua :

— Oui. L'amour !

L'entrée inopinée de Mme de Sommières sauva Marie-Angéline de la gifle qui démangeait la main d'Aldo.

— Qu'est-ce qui vous prend de hurler de la sorte, tous les deux ? On vous entend depuis l'escalier.

Plan-Crépin prit la lettre restée sur la table et la tendit à la marquise d'une main tremblante de colère :

— Tenez ! Lisez ! Je ne suis pas seule à penser que cet homme devient fou dès que son Américaine s'inscrit dans le paysage ! Et il était grand temps que quelqu'un lui dise ses quatre vérités ! Pauvre, pauvre Lisa !

Et elle sortit sans oublier de claquer la porte derrière elle. Les deux autres observèrent le phénomène sans souffler mot. Enfin, après un court silence, Tante Amélie soupira.

— Pauvre Plan-Crépin ! Elle déverse sur toi le chagrin que lui cause la désertion de notre Adalbert ! Ce qui ne veut pas dire que ta conduite la laisse indifférente. Seulement, toi, elle t'a sous la main !

— Plus pour longtemps ! Encore quelques heures et j'aurai cessé de troubler votre quiétude !

— Tu es bien le seul à le penser ! J'aperçois une suite infinie de jours où toi et Adalbert allez vous retrouver au centre de toutes nos conversations. Curieuse, cette lettre ! Elle semble animée des meilleures intentions, alors pourquoi est-elle anonyme ?

— On peut souhaiter mettre quelqu'un en garde, tout en ne désirant pas se faire connaître. Au surplus, cela tombe plutôt bien !

— Pourquoi ?

— Croyez-vous que cela m'amuse de rentrer tranquillement chez moi alors que Pauline est peut-être en danger ?

— Sans doute, mais tu n'as pas le choix si tu ne veux pas mettre ton couple en péril. Or, d'après ce que je crois comprendre, tu hésitais ! Donc cet avis est on ne peut plus opportun. Va prendre ton train, mon garçon, et laisse Langlois faire son travail. Au moins tu peux être certain qu'il le fera convenablement ! Et tu lui as promis de partir !

La journée se traîna lamentablement sous un jour bas et lugubre. Il faisait froid et, par-dessus le marché, une pluie têtue se déversait interminablement sur Paris : un temps capable de mettre à fond de cale le moral le plus solide. Ce que n'était pas celui d'Aldo. Pour ne pas emplir de fumée la demeure de Tante Amélie, il sortit griller quelques cigarettes sous les arbres dépouillés du parc Monceau à peu près désert. Même les nurses anglaises les mieux aguerries avaient renoncé à pousser leurs landaus armoriés sous cette tristounette contrefaçon du déluge. Le promeneur solitaire se garda d'ailleurs d'aller trop loin, le trop loin étant représenté par l'entrée du boulevard de Courcelles, où l'on se trouvait à deux pas de chez Adalbert. La seule idée d'apercevoir les hautes fenêtres de son appartement haussmannien occultées par des volets lui donnait mal au cœur.

C'était la seconde fois que son ami lui tournait le dos à cause d'une femme, mais il n'avait pas ressenti la première brisure aussi douloureusement que celle-ci, qu'il devinait plus grave. Alice Astor avait ébloui Adalbert mais c'était une femme impossible et surtout trop sotte pour qu'il ne s'en aperçoive pas un jour ou l'autre. Et puis Aldo avait lui-même autre chose à faire. La Torelli, sa beauté rayonnante et sa voix de sirène s'apparentaient davantage à Circé et, s'il n'avait été prévenu – aussi bien par leurs relations initiales que par les demi-confidences de Wishbone ! –, il aurait pu se laisser séduire, mais en fait il n'y croyait pas. Lui avait Lisa… et Pauline ! Adalbert n'avait que le souvenir ébloui que lui avait procuré la découverte du tombeau de la Reine inconnue. Au contraire de ce qu'avait espéré son ami, la belle image devait être trop profondément enfouie dans le cœur d'Adalbert pour le protéger d'une femme redoutablement vivante !

Ce fut avec un réel soulagement qu'il vit tomber le soir, boucla sa valise et descendit boire une dernière coupe de champagne en compagnie de Tante Amélie et de Marie-Angéline. Mais l'habituelle magie des petites bulles dorées ne joua pas. C'était un vin de fête et, sans vouloir l'avouer, aucun des trois ne se sentait le cœur léger : l'ombre de Pauline Belmont abandonnée à son sort, peut-être ?

Aussi, quand Cyprien vint annoncer que le taxi appelé par Lucien attendait Monsieur le prince, celui-ci embrassa sa tante avec une chaleur inaccoutumée, sans oublier d'appliquer deux baisers sur les joues maigres de Plan-Crépin.

— Sois tranquille ! On te communiquera toutes les nouvelles qui passeront à notre portée ! Fais-nous… ou plutôt fais confiance à Plan-Crépin !

— Je n'en doute pas un seul instant ! Merci d'avance ! Veillez bien sur elle, ajouta-t-il à l'oreille de cette dernière… qui répondit par un regard indigné et un haussement d'épaules.

Comme si elle n'avait jamais fait autre chose !

Avec la déprimante impression d'être en train de devenir idiot, Aldo grimpa dans son taxi auquel Lucien intima :

— Gare de Lyon ! Au départ des grandes lignes !

L'homme fit signe qu'il avait compris et démarra sur l'asphalte mouillée où se reflétaient les réverbères. Aldo s'enfonça dans son coin, croisa les bras sur sa poitrine et ferma les yeux. L'itinéraire qu'il connaissait parfaitement pour l'avoir parcouru si souvent n'avait plus pour lui le moindre intérêt !

Il n'avait pas envie de dormir pourtant, alors de temps en temps, il ouvrait un œil. Il vit ainsi défiler la Madeleine, un bout des Grands Boulevards et la place de la République. La circulation était dense à cette heure et les artères abondamment éclairées. Il y eut la Bastille et, cette fois, il garda les yeux ouverts : la gare était proche…

Mais soudain, au lieu de piquer droit dessus par la rue de Lyon, le taxi obliqua à gauche pour s'engager dans l'avenue Daumesnil.

— Dites donc, où allez-vous ? cria-t-il au chauffeur en tirant sur le loquet maintenant la vitre de séparation.

Qui ne s'ouvrit pas ! Imperturbable, l'homme poursuivit son chemin comme s'il n'avait rien entendu.

Pris de colère, Aldo frappa à coups redoublés sur le carreau.

— Arrêtez-vous !… Arrêtez-vous immédiatement !

Toujours rien. Il se jeta sur la portière… qui résista. Puis sur l'autre, qui ne s'ouvrit pas davantage…

S'efforçant de maîtriser une fureur capable de lui brouiller les idées, il se recala sur les coussins. Peu passante, la grande artère prise entre une ligne de chemin de fer et quelques immeubles était mal éclairée et quasi déserte. Il comprit alors qu'il venait de se faire enlever à son tour, en plein Paris…

TROISIÈME PARTIE

UNE VICTOIRE À LA PYRRHUS

10

Un parfum de scandale…

Cependant, Aldo n'eut pas beaucoup de temps pour se poser des questions sur la longueur du parcours : on était presque arrivés. Franchi le boulevard Diderot, l'avenue devenait plus obscure et les grandes arcades de briques soutenant la ligne de chemin de fer banlieusarde faisaient face à des maisons basses, lépreuses pour la plupart, et à de petits entrepôts, le tout percé de ruelles mal pavées, mal éclairées et ne laissant de passage qu'à un seul véhicule. Le taxi s'engagea dans l'un de ces boyaux sinistres, habités le plus souvent par des Chinois qui lui avaient cependant procuré une certaine réputation, car dans les deux bistrots aux vitres sales, la cuisine asiatique se révélait excellente. Quelques connaisseurs s'y aventuraient parfois.

Le taxi les dépassa pour s'arrêter un peu plus loin, tous feux éteints. Des hommes masqués de passe-montagnes percés de trous en firent sortir Aldo après lui avoir asséné, du tranchant de la main, un coup sur la tête qui lui fit perdre connaissance. Pas longtemps, d'ailleurs. Quand il refit surface, on l'avait déposé sur un divan défoncé autour duquel se tenaient quatre hommes armés de pistolets, cependant qu'un cinquième lui appliquait des claques. Sur une table voisine, deux bougies allumées dans une assiette ébréchée faisaient de leur mieux pour éclairer la scène.

Retrouvant sa colère en même temps que sa conscience, Aldo se leva, les poings en avant, prêt à foncer, mais le plus grand de ses ravisseurs, celui qui paraissait le chef, lui mit le canon de son arme sur le ventre.

— Tiens-toi tranquille si tu ne veux pas prendre un pruneau dans le bide ! On ne te veut pas de mal pour le moment !

— Que voulez-vous alors ?

— Que tu te déshabilles et dare-dare !

— Pourquoi ?

— T'occupe ! On va t'aider ! Allons, dépêche !

Le moyen de résister ? En un rien de temps, Aldo n'eut plus sur lui que ses sous-vêtements, ses chaussures et ses chaussettes, et comme il avait froid, il eut un frisson qui fit rire l'homme.

— T'inquiète pas ! On veut pas ta mort. Pas tout de suite, tout au moins ! Mets ça ! Et ne fais pas la grimace ! C'est moins élégant mais c'est propre !

En effet, il se retrouva nanti d'un pantalon de velours côtelé, d'un gros pull marin à col roulé, d'un caban et même d'un bonnet de laine. Dans les profondeurs obscures de la pièce, il pouvait voir un homme de sa taille, mais dont le visage demeurait caché, enfiler rapidement ce qu'on lui avait confisqué, y compris ce qu'il y avait dans ses poches !

— Pressez-vous un peu, bon sang ! gronda le chef. Il ne faut pas que le prince Morosini manque son train !

— Vous voulez faire passer ce type pour moi ? C'est ridicule !

— Ah, tu crois ? Tu es drôlement vaniteux, dis donc ! Moi, je suis sûr qu'il fera parfaitement illusion le temps nécessaire ! Ah, n'oublions pas !

Il avait pris les mains d'Aldo pour en retirer la sardoine gravée à ses armes qui ne le quittait jamais et que se transmettaient les aînés de sa maison, sa montre-bracelet et, ce qui lui fut douloureux, son anneau de mariage.

L'inconnu le comprit à la brève crispation de son visage et se mit à ricaner. Un ricanement cruel, discordant, inattendu compte tenu de sa voix, une voix plutôt agréable, policée même malgré les expressions vulgaires.

— Cela fait si mal que ça ? Surprenant, si l'on considère la désinvolture avec laquelle tu traites le serment des noces ! Elle est pourtant bien belle, ta femme ! De toute façon, elle ne viendra pas te demander d'explications là où tu vas atterrir !

— Mais sacrebleu, qu'est-ce que vous cherchez ? Que voulez-vous ?

— Moi ? Rien. Je vais même te dire mieux : j'aurais tendance à te trouver sympathique ! Est-ce amusant !

— Alors qu'est-ce que je fais là ?

— Tu fais comme moi : tu obéis à des ordres supérieurs ! Tu es prêt, toi ? ajouta-t-il à l'adresse du fac-similé qui, grâce à l'aide d'un comparse, achevait sa transformation. Assez réussie, pour autant qu'Aldo puisse en juger dans ce lieu obscur. Et non sans un serrement de cœur, surtout quand l'homme eut drapé une écharpe dans le col relevé du manteau de vigogne et escamoté le haut du visage sous l'ombre de la casquette.

— J'y suis ! On peut y aller, répondit l'homme, et le malaise du modèle s'accentua : la voix de ce malfrat ressemblait à la sienne…

Les hommes descendirent. Peu après, il entendit démarrer le taxi, vite remplacé par un bruit de moteur. Les deux hommes qui avaient accompagné la « doublure » reparurent.

— La bagnole est là ! fit l'un d'eux. Il serait peut-être temps de lui fermer les yeux, à ton client !

Une seconde plus tard, Aldo était aveugle par la vertu d'une paire de lunettes noires aux verres opaques dont les branches s'élargissaient sur les tempes afin qu'il lui fût impossible de distinguer quoi que ce soit. Simultanément, un bracelet appartenant à des menottes emprisonnait un de ses poignets, puis il entendit le déclic du second.

— Voilà ! On est inséparables ! conclut gaiement celui qui devenait son gardien. Maintenant on va t'aider à descendre !

— Où m'emmenez-vous ? demanda-t-il.

— Tu crois sincèrement qu'on va te le dire ? Au point où tu en es, ici ou là qu'est-ce que ça peut te faire ?

— Je suis ainsi : un rien m'intéresse ! ironisa-t-il. J'imagine que nous allons dans un coin reposant – une forêt, de préférence ? – où il sera plus pratique de me tuer et vous débarrasser de ma carcasse qu'en plein Paris ?

— Te tuer ? Pourquoi ? Tu es déjà mort !

— C'est toujours bon à savoir…

Son gardien l'aida à s'installer à l'arrière d'une voiture – confortable, d'ailleurs – et prit place à côté de lui. Le chauffeur et un troisième larron s'assirent à l'avant et le véhicule embraya doucement. A quelques mètres de là, on entendit siffler un train puis l'écho d'un haut-parleur et divers bruits normaux à proximité d'une gare.

— Même un défunt de mon genre peut avoir envie d'une cigarette. Et vous m'avez pris les miennes, fit remarquer Aldo calmement.

— Tu ne manques pas de cran ! J'aime ça !

Il sentit que l'on plaçait le mince rouleau de tabac entre ses lèvres et que l'on approchait une flamme.

Il aspira la fumée qu'il garda un instant dans sa bouche avant de l'avaler avec l'impression de renaître. Ce n'était pas le tabac anglais dont il avait l'habitude, mais une « Gitane » française, qu'il ne détestait pas. Au moins, c'était une odeur familière et puis c'était chaud ! Bigrement appréciable par cette nuit froide et humide.

Le silence régnait dans l'habitacle. Quand Aldo eut fini sa cigarette, il se sentit las tout d'un coup et bâilla.

— Si tu veux dormir, ne te gêne pas ! dit son voisin. On en a pour un moment à tailler la route…

Pourquoi pas, après tout ? Il n'avait aucun moyen de repérer seulement la direction. L'auto – une machine assez puissante – s'était livrée à un certain nombre de manœuvres, tournant à droite, à gauche, à plusieurs reprises. Il y eut un rapide passage de l'octroi mais qui ne lui apprit rien : ce pouvait être au nord aussi bien qu'au sud, à l'est ou à l'ouest. Ses compagnons de voyage restaient muets. Il aurait aimé pouvoir croiser les bras pour mieux s'accoter dans son coin, mais son poignet gauche captif l'en empêchait. Aussi se contenta-t-il d'appuyer sa tête au dossier et de fermer les yeux. Il avait faim et soif, et il était préférable de ne pas songer à sa copie peut-être en train de s'installer, à cet instant, à une table de l'agréable wagon-restaurant. Quoiqu'en y réfléchissant, son alter ego eût intérêt à se faire servir dans sa cabine. La ressemblance n'était peut-être pas suffisante pour affronter trop d'éclairage et il était difficile d'aller dîner coiffé d'une casquette et affublé d'une écharpe remontant jusqu'au nez !

Quant à ce qui l'attendait lui-même, il le verrait bien une fois arrivé à destination. Une chose était certaine, on l'avait piégé de main de maître et il ne se faisait guère d'illusions : ça n'allait pas être une partie de plaisir de se sortir de ce pétrin. Surtout si c'était une tombe perdue au fin fond d'une campagne…

Pour éviter de s'attendrir sur son sort, il ferma les yeux en s'efforçant de ne plus penser et, la fatigue aidant, s'endormit presque aussitôt…

En revenant de la messe, le surlendemain, et sans même prendre le temps d'ôter ses vêtements de sortie, Marie-Angéline demanda à Cyprien :

— Toujours pas de nouvelles ?

— Toujours pas ! Mais il n'est qu'un peu plus de 7 heures ! Madame la marquise a déjà demandé son petit déjeuner.

En grimpant l'escalier quatre à quatre, elle pensa que la vieille dame n'avait pas dû dormir beaucoup non plus cette nuit et, de fait, en pénétrant dans la vaste chambre, elle la vit assise sur son lit, contemplant avec une mélancolie en accord avec ses traits tirés le plateau posé sur ses genoux.

— Nous chipotons ? s'écria-t-elle en affectant de prendre un ton enjoué.

Mme de Sommières fit la grimace.

— Ne criez pas si fort ! Je ne suis pas encore sourde ! Non, je ne chipote pas ! Je n'ai pas faim, c'est tout ! Mais que cela ne vous coupe pas l'appétit, ajouta-t-elle en voyant entrer Louise, sa femme de chambre, munie d'un nouveau plateau copieusement garni qu'elle déposa sur une petite table proche du lit.

C'était une habitude ancienne : quand Marie-Angéline rentrait de Saint-Augustin – à jeun, communion oblige ! – les deux dames déjeunaient ensemble, l'une dans son lit, l'autre à la table, en commentant les potins du quartier dont l'arrivante rapportait toujours un plein panier, grâce à l'espèce de centre de renseignements qu'elle s'était créé au contact des habitués de l'office matinal. Le rituel commençait en général par le « Quelles nouvelles aujourd'hui ? » de la marquise. Cette fois, rien ne vint sinon, au bout de quelques instants :

— Nous sommes idiotes toutes les deux de nous tourmenter comme nous le faisons ! Bien sûr Aldo avait promis de téléphoner dès son arrivée mais souvenons-nous que le Simplon n'entre en gare de Venise qu'à 19 h 40… sauf retard possible, qu'il faut le temps de rentrer à la maison et que, si on lui a annoncé, à ce fichu téléphone, une attente de trois ou quatre heures, il aura pensé que cela nous amènerait trop tard – surtout s'il est lui-même fatigué ! – et je reste persuadée qu'il va appeler ce matin ! Mangez donc, au lieu de continuer à tartiner ce toast d'un air dégoûté !

Ce qui eut pour effet de faire reposer aussitôt couteau et tartine.

— Je ne peux m'empêcher d'être inquiète ! Et je ne sais même pas pourquoi !

— Naturellement, nous le savons ! D'ailleurs je suis dans le même cas ! Est-ce assez bête !… Ah ! Il me semble que le téléphone sonne à la loge !

Plan-Crépin avait de bonnes oreilles. Elle partit au galop et dégringola l'escalier…

Quand elle revint de la loge du concierge, elle était verte et dut s'asseoir sur les premières marches. Ce que voyant, Cyprien partit chercher un verre de cognac qu'il lui mit dans la main. En temps normal, il ne débordait pas d'affection pour elle à cause de cette compétition larvée qui les opposait depuis la prise de fonction dans la maison de Marie-Angéline, au sujet de l'affection de Mme de Sommières. Mais là !…

— Qu'est-ce qui se passe ? chuchota-t-il.

— C'était M. Buteau. Hier soir, il est allé chercher Aldo à la gare de Santa Lucia… et ce dernier n'y était pas !

— Quoi ? Mais Monsieur le prince est bien parti avant-hier ! C'est Lucien qui s'est occupé de lui trouver le taxi à qui il a donné l'ordre de conduire son passager à la gare de Lyon !

— Oui. Tout ça est vrai !… Seulement il reste qu'à l'arrivée à Venise, il n'était plus dans le train !

— Doux Jésus ! émit le vieux maître d'hôtel en joignant les mains et en levant les yeux vers les hauteurs de l'escalier, imité en cela par Plan-Crépin.

— Eh oui ! soupira celle-ci. Il va falloir lui dire !

Et d'un pas alourdi par l'inquiétude, elle remonta lentement les marches dévalées à si vive allure un moment plus tôt… Enraciné dans les dalles, Cyprien tendit l'oreille jusqu'à ce qu'il perçoive une exclamation, puis plus rien, sinon le bruit de la porte refermée.

— … Et ce n'est pas tout ! continua Marie-Angéline encore appuyée à la poignée. Mais je n'ai pas jugé utile d'en faire part à Cyprien. Nous pensons bien que M. Buteau n'en est pas resté là… Il s'est élancé sur le quai à la recherche du chef de train et des conducteurs de wagons-lits… Celui qui s'occupait de la voiture quatre a confirmé avoir embarqué le prince Morosini – qu'il ne connaissait pas, d'ailleurs ! – et a mentionné que son passager s'était déclaré souffrant afin de se faire servir dans son compartiment…

— Souffrant ? Mais il était en pleine forme !

— C'est ce que j'ai dit à ce pauvre Guy qui était aux cent coups, surtout quand ledit conducteur lui eut signalé que la santé du prince n'avait pas dû s'améliorer pendant la nuit, parce qu'il toussait de façon alarmante quand il a quitté le train à Brigue…

— A Brigue ? Lui aussi ? Comme Pauline ?… C'est très beau, j'en conviens, et le vieux château des Stockalper mérite sans conteste une visite mais, en dehors de cela, du ski et des excursions en montagne, qu'est-ce qu'on peut bien y faire ? Aldo serait-il devenu fou ?

— Il n'en donnait pas l'impression ! Aussi, avec votre permission, je vais faire la seule chose intelligente qui me vienne à l'esprit…

— Dites toujours !

— Me changer et filer Quai des Orfèvres ! Le commissaire doit être mis au courant tout de suite !

— Bien entendu, vous avez ma permission.

Et, voyant qu'elle allait sortir :

— M. Buteau vous a-t-il dit comment Lisa a pris la nouvelle ?

— Ça, c'est le pire ! Elle s'est enfermée dans sa chambre en interdisant qu'on la dérange. Il faut dire aussi… qu'elle a reçu une lettre – anonyme ! – aux termes de laquelle on la plaint beaucoup de son infortune conjugale !

— Miséricorde !… Foncez, Plan-Crépin !… Ou plutôt, téléphonez ! Ce sera plus rapide et j'aimerais le voir ! Nous n'avons plus que lui, maintenant qu'Adalbert nous a rayées de ses relations ! ne put-elle s'empêcher d'ajouter…

Marie-Angéline ne releva pas, disparut et revint dix minutes plus tard.

— Il sera là à 11 heures… et il se permet de nous donner un conseil : c'est de vaincre nos réticences et de faire entrer le téléphone dans la maison. Ne serait-ce que dans le vestibule !

La marquise ne répondit pas tout de suite, se mit à la recherche de ses pantoufles pour se lever, renifla… et finalement rendit les armes.

— Comme toujours, il a raison ! Occupez-vous de ça, Plan-Crépin ! Après tout, ce ne sera jamais moi qui répondrai la première !

Elle réfléchit un instant puis conclut :

— Puisque nous en sommes à ce point, il serait peut-être utile de prévoir deux dérivations : une dans le jardin d'hiver et une autre dans votre chambre, par exemple !

Bien que le moment ne soit pas franchement à la gaieté, l'air faussement candide de la vieille dame fit sourire son « fidèle bedeau » !

— On pourrait, en effet ! Cela me paraît même une très bonne idée !

Et, en attendant, elle retourna chez le concierge…

A 11 heures tapantes, Langlois effectuait son apparition, et tout le monde put constater que sa mine était sombre. Passé les politesses de la porte, il accepta le fauteuil qu'on lui offrait et braqua sur Plan-Crépin un regard plus que soucieux.

— Racontez ! fit-il sobrement.

Elle s'y employa de son mieux, veillant à n'omettre aucun détail et, quand ce fut fini, à n'ajouter aucun commentaire, se contentant d'attendre en observant le bout de ses doigts. Après un court silence, le policier se leva pour aller s'adosser à une jardinière, ce qui lui permettait de voir les deux femmes à la fois.

— Vous dites qu'il était en parfaite santé quand il vous a quittées ?

— Parfaite ! confirma Mme de Sommières. Il est fragile des bronches depuis la guerre, comme vous le savez, mais il avait relevé le col de son pardessus et portait une écharpe de soie, il n'était pas le moins du monde emmitouflé. Que pensez-vous de tout cela, Monsieur le commissaire ?

— Rien de bon, Madame, parce que la fable de l'escapade amoureuse ne tient plus et – pardonnez-moi si je vous inquiète ! – nous sommes en présence d'une affaire très certainement criminelle.

— Vous pensez…

— ... qu'on a enlevé Aldo… je veux dire votre neveu…

— Ne changez rien surtout ! pria-t-elle avec un sourire un peu tremblant. Seuls ses vrais amis l'appellent ainsi ! Mais je vous ai interrompu ! Veuillez continuer !

— Merci ! On l'a enlevé donc ! Reste à savoir si c'était avant le départ du train ou en cours de route !

— Cela me paraît difficile, objecta Plan-Crépin. Aldo est de taille à se défendre et s'il avait subi une contrainte quelconque durant le trajet, le conducteur du wagon-lit ou même un autre passager s'en serait aperçu !

— On a pu lui remettre un message lui enjoignant de descendre à Brigue et menaçant par exemple la vie de Mrs Belmont qui, elle-même, a disparu à cet arrêt !

— Possible, en effet, parce que, sur le chemin de la gare, cela me semble improbable. On n'arraisonne pas un taxi en plein Paris.

— On en a fait bien d'autres !

— Vous le savez mieux que moi, mais je vous rappelle qu'il est allé à la gare et que c'est seulement à Brigue qu'il s'est volatilisé.

— Etait-ce vraiment lui ?

— Vous pensez… à un imposteur ? Mais, cher commissaire, c'est tout à fait impossible ! Il est inimitable !

— Là, c'est votre affection qui parle… et je vous rappelle que dans le « milieu » il existe de véritables artistes. Il est parti en taxi, m'avez-vous dit ? Savez-vous quelle compagnie ?

— Ma foi non, mais on peut demander à Lucien, qui est allé le chercher à la station. Pas de bon gré, soit dit en passant ! Il ne comprendra jamais pourquoi un membre de la famille peut faire appel à ces gens-là quand il a ici à sa disposition le meilleur des chauffeurs – lui ! – et la plus belle voiture du monde. Il n'a consenti qu'une seule exception pour le colonel Karloff, parce que c'était un seigneur reconverti par la Révolution russe ! Appelez-le, Plan-Crépin !

Le vieux chauffeur ne manqua pas une si belle occasion de livrer le fond de sa pensée :

— C'était un G7, Monsieur le commissaire principal. Et il avait une sale gueule ! D'ailleurs, c'était un Italien !

— Lucien ! Attention à vos paroles ! protesta la marquise. Je vous rappelle que les Morosini…

— ... sont vénitiens, Madame la marquise ! Ce n'est pas du tout pareil ! Et Monsieur le prince ne manque jamais de le préciser ! Mais celui-là avait un accent à couper au couteau.

Suivit une brève description à la suite de laquelle Lucien ajouta, l'air de ne pas y toucher :

— … mais au cas où ça vous intéresserait, je peux vous donner son numéro minéralogique !

— Comment, si ça nous intéresse ? s'exclama Langlois en sortant de sa poche un calepin noir sur lequel il nota soigneusement le chiffre indiqué. Ça vous arrive souvent de relever les numéros des taxis ?

— Quand on en fait venir un ici, toujours ! Sauf, évidemment, quand c'était celui du colonel Karloff ! Mais depuis l'enfance, j'ai la passion des chiffres !

— Eh bien, continuez, mon ami ! C'est un petit talent qui peut se révéler utile. La preuve ! Merci beaucoup !

Il s'apprêtait à se retirer quand il se ravisa.

— J'allais oublier de vous demander si vous pourriez me prêter une photo de votre neveu ? Dans l'état actuel de la situation, je préfère m'adresser à vous plutôt qu'à la presse afin de ne pas éveiller de curiosités intempestives.

— Même plusieurs, si vous voulez ! Dès le berceau jusqu'à des coupures de journaux, justement ! Plan-Crépin, allez voir dans mon secrétaire !

Il y avait effectivement l'embarras du choix. Le commissaire Langlois s'attarda un instant sur celles du mariage.

— Ils forment vraiment un beau couple ! remarqua-t-il.

— Dommage qu'il se trouve tant de gens qui se donnent un mal de chien pour le démolir ! fit Plan-Crépin acerbe. A commencer par Aldo lui-même en certaines circonstances !

Langlois toussota, l'air soudain gêné.

— A ce propos… et pardon si je vous choque mais… vous n'en auriez pas une de Mrs Belmont ? Je sais, je pourrais m'adresser aux magazines mondains comme *Vogue*, mais si ce ne sont pas des quotidiens, ce n'en sont pas moins des journaux et je ne veux pas lever le moindre lièvre chez eux, vous devez le comprendre !

— Si vous avez la bonté de patienter quelques instants… en buvant un petit quelque chose, je pourrais peut-être vous aider, proposa Marie-Angéline en se levant et en se dirigeant vers la porte sans attendre la réponse.

— A quoi pense-t-elle ? demanda le policier quand elle eut disparu.

— Je crois le savoir. Outre une mémoire photographique étonnante, notre Plan-Crépin possède une foule de talents variés, au nombre desquels se trouve le dessin et, chez elle, c'est un réel talent qui n'a rien à voir avec les aquarelles de fleurs pratiquées dans les couvents et autres maisons d'éducation pour jeunes filles. Je vous parie qu'elle vous rapporte un portrait fidèle de Pauline Belmont.

— Il vaudrait peut-être mieux que j'envoie quelqu'un le chercher ? Cela va prendre du temps.

— Oh, que non ! Le temps de boire un verre en ma compagnie !

— Elle en est proche à ce point ? Il faut connaître quelqu'un de longue date pour reproduire ses traits de mémoire.

— La connaître, non ! Mais elle la déteste parce qu'elle voit en elle un danger pour Lisa.

— Et… elle se trompe ? Quelle est votre opinion, Madame ?

— Oui et non. Aldo est profondément attaché à Lisa et jamais il n'accepterait de la perdre.

— Seulement il aime jouer avec le feu, si je m'en réfère à notre dernier entretien.

— Ce n'est pas cela. Son attirance pour Mrs Belmont est purement physique. Malheureusement, elle l'aime passionnément et…

Le retour de Marie-Angéline interrompit la marquise.

— Voilà ! dit-elle en tendant au commissaire deux dessins à la plume exécutés sans le moindre repentir et d'une vérité criante… Un visage et une silhouette.

— Fabuleux ! apprécia-t-il, abasourdi. Comment faites-vous ?

— Oh, ce n'est rien, dit-elle d'un ton léger. J'imite Cyrano de Bergerac : je mets ma mémoire à côté du papier et il ne reste plus qu'à la recopier !

Il ne put s'empêcher de rire.

— Tout simple, en effet !… Si un jour Mme de Sommières vous met au chômage, n'hésitez pas à venir me voir ! Vous êtes la physionomiste la plus remarquable que j'aie jamais rencontrée. Un grand merci !

Il acheva son verre de whisky et allait quitter son fauteuil quand, après une brève hésitation, « l'artiste » demanda :

— Auriez-vous des relations… amicales dans la police de Londres ? Par exemple, à Scotland Yard ?

— J'ai déjà rencontré le Superintendant Gordon Warren, mais Aldo Morosini et Vidal-Pellicorne le connaissent mieux ! Pourquoi ?

— C'est que justement, il s'agit d'Adalbert. Il est parti habiter à Londres pour être auprès de cette bourrique de Torelli et les ponts sont coupés entre lui et nous… alors qu'on aurait un tel besoin de son aide !

— C'est pourtant vrai qu'il ne s'est pas manifesté ! Vous dites qu'il a rejoint cette chanteuse ?

— Avec armes et bagages. Il l'héberge dans la demeure qu'il possède là-bas et il ne tient plus compte de personne sauf de son rival, ce brave Mr Wishbone. C'est au point qu'il a tout fait fermer à Paris et appelé Théobald, son fidèle factotum, pour qu'il vienne servir... non pas lui, mais la dame ! Le pauvre garçon, désespéré, a obéi, mais uniquement pour rendre son tablier !

— Ce genre de comportement ne lui ressemble guère !

— Plan-Crépin ! soupira Mme de Sommières. Vous n'avez pas l'impression que le commissaire a suffisamment de soucis ? Ce n'est pas la première fois qu'Adalbert tombe amoureux et se brouille avec Aldo. Je ne peux qu'espérer que ce ne sera pas la dernière !

— Je vais tout de même essayer d'en apprendre plus ! J'ai déjà entendu… de vagues bruits touchant cette femme, qui aurait tendance à abuser de son pouvoir de séduction et compterait même un ou deux suicides à son actif ! Vous avez bien fait de m'en parler ! De toute façon, dès que j'aurai des nouvelles d'Aldo, je vous tiendrai au courant… Et surtout ne perdez pas courage !

— Ça, on n'en manque jamais ! affirma fièrement Marie-Angéline. Cela se transmet de génération en génération. Nous sommes tous de la même trempe dans la famille…

— … depuis les croisades ! conclut Tante Amélie avec, dans son regard vert, l'ombre d'un sourire.

L'enquête à la compagnie des taxis G7 fut rapide et instructive. Le numéro indiqué par Lucien était, comme par hasard, celui d'un autre Russe, Fédor Razinsky, ancien avocat près les tribunaux de Saint-Pétersbourg, qui n'avait strictement rien de commun avec l'Italien grassouillet et résolument trivial décrit par Lucien. Physiquement, il était même son contraire. Long, maigre, blond, légèrement grisonnant, il offrait certaines ressemblances avec son compatriote Karloff – que d'ailleurs il connaissait ! –, ressemblance qui n'était pas uniquement extérieure. Il était doté lui aussi d'une voix de style bourdon de cathédrale qui avait dû faire merveille dans les prétoires, sans oublier un caractère chatouilleux qui lui permettait de s'exprimer pleinement quand on lui en offrait l'occasion. Ce que fit, en toute innocence, l'inspecteur Sauvageol quand il s'aventura à son domicile, rue des Filles-du-Calvaire, pour s'enquérir, fort poliment, de son emploi du temps au cours de la soirée du 3 décembre.

— Qu'est-ce que ça peut bien vous faire ? tonna-t-il.

Refusant de le suivre sur ce terrain, le petit Sauvageol lui offrit un sourire amène.

— J'ai besoin de le savoir, tout bêtement.

— Et pourquoi, s'il vous plaît ?!

— Pour savoir si je ne vais pas être obligé de vous coffrer pour complicité d'enlèvement, fit-il, toujours aussi gracieux.

— Moi ?… En prison ?

— Eh oui ! Vous et votre voiture bien entendu. C'est un objet indispensable pour un kidnapping réussi.

Du coup, le géant se plia pour regarder l'imprudent sous le nez avec un frémissement de mauvais augure.

— Et j'aurais kidnappé qui ? !

— Un noble étranger, le prince Morosini de Venise. Ça vous dit quelque chose ?

— L'ami du colonel Karloff ? rugit Fédor qui, instantanément calmé, se rassit. Posez les questions !

— C'est toujours la même : où étiez-vous dans la soirée du 3 décembre entre 18 h 30 et 22 heures ?

— Rue Daru, dans la salle de répétition de l'église. Je chantais avec les choristes !

Et de donner aussitôt un échantillon de son talent qui fit trembler le lustre à pampilles.

— Et votre taxi, il était où ?

— Devant la porte.

— On aurait pu vous l'emprunter !

— Non. On ne pouvait pas ! Roue de secours et roue arrière gauche crevées par mauvais plaisant. On réparait pendant que je chantais !

— Bien ! Je ne vais pas vous déranger plus longtemps. On vérifiera…

— Vérifiez, vérifiez ! Vous verrez ! Et dites un peu, s'il vous plaît... C'est Morosini qu'on a enlevé ? A ce moment-là ? Mais à quel endroit ?

— Sur le trajet entre la rue Alfred-de-Vigny et la gare de Lyon et sans doute pratiquement devant chez lui. Le taxi passait… Un G7 portant votre numéro !

— Mon numéro ! Qui a osé ?… Il faut que je le trouve, celui-là ! clama Fédor revenu à sa tonalité naturelle. Il me ressemblait ?

— Absolument pas ! Ça pouvait être un Italien !

— Italien ?… Alors, par les reliques de saint Vladimir, qu'est-ce que vous faites ici ?

— La plaque minéralogique ! Vous auriez pu la prêter !

— A un moujik italien ? Jamais… Si je le coince, je le livre… à qui ?

Sauvageol lui tendit sa carte et s'en alla vérifier les assertions de Fédor qu'au fond, il ne mettait pas en doute. Si c'était un ami de ce Karloff dont il avait déjà entendu parler par le patron, ce pouvait même être un auxiliaire bénévole intéressant. A condition, s'il dénichait l'individu, de ne pas l'étendre pour le compte d'un seul coup de poing !

En sortant du logis de Razinsky, Sauvageol s'en alla rendre compte à Langlois. Ce n'était pas lui son chef direct, mais l'inspecteur principal Durtal. Pour ce que l'on appelait déjà l'affaire Morosini, que le grand patron entendait mener en personne, celui-ci avait fait appel à la meilleure paire de ses services : l'inspecteur principal Emile Durtal et un nouveau venu dans le cénacle, l'inspecteur Gilbert Sauvageol. Aussi différents l'un de l'autre que possible, d'ailleurs ! Autant Durtal – nettement plus âgé – était massif, monolithique en quelque sorte, impressionnant même à cause de ses yeux froids et de son allure lente pouvant donner à croire que ses pensées marchaient au même rythme – ce qui était une lourde erreur ! –, autant « le petit jeune » était vif, primesautier et volubile : un vrai farfadet ! De même leurs armes étaient différentes, l'un donnait le frisson alors que l'autre, avec sa gaieté à fleur de peau, séduisait d'emblée.

Ils arrivèrent l'un après l'autre ce soir-là dans le bureau de Langlois, où le plus jeune se pointa le premier et rendit compte de sa visite.

— Si le numéro est bien le même que celui de son taxi, ce ne peut être lui le chauffeur, en aucun cas. C'est un Russe bon teint qui, même grimé d'un sérieux maquillage, ne réussirait jamais à se faire passer pour un Rital ! Il est d'ailleurs copain avec un certain Karloff, qui est retiré des voitures mais que vous devez connaître.

— Oh, oui ! C'est un cas celui-là, mais d'une honnêteté inattaquable… et qui connaît bien Morosini, à qui il a sauvé la vie. Il tient maintenant un garage à Versailles ! Pour en revenir à notre affaire, il faut continuer à chercher à la G7. Si aucun véhicule n'a été volé…

— Aucun, Monsieur !

— Il peut s'agir d'un complice qui n'a pas vu d'inconvénient à changer de plaque, ou d'un des chauffeurs, moyennant finances évidemment. Ce ne sera peut-être pas facile à démêler et faites attention où vous mettez les pieds. Voyez chez ceux qui font la nuit surtout ! Tous ne ramènent pas forcément leur caisse au dépôt ! Ah, vous voilà, Durtal ! ajouta Langlois à l'adresse du collègue qui venait d'entrer. Vous allez faire du tourisme. J'ai tout ce qu'il vous faut ! Sauvageol, vous pouvez disposer !

Avec une grimace de regret, le jeune homme s'exécuta. Il aurait aimé en savoir davantage, mais quand le grand patron prenait un certain ton, il n'était jamais sain d'insister. Il sortit aussitôt.

— Voilà, reprit Langlois en extirpant d'un de ses tiroirs un portefeuille dans lequel il choisit divers documents. Vous partez ce soir pour Brigue par l'Orient-Express…

— Mazette ! fit l'inspecteur avec l'ébauche d'un sourire. On donne dans le luxe, maintenant, chez nous ?

— Le cas est exceptionnel !… et vous n'allez que jusqu'à Brigue, qui prend de plus en plus d'importance dans notre affaire. Vous avez là des francs suisses et l'autorisation de la police fédérale vous permettant d'enquêter sur leur territoire. D'autre part, j'ai obtenu une excellente photographie de Morosini, bien meilleure évidemment que celles des journaux, et surtout ceci ! continua-t-il en tendant les portraits de Pauline.

Le policier siffla entre ses dents.

— Bigre ! La belle femme ! Elle ne doit pas facilement passer inaperçue ! A moins que le dessinateur ne la voie…

— C'est une dessinatrice et elle la déteste ! Mais elle a fait du très bon travail, puisqu'elle a pris la peine de reproduire le visage d'une part et la silhouette incroyablement vivante… Ce qui est important, parce qu'on a dû la remarquer dans un bled tel que Brigue, en particulier en cette saison. Quant au train, c'est le dernier qu'a pris Morosini. Donc le personnel est le même. Vous glanerez peut-être un renseignement capital en montrant la photo…

— Il paraît qu'il prend ce train presque aussi souvent qu'un Parisien le métro ! On doit le connaître comme le loup blanc. Alors la photo !…

— Il se trouve que le chef de train comme le conducteur sont des nouveaux. Cela m'ennuie un peu, mais on fait avec ce que l'on a. C'est pourquoi la photo est primordiale. Je suis persuadé que Morosini n'est jamais monté dans ce train et qu'il a été intercepté avant la gare…

— D'où l'enquête de Sauvageol. Vous auriez pu me le dire plus tôt !

— Ne râlez pas ! Il me semblait préférable que vous embarquiez avec un œil neuf, mais j'ai changé d'avis ! Allez vous préparer, mon vieux, et bon voyage !

Demeuré seul, Langlois s'adossa à son fauteuil et ferma les yeux, pris d'une soudaine lassitude. Décidément, il n'aimait pas cette affaire, en raison de la réelle amitié qu'il éprouvait pour Aldo et les siens. Le joyeux tandem Morosini-Vidal-Pellicorne lui avait fait tourner les sangs à plusieurs reprises, mais si le premier devait ne jamais reparaître, il manquerait quelque chose dans sa vie ! Et il ne comprenait pas pourquoi l'égyptologue se désintéressait aussi complètement du sort de son ami. Les quelques venimeux papiers émis par les journaux à scandale avaient bien dû parvenir jusqu'à Londres ! Etait-il à ce point épris de sa cantatrice pour les avoir gobés comme des œufs frais ? Que Morosini laisse tout tomber : épouse, enfants, affaires – ô combien importantes ! – pour partir vivre dans l'anonymat et un trou perdu le parfait amour avec une autre femme que la sienne était pour lui impensable ! Voire grotesque ! Il est vrai que l'épouse en question semblait attacher crédit à cette fable, d'après ce qu'il en savait, et ça non plus, il n'arrivait pas à le croire ! Il n'était pas près d'oublier l'affaire de la Perle de Napoléon où, pour sauver son mari, elle s'était jetée délibérément dans la gueule du loup. Vrai aussi qu'ensuite, elle l'avait éloigné d'elle pendant plusieurs mois parce qu'une femme séduisante était mêlée à cette histoire…

Il caressa un instant le projet de se rendre lui-même à Venise pour un entretien à cœur ouvert avec Lisa Morosini, puis y renonça parce qu'elle n'y serait peut-être pas et qu'il se voyait mal galoper à sa suite en Suisse ou en Autriche ! D'abord retrouver l'époux envolé en priant Dieu qu'il soit intact ! Ensuite, il serait temps d'en venir aux plaidoiries ! Et, en attendant, jeter un coup d'œil sur la nouvelle passion de Vidal-Pellicorne.

Se redressant, il appela son secrétaire.

— Allez voir aux archives si vous avez quelque chose concernant Lucrezia Torelli, la cantatrice célèbre. Après vous viendrez prendre une lettre…

— Si elle est urgente, je pourrais commencer par ça ?

— Non, les archives d'abord.

L'idée lui était venue, soudain, de prendre contact avec le Chief Superintendant Gordon Warren, de Scotland Yard…

Les jours qui suivirent furent difficiles à vivre tant pour le patron de la police judiciaire que pour les amis mis en cause : alléchée par des « révélations » discrètes, peut-être aussi pour de l'argent, la presse à sensation, oubliant la mise en garde de Langlois, se lança de nouveau à l'assaut des deux absents. L'un d'entre eux publia même, en une, la photographie, assez floue d'ailleurs, d'un couple se promenant enlacé au bord du « lac des Quatre Cantons ».

— Ça peut être n'importe qui, ces gens-là ! tonna Langlois en assénant un poing sur son bureau quand le canard responsable du « scoop » atterrit dessus. Et puisque ces publicistes à la manque ne veulent pas entendre raison, nous allons donner du canon. Convoquez-moi d'urgence les grands manitous de la presse ! ordonna-t-il à ses principaux collaborateurs réunis dans son bureau pour le tour d'horizon du matin. Ce scandale a assez duré !

— Quelles sont vos intentions, Monsieur ? demanda quelqu'un.

— Vous le verrez bien ! Et pendant que j'y pense, ajoutez-y quelques-uns des plumitifs en délire qui font monter leurs tirages aux dépens de deux vies humaines et sans se soucier des dégâts ! Je les veux ici même demain à 11 heures ! Partagez-vous le travail et dégagez ! Durtal et Sauvageol, vous restez ! clama-t-il en guise de péroraison avant de se rejeter dans son fauteuil.

— Toujours les mêmes ! osa bougonner le vieil Etienne Blanchard, qui était dans la police depuis trop longtemps pour se laisser impressionner par les coups de gueule du patron.

Rares tout de même ! Sachant qu'il n'était pas concerné, il resta tranquillement assis sur sa chaise et alluma sa pipe comme si de rien n'était. Il faut dire qu'il avait le rare privilège de tutoyer le « patron », qu'il connaissait depuis toujours. Il s'enquit calmement :

— As-tu au moins quelque chose à leur mettre sous la dent ?

— Tu ne devrais même pas me poser la question. Interroge ces deux-là, si tu veux ! Durtal revient de Suisse.

— Et alors ?

— J'ai acquis deux certitudes, dit celui-ci. Mrs Belmont a exécuté point par point le programme qu'elle avait dû prévoir : elle a quitté Brigue pour Lausanne et, de là, s'est embarquée pour Paris quelques heures plus tard. A ce propos, ajouta-t-il en se tournant vers Langlois, les dessins de Mlle… du Plan-Crépin ont fait des merveilles aussi bien au restaurant de Brigue où Mrs Belmont a déjeuné en attendant de prendre le train de Lausanne, que dans cette ville où elle a été remarquée à la gare. Quant à Morosini, personne ne l'a vu à Brigue !

— Comment ça ?

— Je veux dire qu'une fois descendu du Simplon-Express il semble s'être volatilisé !

— Une voiture devait l'attendre ?

— Non, je vois les faits autrement. Morosini est bien descendu à la gare mais ce n'est pas lui qui en est sorti !

— D'où le tenez-vous ?

— Des toilettes de ladite gare… où la femme de ménage a trouvé une paire de lunettes noires échappées, je pense, de la poche d'un personnage qui n'en avait plus besoin pour dissimuler une partie de son visage. D'où l'on peut déduire, en toute logique, que leur propriétaire si soigneusement emballé au départ de la gare de Lyon, atteint, entre parenthèses, d'un rhume spectaculaire dont il ne souffrait pas en quittant la rue Alfred-de-Vigny, n'était pas le prince Morosini.

— Et d'où on peut conclure de tout ceci, reprit Langlois, qu'aussi bien Mrs Belmont que son compagnon d'« escapade amoureuse » ont été enlevés tous les deux à Paris. Autant dire sous notre nez ! Elle à l'arrivée en gare de Lyon et lui au départ de la rue Alfred-de-Vigny ! Et par le même taxi !

— Vous l'avez trouvé, ce taxi ?

— Pas encore, mais ça ne tardera pas ! intervint Sauvageol… J'ai passé au peigne fin la compagnie des G7, avec l'aide enthousiaste, je le signale, de Maître Razinski, ex-avocat russe à qui le ravisseur avait emprunté son numéro et copain comme tout avec l'ex-colonel Karloff, que tout le monde connaît ici. Aucun de leurs collègues ne correspond à la description que le chauffeur de Mme de Sommières a faite du conducteur… On en est venu à penser que le taxi fantôme pourrait être le même qui a chargé Mrs Belmont à Paris !

A mesure que le jeune homme parlait, le vieux Blanchard s'assombrissait au point d'en oublier de tirer sur sa pipe…

— Drôle d'affaire ! Qui sent plutôt mauvais et qui suppose de gros moyens ! Tu penses à quoi, Langlois ?

— Peut-être à la mafia ? Ceux dont elle dispose semblent illimités !

— Et tu vas offrir tous ces tuyaux à ces messieurs de la presse ?

— Evidemment non. Seulement les mettre en face de leurs responsabilités. S'il reparaît un jour, Morosini pourrait se faire une fortune en les attaquant en diffamation ! Une perspective qui devrait donner à réfléchir aux torchons besogneux que j'ai convoqués en même temps que les grands.

— Surtout, susurra le vétéran, qu'il y en a un parmi ceux-là qui pourrait se reconnaître. Tu n'as pas lu *Le Figaro* de ce matin ?

— Pas eu le temps !

— On peut lire – en page 7 – un petit papier fort bien écrit, ma foi !...

— Tout le monde écrit bien dans *Le Figaro* !

— ... et signé par un certain Frédéric Simonnet qui juge bon – Dieu sait pourquoi ? – de rappeler que Morosini a été soupçonné d'être impliqué dans les meurtres de Chinon : Van Tilden et son ancien serviteur. Ça m'étonne un peu que son rédacteur en chef ait laissé publier cet article...

— D'autant que Simonnet remplace plus ou moins Michel Berthier pendant sa convalescence. Berthier qui, lui, est un ami de Morosini. Il y a là un détail qu'il faudra éclaircir... De toute façon, demain, on va remettre de l'ordre dans les idées de ces messieurs !

— Enfin ! s'écria Marie-Angéline en rejetant le dernier des journaux qu'elle avait achetés en sortant de Saint-Augustin et qu'elle avait étalés sur le lit de Mme de Sommières. Enfin ces imbéciles ont vu la lumière ! Il était grand temps !

— Ils ne l'ont pas vue tout seuls ! On dirait que notre ami Langlois leur a apporté une aide vigoureuse ! C'est pratiquement lui qui a signé tous les articles de tête !

En effet, sur trois colonnes à la une, les quotidiens annonçaient quelques variantes suivant la couleur politique : la sévère mise au point du commissaire principal Langlois mettant les divers rédacteurs en face de leurs responsabilités, qu'il n'hésitait pas à qualifier de criminelles vis-à-vis de familles plongées dans l'angoisse. « Nous avons acquis la certitude que Mrs Belmont comme le prince Morosini ont été victimes d'enlèvements qui n'ont pas eu lieu le même jour ! Il importe donc d'en finir avec les " romances " plus ou moins grivoises et de laisser la police travailler en paix »...

— Bon ! Enlevez-moi ce tas de papiers, intima la marquise en ôtant ses lunettes, et faites monter le petit déjeuner ! J'ai faim et je ne sais pas ce que fabriquent Cyprien et Louise !

La vieille fille eut un petit rire.

— Ils font comme nous : ils lisent les journaux que Cyprien est allé chercher de son côté.

Puis s'asseyant sans façon sur le bord du lit :

— Cette belle unanimité va faire du bruit ! Pensons-nous qu'elle en fera assez pour traverser la Manche ?

— Je pense que oui. Cette espèce de mobilisation générale doit être relayée par la presse londonienne et le sera aussi en Amérique.

Les plateaux ayant fait leur apparition, il y eut un silence. Puis :

— A propos d'Amérique, comment se fait-il que Mr Belmont ne se soit pas encore manifesté ?

— Il n'avait guère de raisons tant qu'il s'agissait d'une aventure, Pauline étant d'âge à se gouverner toute seule... A présent, on va sûrement avoir de ses nouvelles !

— A moins qu'il ne soit parti en croisière sur l'un de ses chers bateaux ?

— En décembre ?

— Pourquoi pas ? C'est un vrai loup de mer ! En outre... et en ce qui me concerne, je ne vois pas pourquoi on ne pourrait pas naviguer en décembre ! Il suffit d'avoir l'estomac solide !

— Comme le vôtre, par exemple ? Je suis certaine que… franchir le Pas-de-Calais ne vous causerait aucune gêne !

Devenue soudain ponceau, Plan-Crépin fit toute une affaire de chercher son mouchoir, qui était cependant à sa place habituelle dans sa manche gauche. L'ayant enfin trouvé, elle se contenta de renifler puis soupira.

— J'avoue que j'en meurs d'envie !

— Pour aller mettre Adalbert en face de ce que vous considérez comme son devoir ? Mais ma pauvre petite, si je pensais qu'il y ait la moindre chance qu'il vous écoute, je vous aurais déjà expédiée… moi aussi d'ailleurs, parce que aucune traversée, même par gros temps, ne m'a jamais rebutée. Mais nous ne ferions que nous couvrir de ridicule ! Londres n'est pas si loin ; les nouvelles de France y parviennent régulièrement et je suis persuadée que notre égyptologue en folie en sait presque autant que nous ! N'oubliez pas qu'il est en compétition avec Wishbone et que celui-ci a déjà dû repérer « l'affaire Morosini » depuis longtemps. Et comme son intérêt est d'éloigner un rival qui a logiquement pris l'avantage en logeant la dame chez lui, vous pensez bien qu'il n'a pas dû se gêner.

— Ainsi nous ne représentons plus rien pour lui ?

— Vous et moi peut-être que si, parce que nous ne vivons pas à Venise, que nous sommes ses voisines et devenues de ce fait, avec le temps, une douce habitude. En ce qui concerne Aldo, je ne sais trop que penser. Peut-être le trouve-t-il trop séduisant ?

— Allons donc ! Adalbert est fort satisfait de sa propre apparence !

Mme de Sommières examina l'idée d'une quatrième tasse de café, jugea qu'elle était intéressante, se la fit servir, la but et conclut finalement :

— C'est assez juste, au fond !... A présent, si vous vous sentez à ce point d'humeur voyageuse, nous pourrions abandonner le nord-ouest au bénéfice du sud-est ?

— A quoi pensons-nous ?

— A Venise où, selon Guy Buteau, les dégâts sont sérieux. Si nous ne voulons pas nous trouver en face d'un divorce...

Plan-Crépin se signa précipitamment :

— Quelle horreur ! Lisa ne fera jamais une chose pareille !

— Justement, c'est ce dont j'aimerais m'assurer ! Alors ramassez tous ces canards – on va en emporter quelques-uns ! – et dites à Lucien de vous appeler un taxi... – ou plutôt faites-lui sortir la voiture ! Les taxis sont devenus malsains, ces temps-ci ! Et faites-vous conduire chez Cook ! Nous allons à notre tour embarquer sur ce fichu Simplon-Orient-Express !

L'effet fut magique : requinquée d'un seul coup, elle était déjà à la porte.

— Et nous, on ne descendra pas à Brigue ! Je dois téléphoner là-bas pour nous annoncer ?

— Pour que Lisa file à Vienne ou à Zurich par le premier train ? Je suis certaine que nous sommes les dernières qu'elle ait envie de voir !

Seulement, le voyage à Venise n'était pas pour tout de suite...

Au même moment, environné lui aussi de journaux, le commissaire principal Langlois s'accordait un moment de détente bien mérité en compagnie de sa pipe et d'une tasse de café. Pour une fois, cette sacrée presse, qui bien souvent lui donnait la migraine, avait fait du bon boulot en exécutant ponctuellement ses exigences et en donnant le pas à la tragédie sur la gaudriole.

Son regard apaisé passait de l'attendrissant vase en cristal dans lequel trois roses jaunes sans parfum s'épanouissaient aux volutes de la fumée odorante que sa bouche laissait échapper.

Il luttait même mollement contre une légère somnolence, quand le téléphone posé sur son bureau sonna… C'était trop beau pour durer, décidément ! Luttant contre l'envie infantile de ne pas répondre, il décrocha, émit deux ou trois onomatopées puis, brusquement réveillé, il se dressa sur ses pieds.

— Nom de Dieu ! émit-il sobrement, avant de se jeter sur son chapeau et son manteau et de se ruer sur sa porte en réclamant sa voiture à grands cris.

11

Coup de tonnerre !

Comme le pensait Mme de Sommières, Adalbert n'ignorait rien des aventures prêtées à son ancien « associé » et la belle Pauline Belmont… En dépit du fait qu'il eût une idée assez nette du crédit que l'on pouvait accorder à certaine presse, cette espèce d'unanimité avait suscité sa colère et même son dégoût. Mais pas envers les plumitifs : contre Aldo et celle qu'il nommait à présent sa « complice ». Et cela à cause de l'admiration qu'il avait toujours portée à Lisa. Avoir une telle femme pour épouse et oser afficher une liaison avec une autre – fût-elle aussi séduisante que Pauline Belmont ! – lui paraissait impardonnable !

Lucrezia, elle, avait beaucoup ri, estimant non sans quelque cruauté qu'il était temps que l'on fasse toute la lumière sur les « agissements de l'arrogant prince Morosini » ! Il était même arrivé à Adalbert de se moquer avec elle, tant elle y mettait de grâce ! Et pour rien au monde il n'aurait voulu la contrarier en quoi que ce soit ! Ce qu'énonçait sa voix envoûtante ne pouvait être que parole d'évangile ! Ne s'était-elle pas abandonnée à lui, sitôt installée dans la chambre qui était devenue la sienne à Chelsea ?

— Une façon comme une autre de vous remercier d'avoir mis à ma disposition cette adorable maison… Et puis peut-être devriez-vous voir dans ces moments – délicieux, j'en conviens – une sorte de répétition générale en prévision de la vie qui pourrait être la nôtre ?

Il avait tout de même accusé le coup.

— Une quoi ?

Elle avait alors pris un air mutin et lui avait donné un baiser.

— Pardonnez à l'artiste que je suis d'avoir employé un terme familier ! Voyez-vous, je n'ai pas l'intention de courir le monde pendant encore des années et je veux être sûre de trouver le bonheur auprès du compagnon que je choisirai ! Ne vous hérissez pas, *carissimo mio* ! Vous avez toutes les chances d'être celui-là. Aussi pardonnez-moi ma franchise, même si elle vous paraît un peu brutale !

— Mais je vous aime, Lucrezia ! Et si…

Elle posa ses doigts sur ses lèvres.

— Chut ! Sachez attendre et n'en demandez pas plus pour le moment ! Lorsque je viendrai à vous, ce sera pour toujours et il n'y aura plus de Torelli ! Rien que Lucrezia… votre femme !

— Je serai l'homme le plus heureux du monde… mais, en ce cas, pourquoi n'en finissez-vous pas avec ce Wishbone qui vous suit partout comme un cocker barbu ?

— Placido Rognoni, mon imprésario, nous suit aussi partout et je dois honorer mes contrats. Je vous promets d'ailleurs de n'en pas signer d'autres ! Quant à ce brave vacher texan, je vous rappelle qu'il doit m'apporter la Chimère à laquelle je tiens tant !

— Et s'il vous la rapporte, vous devrez l'épouser !

— Bien sûr que non ! Je la lui rachèterai… sans problème ! Je suis très riche, vous savez ?

— Alors qu'il se mette à sa recherche, sacrebleu ! Ce n'est pas en tournant autour de vous qu'il la trouvera !

— Je vous rappelle qu'il a chargé de cette recherche votre si précieux ami Morosini – raison pour laquelle j'ai renoncé à vous la demander, à vous ! – mais à vrai dire, il ne semble pas s'en soucier beaucoup.

— A mon avis, il ne s'en occupe même pas du tout !…

— Je ne veux pas le savoir ! Cornelius m'a promis la Chimère et je m'en tiens là ! Donc… faites un effort pour être gentil avec lui !

— Que je le sois ou non, il s'en fiche complètement !

— C'est exact, mais tant que je n'en ai pas fini avec cette existence quasi errante, je tiens à le garder : il s'entend si bien à simplifier pour moi les petites tracasseries de la vie quotidienne ! soupira-t-elle en s'étirant avec une grâce féline. Je vous en prie, laissez-le-moi encore un peu !

Ce qu'elle appelait les petits soucis de la vie quotidienne, c'étaient des fleurs tous les matins, une Rolls avec chauffeur à sa disposition de jour comme de nuit, un compte ouvert chez le meilleur traiteur quand elle souhaitait rester chez elle et quelques autres détails du même genre qui mettaient Adalbert hors de lui, parce que le Texan ne se départait jamais d'une inusable bonne humeur qui devait lui être naturelle et qu'il n'aurait jamais eu l'idée de croiser le fer contre un rival, envers lequel il n'usait que de bons procédés.

— Nous tentons tous les deux de conquérir la déesse, lui déclara-t-il un jour où le Français, exaspéré, essayait de lui chercher noise. Chacun ses armes, voilà tout ! Vous c'est la maison, moi c'est le reste !

Et quel reste !

Difficile de répondre à cela en lui appliquant une paire de claques ou en l'expédiant par la fenêtre.

Aussi Adalbert n'arrivait-il pas à pardonner sa défection à Théobald qui, à lui seul, constituait un cadeau royal et aurait implanté chez sa bien-aimée un centre d'informations inappréciable ! Mais non ! La divine Lucrezia ne plaisait pas à Monsieur qui lui avait préféré la culture des asperges chez son jumeau à Argenteuil ! Impavide, Wishbone l'avait remplacé par un « butler » digne de régenter un palais impérial, qui prit les rênes en main, secondé par Renata, la femme de chambre, et une autre de ménage qui venait tous les matins. L'accompagnateur Giacomo vivait là, lui aussi.

En dépit de l'espèce de sortilège qui le tenait captif, il y avait des moments où Adalbert se sentait seul, même s'il suivait sa sirène à peu près partout. C'était au cœur de la nuit, quand il se retrouvait dans sa chambre au Savoy avec l'unique consolation de savoir Wishbone dans la sienne au Ritz. Et où il s'ennuyait ferme.

Il s'efforçait bien de rédiger son ouvrage sur les reines-pharaons mais, même si Théobald – ce déserteur ! – lui avait apporté le nécessaire en fait de documentation, cela ne marchait pas. Question d'atmosphère sans doute ! Celle du palace londonien n'avait rien de comparable avec celle, feutrée, confortable, habitée par quelques « souvenirs » de fouilles, de son cher vieux cabinet de travail parisien. Alors, afin de se prouver à lui-même qu'il avait choisi le bon chemin et que sa vie était là, il « passait » un disque de son idole sur le gramophone qu'il s'était procuré et finissait par s'endormir bercé par la voix qui lui avait pris son âme, puis le jour revenu, il retournait vers elle. Et le bonheur d'être vu en sa compagnie l'emplissait d'une sorte de béatitude.

Ce matin-là, tandis que l'on approchait de Noël et qu'il se demandait ce qu'il allait pouvoir lui offrir, il se fit appeler un taxi et conduire à Chelsea. Il était plus tôt que d'habitude mais il avait en vue d'escorter Lucrezia dans les courses qu'elle aimait faire le matin – sauf quand elle avait chanté la veille ! – dans quelques magasins de luxe. Cela lui donnerait peut-être une idée.

Il se sentait d'autant plus heureux que l'éternel Wishbone était parti deux jours avant pour Paris où l'appelait une affaire urgente. Trois ou quatre jours à goûter les joies d'un tête-à-tête qui se prolongerait peut-être la nuit. Et le temps du trajet fut occupé de bien séduisantes anticipations que n'arrivait pas à obscurcir le ciel gris renforcé d'un voile de brouillard… Ce Noël serait peut-être le plus beau de sa vie. Surtout si Lucrezia acceptait la bague de fiançailles à laquelle il songeait… Il restait cependant assez lucide pour que cet état d'esprit l'amuse : « Tu as tout du collégien, mon vieux ! se disait-il. C'est sans doute complètement fou, mais c'est rudement agréable ! »

Et il se mit à chantonner pour agrémenter son parcours.

L'arrivée à Chelsea le ramena sur terre. Sans ménagements.

Il y avait, en effet, beaucoup de monde devant la jolie maison qui avait été celle du peintre Dante Gabriel Rossetti. Tout cela réuni autour du gardien, qui avait l'air de tenir une sorte de meeting. Il y avait aussi des journalistes et… la police !

Saisi d'épouvante à l'idée qu'il pouvait être arrivé malheur à sa déesse, Adalbert se précipita hors de son taxi et se rua sur le gardien.

— Qu'est-ce qui se passe ici, Hubbard ?

— La police, sir… vous vous rendez compte ? Dans « ma maison » ! Et pas n'importe qui : le Chief Superintendant Warren en personne !

Adalbert n'en écouta pas davantage et s'engouffra à l'intérieur, escalada l'escalier quatre à quatre et pénétra en trombe dans le salon jaune, s'attendant au pire pour que le grand chef se soit dérangé. Il eût atterri sans doute dans un meuble si Warren, qui le connaissait bien, ne l'avait stoppé au passage et remis sur ses pieds avec le flegme dont il ne se départait jamais… sauf quand il avait une bonne raison de se mettre en colère.

— Ah, Vidal-Pellicorne ! Vous tombez à point ! J'allais justement vous faire chercher !

Un petit reste de sang-froid lui fit souffler :

— Bonjour, Warren ! Il y a eu un accident ?… Un…

Il n'osa pas prononcer le mot qui l'épouvantait mais ne gêna pas le policier :

— Un meurtre ?… Où avez-vous été pêcher ça ?

— Mais… ce déploiement de police… votre présence, que la notoriété de Lucrezia pourrait justifier…

— Rassurez-vous ! Personne n'est mort et on ne trouvera pas ici la plus minuscule goutte de sang, à moins que la cuisinière ne se soit coupée en préparant les toasts du breakfast ! D'ailleurs sauf elle et le gardien, il n'y a plus personne ici !

— Qu'est-ce à dire ?

— Tout le monde a déménagé cette nuit, à l'exception du gardien, du chauffeur, de la cuisinière et de son matou !

— Partis où ? balbutia Adalbert qui n'en croyait pas ses oreilles. Et on ne m'a rien dit à moi ?

— On s'en serait bien gardé. Je soupçonne qu'une information discrète venue je ne sais d'où a dû déterminer cette fuite…

— Cette fuite ? Vous avez de ces mots !

Plus « ptérodactyle » que jamais dans son macfarlane grisâtre, Warren darda sur lui son œil jaune.

— Vous en voyez un autre ? Un individu étrangement bien renseigné a dû prévenir la Torelli qu'on allait l'appréhender ce matin ! Pour meurtre !

C'en fut trop pour le malheureux ! Il pâlit, verdit, sa bouche s'ouvrit, cherchant l'oxygène, et il se serait abattu sur le tapis si Warren ne l'avait saisi au vol et assis dans un fauteuil où il dénoua sa cravate, ouvrit le col de sa chemise et lui appliqua plusieurs paires de claques en réclamant un verre de scotch… Encore dut-il desserrer les dents avec la pointe d'un couteau pour réussir à faire couler quelques gouttes dans la bouche.

— Bonté gracieuse ! s'exclama-t-il à l'adresse de son assistant qui l'aidait de son mieux. Je ne pensais pas lui causer un tel choc !

— Preuve qu'on ne sait jamais ! Ce sont parfois les plus costauds qui encaissent le plus mal ! Vous voulez que j'appelle un médecin, sir ?

— Essayons encore le whisky, on verra après… S'il y résiste, c'est qu'il relève des urgences !

Mais la panacée nationale opéra un miracle de plus ; Adalbert commença par tousser, cracher pour finalement tâtonner à la recherche du verre – et pas un petit ! – dont il avala le contenu d'un trait.

— By Jove ! admira l'inspecteur. Quelle descente !

— Oh ! Je l'ai déjà vu faire mieux ! Il mériterait d'être écossais ! Retirez-vous à présent, Parnell ! Ce que je vais lui raconter ne sera pas plus agréable à entendre ! Aussi laissez la bouteille !… Et fermez la porte ! Je ne veux pas être dérangé !

Le silence régna un moment. Warren contemplait sa victime revenir à la vie très lentement, plus sonné sans doute que si, sur un ring, on l'avait mis knock-out. Il en était à se demander s'il ne devrait pas tout de même faire venir un médecin, quand Adalbert tendit son verre pour se faire resservir, avala une partie du contenu, garda l'autre et interrogea d'une voix curieusement détimbrée :

— Qui l'accuse-t-on d'avoir tué ?

— La marquise d'Anguisola, au cours du naufrage du *Titanic*. Le commissaire principal Langlois m'a appelé tout à l'heure pour m'apprendre que la femme de chambre de Mrs Belmont, Helen Adler, poignardée au Ritz sous les yeux de Morosini après avoir acheté un journal et tombée dans le coma à la suite de cet attentat, en était sortie…

— Quoi ? explosa Adalbert. Elle ne doit pas avoir les idées claires, après si longtemps. Et, tout d'un coup, elle accuse Lucrezia de meurtre ? Ça ne tient pas debout ! D'abord, le *Titanic*, ça remonte à vingt ans ! Lucrezia était une gamine à l'époque ! Elle ne devait pas avoir beaucoup plus de…

— Dix-neuf ans ! Elle approche la quarantaine à présent même si, j'en conviens, elle le cache admirablement ! En outre, elle était inscrite sur la liste des passagers, partageant un appartement sur le pont supérieur avec un certain Catannei dont elle était la maîtresse et qui la gardait sous clef. Elle ne l'a pas quitté de toute la traversée…

— Sauf pour aller assassiner une femme déjà âgée à un moment où régnait la panique ? Comme c'est vraisemblable ! Quant à cette Helen…

— J'aurais juré que vous refuseriez de me croire ! Mais vous devriez me connaître assez pour savoir que je ne déploie pas les forces de police et ne me dérange pas sur une vague dénonciation ou un on-dit ! De toute façon, Langlois se dispose à franchir le Channel pour me communiquer ce dont il dispose. Et vous l'avez vu trop souvent à l'œuvre pour douter un seul instant de son sérieux ! Comme du mien ! Et je vais devoir vous interroger.

— M'interroger ? Mais que voulez-vous que je vous dise ? émit le malheureux de mauvaise grâce et déjà sur la défensive. Je n'étais pas sur le *Titanic*, moi !

Son œil froid rivé au rebelle, Warren extirpa sa pipe de sa poche, la bourra tranquillement, l'alluma, aspira deux ou trois bouffées et finalement soupira en s'adossant à la cheminée.

— Ecoutez, mon vieux : ici – autrement dit, chez vous ! – on peut encore s'expliquer sur le plan amical mais si vous préférez mon bureau au Yard, je vous laisse une convocation en bonne et due forme et je rentre ! Choisissez, mais choisissez vite ! Je n'ai pas de temps à perdre !

Comprenant qu'il prenait la mauvaise direction Adalbert rendit les armes.

— Que voulez-vous savoir ?

— Quand vous l'avez connue… et la suite ? fit-il moins sèchement en traînant une chaise près du fauteuil de son hôte involontaire de façon à se trouver à sa hauteur au lieu de le dominer : … Et grillez donc une cigarette !

Un peu remonté par cette petite phrase, Adalbert se hâta d'obéir. Ce fut tout de suite plus facile de raconter son histoire : la représentation de *La Traviata*, le coup de foudre qui l'avait autant dire assommé avant de l'envoyer au comble de l'exaltation, sa décision immédiate de s'attacher aux pas de la diva, l'installation à Londres, l'espèce de duel à fleurets mouchetés qui l'opposait à Cornelius Wishbone… Là, Warren l'interrompit :

— Au fait, où est-il, celui-là ? demanda-t-il.

— Aucune idée pour le moment ! Il avait pris ses quartiers au Ritz de Londres… mais il est parti avant-hier pour Paris, où il descend aussi au Ritz.

— On va vérifier ! Parnell ! !

Quelques minutes plus tard, on était fixé : Mr Wishbone avait en effet annoncé son arrivée dans la capitale française, mais on ne l'avait pas encore vu. Cette simple information suffit à réveiller la colère d'Adalbert.

— Elle a dû l'appeler en lui racontant Dieu sait quoi ! Et je suppose que la Rolls…

— Vous avez dû remarquer que le chauffeur est toujours ici. La voiture aussi, comme il se doit [1]. Ils ont dû faire venir un taxi…

— … ou deux, ou trois s'il fallait transporter – outre les imposants bagages de Lucrezia – sa femme de chambre, son imprésario, son accompagnateur et Wishbone par-dessus le marché ! Un vrai déménagement ! ragea Adalbert.

— Vous délirez ! Allez faire un tour dans sa chambre ! La majeure partie de sa garde-robe est là. Elle n'a dû emporter qu'une valise, un nécessaire de toilette, mais aussi tous ses bijoux ! La sagesse voudrait d'ailleurs qu'elle soit partie seule afin de passer plus facilement inaperçue, quitte à donner rendez-vous à ses complices hors de la ville…

Une idée – née de la désespérance ! – traversa alors Adalbert.

— Et si… elle avait été… enlevée ?

— Ne rêvez pas ! Sa culpabilité ne fait aucun doute et elle a filé juste à temps pour m'éviter, mais elle n'ira peut-être pas très loin. Sa photo a déjà été transmise par bélinogramme à tous les ports et à tous les postes de police. Mais j'admets que ça risque d'être insuffisant : c'est à la fois une grande cantatrice ainsi qu'une véritable comédienne connaissant à merveille l'art du grimage, et elle possède certai-

1. Lorsqu'on achetait une Rolls-Royce, la maison fournissait aussi le chauffeur afin d'être certaine que la précieuse voiture ne tomberait pas entre des mains indignes.

nement une belle collection de passeports ! Pourquoi voulez-vous que la police arrête une vieille Japonaise par exemple ?

— Ce serait un peu gros tout de même !

En dépit de la situation, Gordon Warren se mit à rire.

— Ce qu'il y a de réconfortant en vous, c'est votre fraîcheur d'esprit ! Vous ne parvenez pas à admettre que votre belle amie ne soit rien d'autre qu'une criminelle en fuite !

— Vous avez raison ! Il doit y avoir une erreur quelque part. Elle, une criminelle ? Avec son visage d'ange ?

— Il existe des anges déchus, vous savez ? Ils seraient même les plus beaux de tous ! Jamais entendu parler de Lucifer ?

— Vous pouvez dire ce que vous voudrez, vous ne me persuaderez pas. Pas davantage d'ailleurs de l'histoire de cette Helen Adler : elle pourrait identifier sans se tromper un visage aperçu au milieu d'un affolement général vingt ans plus tôt ? Allons donc !

— Il n'y a pas pire aveugle que celui qui ne veut pas ouvrir les yeux ! Je vous certifie que le doute n'est pas possible ! J'ai fermement l'intention d'arrêter la Torelli et de la faire juger ! Et n'essayez pas de m'en empêcher !

— Je n'en aurai pas besoin : il y a prescription ! Vingt ans ! Vous pensez !

— Elle n'existe pas chez nous et le *Titanic* était territoire britannique. Même chez vous, ça ne marche pas pour les crimes de sang ! Alors tenez-vous tranquille et laissez-moi faire mon travail ! Tiens, il vous serait plus profitable de vous occuper de votre ami Morosini.

De rouge, Adalbert devint violet.

— Ce triste imbécile qui abandonne une femme merveilleuse pour courir filer le parfait amour dans quelque coin idyllique avec sa maîtresse ? Vous voulez rire !

Warren eut un haut-le-corps et considéra le phénomène avec un sincère ahurissement.

— Mais vous tombez d'où ? De la Lune ? Vous ne lisez plus les journaux français ?

— Non. Pour quoi faire ?

— Ni apparemment les journaux anglais, parce que avant-hier ils consacraient une belle place à la sévère mise au point du commissaire principal Langlois à la presse française l'accusant d'entraver la police dans son travail. La « romance » un rien scabreuse ne serait qu'un écran de fumée destiné à dissimuler un double enlèvement en plein Paris par un taxi fantôme, mais pas le même jour ni à la même heure : Mrs Belmont arrivait de Lausanne et Morosini rentrait chez lui ! Vous voilà fixé ! A présent faites ce que vous voulez, mais ne venez pas me mettre des bâtons dans les roues, sinon je vous boucle comme un vulgaire voleur de poules ! Parce que mon enquête aussi est délicate et que je soupçonne la mafia de ne pas être étrangère à tout ceci ! Vu ?

— Oh ! C'est très clair !

Une chose était certaine pour Adalbert : il encombrait ! Aussi, après un regard désolé à sa chère maison que Scotland Yard était en train de passer au peigne fin, il pensa qu'aller se dégourdir les jambes lui changerait les idées. Sur le seuil, il trouva le gardien qui lui demanda ce qu'il devrait faire quand la police en aurait fini.

— A moins qu'ils ne posent les scellés, essayez de remettre de l'ordre… On verra ensuite !

— Mais le chauffeur et la voiture ?

— Ils appartiennent à Mr Wishbone. Attendez qu'il revienne. Je repasserai demain voir s'il y a du nouveau…

En fait, il ne savait ni que faire ni que dire. Le choc violent qu'il venait d'encaisser le désorientait. En dépit du temps « de saison » – léger brouillard agrémenté de menus flocons de neige ! –, il alla s'asseoir sur un banc pour regarder couler la Tamise. Et là il s'accorda le soulagement des larmes. Lucrezia, criminelle ! Lucrezia, poursuivie par la police ! Cela relevait du cauchemar… et d'autant plus qu'une voix intérieure – bien faible et qu'il essayait de museler – réussissait tout de même à lui souffler qu'il y avait du vrai là-dedans ! Peut-être à cause de ce sang Borgia qu'elle revendiquait hautement et dont elle était plus que fière ! Surtout de César, dont les crimes ne se comptaient pas dans une Rome où l'on pouvait – sans trop risquer de se tromper ! – attribuer au poison la moindre indigestion, où chaque nuit les poignards s'en donnaient à cœur joie, où l'on faisait l'amour entre frère et sœur, voire entre père et fille ! Vu sous cet angle, que représentait la vieille femme assassinée alors que la meurtrière elle-même était en danger de mort par noyade ? Adalbert aurait aimé savoir ce que sa Lucrezia répondrait si on lui posait la question. Ou quand on la lui poserait, car il ne faisait guère de doute pour lui que Gordon Warren réussirait tôt ou tard à mettre la patte dessus. A fortiori s'il recevait l'aide de Langlois et des forces de police françaises !… Rien que cet acharnement qu'elle mettait à vouloir à tout prix cette maudite Chimère était révélateur !

Repoussant une issue dont il savait qu'il aurait à souffrir, il examina son propre cas. Depuis… disons des semaines parce qu'il n'avait pas vu passer le temps, il jouait les toutous savamment dressés, fous de joie pour un sucre, délirant de bonheur pour une caresse et prêts à tout pour en obtenir d'autres. Il n'avait pas écrit une ligne de son livre, n'avait rien lu, rien appris, lui qui s'intéressait à tant de choses ! Il n'avait pris contact avec personne, vu aucun ami, perdu son Théobald, qui cependant en avait supporté de pires mais lui avait refusé clairement de servir « cette dame »… et il avait failli lui cogner dessus pour le simple fait qu'il n'aimait pas Lucrezia. Morosini, on n'en parlait même plus : rayé ! Balayé !… Et sans doute avec lui les dames de la rue Alfred-de-Vigny et tout ce qui constituait son univers et le charme de sa vie jusque-là ! Depuis cette soirée à l'Opéra, il vivait suspendu aux lèvres de Lucrezia, buvant ses paroles quand elle était avec lui, l'écoutant indéfiniment au moyen de disques sur le gramophone lorsqu'elle était absente…

Il eut froid tout à coup. Jusqu'aux tréfonds de lui-même, et un frisson le secoua. Où était-elle à présent, sa sirène ? L'idée de son départ tellement précipité qu'elle n'avait pas pris le temps de lui laisser un mot, un seul, qu'il ne comptait pas pour elle, qu'elle l'avait laissé tomber alors qu'il se croyait si près du bonheur, le ravagea au point de lui faire perdre la tête. Il quitta son banc et comme un automate se dirigea vers la Tamise… Le fleuve devait être glacé mais c'était de peu d'importance. Il était déjà gelé jusqu'aux os !… Un peu plus un peu moins, quelle affaire ! En un court moment il en aurait fini avec la souffrance. C'était si simple !… Et soudain il revit la blanche silhouette d'une jeune fille avalée par les eaux noires d'un autre fleuve au cœur de la nuit égyptienne… Salima était morte d'amour, elle aussi !

Il allait prendre son élan en murmurant son nom quand une main lui agrippa le bras, tandis qu'une voix furieuse proférait :

— Vous en avez encore pour longtemps à faire l'imbécile ?

Plan-Crépin ! Soi-même et en personne ! Equipée comme pour affronter le cap Horn d'un « ciré » et d'un suroît écossais renforcés d'un parapluie assorti qu'elle brandissait comme un Zoulou sa sagaie, elle était visiblement hors de ses gonds et, sans prendre le temps de respirer, poursuivait son réquisitoire :

— Je n'aurais jamais cru vivre assez vieille pour assister à un gâchis de cette envergure ! Voir un homme pourvu d'une vaste intelligence – ou prétendu tel ! – tout abandonner d'une vie jusque-là remarquable : travail, recherches, réputation, carrière, famille…

— Je n'en ai pas…

— Et nous, alors ? Je reprends : famille, patrie…

— Oh, les grands mots !…

— Vous me laissez finir, oui ou zut ? Ça fait trop longtemps que j'ai ça sur l'estomac : il faut que ça sorte ! Un homme habitué à vivre droit sur ses deux jambes, les changer pour quatre pattes en rétrécissant à vue d'œil jusqu'à se retrouver transformé en chien de manchon, pékinois ou chihuahua, afin de pouvoir se nicher dans le giron d'une chanteuse plus très fraîche…

— Plus très fraîche ? Vous êtes folle ! L'avez-vous seulement regardée ? Elle est…

— Rien du tout ! Sinon une femme avide, cruelle et totalement dépourvue de cœur et de tripes dont il faut espérer pour la paix des gens normaux et des générations à venir…

— Qu'est-ce qu'elles viennent faire là-dedans ?

— Ma foi, je n'en sais rien, mais l'image m'a séduite… des générations à venir donc, qu'elle se retrouvera bientôt assise dans le box des accusés en grand danger d'être pendue ! Voilà ! Et maintenant, qu'est-ce qu'on décide ? Vous tenez toujours à votre projet d'aller barboter dans cette eau boueuse au milieu des trognons de choux, des rats crevés, des morceaux de charbon et des huiles de vidange, ou on va rejoindre notre marquise au Savoy boire un double irish coffee brûlant ?

— Elle est là ?

— J'y suis bien, moi ! Naturellement, elle y est ! La mer ne l'effraie pas plus que moi : elle a dans les veines du sang de Tourville et du bailli de Suffren…

— … qui appartenait à l'ordre de Malte et n'a jamais eu d'enfants ! corrigea Adalbert, entraîné machinalement.

— Non, mais il était d'une famille qui, elle, en a eu ! Où en étais-je ?… Ah, oui ! Vous n'auriez pas voulu que je la laisse à la maison seule en compagnie de sa crainte de ne jamais revoir Aldo vivant !… Oh, mon Dieu ! C'est… c'est trop affreux !

Sans transition elle éclata en sanglots, vira sur ses talons et s'élança vers un taxi stationné un peu plus loin. Adalbert, alors, lui courut après et la saisit par le bras.

— Venez, je vous ramène à elle…

A sa compassion se mêlait une curieuse sensation de soulagement.

En abordant le trottoir le long duquel patientait le taxi qui avait transporté la vieille fille, Adalbert vit Warren sortir de la maison, planta là sa compagne en assurant qu'il revenait immédiatement, et rejoignit le policier :

— Une seule question, si vous permettez !

— Allez-y… mais vite !

— Comment… ou par qui Mlle Torelli a-t-elle été prévenue de votre prochaine visite ?

Le Superintendant darda sur l'imprudent un œil jaune et un sourire féroce.

— Si je le savais, cher ami, une part appréciable de mes soucis s'envolerait ! Ce n'est pas le cas, hélas ! Mais s'il vous vient une idée, ma porte vous sera ouverte jour et nuit !... Et, pendant que j'y pense, ne vous réinstallez pas dans votre appartement. On ne vous le rendra que lorsqu'on aura fini de le passer au crible !

— Dans l'état actuel des choses, je n'ai guère envie d'y reprendre mes habitudes. Me retrouver tout seul dans ce...

— Parfait ! Mais d'autre part ne quittez pas Londres sans m'en avertir !

— Vous me suspectez ?

— D'appartenir à la mafia, sûrement pas !... Mais de filer la retrouver au cas où la belle dame vous ferait un signe... Là, j'ai des doutes !

— Vous avez aussi ma parole ! Essayez de vous en contenter !

Quand, une demi-heure plus tard, Marie-Angéline ouvrit devant lui la porte de la suite que Mme de Sommières et elle-même occupaient au Savoy, ils trouvèrent celle-ci pelotonnée au fond d'une bergère, près de la cheminée, un châle de mohair blanc sur les épaules, regardant tristement fumer devant elle la tasse de café à laquelle elle n'avait pas touché. En dépit de la perfection de sa toilette comme de sa coiffure, elle était l'image même de la détresse, au point que Plan-Crépin, première surprise parce qu'elle ne l'avait jamais vue ainsi, faillit repousser Adalbert dans l'antichambre. Prise de court, elle clama :

— Le voilà ! Je vous l'ai déniché !

L'effet fut instantané. En un clin d'œil, la marquise se redressa, se leva et, incapable d'articuler une parole et les yeux mouillés de larmes, tendit les bras. Bouleversé, Adalbert s'y jeta, refermant les siens sur elle, ému de la sentir si fragile en dépit de sa haute taille. Mais ce ne fut qu'un bref instant. Elle posa un baiser sur sa joue puis s'écarta avec un sourire un peu tremblant.

— Bienvenue, mon cher enfant ! Vous êtes exactement celui dont nous avions besoin pour rendre quelque saveur à cette fichue existence ! Comment avez-vous réussi ce miracle, Plan-Crépin ?

Celle-ci commença par éternuer, se moucha puis déclara :

— Oh, on s'est rencontrés fortuitement au bord de la Tamise, on a causé mais il faisait un brin frisquet : il est gelé, et moi aussi !

— Alors faites monter ce que vous voulez, que diable ! Et puis vous me raconterez ce que vous fabriquiez tous les deux par ce vilain temps auprès de ce fleuve sinistre !

— Nous n'étions pas vraiment seuls. Il y avait même pas mal de monde ! soupira Adalbert d'un air détaché en s'installant dans un fauteuil, les mains nouées sur l'estomac et ses longues jambes étendues devant lui.

— Quel monde ?

— La police, le Superintendant Warren, des badauds, des curieux… et tout ça…

— On dirait que notre Langlois n'a pas chômé ? fit Mme de Sommières en regardant sa lectrice.

Puis revenant à son visiteur :

— Il nous faut vous apprendre, Adalbert, qu'avant-hier ce cher ami nous a emmenées, à titre de témoins, au chevet d'Helen Adler qui venait enfin de sortir du coma dans le but de lui faire répéter devant nous ce qu'elle lui avait déjà révélé : en achetant un journal place de l'Opéra deux jours après son arrivée à Paris, elle y avait vu une photo de la Torelli qui l'avait bouleversée parce qu'elle avait reconnu en elle la meurtrière du *Titanic*…

— Elle en est vraiment certaine, alors qu'elle vient de passer je ne sais combien de semaines dans un cirage qui a dû tout de même mettre un bon moment avant de se dissiper ?... et après vingt ans ?

— Oh, formelle ! Pareille beauté ne s'oublie pas, a-t-elle affirmé, d'autant plus surprise qu'elle ne l'avait pas encore vue à bord. L'homme qui voyageait avec elle ne devait pas vouloir la montrer. Jalousie ou souci de frapper un grand coup lors de sa première apparition sur scène ? Allez savoir !...

— Quoi qu'il en soit, reprit Marie-Angéline, au lieu de partir pour Venise comme nous en avions l'intention, nous avons préféré venir ici afin de tenter de vous éviter... ce que vous venez de vivre, mais à Calais, il a fallu attendre la fin de la tempête qui venait de se lever et nous n'avons rien évité du tout !

Le service d'étage, en apportant du chocolat chaud, interrompit la conversation. Il était excellent, mousseux à souhait, et réchauffait chaque fibre du corps. En outre, il permit à Adalbert, devinant qu'on allait en venir à un sujet délicat, de réfléchir à ce qu'il allait dire. Finalement, reposant sa tasse vide avec un soupir de satisfaction, il hasarda... pour tâter le terrain et poussé peut-être par un démon malin :

— Vous vous apprêtiez à vous rendre à Venise ? Dans l'intention louable de recoller les morceaux du ménage ?

— Oh !...

Devenue soudain rouge brique, Plan-Crépin le foudroya d'un regard indigné et courut vers sa chambre.

— Qu'est-ce qui lui prend ? demanda Adalbert, qui commençait à regretter de faire comme si Warren ne lui avait rien dit.

C'était cruel et inutile, le patron du Yard n'ayant aucune raison de lui raconter des craques.

Cependant, et sachant parfaitement ce qui allait suivre, Mme de Sommières lui adressait un sourire compatissant.

— Vous ne semblez pas être au courant des dernières nouvelles de France...

Il n'eut pas le temps de répondre : le génie de la vengeance était de retour et lui expédiait des journaux sur les genoux.

— Et ça ? N'avez-vous que de mauvaises lectures ou serait-ce que la presse de la perfide Albion ne s'intéresse chez nous qu'aux gazettes croustillantes ? C'est pourtant écrit assez gros et l'on peut constater que notre ami Langlois a mis le paquet ! Et à cause de quoi croyez-vous que notre marquise a les yeux jusqu'au milieu de la figure ?

Adalbert ne l'écoutait plus. Prenant les quotidiens l'un après l'autre, il les parcourait avec avidité en les froissant quelque peu.

— Enlevés ? Qu'est-ce que ça signifie ?

— Vous le demanderez à Langlois quand vous le verrez. Ce qui ne saurait tarder ! En attendant, rendez-les-moi ! ajouta-t-elle en raflant les journaux. Ils peuvent encore servir !

— Est-ce que Lisa les a vus ?

— Vous oubliez que, dans l'Italie fasciste, la presse est muselée et les feuilles de chou étrangères soumises à une sévère censure… quand on les laisse paraître !…

— De toute façon, soupira la marquise, le mal est fait en ce qui concerne Lisa. Quelqu'un l'aurait mise au courant de son infortune conjugale et c'est pour essayer de colmater le plus gros des dégâts que nous avons décidé de nous rendre là-bas !

— Et vous m'avez donné la préférence ? fit-il, ébranlé.

— Il nous a paru que c'était le plus urgent ! A présent, rien ne nous retient et c'est ce que nous allons faire dès notre retour à Paris. Ne fût-ce que pour passer Noël avec Lisa et les enfants…

— Laissez-moi vous accompagner ! A nous trois, on aura plus de poids ! Mais tous ces voyages coup sur coup…

— Dites « à votre âge », pendant que vous y êtes, et je ne vous adresse plus la parole de ma vie ! gronda la vieille dame.

Plan-Crépin mit son grain de sel.

— … et puis le Super vous a prié de rester encore un moment et si vous lui ajoutez son collègue français, qui ne serait pas fâché de bavarder avec vous, cela va prendre du temps. Et nous, on est pressées.

— Pas à ce point, tout de même… surtout pour trouver maison vide. Si les choses en sont là, je serais fort étonné que Lisa n'aille pas se réfugier à Vienne auprès de sa grand-mère, en particulier pour cette fête qu'elle aime entre toutes, non ?

Les deux femmes se regardèrent : dans leur marasme, elles n'y avaient pas pensé ! Il en profita :

— Croyez-moi ! Accordez-vous à vous-même une bonne nuit de repos… et à moi le plaisir de vous inviter à dîner… S'il vous plaît… Tante Amélie !

Le mot signant un retour au bercail qu'elle n'osait plus guère espérer la fit sourire. A nouveau, elle l'embrassa.

— Oui. Je crois que nous pouvons le faire.

Rasséréné, il regagna sa propre chambre à l'étage au-dessus dans l'intention de s'étendre un moment pour essayer de mettre de l'ordre dans tout ce gâchis, mais il était à peine entré que le téléphone sonnait. Au bout du fil, Gordon Warren en personne, toujours aussi gracieux.

— Si vous n'avez rien d'autre en perspective, un saut jusqu'ici serait une idée judicieuse ! J'ai quelques questions à vous poser.

— Vous m'en avez déjà posé une flopée, il me semble ? émit d'un ton plaintif Adalbert qui n'avait aucune envie de ressortir sous la bourrasque – pluie et vent mélangés – qui se déchaînait depuis cinq minutes sur Londres.

— Peut-être mais j'étais tellement furieux que j'en ai oublié. Alors rappliquez ! aboya l'appareil.

— Et vous ne l'êtes plus ?

— A peine, mais ça pourrait revenir !

Un « clac » des plus expressifs mit fin à la communication. Avec un soupir, Adalbert sonna le portier et demanda un taxi…

Ce n'était pas la première fois qu'il pénétrait dans le sanctuaire du « ptérodactyle », avec toujours la même impression d'accablement. Les sévères meubles victoriens d'un brun presque noir, les lampes à abat-jour d'opaline verte, les armes d'Angleterre au mur étaient sans doute plus pompeux que le décor où évoluait Langlois, Quai des Orfèvres, mais au moins trouvait-on chez celui-ci, pour se reposer la vue, le superbe « kilim » rouge et bleu couvrant le parquet et l'attendrissant petit vase de cristal ou de barbotine, selon l'humeur, où quelques fleurs parlaient de jardin et d'air pur.

Assis dans son fauteuil de cuir noir, Warren écrivait, sans doute un rapport, quand le « planton » introduisit le visiteur. Sans lever la tête il désigna l'une des deux chaises – de cuir, elles aussi ! – placées en face de son bureau puis signa, referma son stylo et s'adossa confortablement, les coudes sur les bras du siège et les mains jointes par le bout des doigts. Apparemment, les révérences n'étaient pas au programme et Adalbert s'intéressa aux gypseries du plafond jusqu'à ce que Warren émette :

— Quand avez-vous vu Miss Torelli pour la dernière fois ?

— Hier soir…

— C'est vague. A quelle heure ?

— Je n'en sais rien. Disons vers la fin de l'après-midi. Nous étions allés voir l'exposition Holbein à la Tate Gallery… Elle semblait en pleine forme quand, soudain, elle a éprouvé une douleur et elle m'a demandé de la ramener à la maison. Il faut vous dire qu'elle est sujette à des crises de névralgies faciales qui la font énormément souffrir et l'obligent à s'étendre dans l'obscurité…

— Gênant ! Et ça ne lui est jamais arrivé en scène ?

— Pas que je sache. Chose curieuse, le mal se manifeste surtout quand elle ne joue pas. Ce qui était le cas… Elle doit alors s'enfermer dans le noir, une poche à glace sur le visage.

— Elle n'avait pas chanté du tout ?

— Si, le matin. Elle travaille sa voix chaque jour avec son accompagnateur et c'est ce qu'elle a fait hier matin sans problèmes. Et puis, au cours de cette visite…

— Pendant que vous étiez à la Tate, elle ne vous a pas quitté ?

— Si. Pour se rendre aux toilettes afin de se passer un peu d'eau fraîche sur la figure pendant que j'allais chercher un cab. Je l'ai donc raccompagnée à Chelsea et nous nous sommes séparés. A mon immense regret. J'avais retenu une table au Trocadero et je me faisais une joie de cette soirée en tête à tête, mais je n'avais rien d'autre à faire que rentrer au Savoy en ne sachant plus trop à quoi m'occuper. Alors j'ai dîné et je me suis couché, moi aussi !

— Avant de dormir, vous n'avez pas essayé de téléphoner pour avoir de ses nouvelles ?

— Certainement pas ! Elle ne supporte alors plus aucune sonnerie et son personnel fait ce qu'il faut pour les éviter. Je ne vous cacherai pas que j'étais désespéré. Pour une fois que ce fichu Américain n'était pas dans le secteur ! J'avais rêvé d'une nuit…

— Je vois très bien ce que vous voulez dire ! coupa le policier, mettant ainsi un frein prudent au lamento qu'il sentait poindre. Et, à ce propos, vos relations avec cet Américain m'intriguent. Vous arriviez à vous supporter ?

— Oh, ce n'est pas un garçon désagréable et, puisque Lucrezia désirait qu'il en soit ainsi, nous avions établi une sorte de modus vivendi en accord avec ses désirs.

— Elle hésitait entre vous deux ? Bizarre, non ?

— Oui. Peut-être, mais il faut comprendre : elle songeait à mettre fin à sa carrière afin de partir en beauté…

— Sa voix lui causait des inquiétudes ?

— Non, mais justement, elle détestait l'idée qu'elle pût un jour en avoir. Elle ne me l'a jamais confié, mais je sais qu'elle atteignait quarante ans et voulait en terminer avec une existence errante, exaltante évidemment, mais où le temps jouait contre elle. Aussi souhaitait-elle se retirer dans une vaste propriété, protégée par un époux qui lui apporterait tout ce qu'elle souhaiterait et l'entourerait d'une tendresse soutenue par une beauté dont le repos favoriserait l'entretien avec le plus d'efficacité possible. Afin de n'être pas oubliée, elle pourrait donner un concert, une fois l'an par exemple…

Plus ronds que jamais, les yeux jaunâtres du « ptérodactyle » s'animèrent d'une petite flamme moqueuse.

— Beaux projets mais qui requièrent une solide fortune ! Et de ce côté-là votre rival me semble le mieux nanti !

— Et pourtant elle m'avait laissé entendre qu'elle m'accorderait la préférence. Certes Wishbone roule sur l'or, mais je n'en suis pas tout à fait dépourvu, grinça Adalbert devenu ponceau. Et, en parlant de propriété, je pense qu'un château dans un lieu édénique serait pour elle un cadre plus flatteur que des centaines de kilomètres carrés au Texas supportant d'énormes troupeaux de vaches et une forêt de derricks !

— Sans doute… mais l'archéologie dans tout cela ?

— Elle n'y voyait pas d'incompatibilité. Les pays chauds sont excellents pour la voix…

— La poussière aussi, comme chacun sait !

— Allons, mon cher ami, ne vous faites pas l'avocat du diable ! Les hôtels de luxe poussent un peu dans tous les coins…

— On dirait que vous êtes sûr de votre fait ! Alors pourquoi laisser l'Américain entretenir des espoirs… inutilement cruels ?

— Il recherchait pour Lucrezia un joyau familial auquel elle tenait par-dessus tout. Ou plutôt, il le faisait chercher par…

— Morosini ! Et je suppose que vous n'ignorez plus ce qui lui est arrivé ? asséna Warren, soudain sévère. Ne devriez-vous pas être en train de le rechercher, lui, au lieu de roucouler aux pieds d'une criminelle ?

S'il fut tenté un instant de plaider pour Lucrezia, Adalbert y renonça aussitôt. Le siège de l'Anglais était fait, d'autant plus ancré qu'il s'appuyait sur les convictions de son collègue français tout aussi intransigeant ! Aussi préféra-t-il faire dévier la conversation :

— Pour en revenir à Wishbone, vous pourriez l'entendre ! Il doit être revenu ?

— Non… ou plutôt si : il est reparu au Ritz hier soir… le temps de régler sa note et de reprendre les bagages, impressionnants, qu'il avait laissés ! Amusant, non ?

Non, Adalbert ne voyait rien d'« amusant » là-dedans, mais conscient du regard inquisiteur qui ne décramponnait pas, il réfréna sa colère, luttant contre l'envie de desserrer sa cravate et de sauter à la figure de son tortionnaire. Il réussit tout de même à prendre une cigarette, à l'allumer, à en tirer une bouffée et, dans le meilleur style Morosini, à ironiser :

— Ne devriez-vous pas lancer votre meute à ses trousses, Superintendant ? A mon grand regret, je suis bien obligé de tirer une seule conclusion de cela : s'il existe quelque part un dindon de la farce, j'ai la joyeuse impression que c'est moi !

Puis, après avoir inhalé encore un peu de fumée, il se leva en écrasant son mégot dans le cendrier en onyx posé sur un coin du bureau.

— Si vous avez encore besoin de moi, vous savez où me trouver… Mais plus pour longtemps. Mme de Sommières et Mlle du Plan Crépin, qui m'attendent au Savoy, souhaitent se rendre à Venise pour tenter d'adoucir un Noël qui s'annonce fort triste et je voudrais les accompagner.

Le tenant toujours sous son regard, Warren ne bougea pas, mais au bout d'un instant, il eut un rire bref parfaitement inattendu et se leva.

— Mes compliments, Vidal-Pellicorne ! Vous savez encaisser. Saluez pour moi ces dames ! Je vous souhaite bon voyage !

Et il tendit une main qu'Adalbert serra sans plus d'arrière-pensée.

A Paris, ce même soir vers 19 h 30, Fédor Razinsky déposait rue de Maubeuge un client qu'il avait pris en charge aux Champs-Elysées. Comme il avait encore du temps avant de remiser, il pensa que le train d'Amsterdam-Anvers-Bruxelles-Paris arrivant à 20 heures, il avait une bonne opportunité de faire une dernière course augmentée d'un volume de bagages peut-être intéressant... Quatre taxis stationnaient déjà, plus un cinquième, devant et nettement détaché de ces derniers, et qui devait avoir été retenu par une agence quelconque.

Il ne faisait pas très froid mais la neige s'était mise à tomber vers la fin du jour et Fédor eut soudain envie d'un bon café-calva revigorant au buffet de la gare du Nord. Le taxi détaché était comme lui un G7 et il eut l'idée de lui demander de jeter un coup d'œil à sa voiture pendant sa courte absence. Aussi remonta-t-il la file d'attente, d'autant plus encouragé dans son projet que le numéro d'immatriculation était celui d'un copain, russe lui aussi.

Or, le sourire qu'il arborait en s'apprêtant à s'arrêter à sa hauteur s'effaça aussitôt et, au lieu d'avancer, il recula : le conducteur n'était pas Dimitri Nazeff, ancien capitaine au régiment Préobrajensky, à peu près du même gabarit que lui, mais un homme d'une quarantaine d'années, à moustache noire, qui ne devait pas mesurer plus d'un mètre soixante-dix et dont il aurait juré qu'il était né quelque part dans le Sud. En tout cas cet homme conduisait une voiture qui ne lui appartenait pas.

Afin de mieux réfléchir, Fédor ressortit de l'aire d'évolution des taxis, refit un tour et alla stationner rue de Compiègne, à un endroit d'où il pouvait surveiller son « collègue », baissa lui aussi son drapeau puis attendit. Il avait bien pensé aller dans un café téléphoner à l'inspecteur Sauvageol dont il avait les coordonnées, mais il n'osa pas s'éloigner, de crainte de ne pas le joindre et, si on lui imposait une attente, de laisser filer pendant ce temps-là ce qu'il considérait comme son gibier. Or, il était fermement décidé à savoir où l'oiseau allait emmener les gens qu'il attendait…

Sa patience ne fut pas mise à longue épreuve. Quelques minutes tout au plus, avant que l'afflux des voyageurs n'apparût sous la verrière de la gare pour prendre l'assaut de ses confrères. La foule était nombreuse et, afin de mieux voir, il sortit de sa voiture et s'appuya à la portière ouverte, repoussant en arrière la visière vernie de sa casquette… Encore deux minutes et un couple se détacha : une dame âgée qui devait être assez grande mais marchait soutenue d'un côté par son compagnon, un homme dans la force de l'âge, et de l'autre par une canne. Une voilette enveloppait son chapeau. Le chauffeur était descendu pour leur ouvrir la portière. Son attitude était empreinte d'une certaine déférence puisqu'il mit la casquette à la main… Après quoi, il referma et démarra pour prendre le large virage rejoignant le boulevard Magenta sens descendant. Fédor embraya et entreprit de le suivre le plus discrètement possible mais sans laisser trop de voitures entre eux.

On gagna ainsi la place de la République, puis le boulevard du Temple, celui des Filles-du-Calvaire et le Beaumarchais reliant en ligne droite la République à la place de la Bastille, que l'on contourna. Et là, Fédor fit la grimace : si ce voleur allait déposer ses clients à la gare de Lyon pour y prendre un autre train ? Mais non, il s'engagea dans l'avenue Daumesnil et le suiveur respira, mais ce ne fut qu'un instant. Passé le feu rouge du boulevard Diderot, le taxi ralentit… et s'engagea dans le passage Raguinot, l'une des deux ou trois ruelles sordides où il était prudent de ne pas s'aventurer la nuit. Heureusement, elles n'étaient pas très longues et, n'osant y engager sa voiture, il stoppa au coin de l'avenue quasiment déserte et descendit pour être plus à même d'observer. Les clients du voleur étaient trop élégants pour habiter un pareil coupe-gorge !

Et pourtant ! Vers le milieu de la rue l'autre s'arrêta, débarqua ses passagers après avoir ouvert ce qui semblait être la large porte coulissante d'un hangar, enfin reprit sa place au volant et rentra la voiture à leur suite. Tout se referma…

Envahi par une foultitude de points d'interrogation, Fédor n'hésita qu'à peine, remit son moteur en marche et vint silencieusement se poster au même endroit que le faux taxi, éteignit ses feux et s'efforça d'observer, conscient de prendre un certain risque mais, outre qu'il n'avait jamais connu la peur, le Russe ne s'embarquait jamais sans biscuits. Au propre comme au figuré : ouvrant sa boîte à gants, il en sortit un « Petit Lu » qu'il ficha entre ses mâchoires et un revolver dont il s'assura qu'il était prêt à fonctionner…

Une ombre se détacha soudain d'un mur et vint se pencher à sa portière : celle d'un gamin, mal vêtu évidemment, et la tête bâchée d'une casquette dans le meilleur style Gavroche :

— T'as un peu de tunes à claquer ? fit-il d'une voix assortie.

— Faut voir !

— Bon, j'me risque parce que t'as une bonne bouille. Si t'espères que le Rital va sortir, tu vas glander longtemps : il crèche là !

— Et ses clients ? Ils « crèchent » aussi là ? Ça m'étonnerait !

— Bien sûr que non…

En même temps, le gamin faisait le geste expressif de palper sa poche. Fédor comprit et lui donna cinq francs. Ça devait être suffisant : l'autre se pencha un peu plus.

— L'rez-de-chaussée, c'est seulement un passage qui communique avec l'passage Gatbois qu'est parallèle…

— Ça, je sais ! Je connais mon métier !

Le garçon se mit à rire.

— T'as pourtant pas dû faire que çui-là ! T'es un Russko, pas vrai ? Souvent généreux !… Non, attends encore un brin ! fit-il. Qu'au moins t'en aies pour ton fric ! Alors, j'accouche : les clients ont fait qu'changer de voiture. D'l'autre côté, y a une maousse bagnole noire… et un autre chauffeur, mais lui il habite pas là tout l'temps. Sa tire non plus. C'est pas la peine d'aller voir : ont sûrement démurgé.

Fédor leva les yeux vers une fenêtre qui venait de s'éclairer.

— Alors, là-haut, c'est le Rital, comme tu dis ? Il y a quelqu'un d'autre ?

— Non, il est tout seul. Pourquoi ? ajouta-t-il en voyant son nouvel ami fourgonner dans sa boîte à outils. T'as pas l'intention de…

— De monter faire sa connaissance ? Tout juste, mon gars ! Quant à toi, tu n'as rien vu et tu disparais ! conclut-il en lui octroyant une deuxième pièce qui lui valut un large sourire.

— J'ai rien vu, d'accord !… Mais laisse-moi tout de même regarder un p'tit peu ? L'Rital, j'l'ai pas à la bonne ! C't'un teigneux qui joue du couteau facile….

— Merci du renseignement ! Allons-y !

Parmi une longue lignée de magistrats et de boyards, Fédor comptait sans doute un ancêtre serrurier car la porte du garage ne lui résista qu'une demi-minute, suscitant ainsi chez son nouvel ami un profond respect. Le taxi en effet était là mais, sur le côté du garage, s'ouvrait un escalier en bois, qui eut le bon esprit de ne pas protester quand Fédor lui imposa son poids.

Il débouchait dans une pièce meublée de l'essentiel sur laquelle ouvrait une chambre de dimensions modestes, où le Rital s'occupait à se déshabiller en s'y encourageant à l'aide du contenu d'une bouteille posée par terre.

Comme il tournait le dos à la porte, il n'eut pas le temps de comprendre ce qui lui arrivait : Fédor l'assomma d'un maître coup de poing, puis le ligota avec une corde qu'il avait apportée, le bâillonna de son mouchoir et d'un chiffon, et, finalement, le balança sur son épaule comme un prosaïque fagot de bois.

— Voilà ! fit-il, hilare, à l'intention de son associé fortuit béat d'admiration. Et maintenant on y va !

— Où ça ?

— Tu en sais suffisamment ! En revanche, dis-moi, comment tu t'appelles ?

— Pignon, Baptiste ! J'habite au-d'sus du Chinois d'en face !

— Facile à retenir ! C'est ce que les Français appellent avoir pignon sur rue ! rigola le Russe. Eteins maintenant, on descend !

— C'est quoi, ton blaze à toi ?

— Fédor Razinsky ! C'est moins facile à retenir, mais si un jour tu as besoin de moi, je serai toujours à ton service…

— On te trouve où ? Au cas…

— Boulevard du Temple, le bistrot qui est à côté du Cirque d'Hiver. C'est autant dire ma… cantine ! Ou alors à la G7…

Sa capture dûment coincée entre le siège arrière et la cloison vitrée de séparation, Fédor tendit au garçon une large main que celui-ci prit sans hésiter, puis demanda :

— T'aurais pas dans l'idée d'le transbahuter chez les poulets ?

— Si. Tu as quelque chose contre ?

— Oh, non ! On serait même plutôt potes !

— En tout cas, si tu remarques ici des trucs bizarres, n'hésite pas à me prévenir ! Il pourrait y en avoir d'autres ! conclut-il en tirant une troisième pièce de sa poche.

Baptiste émit un sifflement admiratif !

— Pffuii ! T'es un vrai prince, toi !

Fédor haussa des épaules résignées.

— Je l'ai été jadis… mais ça fait une trotte !

Et démarra en douceur pour rejoindre la rue de Chalon.

On devait se raconter encore longtemps au Quai des Orfèvres l'arrivée triomphale de Fédor Razinsky portant sur une épaule comme une simple musette un bonhomme inerte – il avait dû le renvoyer au pays des rêves quand il l'avait extirpé de sa voiture ! – qu'il déposa délicatement sur le bureau de l'inspecteur Sauvageol sidéré en déclarant :

— Tenez ! C'est le faux chauffeur de taxi ! Je l'ai un brin abîmé mais il devrait en avoir beaucoup à vous raconter ! Suffira de le faire parler !…

12

Les cloches de Noël

Quand le Calais-Paris s'arrêta au quai n° 4 de la gare du Nord à Paris, Adalbert eut l'impression de revenir d'une odyssée interplanétaire et d'atterrir en pays inconnu. Peut-être à cause de la foule surexcitée qui l'environnait. On était le 24 décembre, veille de Noël, et l'air était plein d'appels, de cris et d'embrassades entre ceux qui arrivaient et ceux qui les attendaient. Tous anticipaient la fête et, s'il n'y avait eu Tante Amélie et Plan-Crépin, il se fût senti affreusement seul avec la lourde déception que lui infligeait son rêve brisé.

Eux aussi d'ailleurs, on les attendait. Droit comme un I dans son impeccable tenue de chauffeur, Lucien était sur le quai pour prendre les bagages – assez légers ! – des femmes. Pour les valises et la malle de leur compagnon, beaucoup plus encombrants, il avait retenu les services d'un taxi et de deux porteurs.

Après leur avoir demandé s'ils avaient fait bon voyage avec un large sourire de bienvenue à l'adresse de l'enfant prodigue, il les guida en direction de la sortie, puis vers le trottoir le long duquel stationnaient les voitures sous la garde de l'automédon parisien. Lequel, planté devant la vénérable mais rutilante Panhard et Levassor, semblait fasciné.

Les dames prirent place mais, au moment de monter, Adalbert se récusa :

— Le plus simple est que j'aille déposer tout ce fourniment chez moi et me changer.

— Mais n'oubliez pas que nous vous attendons pour dîner ! rappela Marie-Angéline.

— N'ayez crainte ! A 8 heures pile, je serai là !

Tandis que son conducteur l'emmenait vers le quartier Monceau et sa rue Jouffroy, Adalbert, tassé dans son coin, pensait que ce retour-là n'aurait aucun point commun avec ceux de naguère. D'où qu'il revînt, il était toujours ravi de rentrer chez lui dans son vaste appartement fleurant bon l'encaustique, le tabac fin et, surtout, certains effluves délectables issus de la cuisine. Or il n'y aurait rien de tout cela, sauf peut-être la cire, mais en aucun cas la senteur divine d'un gâteau en train de cuire ou d'un salmis de bécasses… Seuls l'obscurité, le froid, les meubles couverts de leurs housses et la solitude l'attendaient. De quoi pleurer !… Peut-être vaudrait-il mieux pour son moral – et pour cette nuit seulement, bien sûr ! – aller coucher au Royal Monceau peu éloigné… à condition d'y trouver de la place ce soir !

Quand le taxi stoppa devant sa porte, il leva les yeux vers ses fenêtres aux volets clos, pénétra dans le vestibule afin de requérir l'aide du concierge mais à la porte de la loge un écriteau annonçait qu'il s'était absenté. Décidément, la maison était déserte et son humeur se fit plus noire.

Avec l'assistance de son chauffeur, il entassa ses bagages au pied de l'escalier et quelques-uns dans l'ascenseur, paya royalement cet homme serviable qui lui souhaita « Joyeux Noël ! », répondit de même et entra dans la cage vitrée… pour monter à son premier sur entresol.

Enfin il se retrouva devant sa porte, chercha ses clefs, les fit tomber au moment précis où la minuterie s'éteignait, le laissant dans une quasi-obscurité.

— M... ! jura-t-il en se mettant à la recherche du bouton d'allumage... qui ne se s'alluma pas !

Déversant une série d'imprécations, il tâtonna pour retrouver ces fichues clefs quand un rai lumineux filtra sous la porte qui s'ouvrit.

— Mon Dieu ! compatit Théobald en l'aidant à se relever. Mais pourquoi Monsieur n'a-t-il pas sonné ?

— Tu es là, toi ? Par quel...

Il allait dire « miracle » mais il se retint, essayant de se rappeler sa colère quand son fidèle majordome lui avait rendu son tablier à Londres. Au lieu de ça, il en aurait pleuré de joie ! Derrière Théobald, la maison s'était éclairée et, de la cuisine, parvenait une alléchante odeur de truffes...

Tandis que celui-ci se mettait en devoir de rapatrier tous les bagages, Adalbert fit le tour de son appartement. L'ordre y était parfait. Il y avait des fleurs, le feu flambait dans les cheminées, y compris dans son cabinet de travail rangé comme il ne l'avait pas été depuis longtemps. Avec béatitude il retrouva son vieux fauteuil de bureau où il se laissa aller tout en posant un regard affectueux sur les beaux objets égyptiens, fruits de son labeur, qui ornaient avec tant d'élégance ce qui était son temple à lui. Surtout une tête de femme du Moyen Empire qu'il aimait particulièrement... Ne lui manquait plus pour être au paradis que sa vieille veste d'intérieur à brandebourgs et ses charentaises...

— Théobald ! appela-t-il.

— Oui, Monsieur ?

— Comment se fait-il que tu sois ici ?

— Mlle du Plan-Crépin m'a prévenu, Monsieur. Je suis donc accouru ! Il était impensable de laisser

Monsieur rester dans un appartement vide, avec des housses partout… sans son atmosphère habituelle… et la veille de Noël !

— Je te remercie. Mais ça sent diantrement bon dans ta cuisine ! Tu fais à dîner ?

— Bien sûr ! Il y aura…

— Arrête ! Je préfère ne pas savoir ! Pour que je ne me sente pas trop abandonné, ces dames m'ont invité !

— Je sais, Monsieur. Mademoiselle Marie-Angéline m'a mis au courant.

— Alors ?… Tu as invité un copain ?

— Monsieur plaisante, j'espère ? Mademoiselle Marie-Angéline m'a dit aussi que l'on n'attendait pas vraiment Monsieur rue Alfred-de-Vigny. Du moins ce soir, car elle était certaine que Monsieur n'aurait plus la moindre envie de ressortir une fois rentré. D'ailleurs Madame la marquise et elle-même devant aller entendre la messe de minuit à Saint-Augustin, elles ne pourraient se restaurer qu'après avoir reçu la sainte communion. En revanche, Monsieur sera le très bienvenu demain à midi pour le déjeuner de Noël !

Adalbert se lova davantage dans son fauteuil et se mit à rire.

— Sacrée fille ! Elle pense décidément à tout ! Je vais quand même lui téléphoner pour leur souhaiter un heureux Noël !… Ou plutôt, non ! Ce n'est pas le mot qui convient ce soir !… D'abord me changer et, toi, tu mettras le couvert dans la cuisine : on va dîner tous les deux comme avant, à l'époque héroïque…

— Vraiment ? Monsieur veut ? émit Théobaldad, soudain rouge de joie.

— Oh oui, je veux !… Il faut que l'on remette les pendules à l'heure, nous deux !… Et puis les fumets provenant de ton antre sont divins et j'ai une faim d'ogre !

C'est ainsi qu'Adalbert rentra chez lui sans l'amertume qu'il avait redoutée. Quant aux regrets, ils faisaient curieusement silence. Il avait surtout l'impression de sortir d'une espèce de coma, à l'instar d'Helen Adler. Depuis la soirée à l'Opéra, tout ce qui l'entourait s'était pratiquement figé en ne laissant animée que la seule Lucrezia. Elle lui avait fait l'effet d'une de ces révélations éblouissantes, comme celle qui avait frappé celui qui n'était pas encore l'apôtre Paul sur le chemin de Damas. Lui n'avait plus vu que Lucrezia et son charme fabuleux, comme ceux auxquels les plus forts se prenaient parfois jusqu'à l'idiotie, comme Samson devant Dalila, Hercule aux pieds d'Omphale, Ulysse face à Circé et Enée près de Didon. Encore les deux derniers avaient-ils su briser l'enchantement. Son cas à lui était moins romantique : un face-à-face avec un policier anglais contre lequel d'abord il s'était révolté, bien que son bon sens anesthésié jusque-là lui soufflât que Warren énonçait seulement une sordide vérité… et maintenant cette espèce de béatitude retrouvée en regagnant un chez lui qui lui était beaucoup plus cher qu'il ne se l'imaginait. Au fond, il espérait bien être désormais à l'abri si, par aventure, il la revoyait. Encore fallait-il ne jurer de rien…

Quand, vers 10 h 30, les cloches se mirent à carillonner pour appeler les fidèles vers les autels, Marie-Angéline regarda sa montre puis Mme de Sommières qui, délaissant son cher jardin d'hiver, se tenait assise près du feu qu'elle avait fait allumer dans la petite bibliothèque en dépit du chauffage central. Il faisait un temps affreux, pluie et neige mêlées, et la marquise avait l'impression que rien ne pourrait la réchauffer. Marie-Angéline toussota.

— Nous sommes sûre de vouloir aller à l'église ? Il fait si mauvais ! La grand-messe de demain serait peut-être suffisante ?

La vieille dame lui jeta un coup d'œil mécontent.

— Vous y allez bien, vous ? Et la voiture marche toujours ?

— C'est oui aux deux questions, mais…

— Pas de mais ! Quand on a quelque chose à demander et que l'on a beaucoup à se faire pardonner, on n'ergote pas avec le Seigneur !…

— Alors il est temps de partir !…

Vingt minutes plus tard, appuyée sur une canne d'une main et tenant de l'autre le bras de sa compagne, Mme de Sommières faisait dans Saint-Augustin une entrée remarquée, pour ne pas dire royale, en manteau et toque de zibeline. Au contraire de Plan-Crépin qui en était l'un des piliers, on l'y voyait rarement pour ne pas dire jamais. Si sa foi ne pouvait être discutée, elle n'en entretenait pas moins avec Dieu des relations toutes personnelles, nécessitant pour s'extérioriser le décor adéquat, selon elle. Ainsi, détestant la pompeuse église néogothique ainsi que quelques autres jugées hideuses et fleurant quelque peu le parvenu, elle ne se sentait bien qu'à Notre-Dame, construite par la ferveur et les mains de bâtisseurs inspirés et non par des entreprises pourvues de moyens mécaniques… ou alors Saint-Julien-le-Pauvre, la plus petite, la plus vieille, la plus modeste aussi, dont le contraste avec la cathédrale, sa voisine, était frappant… Elle aurait aimé y venir entendre la messe nocturne mais elle s'était décidée pour sa paroisse, pour ne pas faire de peine à « son fidèle bedeau », toujours très fier de se montrer à ses côtés. Elle avait même fait mieux – et plus difficile encore ! – en s'y rendant en fin d'après-midi pour l'obligatoire confession. Elle aurait tellement préféré un curé de campagne à cet inconnu, deviné dans l'ombre et qu'elle avait trouvé un rien trop parfumé.

— Si c'est ça l'odeur de sainteté, je peux vous assurer qu'on peut se la procurer facilement chez Houbigant ! avait-elle confié à Marie-Angéline, scandalisée.

Pour l'heure présente, elle n'était plus qu'une vieille dame au cœur désolé, venue supplier l'Enfant Dieu de lui permettre, avant de mourir, de pouvoir encore embrasser celui qu'elle considérait comme son fils. Et délaissant le prie-Dieu, ce fut sur le dallage qu'elle s'agenouilla à l'instant de l'« Elévation », tandis qu'une admirable voix d'homme lui arrachait des larmes sur la fin du « Minuit Chrétiens » :

... Peuple à genoux, renais à l'espérance
... Noël, Noël, voici le Rédempteur
... Noël, Noël, voici le Rédempteur

Elle songea soudain que se relever allait peut-être lui poser un problème, même avec l'aide de Plan-Crépin, quand une main vigoureuse se glissa sous son aisselle.

— On le retrouvera, Tante Amélie ! chuchota la voix d'Adalbert. Je vous promets de tout faire pour vous le rendre !

Deux heures avant Paris, Lisa, à Venise, avait entendu les cloches annonçant la messe de minuit mais n'y avait apporté qu'une attention fugitive. Noël, cette année, ne signifiait rien pour elle. Son cœur était plein d'amertume, la maison plongée dans le silence et une semi-obscurité. Pas de guirlandes lumineuses, pas de sapin chargé de boules miroitantes, de rubans scintillants, de cheminée ornée de branches et de fleurs, pas de cadeaux empaquetés de papiers chatoyants autour des petits souliers. Les enfants auraient leur Noël à Vienne chez leur arrière-grand-mère, à qui Lisa les avait amenés avec ce qu'on appelait en souriant « leur maison » : Trudi, Mademoiselle et Johanna, une jeune bonne dont le plus gros de la fonction consistait surtout à suivre les jumeaux à la trace…

Ainsi l'avait voulu Lisa afin de ne pas priver sa marmaille de leur fête préférée, car elle admettait volontiers que l'atmosphère du palais vénitien n'était guère respirable ces temps-ci. A ce moment précis, elle était enfermée dans le bureau d'Aldo en la seule compagnie de Guy Buteau, elle dans l'un des fauteuils réservés aux visiteurs, lui à la table même de Morosini. Ce n'était pas sans réticences qu'il y avait pris place, mais Lisa le voulait ainsi et il ne faisait plus bon résister aux volontés de la jeune femme.

— C'est vous qui dirigez cette maison davantage que lui, depuis un moment, avait-elle dit, non sans amertume, et j'en viens à me demander si je l'y reverrai un jour !

— Lisa, Lisa ! Cessez donc de vous torturer et tâchez d'oublier cette ignoble dénonciation qui vous a fait tant de mal ! Pour que le commissaire Langlois ait imposé à la presse cette sévère mise au point, il faut qu'il soit sûr de son fait et nous savons ce qu'il en est de cette prétendue fugue ! Evidemment un enlèvement est beaucoup plus grave ! Je suppose que l'un comme l'autre ont été attirés dans un piège…

— Mon cher Guy, vous pouvez dire tout ce que vous voudrez, il a tout de même fallu qu'ils se retrouvent dans le même train à un moment ou à un autre ! Aldo a seulement donné une bonne idée à ses ennemis et il n'en manque pas !

— Ce qui serait surprenant, c'est qu'il n'en ait pas. Je ne vous cache pas que cet enlèvement me tourmente beaucoup plus que l'escapade et que j'ai peur. Pour la simple raison que, depuis des semaines, aucune rançon n'a été réclamée. Cela peut signifier…

D'une poche de son tailleur, Lisa sortit une lettre pliée en quatre qu'elle lança sur le bureau presque entre les mains de son vieil ami. Qui ne la prit pas tout de suite. Au contraire, il en écarta ses doigts comme s'il craignait de s'y brûler. D'une façon un peu enfantine, il murmura :

— Qu'est-ce que c'est ?

— Lisez ! Vous verrez bien ! Je ne vous empêche pas de prendre votre mouchoir pour éviter de vous salir : c'est assez infâme !

— Voyons, fit Guy en chaussant ses lunettes : « Si vous souhaitez récupérer votre mari et sa maîtresse en état de marche, nous sommes tout disposés à vous faire ce plaisir contre la somme d'un million de dollars en coupures usagées. Vous n'aurez, je pense, aucune peine à les réunir, la banque Kledermann n'ayant rien à vous refuser. Il serait bon, d'ailleurs, qu'afin d'éviter les tracasseries douanières, fort actives en Italie et en Suisse, ladite banque charge son agence de Paris de vous les porter discrètement à l'adresse que nous vous indiquerons en vous faisant parvenir votre sleeping sur le Simplon du 8 janvier. Inutile de vous dire que vous serez surveillée tout le long du trajet et qu'une voiture vous attendra en gare de Lyon. Vous porterez une tenue de deuil discrète qui pourrait devenir de circonstances au cas où la police, quelle qu'elle soit, aurait le moindre soupçon de notre affaire. Etant donné la situation, vous pourriez être tentée de vous débarrasser d'un époux par trop infidèle, sans parler de la belle Pauline ! Auquel cas, nous aurions recours à une autre monnaie d'échange infiniment plus précieuse : vos enfants ! Recevez nos vœux de Joyeux Noël et de Bonne Année !... »

Guy abandonna le papier sur le plateau du ravissant bureau « Mazarin » et soupira.

— C'est assez répugnant, en effet ! Comment est-ce arrivé ? Par la poste ?... Non, c'est idiot ! Je sais trop qu'ici comme dans toute l'Italie il arrive que notre courrier soit lu avant nous.

— Un gamin venu par les rues l'a déposé à la cuisine et a filé sans demander son reste...

— Le coup classique ! Et que pensez-vous faire ? Obéir ?

Elle eut un sourire nerveux en levant sur lui ses yeux las.

— Me donne-t-on le choix ?

— Non, il est vrai, mais on pourrait peut-être transiger sur... le porteur de la rançon puisqu'il faut bien l'appeler ainsi. Pourquoi pas moi ? On m'a si souvent répété que je faisais partie de la famille ! Et vous avez une mine affreuse. Qu'en sera-t-il après ce calvaire que l'on veut vous imposer ?

— Je sais, mais je pense que mon humiliation... ma douleur aussi – pourquoi le dissimuler ? – en voyant mon époux et cette femme ensemble doivent faire partie du scénario. A moins que le dégoût ne vienne à mon secours. Auquel cas, il me restera le divorce !

— Vous savez que c'est impossible ! Le divorce est interdit en Italie à moins d'une dispense papale. Vous êtes croyants tous les deux, même si vous n'êtes pas des modèles de dévotion. En outre, vous avez trois enfants...

— Quatre ! Je suis enceinte de plus de trois mois ! De là ma mauvaise mine !

— Doux Jésus !

Quittant le siège de son bureau, Guy en fit le tour, attira l'un des fauteuils visiteurs près de celui de la jeune femme pour prendre ses mains dans les siennes.

— Mais vous êtes gelée ! Et vous tremblez ! Attendez !

Après l'avoir pourvue d'un verre d'armagnac dont il avala lui aussi une ration, il revint s'asseoir près d'elle et reprit ses mains.

— Je refuse de vous laisser partir dans cet état. Il faut trouver un moyen d'entrer en contact avec ces gens pour leur dire ce qu'il en est !

— En admettant que nous y arrivions, cela ne fera peut-être que leur faire plaisir… Ce chiffon respire le sadisme…

— Qui pourrait vous remplacer ?… Si vous ne voulez pas de moi ?

En dépit de sa situation dramatique, Lisa se mit à rire.

— Vous, vous avez dans la tête de rééditer l'idée de Marie-Angéline[1] quand Aldo était aux mains de ce malade… Je dirais qu'elle s'en était tirée plus que brillamment mais les miracles ne se répètent pas deux fois…

— Possible !… Encore que je n'en sois pas certain ! De toute façon, on pourrait au moins lui demander son avis et celui de Madame la marquise ? Sans compter Vidal-Pellicorne !

— Vous oubliez qu'il s'est entiché de la Torelli et vit à Londres auprès d'elle en compagnie de ce drôle d'Américain que nous avons eu ici… Les journaux en ont assez parlé ! Quant à Tante Amélie, je ne veux à aucun prix qu'elle apprenne dans quel marasme nous nous débattons ! Elle doit déjà se faire un sang d'encre pour Aldo !

— Elle serait peut-être contente tout de même d'apprendre au moins qu'il est toujours vivant ?

1. Voir *La Perle de l'Empereur*.

Pendant quelques instants Lisa garda le silence, à la suite de quoi elle laissa tomber d'une voix enrouée :

— Si seulement on en était sûrs ! Qu'est-ce qui nous prouve qu'on ne nous le rendra autrement que m…

Elle buta sur le mot puis, se levant soudain, quitta le bureau en courant. Resté seul, Guy se servit un second verre, le but d'un trait et retourna s'asseoir au bureau d'Aldo. Là, il entra en méditation. De tout cela, il ressortait qu'il fallait agir. Mais comment ?

Le dernier appel des cloches de la Salute, toujours légèrement en retard sur celles de San Marco, se fit entendre. Le vieux monsieur les accueillit d'un signe de croix… assez machinal, en pensant tout de même qu'une intervention du Saint-Esprit serait la bienvenue…

Le lendemain, Lisa montait dans le train à destination de Zurich afin de prendre avec son père les dispositions exigées, et prévint Guy qu'elle ne reviendrait pas avant une semaine. Elle souhaitait, en effet, aller embrasser ses enfants et avertir sa grand-mère de la menace qui planait sur eux. Elle avait une mine si épouvantable qu'il avait essayé de la persuader de l'envoyer, lui, tandis qu'elle se reposerait avant l'épreuve. Mais elle n'avait rien voulu entendre, lui opposant un argument aussi désolant qu'irréfutable :

— Je ne sais si nous sortirons vivants de ce guêpier. Je veux pouvoir une fois encore embrasser mes petits et j'aurai bien deux ou trois jours de repos chez mon père et autant chez Grand-Mère…

On pouvait au moins l'espérer… et surtout que Moritz Kledermann ou Valérie von Adlerstein trouvent l'idée géniale que n'arrivait pas à faire surgir son vieux cerveau fatigué…

Le commissaire principal Langlois avait passé la nuit de la Nativité dans son bureau du Quai des Orfèvres et c'étaient les cloches de Notre-Dame qui s'étaient chargées de lui suggérer que la Terre n'était pas peuplée uniquement de criminels en fuite et de bandits de tout poil ! Ce faisant, il n'avait fait que suivre une habitude instaurée depuis qu'il était devenu le patron : celle de rester au bureau en compagnie de l'obligatoire équipe de garde, de casser une petite croûte et de boire un verre de champagne avec eux.

Célibataire – on pourrait presque dire par vocation bien qu'il aimât les femmes –, il se considérait comme marié à la police, une épouse ô combien exigeante à laquelle il avait sacrifié un légitime désir d'avoir un foyer et des enfants. Le foyer, il avait failli le bâtir. Jeune inspecteur alors âgé de vingt-cinq ans, il avait aimé Marion qui en avait dix-neuf et le lui rendait de tout son cœur. Ils étaient sur le point de se marier quand sa ravissante fiancée avait été fauchée par une voiture que conduisait un chauffeur ivre. Les fleurs blanches du mariage avaient été celles du tombeau et Pierre, crucifié, avait juré qu'il n'y aurait plus jamais de fiancée. Quelques aventures rafraîchissantes seulement. Autre élément féminin dans sa vie : sa « gouvernante » Félicité qui veillait avec compétence et dévouement sur son appartement du boulevard Saint-Germain, sur son élégance vestimentaire, sur les casseroles de la cuisine quand il était là – et non sans un certain talent qu'appréciaient ses amis –, enfin sur les petits détails de la vie quotidienne. En fait, un mode de vie beaucoup plus proche de celui de Vidal-Pellicorne que de Morosini, le type parfait de ce qu'il voulait s'éviter à tout prix : les dangers que sa profession pouvait faire courir à une épouse et à des enfants.

C'était à ce dernier d'ailleurs qu'il pensait au moment où les notes allègres du carillon venaient frapper les vitres de ses fenêtres. Où pouvait-il être depuis tout ce temps ? L'inquiétait surtout l'absence de demande de rançon. Même chose pour Mrs Belmont. Cela pouvait signifier, hélas, qu'ils étaient morts, victimes de quelque obscure vengeance peut-être ?... L'Américaine était liée, évidemment, à l'identification de la célèbre Torelli par sa femme de chambre et Aldo était lié à elle par cette attirance sensuelle dont il lui avait fait l'aveu chez Mme de Sommières, ainsi que par le fait qu'Helen avait été abattue presque sous ses yeux, et à la Torelli par cet Américain qui l'avait supplié de retrouver pour elle la Chimère. Que l'on ait enlevé l'une pour faire chanter l'autre ou vice versa eût été compréhensible mais les deux à la fois ? Et surtout pour ne rien réclamer ensuite !

L'arrestation du faux chauffeur de taxi de Sauvageol, après une période d'observation, n'avait rien donné. L'homme était resté aussi muet qu'un mur, même quand le jeune policier, exaspéré, avait entrepris un interrogatoire... musclé, il n'avait pas bronché. Ses papiers – vrais ou faux ? – avaient révélé son nom : Carlo Bacci, qu'il était sicilien mais c'était strictement tout ! Autant pour le taxi passé au peigne fin : aucun indice. Enfin et en dépit d'une attentive surveillance – rétribuée ! – du « pote » Pignon, qui n'avait pas caché son vif désir d'entrer dans la police, le double garage n'avait pas vu revenir la voiture noire. Langlois se trouvait donc face à un énorme point d'interrogation que n'arrangeait pas celui posé à son collègue britannique : où était passée la Torelli ?

D'après le Chief Superintendant, elle semblait s'être volatilisée avec sa femme de chambre, son accompagnateur et son imprésario. Aucune trace. Nulle part ! Mais, en fait, le « ptérodactyle » ne s'attendait guère à en relever. Il était probable que le groupe s'était scindé et que l'on avait dû user de déguisements. Plus inquiétante, l'éclipse de Cornelius Wishbone, qui n'était pas reparu au Ritz autrement que sous forme d'un chèque réglant sa note d'hôtel enflé d'un supplément confortable. Il ne faisait même aucun doute pour les deux policiers qu'il avait dû mettre sa personne et son incalculable fortune au service de sa divinité. Tout était envisageable avec ce genre de Crésus, depuis l'achat clandestin d'un avion, d'un chalutier ou de n'importe quoi d'autre pour transporter la bien-aimée là où elle le souhaiterait. Et cela avec d'autant plus d'enthousiasme que l'encombrant Vidal-Pellicorne avait disparu du paysage.

En fait la récupération de l'égyptologue par l'incroyable Mlle du Plan-Crépin était le seul cadeau de Noël tombé du Ciel. Non qu'il pût leur apprendre grand-chose : le coup asséné par le policier anglais l'avait autant dire anesthésié mais il n'en était pas moins rentré en France et Langlois avait accepté avec bonheur l'invitation de Mme de Sommières à partager le déjeuner de Noël rue Alfred-de-Vigny car, au fond, la disparition de la cantatrice n'était pas ce qui le tourmentait le plus, mais en priorité de ne retrouver qu'un cadavre dans les jours à venir. Si dur à cuire qu'il soit, il éprouverait une peine infinie à lire une douleur crucifiante dans les yeux de trois femmes exceptionnelles…

Et pourtant, Aldo n'était pas mort. Lui aussi, du fond de la prison où il était revenu à la conscience, avait entendu les cloches annonçant la messe nocturne. C'est ainsi qu'il avait su que l'on était à Noël et qu'il y avait près de deux mois qu'il était captif dans cet endroit. Une grotte qui aurait pu servir de cave, si l'on s'en tenait au soupirail garni de barreaux ouvert presque au ras de la voûte par où arrivaient le jour et l'air, situé trop haut pour qu'on puisse l'atteindre et lui donner, peut-être, une idée du pays où il se trouvait. A la campagne très certainement, les bruits de la ville étant bien différents de ceux qui lui parvenaient : le cri enroué d'un coq par exemple, des aboiements de chiens qui se répondaient, une certaine qualité de silence et puis cette église qui ne devait pas être grande, si l'on s'en tenait au son de ses deux cloches…

A la suite de son enlèvement, il s'était réveillé assis sur le lit grossier d'une sorte de caveau, rappelé à la réalité par des claques appliquées sans ménagement. Il avait la tête lourde et la langue pâteuse, comme s'il avait pris une cuite la veille. Pourtant, il se souvenait de s'être endormi tout naturellement dans la voiture qui l'emportait. Or il avait l'impression d'être drogué. Il avait alors voulu se lever mais sans succès.

— Vous m'avez fait boire quelque chose ? demanda-t-il à l'homme toujours encagoulé qui surveillait son retour à la conscience.

— Evidemment ! Pour que tu ne trouves pas le chemin trop long. Tu as eu l'élégance – tu vois je reconnais tes mérites ! – de t'endormir de toi-même. On s'est seulement arrangés pour que ça dure. Mais t'fais pas d'bile, ça va passer !

— Me voilà rassuré ! Qu'est-ce ce que je suis censé faire dans ce trou ?

— Ce que font tous les prisonniers : attendre !

— Quoi ?

L'homme avait haussé des épaules fatalistes.

— Qu'est-ce que j'en sais ? La mort, sans doute ?

En dépit du frisson qui lui parcourait l'échine, Morosini s'offrit le luxe d'une moquerie.

— On dirait que vous ne connaissez pas la règle du jeu ! Quand on enlève quelqu'un, c'est en général dans le but d'obtenir une rançon, après quoi le quidam…

— Le quoi ?

— Le quidam – la personne en question – est restitué à sa famille angoissée. La culture ne va pas très loin chez vous, hein ?

— A ta place, je ne ferais pas tant le malin ! grinça l'homme. La restitution n'est pas obligatoire. Quelques fois on rend le cadavre. C'est souvent plus sûr. Pour tout le monde, d'ailleurs ! Il arrive que la famille concernée refuse de raquer. Surtout quand elle n'a pas envie de revoir le… quidam, comme tu dis ! A mon avis, ça pourrait bien être ton cas ! Bon ! Il faut que j'y aille ! Je te laisse t'installer ! Tu trouveras ici le nécessaire pour te récurer… et tu ne crèveras pas de faim !

— Autrement dit, ceci est un hôtel ? Je ne l'aurais pas cru !

— Cesse donc de faire l'imbécile et mets-toi dans la caboche qu'on est avant tout des hommes d'affaires. Si par hasard on décidait de la restituer, vaux mieux que la marchandise soit dans un état potable !

— Alors commencez par me rendre mes cigarettes ! Elles font partie de ma santé morale !

— On verra ça !

Et l'homme sortit après avoir donné quelques coups de poing dans une porte qu'Aldo n'avait pas remarquée parce qu'elle s'ouvrait dans le mur même, le long duquel le lit était placé, mais qui ne devait pas être facile à forcer, si l'on en jugeait le fracas de verrous, de clefs et même de chaînes que l'appel déclencha. Laissé seul, Aldo examina son nouveau logis et dut reconnaître qu'il avait connu pire : en Turquie, par exemple, et surtout quand il était aux mains d'un marquis espagnol à moitié fou…

Outre le lit, sans draps mais pourvu d'oreillers, de deux couvertures et d'un couvre-pieds en satinette verte, il y avait sur un tonneau tenant lieu de table de chevet un bougeoir et une provision de bougies. Au mur d'en face s'appuyait une table de toilette supportant une cuvette et un pot à eau ventru en grossière faïence un peu ébréchée, un pain de savon de Marseille, une brosse à dents et de la pâte dentifrice. Plus deux serviettes-éponges à peu près aussi douces que de la paille de fer. Les lieux d'aisances étaient représentés par une antique chaise percée et un tas de vieux papiers. Enfin, luxe inouï pour un homme dont les bronches fragiles redoutaient le froid, se tenait au milieu de l'endroit un brasero allumé près d'un seau plein de charbon. S'il échappait au gaz carbonique, au moins Aldo ne mourrait pas de froid…

Les premiers jours, le prisonnier réussit à conserver un certain optimisme. Il était en forme. La nourriture qu'on lui servait était rustique mais acceptable… Ce n'était pas le cas des cigarettes qu'on lui alloua. Les siennes, de fin tabac anglais, avaient disparu dans les poches de l'homme qui avait endossé ses vêtements – avec leur étui d'or ! En échange, celles qu'on lui apporta dans un paquet bleu frappé d'un casque ailé – des « Gauloises » bleues – étaient composées de ce tabac que les soldats de la Grande Guerre avaient baptisé le « gros cul », si fort qu'il vous arrachait la bouche. Et pourtant il avait des amateurs, même à l'étranger. Témoin Gordon Warren, qui avait avoué un jour y avoir pris goût en France pendant ladite guerre et n'en plus vouloir d'autre. L'odeur en imprégnait d'ailleurs ses vêtements et son bureau. Cette évocation requinqua un peu le moral d'Aldo qui alluma la première après lui avoir porté un toast et dans le seul but de retrouver un instant l'odeur qui lui rappelait le plus épineux de ses amis. Il en retira un moment de détente mais il ne la consomma pas jusqu'au bout : sa langue brûlait…

Cependant il aimait trop la saveur du tabac et sa fumée qui l'aidait à réfléchir – de préférence en faisant trempette dans une grande baignoire pleine d'eau tiède parfumée à la lavande ! –, alors il fallait se contenter de ce que l'on avait et, petit à petit, il s'habitua. Peut-être parce que l'envie était trop forte !

Les jours passaient, monotones, tous semblables, et l'inaction commença son travail de rongeur. Aldo ne voyait que les deux hommes – l'un armé d'un fusil-mitrailleur pour protéger le travail de l'autre. Encore n'apparaissaient-ils qu'une fois dans la journée pour apporter la nourriture, vider les eaux usées et remplir les pots. Ils ne parlaient ni l'un ni l'autre, l'un d'eux devant être une sorte de domestique. Cela signifiait qu'Aldo ne mangeait chaud qu'une seule fois par vingt-quatre heures, ce qui lui était pénible. L'hiver s'annonçait précoce cette année et, malgré le brasero, la température de la grotte ne devait pas s'élever au-dessus d'une dizaine de degrés à cause du soupirail qui, s'il permettait l'aération, laissait aussi entrer le froid.

La tentation était grande alors de rester couché, soigneusement enveloppé dans les couvertures et l'édredon, mais Aldo était conscient qu'il s'affaiblirait de plus en plus et il s'obligeait à quelques allées et venues dans sa cave ainsi qu'à des mouvements de culture physique. Mais cela n'empêchait pas l'ennui de le miner. S'y ajoutait l'impossibilité d'une toilette complète. D'abord il ne disposait pas de tonnes d'eau mais d'un broc d'eau froide avec lequel il n'arrivait pas à se laver entièrement : aussi se résignait-il à récurer plus particulièrement un jour le haut et le lendemain le bas. En outre, sa barbe poussait, ainsi que ses cheveux et, n'ayant pas de miroir à sa disposition, il n'avait guère de moyen de voir à quoi il ressemblait. Enfin il portait toujours le linge et les vêtements qu'on lui avait donnés en échange des siens et, en dépit de ses réclamations, il n'avait pas réussi à obtenir une chemise, un slip et des chaussettes propres.

— Tu n'es pas dans un palace, tu sais ? lui avait fait remarquer son geôlier, qui avait consenti à lui confier qu'il s'appelait Max. On n'est pas dans une succursale du Ritz ! Dis-toi bien que si on te permet de te laver, c'est pour que tu ne pues pas quand tu reverras ta belle amie !

— Mrs Belmont ? Elle est ici ?

— Où veux-tu qu'elle soit ? Evidemment qu'elle est ici ! Tu ne voudrais pas que l'on sépare ceux que l'amour a unis ! Et je peux te promettre que tu la reverras !

— Elle est soumise au même régime ?

— Tu ne voudrais pas. On sait vivre. Et puis elle a une telle cote avec le patron qu'il ne voudrait pas la faire souffrir… tout au moins jusqu'à nouvel ordre ! Rassure-toi, tu ne la trouveras pas changée. Elle, en revanche, pourrait être frappée par ton côté… rustique ! Et je ne parle pas de ta femme !

Aldo se sentit blêmir.

— Ma femme ? Vous l'avez capturée ?

— Tu nous prends vraiment pour des ploucs ! On vient seulement de l'inviter courtoisement à venir nous rendre une visite d'amitié… avec une bonne grosse valise pleine de beaux billets verts !

— Ainsi vous avez fini par me mettre à rançon ? De combien ?

— Je ne sais pas au juste !… Un million de dollars je crois…

— Pourquoi des dollars ?

— Le patron les aime. Chacun ses goûts ! Remarque, entre parenthèses, qu'elle en aura pour son argent : on lui fait un lot, elle aura ta maîtresse en prime ! Et elle le sait…

— Bande de salauds ! cracha Aldo, indigné. Mais il se peut que vous soyez déçus si vous lui avez exposé le marché dans toute son ampleur, il se pourrait même qu'elle ne vienne pas !

— Que si ! Tu veux parier ?

— Sûrement pas ! Elle doit me haïr à présent !

— Ça, c'est possible, mais tu peux être certain qu'elle viendra. C'est une bonne mère et elle…

Il ne put en dire plus. Fou de rage, Aldo lui avait sauté à la gorge et l'eût sans doute étranglé en dépit de ses forces amoindries, si l'autre ne lui avait appliqué un méchant coup de genou entre les cuisses dont la douleur lui fit lâcher prise. Prestement relevé, Max lui avait encore administré son pied dans les côtes avant d'éructer :

— Si tu veux jouer au mariolle, tu pourrais te retrouver mort sans avoir le temps de dire « ouf ». En attendant, tu vas me le payer !

Et les cigarettes lui furent supprimées… et il en souffrit.

Bien qu'il ne soit pas parvenu à aimer les Gauloises, il s'y habituait parce qu'elles l'aidaient à réfléchir. Si le côté plaisir n'y était pas, le côté drogue y était. Joint à ce que son geôlier lui avait appris de ce qui l'attendait, il redoutait d'être victime d'une dépression dont il ne voulait à aucun prix. Le combat serait rude, surtout pour sauver Lisa dont il ne craignait pas un instant qu'elle vienne payer la rançon, le dégoût au bord des lèvres, sans doute, quand elle se retrouverait face à l'époux infidèle et sa maîtresse, mais elle viendrait. Or, qui pouvait présager si, ensuite, on lui permettrait de repartir ? Outre sa fortune à lui – et peut-être aussi celle des Belmont – se tenait derrière sa femme la puissance financière de la banque Kledermann et, si importante que soit la somme exigée, ces bandits auraient certainement du mal à s'en contenter.

L'idée l'effleura de se donner la mort, mais avec des gens à ce point dépourvus de scrupules, cela ne servirait strictement à rien ! Lisa prendrait sa place et on ferait chanter son père !

Même chose peut-être pour Belmont… encore qu'on y regarderait peut-être à deux fois avant de faire venir des Etats-Unis un homme d'affaires de son importance – dépourvu d'enfants et dont l'épouse, Cynthia, devait être déjà sous protection – pour l'embarquer au fond d'une campagne perdue. Cela devait représenter pas mal de difficultés, d'où la bonne idée d'obliger Lisa à payer pour sa rivale.

Et à propos de ladite campagne, ce n'était pas la première fois qu'Aldo essayait de deviner où elle se situait, n'ayant aucun moyen de se repérer. D'abord aveuglé et drogué, il lui avait été impossible d'évaluer le kilométrage parcouru, ensuite en dehors des cloches du dimanche et des échos des fusils des chasseurs, des aboiements de leurs chiens, des bruits de moteurs ou des cris d'oiseaux, il n'entendait rien qui pût éveiller ses souvenirs. Il ne savait pas s'il était au nord, au sud, à l'est ou à l'ouest de Paris, son soupirail trop haut placé ne lui permettait même pas d'apercevoir le ciel.

La nuit de Noël, comme le jour lui-même, lui fut cruelle bien qu'il s'efforçât de repousser les merveilleux instants qui s'y rattachaient : les lumières, les vieux chants, la joie des enfants, le sourire de Lisa, la gaieté qui éclatait un peu partout dans les places et sur les canaux de Venise… ou même à Vienne car il n'était pas rare que l'on se rendît chez « Grand-Mère ». Tout ce bonheur qui, sans doute, ne reviendrait plus !

Ce fut la dernière semaine de l'année qu'il eut avec Max l'altercation révélatrice de ce qui l'attendait et, à mesure que coulaient les jours, son angoisse grandissait. Les nerfs à vif, il vécut dès lors suspendu au moindre bruit…

Jusqu'à cette nuit où, incapable de dormir, il aperçut soudain dans le fond de sa grotte un mince pinceau lumineux vers lequel il se précipita. Il y avait là, en effet, une fissure à laquelle il colla son œil. Par chance, la fente rocheuse allait s'élargissant vers l'extérieur. Il vit un homme brandissant une torche et vêtu d'une longue robe blanche qui semblait errer dans ce qui avait l'aspect d'un couloir taillé dans le roc. Son cœur manqua un battement. Le personnage semblait s'éloigner. Alors collant sa bouche à la fente, il appela…

Au même moment, dans le Simplon-Orient-Express qui l'emmenait vers Paris, Lisa s'efforçait de trouver un sommeil qui la fuyait. Elle avait déjà vécu, quelques années plus tôt, une aventure analogue avec l'incertitude, le cœur qui cogne, les larmes au bord des yeux, mais les circonstances étaient différentes. Moins cruelles parce qu'une amère jalousie n'y mêlait pas son fiel. Cette fois, on n'allait pas lui rendre son mari mais un couple, celui qu'il formait avec sa maîtresse et dont elle allait payer la liberté. Elle les verrait côte à côte sans doute, en face d'elle dans un rôle qu'elle ne pouvait s'empêcher de comparer à celui d'une acheteuse dans un marché d'esclaves. Il faudrait subir leurs remerciements, alors qu'elle mourait d'envie de les étrangler… mais non, cela n'irait pas jusque-là. Elle donnerait l'argent et s'en irait. Très vite !

13

Les griffes de la Chimère

Théobald avait déjà vu une telle quantité de choses dans sa vie, qu'il était difficile de le surprendre. C'est pourtant ce qui arriva quand l'appel frénétique de la sonnerie le précipita à la porte. A peine ouverte, celle-ci vomit littéralement l'un des personnages les plus originaux – sinon exotiques ! – qu'il eût jamais vus. Lequel s'engouffra dans l'appartement en appelant Vidal-Pellicorne à tous les échos, fit le tour des pièces à une vitesse de courant d'air pour finalement se planter au milieu de la galerie en bramant :

— Où est-il ?

— Pas ici en tout cas ! Puis-je demander à Monsieur (c'en était un à tous les coups, en dépit de la débauche de tweed qui l'emballait et le chapeautait !) à qui ai-je l'honneur de m'adresser ?

Tant de calme dignité apaisa quelque peu l'agitation de l'intrus.

— Professeur Hubert de Combeau-Roquelaure ! Allez me le chercher ! Mais d'abord êtes-vous certain d'avoir le téléphone ?

— Tout à fait, Monsieur le professeur. Du moins en temps normal, car hélas il est en dérangement depuis hier soir !

— Alors, où est-il ? Il faut que je lui parle de toute urgence !

— C'est que – Monsieur le professeur le comprendra – je n'ai pas coutume de révéler…

— … les destinations de votre maître à quelqu'un que vous ne connaissez pas ! Normal ! Et si je dis qu'il s'agit de son ami Morosini qui, entre parenthèses, est un mien cousin ?

— Oh, alors cela change tout ! Monsieur déjeune chez Madame la marquise de Sommières qui…

— Le vieux ch… je veux dire, cette chère vieille amie ! Merci à vous, mon garçon ! C'est tout ce que je voulais savoir…

Et toujours à la même allure de courant d'air, le professeur réintégra le taxi qu'il avait eu la prudence de garder, laissant Théobald perplexe : d'où pouvait provenir ce phénomène inconnu ?

Cinq minutes après, devant l'hôtel de Sommières, ledit phénomène griffonnait quelques mots sur une carte de visite, la pliait en deux pour y inscrire le nom d'Adalbert et priait son chauffeur d'aller sonner et de remettre le message à la personne qui apparaîtrait en mentionnant que l'on attendait une réponse. Et se rencogna dans le fond de la voiture.

L'instant suivant, Adalbert accourait, rouge d'excitation.

— Vous avez des nouvelles ? Oh, professeur, venez, venez vite ! fit-il en tendant les bras pour extraire le vieil homme qui résista en lui tapant sur les mains.

— Que j'entre là-dedans, moi ? Jamais de la vie ! C'est à vous que j'en ai…

— Mais ce sont elles qui ont le plus besoin d'espoir et…

— … Madame la marquise de Sommières prie le professeur de Combeau-Roquelaure d'accepter une tasse de café ! émit la voix pointue qui venait de se matérialiser aux côtés d'Adalbert.

— Ah, vous voilà, vous ? Elle m'offre du café ? Sans doute dans l'intention d'y verser de la ciguë !

— Vous n'êtes pas Socrate, elle n'est pas Xanthippe et le café est très bon, ici, fit Adalbert, encourageant. Allons, professeur, l'heure est trop grave pour les enfantillages !... et nous perdons du temps !

— C'est vrai !... Chauffeur, attendez-moi !

L'entrée fut solennelle ! Sur le seuil se tenait le concierge pratiquement au garde-à-vous, et au bas des marches du perron Cyprien, qui se cassa en deux.

— Madame la marquise attend Monsieur le comte ! dit-il avant de prendre la tête du cortège.

Dans le vestibule, il le débarrassa de ses tweeds mais avant qu'il n'ait pu se mettre en marche pour l'introduire, Marie-Angéline – comme d'habitude ! – lui coupa l'herbe sous le pied :

— Suivez-moi, Monsieur le professeur ! Je vous conduis !

— Ça suffit peut-être, le protocole ! Je connais la maison !

Et la repoussant sur le côté, il fonça jusqu'au jardin d'hiver où Mme de Sommières l'attendait, auréolée de rotin blanc, et de sa dignité.

— Bonjour, Hubert !

— Bonjour, Amélie !... Vous n'avez pas bonne mine !

C'était exact mais la marquise n'aimait pas qu'on le lui rappelle.

— Et vous, vous ne rajeunissez pas !

L'atmosphère s'annonçait glaciale à souhait ! Plan-Crépin, les mains sur le ventre et la bouche pincée, ne faisait rien pour moucheter les fleurets, aussi Adalbert décida-t-il de s'en mêler même si ça ne le regardait pas :

— Bon ! Je sais que vous vous détestez cordialement, mais puis-je vous rappelez qu'il est question d'Aldo ? Et que, selon le professeur, il est vivant !

Les yeux de Tante Amélie s'embuèrent de larmes et elle y porta aussitôt ses deux mains, puis les retira.

— C'est vrai ! Pardonnez-moi, Hubert, et asseyez-vous ! On va vous apporter du café…

— Si cela ne vous fait rien, j'aimerais mieux un verre de bordeaux et un sandwich. J'ai pris le train de 6 heures et je n'ai pas déjeuné, moi !… Et ça sent diantrement bon, chez vous !

Brusquement elle éclata de rire.

— C'est trop ridicule ! Nous non plus, figurez-vous ! Nous en étions aux hors-d'œuvre ! Plan-Crépin, faites rajouter un couvert et retournons dans la salle à manger ! Venez, Hubert !

Et elle lui tendit une main qu'il se hâta de prendre entre les siennes… et qu'il baisa. Ce qui donna à penser à Adalbert… Il se demanda si, au fond de cette vieille haine, il n'y avait pas une histoire d'amour qui aurait mal tourné et se promit d'en toucher un mot à Marie-Angéline… mais plus tard, quand on serait sortis du cauchemar…

Pour l'instant on en était encore là et, sans attendre que l'on soit assis, Adalbert demanda :

— Où est-il ? A Chinon, je suppose ?

— Sinon, qu'est-ce que je viendrais faire ici ? Pour préciser, je dirais dans une ancienne habitation troglodyte dont l'entrée a été bouchée et qui n'ouvre plus sur l'extérieur que par une espèce de soupirail…

— Pourquoi a-t-elle été bouchée ?

— Oh ! Ça a dû être maçonné il y a deux ou trois siècles et sans doute par les châtelains de la Croix-Haute, qui ont probablement jugé utile de la convertir en prison. De plus le château n'a pas été bâti dessus mais il n'en est pas loin.

— Et comment l'avez-vous découverte, professeur ?

— Je reconnais que c'est un coup de chance parce que, si je lis les journaux comme le commun des mortels, je n'imaginais pas un instant que Morosini pût être dans mon coin. Mais je vous explique ! Depuis quelque temps, dans le cadre de mes travaux sur la civilisation… celtique, j'effectuais des recherches dans le but de retrouver une salle souterraine servant autrefois au culte secret des… et dont j'étais persuadé qu'elle existait. Peut-être même était-elle reliée aux souterrains de la Croix-Haute. Le hasard m'a servi, car j'avais repéré une entrée cachée dans un amas de roches à la lisière de la forêt. La nuit dernière, je me suis lancé dans l'aventure…

— Tout seul ? interrogea Marie-Angéline.

— Bien entendu ! Tant qu'on n'a pas de certitude, la solitude est toujours préférable dans ces cas-là ! Quoi qu'il en soit, j'ai pu explorer, après un petit travail de déblaiement, une galerie tournante tout à fait intéressante, présentant même certains dessins qui m'ont fait comprendre que j'étais sur la bonne voie… A la lumière de ma torche…

— Une torche ? Au XXe siècle ? le coupa à nouveau l'incorrigible. Vous ne connaissez pas les lampes électriques ?

— Plan-Crépin ! reprit la marquise. Essayez de vous taire un moment !

— Il y aurait beaucoup à dire là-dessus. Les torches possèdent des vertus évocatrices…

— Professeur ! plaida Adalbert à son tour. Ayez pitié de nous ! La galerie d'abord…

— J'y reviens ! Je m'affairais à examiner un dessin extrêmement curieux qui … (il était parti pour le décrire, quand un coup d'œil furieux de Mme de Sommières coupa court à la conférence !)… quand je me suis entendu appeler par mon nom et à plusieurs reprises. Guidé par le son, j'ai découvert dans la muraille une fissure assez longue mais qui allait en se rétrécissant de l'extérieur vers l'intérieur. C'est ainsi que Morosini pouvait me voir nettement alors que, moi, je ne voyais rien du tout. Il était fort surpris d'ailleurs, parce qu'il ignorait totalement où il se trouvait. C'est là qu'il m'a appris qu'après avoir été enlevé à Paris on l'enfermait dans cette espèce de tombeau depuis plusieurs semaines.

— Qu'avez-vous fait ?

— Le jour allait venir bientôt et nous sommes convenus d'agir la nuit prochaine avec le matériel nécessaire pour pratiquer une ouverture dans la paroi…

— Et pourquoi ne pas prévenir la police ? s'étonna Plan-Crépin.

— Ce serait du temps gâché, ça laisserait aux ravisseurs le loisir de déménager leur prisonnier… et puis le commissaire Desjardins est en train de marier sa fille à Nantes et j'ai peu d'estime pour les lumières intellectuelles de Savarin. J'ai donc pensé à vous, Adalbert. Seulement votre téléphone ne marchait pas. Il ne me restait plus qu'à sauter dans le train de 6 heures… Cela posé, si nous voulons être à pied d'œuvre ce soir, il vaudrait mieux ne pas s'éterniser dans les délices de cette maison. Nous avons un train à 16 heures et…

— Jamais de la vie ! fit Adalbert. On y va en voiture ! La mienne fait presque autant de bruit que la vôtre mais elle va plus vite !

— Dites que vous allez ameuter tout Chinon, protesta la marquise, et pour une expédition qui se veut discrète !… Vous seriez mieux inspiré de louer un bolide moins sonore au garage d'Aldo ! Et plus confortable ! Je me demande de quoi aura l'air ce pauvre Hubert quand vous l'aurez fait sauter comme une crêpe durant quelque deux cent cinquante kilomètres !

— Et moi, émit Plan-Crépin prête à pleurer, je ne fais rien ?

— Que si ! Vous avez le courrier à dépouiller, des lettres à écrire… et un coup de téléphone à donner !

— A qui ?

— Mais au commissaire principal Langlois, ma fille ! Vous ne croyez pas qu'il serait bon de lui communiquer les dernières nouvelles ? Même si, dans l'état actuel des choses, on ne peut accuser les occupants de ce fichu château, je suis certaine qu'il serait plutôt content, non ? Surtout si vous lui indiquez l'adresse et le numéro de téléphone du professeur ! Et ce qui se prépare !

— J'y cours !

Deux heures plus tard, les deux hommes quittaient la rue Alfred-de-Vigny après avoir répondu pendant un moment à Langlois, qui les avait priés de l'attendre. Ce qui avait fait trépigner le professeur.

— On perd du temps ! répétait-il.

En fait, on en perdit beaucoup moins que si l'on s'était rendu Quai des Orfèvres, parce que la sirène de police qui précédait le commissaire avait déblayé les rues jusqu'à ce que l'on fût en vue du parc Monceau. Et il ne resta pas longtemps : juste ce qu'il fallait pour extraire du professeur un maximum de renseignements. Après quoi, il leur souhaita « bon voyage ». De son côté, Adalbert ronchonnait, déçu de n'avoir pu obtenir du garage des Ternes la grosse Delage qu'Aldo avait coutume de louer, et il dut se contenter d'une Renault presque neuve, pas tout à fait aussi rapide mais remarquablement silencieuse.

Ceci compensant cela, il finit par en prendre son parti en écoutant d'une oreille distraite le cours magistral sur les vestiges celtes au confluent de la Loire et de la Vienne. Il n'en était pas moins au bord de la crise de nerfs quand on entra dans Chinon un peu après 9 heures du soir : pour comble du bonheur, l'un des pneus neufs avait crevé et il avait été obligé de changer la roue.

— Il y a des jours comme ça où tout va de travers, lui confia son compagnon d'aventure en guise de consolation. Et demain est un autre jour !

Adalbert préféra ne pas palabrer. Il avait hâte d'être à pied d'œuvre.

— Mais, au fond, pourquoi n'avez-vous pas appelé vos amis qui s'étaient si bien occupés de Michel Berthier ? Avec des pioches, vous élargissiez la faille et…

— Le temps que je les réunisse et il était déjà trop tard. La nuit était avancée quand je l'ai entendu à travers le mur. En outre, nos… croyances sont hostiles à la violence, même envers certains lieux. Mais rassurez-vous, quelqu'un nous attend là-haut muni des outils adéquats. En revanche, nous allons prendre des armes.

— Moi, j'ai ce qu'il faut mais vous ? Où comptez-vous en trouver ?

— Chez moi, bien sûr !

— Je vous croyais plus druide que tous les autres et à part la faucille d'or…

— On peut être druide et collectionneur ! Et puis j'ai fait la guerre, mon garçon ! Là-dessus, on mange un morceau et on va rejoindre Sulpice !

Le temps de faire disparaître une terrine de rillettes arrosée de saumur-champigny et d'opérer un choix dans le véritable arsenal des armes – certaines fort anciennes, il fallait en convenir ! – du professeur et l'on repartait en direction de la forêt.

Bien que les hivers soient doux en Touraine, la nuit de janvier était plus que fraîche. En outre, il n'y avait pas de lune. Il fallait posséder une vue de rapace nocturne pour s'y retrouver et c'était apparemment le cas du professeur, car s'étant installé d'autorité au volant, il les dirigea vers la forêt et piqua des deux sans ralentir… et sans allumer les phares. Adalbert regardait défiler les arbres dénudés en se demandant lequel allait avoir l'honneur de les recevoir et fermait les yeux de temps en temps, mais en une vingtaine de minutes, on fut sur les lieux. Justement dans l'étroite clairière où l'on avait recueilli Michel Berthier quelques mois auparavant.

Se trouvait là, assis sur le banc de pierre, un facsimilé d'homme des cavernes : barbu, chevelu au point que l'on ne distinguait aucun trait de son visage et qui, en se dépliant, dépassa les deux arrivants d'une bonne demi-tête. Il ne lui manquait qu'une tunique en peau de bête et une massue pour ressembler totalement à son lointain ancêtre.

— Voilà Sulpice ! présenta sobrement le professeur. Tu as repéré l'endroit ? lui demanda-t-il.

— C'était facile. Vous avez clairement expliqué… La trappe s'est soulevée presque toute seule…

— Moi, j'ai eu plus de mal que toi la nuit dernière. Il est vrai que je n'ai ni ton âge ni ta force.

— Tout de même, je trouve que vous vous défendez pas mal pour un v… un monsieur distingué. Les torches sont en bas : on les allumera une fois la trappe refermée.

Les torches à présent ! Adalbert se demanda s'il n'avait pas reculé de plusieurs siècles. Aussi, avant de s'enfoncer dans les entrailles de la terre, déclencha-t-il sa lampe électrique qu'il portait à la ceinture, éclairant ainsi les marches sous les pieds du professeur qui descendait en premier, Sulpice venant ensuite. Pour Adalbert, sa présence avait un effet rassurant car, bien qu'il n'eût rien à reprocher à sa propre force, celle de l'unique descendant des Combeau-Roquelaure, long comme un jour sans pain et maigre comme un clou, lui inspirait quelques doutes dès l'instant où il s'agissait de s'attaquer à un bloc de roche.

— Pardonnez ma curiosité, Monsieur Sulpice, mais que faites-vous dans la vie ?

Le professeur répondit pour lui :

— Il est tailleur de pierre ! Peut-être le meilleur du pays… seulement il n'est pas bavard pour un sou.

— Beau métier ! apprécia Adalbert. S'ils le pratiquent de père en fils dans la famille, il descend de ceux qui ont bâti les cathédrales !

Au bas de l'escalier humide et glissant à se rompre le cou, deux galeries se présentaient. On prit celle de droite et l'archéologue dut admettre que l'éclairage des torches donnait plus de lumière que sa lampe de poche. Enfin on fut devant la paroi et le vieil homme désigna à son ancien élève la fissure en question.

— C'est là ! Allez-y !

— Aldo ! appela-t-il en maîtrisant sa voix, de crainte qu'elle ne soit perçue ailleurs. C'est moi, Adalbert ! Tu m'entends ?

Pas de réponse.

— Aldo ! reprit-il plus fort. Réveille-toi, si tu dors ! Aldo, réponds, sacrebleu !

Toujours rien !

— Qu'est-ce qui se passe ? fit Adalbert d'une voix que l'inquiétude faisait trembler. On l'a changé de prison ? Quelqu'un vous a peut-être repéré la nuit dernière ?

— Ça me paraît improbable. Il y a au-dessus de nous une belle épaisseur de roche et de terre…

A son tour il appela, mais sans plus de résultat. Alors, Sulpice le prit par le bras :

— Laissez-moi faire, Monsieur Hubert ! Reculez-vous, tous les deux !

Il avait empoigné sa pioche, un outil de son calibre, prit son élan et frappa. Le coup résonna dans les tympans d'Adalbert qui avait l'impression qu'il avait dû retentir à l'autre bout de la terre, mais la fissure s'était un peu agrandie.

— La roche est trop dure par ici, commenta Sulpice avant d'en asséner un deuxième, puis un troisième et un quatrième, emportant chaque fois un morceau de pierre.

Déjà, dès le premier impact, on avait pu apercevoir les charbons rougeoyants du brasero.

— Elargis un peu plus, que je puisse passer la tête !

Sulpice s'exécuta et Adalbert glissa non seulement la tête mais aussi un bras, resta ainsi quelques instants puis soupira, désolé :

— Il n'y a personne. Le lit n'est pas défait et tout a l'air d'être en ordre. Je crains, professeur, ajouta-t-il en se dégageant, que l'on ne vous ait entendu hier et qu'on l'ait mis ailleurs. Ou alors…

— Vous pensez quoi ?

— J'aime mieux ne pas penser ! Sinon pour trouver le moyen d'entrer dans ce château de malheur, puisque vous dites qu'on est en dessous ou presque !

— Vous avez raison. Allons explorer l'autre galerie. Celle-ci est un cul-de-sac…

Depuis qu'à travers le mince interstice il avait reconnu son cousin Hubert et pu lui parler, Aldo s'était senti revivre. D'abord il savait enfin où il était et en éprouvait une profonde satisfaction, même s'il ne comprenait pas bien pourquoi on le tenait captif à la Croix-Haute et surtout depuis si longtemps ! Se faire remettre une rançon n'en demandait pas tant et il ne voyait pas ce que l'on pouvait lui vouloir en dehors de cela…

Tous ces points d'interrogation disparurent quand le professeur lui eut promis de le sortir de cette impasse en revenant vers minuit le soir suivant avec l'outillage nécessaire et les armes. En revanche, jamais journée ne lui parut plus interminable. Il en compta les heures l'une après l'autre. Tellement énervé qu'il fit semblant de dormir quand un de ses geôliers vint renouveler les provisions de charbon comme tous les soirs vers 7 heures. Il en retira d'ailleurs la pensée réconfortante de ne plus être dérangé avant le lendemain matin…

Incapable d'avaler quoi que ce soit, il but un verre d'eau et se recoucha, non pour dormir mais pour essayer au moins de se détendre. Sans grand succès : son cœur battait la chamade. C'était une bien belle chose que l'espérance, mais elle vous secoue tout autant qu'une vraie joie ! Aucune crainte de s'endormir ! L'idée seule de quitter ce trou à rats, de revoir le ciel, le soleil, ses amis, sa famille, même s'il s'attendait à en découdre pendant quelque temps au moins avec Lisa ! Il pourrait embrasser ses enfants, et Tante Amélie et Plan-Crépin… Peut-être même cet âne bâté d'Adalbert, s'il se décidait à revenir à la raison et à abandonner sa prima donna ! Quoi qu'il en soit, même une bagarre serait la bienvenue…

La demie de 11 heures venait de sonner au clocher du village quand la porte s'ouvrit accompagnée de son fracas habituel et Max entra, escorté d'un autre forban encagoulé mais, cette fois, armé d'un fusil-mitrailleur.

— Debout ! intima-t-il. Tiens, tu t'es couché tout habillé ?

— C'est défendu ? J'avais froid, figurez-vous ! Ce brasero empeste mais ne chauffe guère ! gronda-t-il, rendu hargneux par sa déception. Et d'abord qu'est-ce que vous me voulez ?

— Ici on reçoit des ordres mais on ne les discute pas. Le patron m'envoie te chercher !

Pas d'autre issue qu'accepter ! La mort dans l'âme, Aldo remit ses bottes et ne tressaillit même pas quand les menottes se refermèrent sur ses poignets.

— On peut dire qu'il est prudent, votre patron, fit-il, sarcastique.

Et désignant l'arme :

— Avec ce joujou dans le dos, rêver à une fuite relève de la poésie lettriste ! A votre place…

Il essayait de gagner du temps dans l'espoir que le professeur serait arrivé et ainsi mis au courant du changement de programme, mais Max refusa d'entrer dans le jeu.

— Assez de bla-bla ! Le patron n'aime pas attendre.

Il ne restait plus qu'à obtempérer. Avec un haussement d'épaules, il suivit le comparse et franchit la porte dont il put admirer au passage le déploiement de serrures, verrous et chaînes. Au-delà, il n'y avait qu'un escalier raide, taillé dans la pierre et s'envolant vers les hauteurs. Ensuite on traversa une galerie voûtée pour s'engager dans une autre volée de marches qui parut au prisonnier ne jamais vouloir aboutir. Enfin, après un coude et encore quelques degrés, on atterrit sur un palier éclairé par deux torches plantées dans des griffes de fer et – quand il faisait jour – par une étroite fenêtre ogivale.

Là, Max ouvrit une autre porte, assez basse sous son accolade de pierre, prit son prisonnier par le coude, lui fit franchir le seuil… Et Aldo remonta quelques siècles !

Ce devait être la salle d'honneur du château. Sous un remarquable plafond à caissons bleus, rouges et or, les murs s'ornaient de tapisseries d'Arras représentant des scènes de chasse ; le feu flambait dans une imposante cheminée que dominait la statue équestre d'un seigneur en armure. Un haut fauteuil en velours de Gênes rouge enrichi de passementeries dorées occupait le centre mais, en dehors de quelques tabourets en X alignés contre les murs, il n'y avait aucun autre meuble, à l'exception de deux torchères supportant de longues bougies rouges dont les flammes magnifiaient encore le décor. De même aucun tapis ne réchauffait le dallage de marbre blanc, rouge et noir, dessinant des volutes et des rosaces.

Quand on introduisit Aldo, la salle était vide. Mais le spectacle qu'elle offrait lui arracha un sifflement admiratif qui lui rendit son sang-froid. Il loua sincèrement la mémoire de Van Tilden, dont il savait qu'il avait restauré le château, et entreprit d'en faire le tour avec autant de désinvolture que s'il déambulait dans une galerie d'art. Sans se forcer le moins du monde d'ailleurs, la passion de son métier n'étant jamais bien loin. Il se retrouvait dans son élément, ce qui surprit fort Max qui le suivait pas à pas.

— On dirait que ça vous intéresse, ces machins-là ? constata-t-il, ramené d'instinct à un vouvoiement teinté d'un vague respect.

— C'est mon métier… et je l'aime, voilà tout !

— Je croyais que vous étiez bijoutier ?

— Pas tout à fait. Je suis expert en joyaux anciens.

— Et… ça marche ?

Aldo ne put s'empêcher de rire, ce qui lui fit un bien fou.

— Sans ça je ne serais pas ici, voyons ! Je suis persuadé que votre maître sait parfaitement à quoi s'en tenir. Au fait, où est-il ? Ce n'est pas pour estimer des tapisseries qu'il m'a convié…

— Il est là ! émit une voix à l'accent italien qui le fit se retourner vers la cheminée, mais cette fois il ne put retenir une exclamation de surprise : debout devant le fauteuil se tenait la copie vivante du portrait de César Borgia par Vasari.

Rien n'y manquait : le visage allongé par une courte barbiche à deux pointes, les fines moustaches retombant à la Mongole, les yeux sombres, le costume d'époque en velours noir dont le décolleté allongé laissait voir le mince bouillonnement de la chemise sous un galon d'or. La coiffure en forme de grand béret portant une « enseigne » précieuse… Puis les yeux d'Aldo s'arrondirent de stupeur : au lieu du bijou reproduit par le peintre, c'était la fameuse Chimère aux émeraudes qui y était agrafée…

L'étonnement de son prisonnier fit sourire le personnage, qui du coup rappela quelque chose… ou plutôt quelqu'un à Morosini. La voix déjà lui était apparue vaguement familière… Et maintenant, elle ironisait.

— La Chimère, n'est-ce pas ? Vous ne vous attendiez pas à pouvoir l'admirer cette nuit ? Sachez que c'est moi qui ai tué Van Tilden en lui faisant boire un puissant somnifère auquel, pour plus de sûreté, j'ai ajouté une discrète injection de cyanure de potassium !

— Comment est-ce possible ? Il n'avait autour de lui que des gens au dévouement éprouvé !

— J'étais de ceux-là ! J'avais même fait semblant de lui sauver la vie. Après sa mort, je n'ai eu aucune peine à récupérer cette merveille dont je savais qu'il la cachait sur lui. C'eût été trop stupide de la laisser partir avec le reste de la collection.

— Qui ne vous intéressait pas ? C'est bizarre !

— Et pourtant, c'est ainsi. J'avais d'autres visées pour me bâtir une fortune, comme vous vous en apercevrez dans un moment, mais ce petit chef-d'œuvre me revenait de droit et ne pouvait porter chance qu'à moi seul, parce que je suis un Borgia !

Aldo s'avança de quelques pas en le considérant attentivement, puis il eut un lent sourire narquois.

— Un Borgia ? Tiens donc ! La dernière fois que nous nous sommes rencontrés vous étiez le « comte Ottavio Fanchetti », si je ne m'abuse ?

— En effet et c'est parfaitement légitime. C'est l'un des noms que je dois à mes divers aïeux. Je ne sais pas si vous connaissez l'histoire de « l'Infant romain », que le pape Alexandre VI, notre ancêtre, élevait comme son propre fils au Vatican et qui était en fait celui de César et de Lucrèce. C'est de lui que je descends en ligne directe…

— Cet Infant romain a dû être prolifique ! Figurez-vous que j'ai déjà entendu quelqu'un se vanter de la même descendance… Il s'agissait de la Torelli !

— Rien d'étonnant, Lucrezia est ma sœur ! Une sœur tendrement aimée !

— Jusqu'où ?

— Jusqu'où il vous plaira d'aller, répondit l'autre avec un sourire fat qui amena une grimace de dégoût aux lèvres d'Aldo.

Mais il continuait :

— Quand on atteint la perfection dans la beauté, on se doit de s'accoupler afin de la transmettre. Les pharaons d'Egypte avaient découvert ce moyen bien avant nous… Donc Lucrezia est à la fois ma sœur et ma maîtresse, mais cela ne nous gêne pas pour courir d'autres lièvres.

— Alors me direz-vous pourquoi elle a lancé ce malheureux Wishbone et moi-même à la chasse d'un bijou que vous possédez ? Ça donne l'impression qu'il y a des trous dans votre tendre association ?

— Mais parce qu'elle l'ignore ! La Chimère ne peut être portée que par un mâle du sang de César.

— Pourquoi, dans ce cas, l'avoir laissée chercher vainement ?

Le psychopathe partit d'un rire énorme, bruyant, théâtral, la tête rejetée en arrière.

— Que vous êtes innocent ! C'est élémentaire pourtant. Aucun de ces messieurs ne voulait s'avouer vaincu et ils s'empressaient d'offrir à Lucrezia un joyau – ruineux, évidemment ! – pour la faire patienter. Elle a récolté ainsi une copieuse collection d'oiseaux, d'insectes et d'animaux fantastiques de prix, puis le malheureux avait droit à quelques jours de récompense.

— Quelle sorte de récompense ?

— Ne me dites pas que vous êtes naïf à ce point ! Vous auriez peut-être préféré que je dise « quelques nuits » ? Après quoi, elle les renvoyait à la chasse…

— … à la chimère, c'est le cas de le dire. Et ils marchaient ?

— Pas tous, je le reconnais. Certains s'estimaient satisfaits des rares heures accordées par la déesse. Quelques-uns ont choisi le suicide afin de poursuivre leur rêve dans l'au-delà. Votre ami Vidal-Pellicorne a été sauvé – si on peut employer ce terme ! – par la police britannique mais le bon Wishbone, lui, n'est pas de ceux qui renoncent et, comme il est colossalement riche, il a aidé ma sœur adorée à fuir, car évidemment il n'a pas cru un mot de l'accusation portée contre elle. Il n'aurait pas hésité à lui offrir tous les ténors du barreau existant au monde, mais elle était en larmes, tellement terrifiée et ne cessant de jurer de son innocence. Voyant cela, il a paré au plus pressé. Il a commandé un taxi pour les emmener tous les deux à la gare Victoria, où ils ont pris le train pour Douvres – elle s'était transformée en vieille dame avec un talent que vous n'imaginez pas ! – et en troisième classe, ce qui a follement amusé Lucrezia – puis un deuxième train toujours dans la même catégorie jusqu'à Paris, où l'un des nôtres l'attendait dans un faux taxi qui les a conduits dans l'un de nos garages, enfin directement ici, où elle lui a fait les honneurs de notre château familial ! Une opération sans le moindre accroc ! On peut raconter ce qu'on veut de ces Américains, mais ils savent agir vite et sans se laisser démonter par des broutilles !

— Des broutilles ? La police de plusieurs pays ? Et sa photo en première page d'une flopée de journaux ?

— Celle de la diva, n'oubliez pas ! Pas celle d'une fragile grand-mère…

— Il y a quelque chose que je ne comprends pas ! L'un des nôtres ?… Un faux taxi ?… Un de nos garages ? Cela signifie une véritable organisation ?

— Exactement ! Nous avons de nombreux amis, que voulez-vous ?… Et il y a parfois des « fuites » à Scotland Yard !

— Des amis ou des mafiosi ?

— Mon vieux, moins on en sait, mieux on se porte ! Mais il est temps, je pense, que vous rejoigniez la belle dame avec qui vous avez vécu de si agréables moments dans les trains de luxe ! Giacomo ! appela-t-il.

Le cœur d'Aldo manqua un battement. Selon Max, elle avait été convenablement traitée mais jusqu'où pouvait-on le croire ? Or, elle fut là dans l'instant et il ne retint pas un soupir de soulagement : elle était exactement semblable à celle qu'il avait quittée en gare de Brigue. A ceci près qu'elle n'était pas maquillée, mais sa robe grise était impeccable et aucun cheveu ne dépassait de l'épais chignon sur la nuque. En revanche, elle aurait peut-être quelque peine à le reconnaître sous ses vêtements sales et son abondance pileuse… Or dès la porte franchie, le beau regard nuageux se posa sur lui.

— Aldo ! murmura-t-elle. Me pardonnerez-vous jamais ?

— Que je vous pardonne ? Mais quoi ?

— Si je ne m'étais pas mise en tête de vous rejoindre dans l'Orient-Express… vous n'en seriez pas là !

— Si vous croyez que je regrette ce qui s'est passé, ôtez-vous cela de l'esprit, Pauline ! Simplement nous n'avons pas eu de chance ! Comment auriez-vous pu imaginer, même une minute, que nous aurions sur le dos une véritable bande organisée ? Mais puisque vous avez dû arriver avant moi dans ce repaire de truands, je suppose que vous avez reconnu notre hôte...

Elle tourna enfin la tête vers l'homme.

— Cette mauvaise copie de César Borgia ? C'est la première fois que je le vois ! fit-elle, dédaigneuse. Depuis que je suis ici, je n'ai vu que des hommes encagoulés… et une servante muette.

— Oh non, ce n'est pas la première fois ma toute belle, grinça l'intéressé en s'approchant. Seulement cette nuit, je reprends ma personnalité qui n'a jamais été celle du toutou bien élevé qui vous amusait tant !

— Ottavio ? dit-elle, abasourdie. Ottavio Fanchetti ?

— Non : César Ottavio Gandia dei Catannei !

— Catannei ? intervint Aldo. Comme l'homme qui a loué ce château…

— … et qui est en passe de mourir, ce qui ne saurait tarder !

— Cela ne semble pas vous troubler outre mesure !

— C'est la vie ! soupira « César » avec un haussement d'épaules. Il m'a été d'un grand secours pour convaincre les croquants de ce patelin de nous louer cette demeure qui n'aurait jamais dû cesser d'être nôtre !

— Comment cela ? Narrez-nous ! Il n'y a rien que j'aime autant que les histoires fausses !

— Un peu plus de respect, mon petit prince ! Nous descendons d'un pape, nous !

— Ce n'est pas donné à tout le monde, j'en conviens. Et je ne suis pas certain qu'il y ait de quoi en être fier, mais revenons à ce château !

— Ce n'est pas compliqué ! Son bâtisseur venait de mourir, César en a eu envie et Louis XII le lui a donné en cadeau de mariage. Il l'a habité jusqu'aux fêtes de l'événement !

— Alors pourquoi n'y a-t-il pas vécu sa lune de miel ? Pourquoi La Motte-Feuilly qui est moins… flatteur ?

— Parce qu'il savait son départ proche et préférait laisser sa femme dans son cadre habituel !

— Ce ne serait pas dans l'idée, à son retour, d'y mener joyeuse vie en compagnie de quelques jolies filles… avec ou sans le masque dont il couvrait son visage quand sa vérole se montrait trop envahissante…

— Espèce de…

— Messieurs, messieurs ! coupa la voix froide de Pauline. Nous nous égarons, il me semble ! Cette joute historique est sans doute pleine d'intérêt, mais j'aimerais savoir ce que nous faisons ici ! Moi surtout, d'ailleurs. Que vous ai-je fait, Ottavio, César ou qui que vous soyez ?

Une soudaine colère lui empourpra la figure.

— Vous m'avez préféré ce bellâtre titré alors que je ne vous avais pas caché que je voulais vous aimer et faire de vous ma femme J'aurais mis à vos pieds ma fortune et….

— Votre fortune ? Ou la mienne ? Y compris les bijoux que m'a légués ma tante d'Anguisola ? Quant à votre façon d'aimer, je n'ai pas la moindre envie de la connaître !

— Ne me mettez pas au défi ! J'ai tous les moyens de vous y contraindre ! Mon illustre ancêtre savait comment mater les filles rebelles et je suis son digne héritier…

— Espèce de salopard ! gronda Aldo qui se serait rué sur lui si Max ne l'avait retenu d'une poigne vigoureuse.

L'autre eut un vilain sourire.

— Tiens-toi tranquille, sinon je pourrais t'obliger à admirer le spectacle. Mais laissons la gaudriole de côté pour le moment ! Nous avons mieux à faire, vous êtes devant moi pour entendre votre jugement !

Et d'un pas solennel, il alla s'asseoir dans l'unique fauteuil.

— Notre jugement ? fit Aldo, amer. Cela signifie que votre demande de rançon est restée lettre morte…

— Mais pas du tout ! Que l'on fasse entrer la princesse Morosini ! Et qu'on avance un siège, elle paraît lasse !

C'était le moins qu'on puisse dire : livide, les traits tirés, les lèvres décolorées, Lisa, suivie d'un homme portant une mallette, pénétrait dans la salle d'un pas pourtant ferme. Elle se tenait très droite et son attitude avait une sorte de majesté.

— Lisa ! murmura Aldo, que t'ont-ils fait ? Pourquoi être venue ? Il fallait m'abandonner à mon sort !

Sans le regarder, elle haussa les épaules.

— Et laisser ces misérables s'en prendre à « mes enfants » ? Voilà ce que vous avez demandé, ajouta-t-elle en désignant le bagage. Vous pouvez vérifier ! Le compte y est : un million de dollars ! Il ne vous reste qu'à libérer vos deux captifs !

— Les deux ? s'écria Pauline, indignée. Ne me dites pas que vous payez pour moi ? Je ne l'accepterais à aucun prix !

— Que vous l'acceptiez ou non est sans importance, rétorqua Lisa. Vous m'avez pris mon mari. Alors quelques billets de plus ou de moins… Nous pouvons partir, je suppose ?…

— Oh, mais non. J'ai un mot à dire, moi aussi !

Une double porte venait de s'ouvrir permettant à la Torelli d'effectuer une entrée de reine dans une robe d'époque en velours vert dont les manches à crevés laissaient voir des bouillonnés de satin blanc semblables à ceux bordant le large décolleté de sa toilette, vraiment somptueuse, et qui accapara toute la lumière. Une manière d'énorme turban en forme de citrouille la coiffait et, en vérité, elle était belle à miracle, mais de cette splendeur ceux qui la regardaient venir ne voyaient pas grand-chose, leur attention accaparée par le fabuleux joyau qui s'étalait sur sa gorge, retenu par une chaîne de perles et de petites émeraudes : la Chimère ! La même exactement que celle dont se parait son frère… Wishbone trottait modestement sur ses talons.

Fière de l'effet produit, elle avait ralenti son allure et s'avançait gracieusement en jouant d'un éventail.

— Magnifique ! applaudit César-Ottavio en allant à sa rencontre pour lui offrir sa main, quand elle s'arrêta net.

Son regard se fixa et elle tendit un index tremblant en direction de la coiffure fraternelle.

— Qu'est-ce que c'est que ça ? clama-t-elle.

— La Chimère, ma toute belle, l'authentique ! La tienne n'est qu'une... admirable copie, mais une copie tout de même ! Ainsi nous voilà assortis ! N'est-ce pas merveilleux ?

Apparemment, elle ne l'entendait pas de cette oreille et voulut lui sauter dessus toutes griffes dehors.

— Tu l'avais, espèce de démon, et tu ne me l'as pas dit ?

Il n'eut aucune peine à la maîtriser et se mit à rire.

— Je l'ai depuis la mort de Van Tilden, mais j'ai préféré te laisser l'ignorer. Tu prenais tellement de plaisir à lancer tes fiers chevaliers à la quête de ce nouveau Graal ! Un plaisir plutôt fructueux, si j'en juge ta collection de parures ! Cette beauté est, je pense, le présent de Mr Wishbone ? Félicitations, cher ami... mais aidez-moi donc à la faire tenir tranquille !

Le Texan ne les regardait pas. Stupéfait, ses yeux allaient d'Aldo à Lisa et à Pauline pour revenir à Aldo.

— Qu'est-ce que cela signifie ? Que... que faites-vous ici ?

— Je crois que c'est l'évidence ? lâcha Aldo en levant ses mains menottées. Nous sommes les prisonniers de cette charmante famille, Mrs Belmont et moi-même, depuis plusieurs mois, et ma femme, qui a eu le grand tort d'apporter une rançon d'un million de dollars, est ici depuis dix minutes... Quant à vous, je ne parierais pas sur la longueur de votre vie !

L'homme d'affaires se réveilla chez le Texan qui alla se planter sous le nez de son hôte.

— La rançon est payée à ce que je vois : vous devez les libérer. Un contrat est un contrat.

César-Ottavio secoua la tête en signe de négation.

— Personne ne partira, sauf vous et nous. Ne devez-vous pas épouser Lucrezia ? Vous l'avez largement méritée d'ailleurs... Et où vivrions-nous plus agréablement que dans votre fascinant pays ?

— Je ne me souviens pas de vous avoir invité !

— Pourquoi pas ? Nous allons être presque frères !

— Pas si vite ! Que vous ont-ils fait ?

Le beau visage se convulsa tandis que d'une main il désignait Pauline.

— Cette femme, que je voulais épouser, l'a préféré à moi et elle est devenue sa maîtresse...

— Jamais je ne vous aurais épousé ! riposta la jeune femme. Vous m'amusiez et vous dansiez convenablement, mais c'est à peu près tout ce que j'appréciais chez vous... Je n'aurais jamais pu supposer que vous étiez aussi cinglé que dangereux !

— Vous l'entendez ? glapit-il. Elle ajoute l'insulte à l'offense ! Mais elle va le payer ! Et très cher !...

L'explosion de fureur n'impressionna pas Wishbone. Imperturbable, il poursuivit :

— On verra ça plus tard ! Et le prince Morosini ?

— Vous n'avez pas compris ! Il m'a volé cette femme ! En outre, ses grands airs m'insupportent !

— S'il fallait trucider tous les gens qui nous insupportent, il n'y aurait pas de risque de surpopulation sur la Terre ! Passons-en à la princesse Lisa... si elle veut bien me le permettre, ajouta-t-il en s'inclinant devant elle. A l'exception de ce paquet de dollars qu'elle vous a apporté... sans beaucoup de plaisir, si j'ai bien compris, qu'avez-vous à lui reprocher ?

Lisa eut pour lui le chaud sourire auquel Aldo n'avait plus droit.

— Sans aucun plaisir, Mr Wishbone ! Et j'aimerais rentrer chez moi avec ceux que je suis venue racheter !

— S'il te plaît, Lisa, ne me condamne pas avant de m'avoir entendu ! la pria Aldo.

— Ce n'est pas ici le lieu pour en débattre ! répondit-elle froidement et sans le regarder…

Désolé, le Texan se hâta de reprendre :

— Alors que lui reprochez-vous ?

Cette fois ce fut Lucrezia qui se chargea de lui répondre :

— D'être la femme d'un homme qui par deux fois m'a insultée. Et nulle vengeance ne sera plus douce que de faire mourir sous ses yeux son épouse et sa maîtresse ! Voilà pourquoi aucun de ces trois-là ne quittera le château vivant !

Dédaignant de lui répondre, Aldo s'adressa à son frère :

— C'est elle qui donne les ordres, maintenant ? Et vous, vous restez là comme une chiffe à l'écouter pérorer ? Pourquoi, d'ailleurs, ne serait-elle pas le chef ? Il faut une sacrée audace pour commettre un meurtre et un vol sur un paquebot en train de sombrer et ce n'est pas vous qui avez tué la marquise d'Anguisola !

— C'est moi, en effet, revendiqua Lucrezia avec orgueil. Mon père et moi occupions la même suite et j'y restais cachée, sous couleur d'une maladie, afin que ma beauté ne m'attire aucune curiosité intempestive. Et j'ai réussi ! Vous n'imaginez pas quelle exaltation j'ai éprouvée quand, au milieu de l'enfer déchaîné, j'ai volé les joyaux de cette femme, après quoi je l'ai poignardée… Tout comme ton ancêtre Lodovico Morosini a tué et violé mon aïeule Angela Borgia, qui était vierge et se refusait à lui…

En dépit de leur situation dramatique, Aldo éclata de rire.

— On dirait que vous autres Borgia – ou prétendus tels ! – n'avez pas perdu cette habitude d'écrire l'Histoire à votre façon. La nôtre est différente. Angela, dont la virginité n'était plus qu'un lointain souvenir, voulait se faire épouser et…

— Vous ne croyez pas qu'on a assez glandé ? tonna Max qui venait de rentrer après s'être absenté un instant. Je vous rappelle qu'il était prévu de quitter les lieux dès le règlement de comptes et la récolte des dollars terminée, et vous en êtes à vous chamailler sur des sujets fumeux !

— Mettre les choses au clair fait partie du règlement et nous ne sommes pas à une minute près ! De quoi te mêles-tu ? grinça « César ».

— Oh, si vous le prenez ainsi, c'est à vous de voir ! Vous êtes le patron ! Mais en ce cas, nous allons avoir le regret, mes frères et moi, de vous donner notre démission. On a l'expérience des prisons françaises et, franchement, l'hôtellerie n'y est pas fameuse !... Quant à la guillotine !...

— Qu'est-ce que tu racontes ? Tu débloques ou quoi ?

— Non ! Je vous signale seulement qu'il y a deux cars de flics et un certain nombre de gendarmes plus quelques notabilités qui sont en train de cerner le château...

Lucrezia courut à la fenêtre.

— Il a raison ! hurla-t-elle. Il faut déguerpir... mais d'abord se débarrasser de ceux-là, qui nous ont vendus ! Va chercher des cordes, Max !

— Pourquoi ? Il suffit de leur tirer dessus...

— Oh, non ! Il y a mieux à faire ! Je veux qu'ils meurent... à ma manière. J'ai tout préparé ! Et toi, dépêche-toi de te changer ! ordonna-t-elle à César.

Elle donna ses ordres. Et le cauchemar commença pour les trois prisonniers, que l'on ligota des chevilles au cou en dépit de la défense désespérée que fournirent Aldo et Pauline, déjà entravés par des menottes. Lisa, elle, venait de s'évanouir, épuisée par la fatigue et les émotions. Wishbone, qui voulut se porter à son secours, subit le même traitement. Il écumait de fureur.

— Foutue garce ! Dire que je pensais t'aimer !

— Tout le monde peut se tromper ! ricana-t-elle. Moi, je garderai un excellent souvenir de toi. Tu m'as vraiment gâtée… Et puis tes héritiers se montreront peut-être reconnaissants ? L'essence, maintenant !

— Vous êtes dingue ? protesta Max, indigné. Une balle pour chacun et…

— Tu oublies que tu me dois le respect et que ta vie m'appartient ! L'essence, j'ai dit… ou plutôt je vais la chercher moi-même, elle est à côté…

Elle ne disparut qu'un bref moment, mais il suffit à Max pour ouvrir les menottes d'Aldo et glisser les clefs et un couteau dans sa main sans oublier de trancher la corde.

— A la grâce de Dieu ! souffla-t-il.

— Merci !

S'il lui était donné de vivre, Aldo n'oublierait pas ce geste de compassion. Encore faudrait-il savoir à qui il s'adressait.

— Pourquoi ces cagoules ?

— Le patron – le vrai ! – le veut ! Et c'est préférable…

Lucrezia revenait chargée de deux bidons et en tendit un à Max. Son visage était à présent celui d'une démente et elle ne cessait de ricaner. Avec des gestes saccadés, elle entreprit d'arroser les tapisseries, les tabourets… La cruauté en se faisant jour la défigurait…

— Vous auriez dû changer de robe ! remarqua la voix tranquille de Wishbone. Une goutte sur vous et vous flambez avant nous ! Surtout si vous en répandez sur le sol !

En passant, elle lui décocha un coup de pied.

— Je sais ce que je fais, vieux fou ! Je veux que vous ayez le temps de voir venir la mort ! Tu te dépêches, toi ! éructa-t-elle à l'adresse de Max qui faisait semblant de dévisser son bouchon.

— Il est coincé ! Je n'arrive pas à l'ouvrir… Il est rouillé !

Elle se débarrassa du sien, qui était vide, et le rejoignit. Et soudain, il cria en désignant le plafond.

— Attention !

Elle leva les yeux. Alors de ses deux poings réunis il l'assomma, la retint avant qu'elle ne s'écroule, puis la chargea sur son épaule pour l'emporter.

— Tâchez de vous grouiller ! lâcha-t-il en disparaissant.

Le conseil était superflu… Déjà Aldo se relevait et se hâtait de délivrer sa femme, toujours inconsciente, tandis que Wishbone s'occupait de Pauline qui, elle, n'avait pas un instant perdu son calme : elle priait… Elle sourit à Aldo.

— Mon pauvre ami, je crains fort d'avoir été votre mauvais génie !

— Ne croyez pas cela ! En outre, il ne faut jamais regretter ce qui vous a apporté ne serait-ce qu'une minute de bonheur !

— Vous discuterez plus tard ! grogna Wishbone. Il faut filer ! Prenez mon bras, belle dame ! fit-il avec une galanterie complètement surréaliste dans leur situation.

Surréaliste aussi, l'apparition soudaine du professeur apparemment surgi d'un mur… une torche à la main.

— Foutez le camp ! lui hurla Aldo. Essence ! Vous allez cramer !

Puis s'adressant à Wishbone :

— Vous connaissez le château ! Guidez-nous ! Il faut qu'on parte d'ici !

— Le grand escalier n'est pas loin ! Reste à savoir ce qu'on trouvera en bas !

L'enfer, en effet, semblait s'être déchaîné à l'extérieur où, après les sommations d'usage, on avait apparemment entrepris l'assaut du château dans le meilleur style médiéval : attelés à un madrier emprunté au charpentier du village, une douzaine de gendarmes s'activaient à enfoncer le portail, couverts par les armes de leurs camarades et les fusils de chasse du maire, et de quelques-uns de ses administrés accourus avec empressement à la rescousse. Le château, que certains de ses occupants essayaient de défendre, résonnait comme un tambour sous le choc du bélier improvisé et des coups de feu qu'on échangeait.

C'est alors qu'atteinte par la mitraille, une fenêtre de la salle d'honneur vola en éclats, créant un courant d'air. Deux des bougies rouges tombèrent. Les flammes jaillirent aussitôt. A ce moment, les fugitifs atteignaient l'escalier, une large vis de pierre à claire-voie mais noire comme un puits.

— Qu'y a-t-il en bas ? demanda Aldo. Un vestibule, je présume ?

— Et un grand ! Tout à l'heure, c'était éclairé... Je ne comprends pas... Si on n'entendait pas le vacarme des armes, on pourrait croire qu'il n'y a plus personne !

— Et les autres, les « Borgia », où sont-ils passés ?

— Ils ont dû gagner les souterrains. On m'a dit qu'ils forment un véritable réseau, mais quant à me confier l'endroit où ils ouvrent, ils s'en sont bien gardés. Je me suis cru leur invité mais je comprends à présent que j'étais surtout leur prisonnier !

— L'important est que vous ayez compris à temps... même si vous y laissez des plumes douloureuses et vos illusions ! On essaie de descendre ? Qu'en pensez-vous ?

— Que c'est la seule solution… En bas, il y a l'électricité… mais on devrait d'abord essayer de ranimer la princesse. Si on vous canarde, vous serez en première ligne… J'ai ce qu'il faut, ajouta-t-il en tirant d'une poche une fiasque d'argent plate qui fit sourire Aldo.

Doucement, il posa sa femme sur le dallage où Pauline s'agenouillait déjà pour lui soutenir le buste.

— Je ne serai qu'un coussin : elle ne me verra pas, dit-elle.

— Vous avez toutes les délicatesses, ma chère…

— Quelle femme ! approuva Wishbone, les yeux au plafond.

Il les baissa pour se pencher sur Lisa et lui introduire délicatement le goulot entre les lèvres, tandis qu'Aldo lui tapotait les joues. L'effet fut presque immédiat, en tous points conforme à l'habitude. Lisa toussota d'abord, puis entrouvrit la bouche pour boire une gorgée et finalement ouvrit les yeux tandis que ses joues reprenaient de la couleur. Elle devint même rouge en reconnaissant son époux et eut un geste pour le repousser.

— Laisse-moi ! Je ne veux plus te voir !

Elle tendit une main dans le vide pour qu'on l'aide à se relever. Ce fut Wishbone qui la prit et, une fois debout, la soutint.

— Comment vous sentez-vous ?

— Mieux, merci ! Emmenez-moi hors d'ici !

Le regard plein de compassion du Texan alla chercher celui d'Aldo qui eut un geste d'impuissance navrée…

— Venez, invita-t-il doucement. Nous allons sortir ensemble…

Précédés d'Aldo et suivis par Pauline, que Lisa avait superbement ignorée, ils commencèrent à descendre lentement l'escalier, la main de Lisa posée sur la rampe, en s'efforçant de faire le moins de bruit possible.

Mais soudain, la rumeur enfla au-dehors. Quelqu'un cria « Au feu ! » cependant que dans le vestibule, le mince pinceau lumineux d'une lampe de poche cheminait.

— Nous y sommes ! émit la voix satisfaite du professeur. Ce boyau ne pouvait aboutir qu'à cet endroit !

— Adalbert ! exulta Aldo en dévalant les marches.

Un instant plus tard, ils tombaient dans les bras l'un de l'autre et s'étreignaient en se tapant mutuellement dans le dos avec un enthousiasme traduisant bien la joie qu'ils éprouvaient à se retrouver.

— Ça ne te vaut rien de courir les aventures sans moi, fit l'un.

— A qui la faute ? répondit l'autre. Vieille branche !

Et de se réembrasser, heureux comme des gamins. La voix distinguée du sous-préfet – le vestibule s'emplissait ! – coupa court à leurs effusions.

— Désolé de vous interrompre, Messieurs ! Où sont les habitants du château ? On n'entend plus rien.

— Je crois que la maisonnée a décampé. C'est troué comme un gruyère là-dessous... et je vous signale que là-haut, ça brûle !

— Je sais ! Les pompiers vont arriver mais...

Une première explosion lui coupa la parole. Puis une autre... et une troisième !

— Qu'est-ce que c'est que ça ? On dirait... des bombes !

— Ces faillis chiens ont dû disposer des explosifs avant de filer ! brama le professeur. Tout le monde dehors !... Et le plus loin possible !

On s'y rua.

L'extérieur, éclairé par les phares et deux projecteurs apportés par les gendarmes, ressemblait à un décor de cinéma avec, en toile de fond, les étages supérieurs et les combles du château livrés aux flammes.

— Quel dommage ! déplora Hubert de Combeau-Roquelaure, qui semblait fasciné. Ces gens-là avaient dû programmer leur départ !... Une si noble demeure !

Le petit groupe formé par Wishbone soutenant toujours Lisa avec Pauline un peu en retrait regardait, lui aussi. Adalbert voulut s'en approcher pour saluer les femmes quand, en contrebas sur la route, un homme qui sortait d'un cabriolet appela :

— Lisa !

Elle poussa un cri de joie et, sans plus se soucier de qui que ce soit, se mit à courir vers lui. Il l'étreignit et la fit monter, puis démarra en marche arrière...

D'abord pétrifié, puis emporté par une soudaine fureur, Aldo s'élança...

C'est alors que le coup de feu l'atteignit et qu'il s'abattit sur l'herbe...

Saint-Mandé, le 1er avril 2011

TABLE DES MATIÈRES

Achevé d'imprimer
en août 2012
sur les presses de
Black Print CPI Iberica

POCKET — 12, avenue d'Italie — 75627 Paris Cedex 13

Dépôt légal : septembre 2012
S22378/01